よみがえれ
いとしの日々

―亡き妻の日記より―

島田克美

学文社

はしがき

この本は、嶌田敦子（しまだのぶこ、旧姓竹内、なお敦子を、のぶこと読むのは、一般的ではないが、本文で敦子とある所は、全部「のぶこ」と読んでいただきたい）の結婚後の生涯の記録であり、本人が六〇年以上書き続けた日記を再構成している。編著者は、本人の夫、嶌田克美（嶌田が戸籍上の姓、ただし長年島田と称してきた）で、後半には少し、自分の日記から補った記述があるが、本文の中の出来事はすべて（最後の病床時を除き）、敦子の日記に依っている。言い換えれば記憶で解説しているところも、そのベースに日記がある。なお本文中で、編著者は、自身を「克美」と書いて、なるべく主観を排除している。

この本をまとめたいと思ったのは、妻を亡くした編著者が、妻の日記が全部残っているのを見て、供養のしるしに本をつくりたいと思ったからである。ただ、日記は膨大で、その中からの選択が必要になる。勝手に事実の味付けをして編集すると、本人の意思と違う結果になりかねない。しかしそういう悩みを持つ必要はなかった。それは、敦子の日記そのものが、事象の観察記録と、自分の感情表出との適度なバランスを示していたからである。何故それができているのか。たまたま出会った本により、「自尊心」という見方を知った。敦子はそういう自尊心で一貫していたと思われる。その見方を学んだ本は、渡辺弥生『感情の正体』（ちくま新書 二〇一九年四月）である。

その本で自尊心を論じている場所は、困った行動をする子には自尊心の低さがあるということを論じているのだが、人の心のありようとしては、生涯にわたる特徴をとらえている。すなわち、人から影響を受けない本来感が、本当の自尊感情であるが、それは自分がどういう人間なのか、長所短所含めて自覚し、受容するとともに、自分がやろうとしていることを自覚して、できた時に達成感を得る、といったこと。さらに、完璧さを求めるのでなく、「こんなもんだ」といったとらえ方が本当の自尊心には必要だと（前掲書 九一、二ページを要約）。

編著者と妻とは、いわば中流階級に属し、両方の両親とも北陸出身という共通性があった。その他のことを含め、本文で触れる様々なことを通じて、どうやら、この自尊心を、なぎ倒すようなことは、お互いに、しなかったと思う。もう一つ、敦子本人が「穏やかな」人柄であることは、多くの人が認めている。それは他人への礼儀に加えて自分の肉体的な力の限界をわきまえ、また自分が感情的に大きくぶれることが自身に跳ね返ることへのおそれもあって、常に抑制的に振る舞っていたことによるのだろう。これは自尊心と一体化していた。

さて、無事で平凡なわれわれの家族にも、世間の人から見ればかなり変わったところがあり、そのことがこの本のアクセントにもなるだろう。一つは、夫の側の勤め先が七回も変ったということ。その内の一回目は結婚以前、公務員の身分の中でのことであり、全体の身分としては、公務員、会社員、大学教師の三回だが、それでも、あまり普通ではなかろう。二つ目は、住んで居たところ、そして住んでみたところが、アメリカ、国内の別荘を含めて一五箇所くらいあること。多かったことはたしかだ。これは戦後の住宅難と、勤め先の変化に関係しているが、変わったところに住んでみたいという気持もあった。三つ目、病気の問題もあった。もともと肺結核は、敦子の初めからの難題だった。次に、長男の洋には、心臓手術が必要になり、実施した。克美は比較的丈夫だが、若い頃はかなり体調が不安定だった上、蓄膿症をもち、何回か手術をした。また晩年に、前立腺がんを患い、さらに八〇歳を越えて肺炎になって、一時的に生命の危険を感じた。

生活スタイルからいうと、アメリカ時代を除いて、車を持たず、運転をしなかった。またゴルフをせず、休日は家族が共に過すことを基本とした。これらは敦子の要望によるのだが、暇があれば観光旅行や別荘生活をした。千葉の別荘では畑仕事をした。

最後に強調したいことは、この本が扱う時間が大変長いこと。戦後、まだ全体として貧しく、電器製品などなかった時代、ものを書くにも原稿を手書きし、報告書はガリ版という頃から、ワープロ、パソコンを使う時代へと変わった(ただしスマホの時代には追いつけなかった)。他方、スタートでは若々しい新妻だった主人公が、子を産み、育て、やがて孫も得たが、高齢化と共に足腰が弱り、ついに病に倒れた。そういう時代の変化と、人間の一生の盛衰をリアルに、身近に受け止めていただければ幸いである。

なお本文を書くときには、原則として敬称を略させていただいた。敦子の日記からの直接の引用は、なるべく括弧に入れるようにしたが、ほとんど全体が日記の記録に基づくことは、前記の通りである。
この本の出版に当たっては、学文社、社長の田中千津子さんのお世話になった。お礼を申し上げたい。

二〇二一年一月、敦子の三回忌を迎えて

島田（嶌田）克美

目次

よみがえれ、いとしの日々
亡き妻の日記より

嶌田敦子（しまだのぶこ、旧姓竹内）の生涯

第一章　生い立ちと新婚生活

第一節　生い立ちから結婚まで

敦子（のぶこ）の生年月日は昭和五年三月二十日、場所は　渋谷区代々木大山町一〇六〇番地　竹内家の二女として生まれた。

竹内家の家系をみると元々は福井県の商家で、菩提寺は勝山市にあった。ただ早い頃から、石川県の金沢に住んでいた。女系の家で、敦子の母、翠江（すみえ）が婿養子の村本又佐と結婚した。又佐は陸軍軍医として順調に昇進、終戦時には大佐となり、三重県の陸軍病院長をしていた。祖母のはるは片山家から竹内に嫁いできた。そして長女の翠江の下に外茂という男子が生れたのだが、早くに翠江に家督を継がせることに決めていたらしく、その方針を変えなかった。こうして竹内の親戚は、敦子の父の村本と祖母の片山の一族が主なものになるが、それらの広がりを敦子はよくとらえており、法事などのメンバーの中に記している。

敦子が生まれた代々木大山町の家は、おそらく昭和初年の頃に建てられたもので、当時としては、新しい流行のスタイルのもの。すなわち、基本は和風だが、洋風の応接間を玄関脇にもつ。場所は旧水道道路に面し、小田急線の東北沢にも、バス停にも近かった。この家は立派な庭も備えて、邸宅らしさを備えていた。

子供のころの環境としては、上に姉や兄が居り、近所に田子島さんという親しい家があって、そこの子（一郎さん）などとも遊んだ。活発な女の子だったようである。

学歴をみると、小学校は近所の上原小学校だった。女学校は三輪田高女に行く。これは姉が行っていた同じ学校。ただし二年まで。父親が三重県の陸軍病院長になったことから、鈴鹿高女に中途入学。

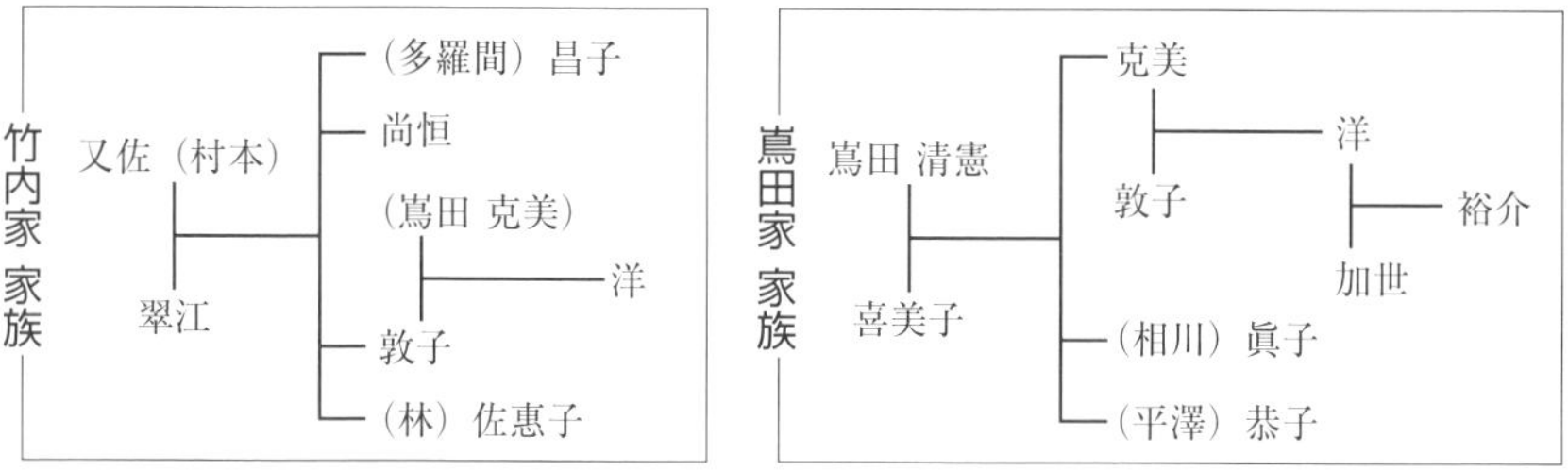

図 1-1　系図

高女卒業後、四日市の暁女専、被服科で学ぶ。

終戦時にはまだ女専に在校していたので、卒業まで祖母と三重県に残っていた。東京に帰ってから、肺結核の症状が現れて、自宅で静養していたとみられる。この間に、ラジオを通じて、クラシック音楽に親しんだ。

写真 1-1　竹内一家　敦子 10 歳

次に結婚相手、嶌田の家系を見る。

結婚相手となった嶌田克美の場合、先ず断っておく必要があるのは、名字の字体のことだ。嶌田を「しまだ」と読んでもらえないことが多いので社会人になってからは、ずっと島田という字で通し、七〇歳くらいになって、金融機関や健康保険関係の本人確認がきびしくなってから、改めて戸籍上の嶌田をかなり広く使うようになった。

さて嶌田克美は、父嶌田清憲と母喜美子の間に生まれた長男、大正一五年一月三日生まれ（ただし、この戸籍上の日付は実際と違うと言われて、誕生日の意識は弱くなった。早産で混乱し、届けが遅れたとのこと）。下に妹の眞子と恭子が居る。

写真 1-2　嶌田一家　竹内と同じ年　恭子はまだ生まれていない

嶌田清憲は富山県五箇山の出身。五箇山は嘗て秘境と言われた山奥の地で、その中心地の一つ、旧平村の下梨の向いの大島が本籍地。少年の時期に両親を亡くし、若くして上京、苦学して陸軍経理学校に合格し、主計将校となった。克美の母喜美子は金沢の加賀藩の武士だった山崎家の末女。二人は主に東京に住んで、核家族を形成し、昭和六年、現在の梅丘の地に、自宅を建てた。敷地一五〇坪は借地で、当時の地代は月、坪あたり一〇銭、全体で一五円だった。家は、やはり洋間と和室（平屋）四室のつくり。ただ、はじめ見込んでいた道路の開通が実現せず、その方向を向いていた玄関は使われずに、裏口を入って台所から出入りするという、変則的な生活スタイルを強いられた（この家も竹内の家も戦災を免れた）。

以上のところで、二人の父親が共に軍人で、建てた家が、洋間付きの日本式家屋だという共通点を挙げたのだが、家庭生活には、軍人だからという特別の勇ましさはなく、普通のサラリーマンとあまり変わらなかったと思われる。なおこの場合両方とも、いわゆる兵科以外の軍人だったことと関係があるかもしれない。

克美の学歴は旧制都立十中の四年終了後、旧制一高、東大法学部へ、という世間的にはエリートコースだが、本人にその意識は全く無かった。父親がいわば準エリートコースに居ながら、生活面で酒癖に苦しみ、母親は子

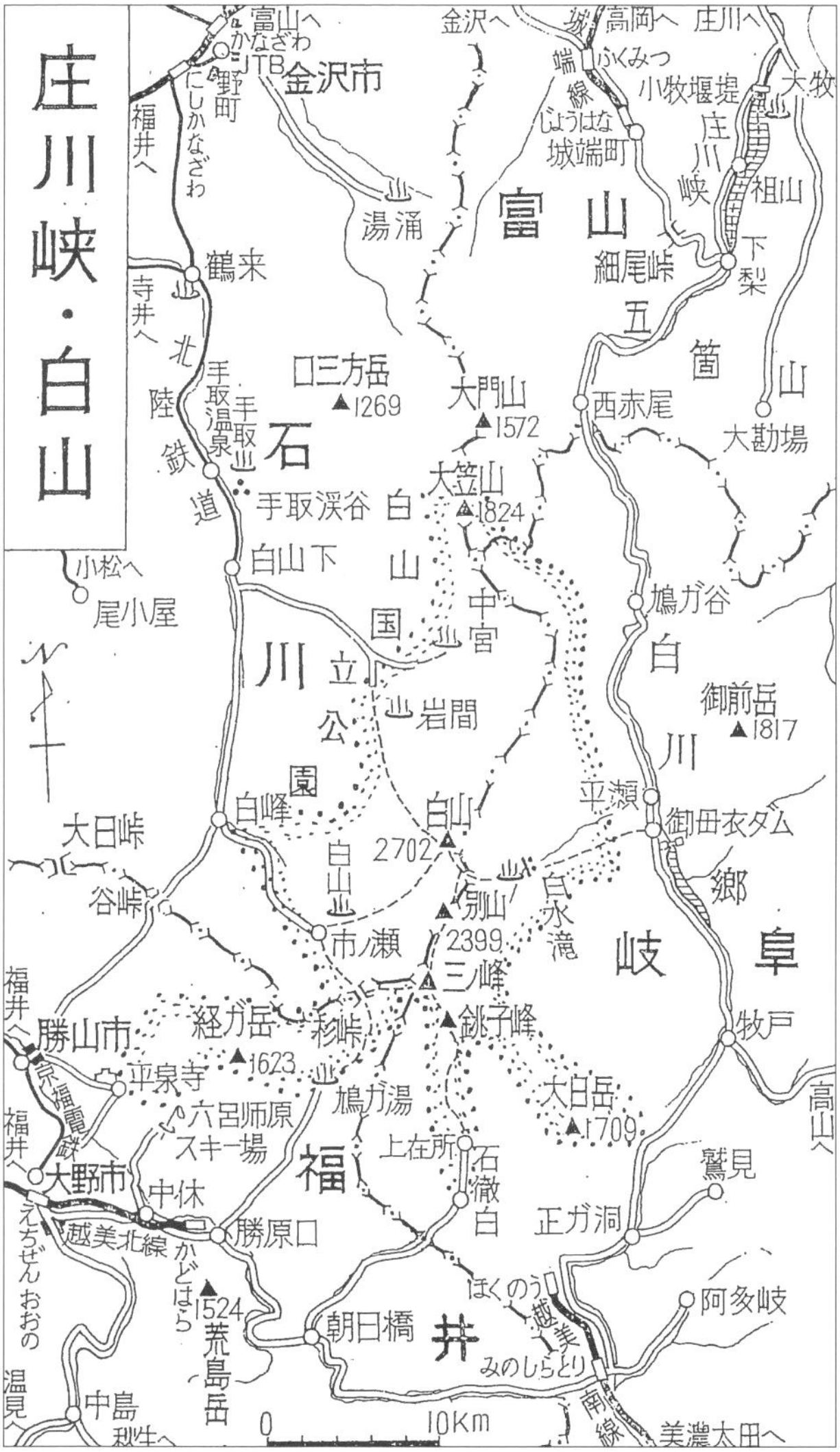

図 1-2　五箇山と勝山

二人のルーツの場所。五箇山は右上、その中心下梨の対岸大島が嶌田の本籍地。勝山は左下、ここに竹内家の墓地があった。

（出所）交通公社『旅行案内　北陸』昭和 44 年版

供にひたすら安穏な生活を望んでいたことが影響していただろう。母親の喜美子は克美に、農学部にでも行って、のんびりしたらどうか、等と言っていた。農学部がどういうところか、知っているわけではないが、イメージでそう言ったのだろう。ともあれ、戦時中に大学に進み、勉強はろくにできずに、学費最少で済むように、さっさと卒業したというのが実態だった。克美の就職先は、人事院から公正取引委員会へと、短期間に変わった。これは、親戚に当たる中島という人（旧朝鮮からの引き揚げ者）が、公取の課長をしていて、克美のことを知り、引き抜いたからだった。

結婚までの経緯

昭和二五年頃、敦子は、近所に住む「田子島さん」の仲介で、嶌田克美と見合い。田子島夫人は、嶌田喜美子と、金沢の旧制第二高等女学校同級の友人。同時に、竹内翠江は同じ女学校の先輩で、近所に住み、親しくしていた。この三人の女性が会って話すときは、おそらく金沢の方言で、あけすけの話し方をしたであろう（翠江の使っていた方言を敦子が記録したものがあり、後に示す）。

見合の後、敦子は克美と付き合うことになり、普通に映画や音楽会にも行ったが、克美の妹の眞子（まさこ）とも一緒に多摩川に行くなど、総じて地味な付き合いが続く。その中で、竹内家は克美に、当時としては大変な御馳走のすき焼きを振る舞うなど、歓待してくれた。この頃克美の両親はまだ富山県五箇山の疎開先に住んでいて、焼け残った東京の自宅に克美と眞子が住んでいた（嶌田側にはそれまでにいろいろ経緯あり）。

写真 1-3　婚約時代
眞子と（二子玉川）

克美は、国家公務員だが公取という新設官庁に勤めていたので、竹内側に多少の不安があったかもしれない。ただ、ずっと後に（敦子八〇歳台になって）聞いた話として、「一高、東大なら食いっぱぐれはない」と言われていたと。親が子供の結婚相手の経済的な状況に関心を持つのは当然で、これは別段問題のある発言ではないが、戦争直後でも、戦前からの日本社会の一つの見方が続いていたとはいえる。半面、克美は立身出世の意欲を欠いており、そのことは敦子に伝えていた。

克美は、敦子との結婚を決めたとはなかなか言わないで、時が過ぎた。克美には、長男として、両親との同居を求められた場合、果たして結婚生活がうまく営めるか、という不安があった（父親は毎日の酒量が多く、波乱の多い生活）。

他方竹内側では、ただの交際を終わらせ、結婚することを求めた（克美の両親も敦子との結婚には同意していた）。こうして、結婚式の日時、場所、招待客などを決めたが、克美の両親は、疎開先を出て、再び東京で住むために引っ越してくるから、それまで待てという。結局、式の日を変更することなく、克美の伯母（母の姉）夫婦を親代わりにして、結婚式を挙げた。昭和二八年一一月二二日のことである。場所は虎ノ門の公務員共済会館だった。

新婚生活

結婚式後、二人は新婚旅行として、数日間伊豆方面に出かけた。克美に経済的余裕がなかったので、さほど豪華な宿には行けなかったが、それなりに順調に進んでいったとみえた。しかし、旅行の終わりごろから、敦子の体調に不安が生じた。慣れないことが続いた疲れかとみえたが、根底に、肺結核の再発懸念があったようだ。この問題は、竹内側では（敦子自身を含め）危惧していたのかもしれない。ともかく、敦子は、新婚旅行から帰ったあと実家に戻って様子を見ることになった。

他方嶌田側では、両親が次女の恭子と共に引っ越してきたので、自宅には両親と克美の妹二人が同居していた。この状況で、敦子を同居させることは到底できない。これは竹内側では（敦子の身体の問題を知っているから）当然の考えであり、克美も病気のことは深くは知らないが、同じ考えに至った。その場合の住まいをどうするか、迷いはじめたときに、克美の友人の金森久雄から、世田谷代田の近くの物件（家主は船津、その離れの小さい家）を紹介され、そこに行くことに決めた。

別居するという克美の話に対し、父親は理解不能という態度だったが、母親は受け入れると言った。敦子の病気のことは曖昧にしていたはずだが、それでも母親が別居に同意したのは、息子に甘いことのほか、夫のわがままに悩まされてきたからでもあろう。

写真 1-4　結婚式の日

新居の場所は代田一丁目三八〇番地。今は番地の数え方が違うが、小田急の世田谷代田の駅から南に歩いたところで、渋谷行きのバス停に近かったと思う。克美の親と妹たちの家（日記の中での梅ヶ丘）との間は歩いて行ける距離、敦子の実家（日記の中の大山町）からは、小田急の東北沢から二駅乗ればよい。

一九五三年の一二月の状況については、記録も記憶もさだかでないが、借家の契約をする一方で、そこに運び込むものなどの準備をし、同時に克美が別居した場合の経済面の問題の議論があったと思う。克美は上級職公務員の中に入ってはいたが、まだ地位は低く、当時はかなりの薄給。その中から家賃（三、五〇〇円）を払い、他方梅ヶ丘に、毎月仕送りする（一、〇〇〇円）ことで決着した。

なお新居は、四畳半の畳の部屋の横に、かなり広い板の間があるという間取りで、全体としてはごく狭いので、当時、報告書の原稿書きに忙しかった克美が、仕事を家に持ち帰ってするのは、かなり大変だった。

第二節　一九五四年、若妻初年度の希望と現実

新婚直後の新年、敦子の日記が始まった。博文館の当用日記。縦書きの記事と、ページの終わりに設けられた横書きの金額支出欄とがあって、敦子はそこに精一杯の慎重さ、生真面目さで、主な出来事を書いていったとみられる。

一九五四（昭和二九）年一月一日「朝、大山町からの料理によって祝杯。酒は大晦日に梅ヶ丘からもらってきた二合足らずだが、けっこう酔う。代田ではじめての朝でもあったわけ。船津さんに年始の挨拶をしてから、梅ヶ丘に行ったのが三時頃。一一時頃帰宅」。その後に、「小模様銘仙、梅竹羽織、エンジぞうり」と、当日、着物で行ったことを書いている。この頃、まだ若い女性の外出着に着物はまれではなかった。

一月二日「風のない暖かい日。一〇時頃眞子さん、恭子さんいらっしゃる。大山町で着物を着て、課長さんへ行き、帰りに大西さんに会い、渋谷でみかんを買って、沢田さんへ行く」。課長は仲人役。大西は克美の同じ課で上役。沢田は別の課だが、この頃克美と親しく、特別に新婚の我々を招待してくれた。大変なご馳走で、敦子は料理の中身を記憶、克明に日記に書き留めている。鳥肉の丸焼き、焼き豚など、洋風の料理だった。沢田は理論家で、リーダーシップもあった。家柄が良いように思われた。

一月三日「一〇時大西さんへ行き、三軒茶屋をまわっ

て大山町へ。田子島さんで五時までいて、一一時に帰る」。この二日間の着物は、かぴたん、ピンク羽織、ローズ草履。

一月四日、克美出勤「バス、地下鉄を利用」と。「梅ヶ丘へ行き、長岡屋で転出のことをやり」とある。長岡屋は米屋。配給を受ける店を変える必要があった。

一月五日には、大山町の母、妹の佐恵子、従姉妹たちが、肉を持ってきてくれて、母は帰り、夕食は若者たち皆ですき焼き。翌日は敦子が大山町に行った。この日と翌日、下北沢の宮田家具店で、アイロン台と飯台を買った。アイロン台は実家の母に買ってもらう。飯台は一人で買いに行った。「高島屋で千四百円であったのと同じもの」と。前日に見ていたらしい。一、二五〇円、二尺五寸径、と。この日「朝、七草粥」と欄外にあり、「米一合、だし五合、塩大1、餅七個」と。大量なのに驚く。

一月一〇日、日曜「酒井さんへ行く」。学生らしい遠慮のない空気がとても気持が良かった」。酒井は、克美が勤労動員の時、群馬県の中島飛行機の工場で一緒だった旧友。同じ旧制一高出身で、長い付き合いになった。敦子は、克美の友人を次第に知って行くことになる。この日も敦子は着物で行き、料理の詳細を記録している。

一月一三日「勉強グループ招待日。午前中に大体の形をととのえ、午後母に来てもらって仕上げる。夕方忙しく身支度をして、六時半頃よりお客様がみえる。四人集って、お酒六合とスタウトビール三本持っていらっしゃる。一一時半頃散会」。この日のメンバーは、金森、原田、川又、横山（または辻）の四人かと思われる。以前からの読書会メンバー。敦子の日記にはこの後「ケインズ研究会」と書かれている。敦子は、前日から料理の準備をし、特に海老のすり身を食パンで挟んで揚げたものは好評だった。

この頃、大山町と同様、梅ヶ丘との往来もかなり頻繁で、右の招待日の前には、皿や椀などの食器を借り、その他の日に大工道具を借り（又はもらい）、燃料の炭を梅ヶ丘の母や恭子が持って来る（代金五〇〇円を支払う）など、していた。皿を借りた日には「一時間半程お説教」とある。父のその日の具合により、座らされて、聞かされたことに、いやな思いをしたこともあったはず。

一月二三日、欄外に、月給日、と。午前中、富士銀行へ。何の用事か不明。「帝銀へは行けずしまい。しかし、顔を見てやっと安心できた。日本橋でしなそばを食べた。山本山、高島屋へ行き、家庭用品を買った。買物帰りに雪が降りだした。パンプスをはいて行ったので、足がいたかった」。初めての月給日に、克美を呼び出して、食事と買物をしたことがわかる。克美が勤務する公取の職場は、三越前近くの、三井ビルにあった。この日の買物の中には、コップ、バター入れ、茶こしなどがあった。しなそば、というのはラーメン。ちなみに、お昼、一〇〇円と書かれているから、二人分のラーメン代が百円だったと思われる。なお、克美は、収入を全部敦子に渡し、自分は小遣いを受け取って生活するパターンを最初から、当然のようにしていた。ただ、その結果、結婚当初、独身時代と違って、使えるカネの不足を感ずることが多かった。

二月一日「五時すぎお習字へ行く。娘時代にもどった感じで代田へ帰るのが変だった。六時四〇分頃帰った」。習字は、比田井抱琴という人に習っていた。

・食の準備から始まった生活の諸相

二月二日「午前、お米屋、支所へ行き、代田への転入届をもらい、都営住宅の（申し込み）用紙ももらって帰る」。この日敦子が夕食に用意した「あじの唐揚げに野菜あん」という料理のレシピが欄外に書かれており、この日は他に、水菜とがんもの卵とじ、人参・大根のおろしにしらす干し、と、合計三品が食卓に並んだ。夕食の料理の詳しい記述は、この後さほど日記には出て来ないで、後には別のノートに書くようになったが、毎日の食べ物のことを考えて決めていた。スタート時点で、出来合いのおかずなど売っておらず、限られた予算の中で、材料の品物を買い、工夫して料理したのは、専業主婦だからできたことではあるが、その後の方向付けになったとみられる。

この頃、克美は敦子から、毎日の食費、百円の予算で買物をすると、聞かされていた。これは副食の材料費と考えてよかろう。敦子の日記には毎日の買物が克明に記録されているので、当時の物価がわかる。まず、米は配給で内地米二月分一九四円、三月分二三三円、他に外米三キロ二三〇円、麦一キロ六〇円など、準内地米というのもあった。パン一五円というのは、当時の半斤だろう。うどん八円、一六円というのは、一人の昼食などには、一個八円のゆでうどん、二人の時は一六円だったとみられる。卵を毎日のように、一個一五円、二個二八円などと買っている。豆腐が一丁一五円だから、卵は一個で同じ値段である。魚はあじや鯖など二〇円未満、肉は五〇円前後と高いが、ひき肉は少し安い。野菜は大体どれも一〇円前後だが、人参三円ということもある。他に、林檎や蜜柑など、又砂糖や醤油などの調味料も併せて、（米は除き）毎日平均百円をめどに生活していた。

二月五日「区役所の出張所で、都営住宅の申し込み及び米穀通帳の書き換えをした後、梅ヶ丘へ行く」。「うどんをいただいて、二時頃帰る。髪を洗って、夕方佐恵子洗濯に来る。五時まで電気がつかなかった。九時に佐恵子帰る」。敦子は嫁入り道具として、攪拌式の洗濯機をもってきた。当時洗濯機は普及していないので、妹の佐恵子が、それを使って洗濯するために来たのだろう。他方電力不足で、停電することも多かった。

二月一七日「朝から雨降りでうすらさむかった。一日中セーターを編み続けた。今日も残業の日。夜は一寸おセンチ」。昼間はともかく、夜になっても克美が中々帰らないというのは、想定外だったのだろう。この頃から克美は残業が続き、敦子は、それとほぼ並行して、風邪の症状を示した。そして克美も少し遅れて発熱。医者でもある大山町の父がほぼ毎日来て診察、必要に応じて投薬、注射などをした。扁桃腺が赤いという見立てだった。

三月四日「私は、まだ一日寝ていた。克美さんは頭がはっきりしていない。夕方大山町の母と梅ヶ丘のお母様と一緒にいらした。恩給が取れたとのこと。（父に）咳止めの注射をしてもらった」。軍人恩給の復活は、批判されたが、両家には朗報だった。

三月一四日「祖母と母がラジオを持って来た。返すラジオをもって、大山町まで送って行く」。兄の尚恒（なおひさ）がラジオの面倒をみてくれて、それまで借りていたものと取り替えた。

三月一八日、梅ヶ丘の父が訪ねて来て、克美に株式関係のことを頼んだ。父は克美を介して角丸証券（原田洋が東京大学経済学部のつながりで紹介）と取引し、株式投資をしていた。これは敦子にとっては未知の世界だったが、この後敦子が外出する用件の一つになった。

三月二四日「洗濯をして、一つの原稿を清書したところへ、佐恵子が来た。二六日に中野へ着て行くというので、ウエスト縫い、チャックをつけた。お華なので、三時に帰った」。克美の原稿は、外部の雑誌用だったようだ。佐恵子の服をしばらく前から作っていた。この頃佐恵子が生け花を習っていたことがわかる。佐恵子の服は二五日に仕上げ、佐恵子に渡した。中野というのは叔父のところで、二六日に、敦子も母、佐恵子と一緒に行った。

三月三〇日「五時半に、渋谷で待ち合せて、映画『地上より永遠に』を見た」。

三月三一日、京都の姉の一家が上京、大山町に泊まる。四月一日、姉は大山町の母と、梅ヶ丘へ挨拶に行った。四月二日、敦子は姉、佐恵子らと大山町でおしゃべり。三日には、姉の長女の美世も加わって四人で銀座へ。その後三越前で克美も加わって蕎麦を食べた。着飾った若い三姉妹と一少女が、復興の進む銀座を歩く、戦後の平和なひとときが、眼に浮かぶようだ。京都の姉と美世は五日に帰り、義兄は残った。

四月八日「東京駅へ、多羅間の兄を送って行く。帰りに母、佐恵子と買物。ボール、片手鍋などを買ってもらう」。

四月一〇日「今日は（克美）登戸行き。一一時少し前とても酔って帰ってきた。夜中、三回吐いたりした」。仕事が一段落し、土曜の午後からグループのメンバーと野外で宴会。薬罐から酒を注いでガブ飲みして、克美の生涯で最悪の二日酔いになった。

四月一七日「（佐恵子、克美と）三時頃伊勢丹へ行った。兄も一緒に四人でぶらぶらして、帰りに不二家で休んで大山町へ帰り、マージャンなどして帰る」。「今日はピンクの毛糸四オンス買ってもらった」。毛糸は三六〇円と記録されているので、自分たちの家計からの支出だが、いわば敦子の欲しい物を、克美に認めてもらって買ったということだろう。なおこの時期大山町からの援助は、物を買ってもらうだけでなく、祖母からの借金等もあった。

四月二三日、前日、本山園で頼んでいた「茶箱が届いた」。「五時過ぎ、役所帰りと待ち合せて、レインコートを買った」。レインコートは前日、兄が買ったのを見ていた。二五〇〇円と高額だった。

四月二八日「茶箱に三越の紙を貼った」。茶箱は、衣服などの収納用だが、箱の外側に、気に入った包装紙を貼って見た目をよくした。このやり方は、段ボール箱を利用するときなど、生涯続いた。後には、箱の外側に布を貼ることも多くなった。なおこのときの茶箱には、下に車を取り付けて、押し入れからの出し入れをしやすくした。

五月二日、大船の伯母の家に、恭子と二人で行った。午後長男（従兄の一永かずなが）に案内してもらって、「鎌倉へ行き、八幡、大仏、観音を回って江の島に出て、新宿行きで帰る。梅ヶ丘まで恭子さんを送り、おすしをいただいて帰った」。

五月八日「午前大山町へ行き、着物を着せてもらい、東中野で待ち合わせて、平尾さんとモナミへ行った。一寸したきれいなところだった。四十人ほど集っていた」。

これは三輪田のクラス会。

五月一二日「朝八時半に家を出て、国立病院で診てもらう。しばらく治療するとのこと。午後梅ヶ丘へ寄り、大山町へ行く。夜、兄と下北沢へ行き、家まで送ってもらった。風月であんみつを食べた。（克美は）勉強会の日で、十時半頃帰った」。

この後一五日まで、毎日病院へ行ったが、身体にかゆみが出ておさまらず、父に注射をしてもらうなどして、しのぐ。その後病院へ行った記録は二四日のみ。

五月二二日「朝から雨降りだったが、半年記念日なので、一二時半頃家を出て、高島屋で待ち合せ、コップなど買物に三越、不二家、松坂屋へ行き、五時近くなったので、虎ノ門へ行き、夕食し、七時すぎ帰った」。虎ノ門共済会館の領収書が日記帳に貼ってあり、克美はポークカツ、敦子はチキンカツを食べたことがわかる。

六月一三日、日曜、克美と「銀座へ行き、松坂屋で生活工芸展、松屋で生活改善展を見て、新々飯店でチャンポンを食べて、上野へ出て、京成線で堀切菖蒲園へ行った。白、紫と、とてもきれいだった」。「今日はユーモア劇場の終わりの日だった」。

六月一九日、「高島屋で待ち合せて、タイガージャーを買った。屋上で休んで八重洲口をぶらつき、石油コンロの展覧会を見て、大山町へ行った」。

六月二五日「夜、佐恵子と母が兄の療養のことで来た」。

七月一二日「夕方兄が来ることになっていたので、夕食待って一緒にして、八時半頃帰った。それから船津さんへ仮縫いに行った」。兄は結核の療養について、家族と話し、悩んでいたとみられる。大家の船津からは、服の仕立を頼まれていた。

七月一六日「夜、若林へ巻紙を買いに行って、アイスクリームを食べた」。巻紙は手紙を書くため。敦子は、当時、礼状等を毛筆で巻紙に書いていた。

この少し前のページに、「ごぼうともっこ」と毛筆で書いた紙が貼ってある。これは、克美が、敦子に、あだ名はあったか、と聞いたら「もっこといわれていた」という。克美は「自分は、かっちゃん数の子とか言われていたが、今だったら何だろう」と聞き返し、敦子が「色が黒くてやせているから、ごぼうだー」と珍しく、うきうきした口調で言った。そのあとのことで、筆で字を書く練習の途中に、いたずら書きをしたものを、日記帳に貼ったとみられる。唯、二人が、もっことか、ごぼうとか、呼び合うことは、なかった。

七月一九日「今日は夏休みの第一日。朝から原稿書き。ワンピースを仕上げる。夜夕食後、停電し、その最中、佐恵子と母が来て、林檎を食べ、九時半に帰った」。ワンピースは、船津用のもの。二一日「船津さんのが出来た。リップルのブラウス、青のスカートなどを作った。夕方船津さんが着てみせてくれた。とてもよかった」。

兄の療養始まり、敦子も通院

七月二三日「今日兄が富士見へ行くというので、一〇時一〇分前に家を出て、大急ぎで新宿へ行ったら、汽車には間に合ったが、会えなかった。大山町に寄って帰った」。兄は富士見の療養所に入ったとみられる。

七月二八日「今日は花火の日なので、朝から着て行く浴衣を縫って、午前中に出来た。午後お風呂に行って帰ったら、雨が降り出した」。花火は翌日に延期。二九日夕方から、佐恵子と待ち合せて、（克美と共に）稲田多摩川へ花火を見に行った「仕掛けを三つばかり見て早めに帰り、大山町へ行った」。

七月三一日、土曜日「今日は、日比谷で『白鳥の湖』を見る日。志のだ寿司を持って行った。ノラ・ケイの針金が入ったような、とてもきれいな踊りを堪能した」。

八月三日、上京していた敦子の旧友の水野と新宿で会って、家に連れて来た。

八月五日、克美は休んで原稿書き。夕方から二人で下北沢へ行き、映画『ローマの休日』を見る。

八月六日「洗濯物を干してから、株のことで、銀座へ行き、エタパイと久保田へ行った。久しぶりの銀座でうれしかった。それから日本橋へ行き、一緒にお昼を食べて、二時半頃帰った」。株の件を梅ヶ丘から頼まれた。エタパイとは、会社の略称。

八月七日、土曜日、大山町へ行く。マージャンをした。この日の記事とは別に、しっかりした文字で「我が家の歌テーマ　モーツアルト、フルート協奏曲、二番、二長調三楽章」とある。これは、何かラジオ番組があったのかもしれないが、不思議なのは、六〇年以上後の敦子の葬儀のとき、別に頼んでいなかったのに、葬儀社がフルートの生演奏をしてくれたこと。曲は違うかもしれないが、つなげてみると感慨深い。

八月九日「一日寝て、『真実一路』を読んだ」。

八月一一日「大佛次郎の『宗方姉妹』を読んだ。相変わらず何も食べたくなかった」。

八月二〇日、克美と赤城山へ行く。行程が詳しく書いてあるが、省略。湖のそばの赤城旅館に泊まる。行った日、翌日ともボートで湖に出た。宿賃は二人で一、二〇〇円。翌日「道標の所から下って一盃清水までは、とてもこわい道だった。バスで下ったら、上って来るのが多かった」。この日は土曜日。敦子たちは金曜に出掛けたので、混まなかったが、天候は良くなかった。

八月二二日「梅ヶ丘へ行き、帰ってから、オデオン座で『土曜を貴方に』を見た」。

八月下旬、大山町、梅ヶ丘との往来多く、佐恵子や実家の母の着るものを仕立てた。

九月になると、敦子の体調変化。九月六日、七度一分の微熱を記録。仕事をせずに、七日には『潮騒』や『真知子』を読む。九月八日「病院へ行って診てもらった」。

九月一〇日「午前、病院へ行ったら、少し影が残っているので、注射をするとのことだった。午後母が来て、お使いをしてくれた」。

九月一三日「午前保健所へ行ったが、収入の点で申請出来なかった。それから三軒茶屋で別れて、病院へ行き、注射を始めた。『リツ子その愛』、を読んだ」。保健所では多分、注射代への補助を頼むつもりだったのだろう。

九月一七日「病院へ行く。『リツ子その死』を読む」。病院では、月曜と金曜に、注射を受けた。注射だけの場合、一四四円を支払っている。ストマイの注射だと思われる。この頃の敦子の読書熱は驚異的で、話題の本をどんどん読んでいた。

一〇月九日、土曜日、克美と待ち合せ「お昼をうなぎにして、三越で買物をしてから、半蔵門までバスで行って、一時間近くぶらぶらして、東条（会館）の前で別れた。金森さんのご披露はとても大変だったそうで、写真の小さいのもできていた。大山町へ帰ってから、田子島さんとお話をして、夜一一時頃帰った」。この日は金森の結婚式。この日の披露宴が盛大だったのは、有名な元国務大臣の長男だから、当然である。

一一月五日「病院から帰ったら、ガス会社が来て、午後までかかってガスを付けて行った」。ここでやっとガスが使えるようになった。

一一月九日、克美出張へ出発。一五日まで祖母が来て泊まってくれ、途中祖母が出掛けた一二日には母が来て一三日夕方まで居た。一三日「夜はうれしくてなかなかねられなかった」。そして一一月一四日、克美と小田原で待ち合せ。熱海経由、伊東へ。「光風閣に行ったら、まだ部屋が空いていなかったので、雨が降っていたが、伊東の街を見物した。午後はお風呂に二度入った。夜は停電があったので早く寝た」。光風閣は、当時の非現業共済組合（その後公務員共済となる）の施設。二人の宿泊料が七〇〇円、食事料は特クラスで二〇〇円、他にサービス料一割、合計九九〇円の領収書がある。翌日は、箱根に行くつもりで宿を出たが、途中で気分が悪くなったことから、バスで錦ヶ浦へ。一駅戻って曽我浦の海岸で過ごし、午後四時小田原発の特急で帰った。

この後は、連日恭子のセーターを編む。一九日に出来た。

一一月二〇日、土曜日「待ち合わせて、東横の開店なので、結婚一周年の記念の銘々皿、茶碗蒸しを買い、毛のズロースやガス管等いろいろ買物をした。とても混んだので気持が悪くなった」。この後肝心の結婚記念日は、克美の胃の不調で食事はおかゆになる。

一二月一日、原田、金森が来て、三人だけの勉強会。「お餅の入った茶碗蒸しと大学いもをした。お菓子は、落花生のおこしと角せんを出した」。この日の買物リストを見ると、卵七八円、マグロ二六円、かしわ六六円、もつ三〇円、おせん七〇円などとある。

一二月一二日、敦子は「文化の会」へ。翌日は、大山町の母と祖母が行った。眞子の案内により、当時の文化服装学院の発表会に行ったとみられる。

一二月一五日「朝、にしん（鰊）漬をした。佐恵子が洗濯に来て三時頃帰った」。その前一一日に大山町から、漬物桶と石を持って帰った（タクシー）。なお一一日に克美、兄と三人で三越へ行った、とあるから、兄は富士見から戻っていたことがわかる。

一二月一七日「午前、ボーナスと今月分と、久保田のお金を梅ヶ丘へ持って行った。栗やお野菜をもらってきた。お米の払いを済ませた」。梅ヶ丘には、例月分に四千円を加えて五千円、久保田というのは配当金を代わりに受け取ってきたもので、一八〇〇円。お米の払いというのは、この頃、米を長岡屋に頼み、付けになっていたもの。

一二月一八日「大山町で母と待ち合せて浅草へ行き、室町で待ち合せて、うなぎを食べ、新宿で母と別れて、下北沢へ寄って帰った」。浅草へ行ったのは、観音参詣のためとみられ、母には祈願したいことが多かったはず。

一二月二一日「午前都営住宅の申し込みをして、梅ヶ丘へ寄った」。梅ヶ丘ではみかん代金二五〇円を払っている。これは、梅ヶ丘へ八百屋が蜜柑箱を届けていたから。一貫五百匁の箱が二五〇円とある。

一二月二二日「今日は沢田さんへ行く日。朝八時過ぎに若林のパーマ屋へ行き、一一時過ぎに帰った。午後四時頃大山町へ行き、着物を着てから、沢田さんへ行き、帰りは一一時過ぎ」。この日はタクシーで往復した。日記帳にこの日のご馳走の中身が詳しく書いてある。鯉の丸揚げもあった。着て行ったのはピンクの訪問着に佐恵子の絵羽織。

一二月二五日「今日は、佐恵子や兄とクリスマスをするので、夕食に来る日。午前中ぐっすり寝てしまった。昼に佐恵子が来て洗濯をしたりしていた」。この日の献立は、スープ、グラタン、スコッチエッグ、ハムと卵、サラダ。それぞれの中身も記載。

一二月二七日「ケインズグループの会を家でやる日、りんごの天ぷらをした」。この日にはこれだけしか書いていない。午後病院へ注射に行っているので、余裕が無かったと思われるが、二五日の料理と重なるものを出したとみられる（二五日に多くの買物をして、材料はあったはず）。

一二月三〇日「朝、病院へ行ってから、梅ヶ丘へ行き、お餅つきをした。午後三時頃帰った。克美さんは、松寺さんと地主さんへ行った」。

一二月三一日「午前、新宿まで買物に行ってもらい、私はおせち料理を作り、帰ってからお掃除をして、お風呂へ行って、八時に床に入った」。風呂代二人で三〇円というのが、日記の終わりに書いてある。

結婚一年目の家計の総括

もともと、日記の目的の中心は、家計の記録だと敦子は思っていたようだ。次の年度から、日記帳ではなくて、家計簿を買って記入している。そこで、初年度についても、毎日の支出金額の記録の他に、日記帳の後ろの各月の費目別集計表や、年間収支総計表に、集計結果が詳しく記入されている。

一九五四年の年間収入は、俸給が一九七、三四四円、ボーナス三一、一九二円、原稿料その他一二、九七二円、旅費一一、二二〇円、大山町一一、三〇〇円で、合計は記入していない。

以上をみると、ボーナスの比率がまだ低いこと、旅費を収入に入れていることが給与面の特徴。そして、原稿料などの副収入（その中には本を売った代金が一千円余ある）と大山町からの援助が加えられている。大山町からの援助は、新婚生活で必要になった道具代を出してもらったほか、何かの時にもらったものもあるが、大山町の人が着る物をかなり作っていたから、その代金と言えないこともない（いわばお駄賃）。現金の出し入れの中で、一つ気になったのは、四月に祖母からの借金二、五〇〇円とあること。これは集計表には無い。そして実に六四年後、病床で意識が薄れた敦子が「お祖母さんからの借金一、五〇〇円返してない」と言ったこと。二、〇〇〇円と言ったのかもしれない。克美は驚いたが、これを借金したと生涯覚えていたのは、多分、祖母の生前、幾分かこっそり借りて、返す機会を逃したのだろう。

さて次に支出面では、家賃四二、〇〇〇円、梅ヶ丘一五、〇〇〇円、次に克美小遣い四〇、一九五円、これらがいわば敦子の手許を離れた金。そして主食一三、五二一円、副食五〇、二二一円とある。主食は高く、副食も一日平均百円では賄えなかったことになるが、外食費の項目がないので、それを含むことが考えられる。他に食べ物としては、嗜好品一、四九〇円、牛乳一、七一〇円とあり、牛乳は九月から計上されるようになった。敦子の栄養確保のためだったことは明らか。他の支出項目としては、医療費九、四七五円、九月以降の四ヶ月分がほとんどである。

新婚家庭に足りないもの（戸棚、食器など）を揃える必要と、嫁入りのために揃えてきたからさしあたり買わなくて済むもの（敦子の着るもの）とがあったが、全体としてみれば、普通のサラリーマンの家庭がスタートしたと言ってよかろう。唯、敦子の健康面に、暗雲がかかりはじめていたことは、たしかだった。

一九五五年、家計のみの日記

敦子の日記帳は、五五年には、家計簿になった。博文館の当用家計簿という、左横書きのものを、五四年に買った。ただ、使い始めたのは一月八日からで、その後二月一九日まで、記事欄に少し記述があるが、その後は全く家計簿だけになっている。

その年初のところからわかることとして、一月九日、松寺さん死去の報、と。これは克美の母の伯父の妻の松寺のお祖母さんという人（梅ヶ丘から近いところに住んでいた）の死去。克美はそれまで親戚などの死者をみたことも、葬儀に参加したこともなかったので、大きな出来事だった。またこの頃克美が、家庭教師を始めて、家に二人の生徒が来ていたこともわかる（家計補助のため梅ヶ丘の地主に紹介してもらって家庭教師を始めたが、うまく行かず短期間で止めた）。やや頻繁に梅ヶ丘と往復しているが、内容はよくわからない。克美の父の具合が悪かったのかもしれない。

重要なことは病院での敦子の診断。一月一一日、レントゲンを撮る。一四日、検痰。一五日には大山町に餅つきに行ったが、一八日「病院でおどかされる」。一九日「午前病院へ。今日は欠勤。午後四者会談」。克美はこの時の検痰結果がよくなかったことを、ずっと覚えていた。四者会談とはどういうものだったか、わからないが、療養所へは行かずに自宅で安静にして様子を見ることになったのはたしかだ。克美に伝染するのを避けて、敦子は通称暗室という板の間で寝起きすることになった。家事の手伝いに、実家の母が毎日のように来るようになったが、敦子も少しは外出をしていたようだ。しかし、以前のように電車に乗って百貨店で買物をし、映画を見に行くことなどはできなくなった。それでも、三月二〇日の誕生日には、ケーキ五八〇円の支出がある。

四月八日には、テラマイシン二一〇円、とある。それまでにも同様の薬代が書かれているから、テラマイシンを一月か二月から使い始めたのか、いろいろ薬を試したのかもしれない。五月六日の医療費にはパラエスと記載がある。六月一一日の土曜にタクシーで病院に往復し、翌週も毎日タクシーで出掛け、六月一五日、病院で八〇〇円支払っている。この日には交際費として、たばこ三〇〇円があるので、おそらくこの前に克美の人事異動の内示があり、名古屋に行くので、病院から紹介状ないし診断書を書いて欲しいと頼んで、受診を終わりにしたとみられる。なおこの頃の薬代の中にはアリナミンの代金もかなりある。

名古屋への異動の内示があったらしいことは、六月二五日の支出、りんごの箱二〇円、二七日にも箱三五円とあることからもわかる。引っ越しの準備をしていた。

第三節　名古屋の公務員住宅
地方への人事異動、名古屋への転居

一九五五（昭和三〇）年の八月に、敦子は克美の人事異動に伴って、名古屋に転居した。この年の敦子の記録は、ほとんどが家計の数字だけだが、主な出来事や、住所などの記録はしっかりしている。それによると、名古屋に引っ越してきたのは、八月七日であった。八月一日付の辞令が出て、赴任期間の一週間を経て、やってきたとみられる。

その前、東京で、安静生活を求められていたものが、引っ越しとなると、主婦がやるべきことは恐ろしいほど

多くなる。その頃はまだ引っ越しの専門業者はなく、ダンボールも使えなかったと思われる。木製のリンゴ箱に、食器や本などを詰め、衣類や布団は大きな袋に入れたり、風呂敷で包んだりした。敦子もそれを、ある程度やらざるをえなかった。そうして出来た荷物を日通に託した。金銭面でいうと、この時、実家（竹内）から五千円を借り、祖母から三千五百円もらっている。赴任旅費一万二千八百円与えられているが、それだけでは不安があったのであろう。

名古屋の赴任先は公正取引委員会名古屋地方事務所、所在地は、名古屋市東区撞木町一の五、庁舎は木造で、他の官庁の出先機関と同居していた。総勢一〇人くらいの小さな事務所で、克美の肩書は総務課長。仕事の範囲は広いが雑用も多い。役人の身分としては、係長級のままであったが、一応課長だから、辞令が中日新聞に載ったようだ。

名古屋の住所は、千種区北千種町愛宕前一五〇　公務員住宅RD一二号（正式名称は、国設千種東住宅だったらしい）。

住居は、コンクリートづくり一階の端から二番目で、すぐ目の前は、広い空き地だった。住宅の間取りは多分、六畳に四畳半、それに台所という程度だが、それまでの東京の住まいに比べれば大分広い。この住宅は新築ではなく、風呂は付いていなかったが、電話は付いていたようだ。

名古屋は東京に比べれば、ずっと小さな都市で、その当時はまだ戦後の復興初期だから、巨大建築物も、地下鉄もない。それでも中心の栄町には、百貨店が集中し、百メートル道路が通っていて賑やかだった。われわれの住所はその場所の東の、池下の北にあたり、やや離れてはいるが、バスを利用することができた。普段の買い物は近所に市場（いちば）があるほか、配達してくれる業者も多かった。

家賃は安く、物価も総じて安いから、かなり暮らしやすくなっていたはずである。ちなみに、名古屋の銭湯のつくりは東京とはかなり違うもので、記憶はあいまいだが、東京のようなひろびろした感じはしなかったように思う。当時の風呂賃は一人一五円と敦子の家計簿に書かれていて、東京と同じだった。

名古屋に行ってすぐに経験したのは、夏の気候の猛烈な暑さであった。新居についてからの数日、家計簿の支出項目に、急に氷と西瓜がよく出てくる。電気冷蔵庫はもちろん、氷の冷蔵庫も持っていなかったように思うのだが、氷を売りに来た業者が居たのであろう。当時エアコンはもちろんないから、名古屋の夏の暑さをしのぐのは大変だった。

療養所生活とその後の助人依存

名古屋に来てすぐ、猛烈な暑さに見舞われた敦子は、引っ越し準備の時からの体力消耗と重なって、持病の肺結核を悪化させたと思われる。名古屋に行ってから約四十日後の九月一七日に、療養所に入所との記録がある。克美は入所という事実をよく覚えているが、詳細な記憶はない。これからしばらく家計簿の記載は欠け、克美の書いたメモ的な記述が少しあるだけだ。

名古屋で敦子を診てくれたのは、中区南小川町の毛利医院と記録されている。そこで療養所行きを求められたのかどうか、前後関係がはっきりしないが、とにかくこのような早い時期に療養所（多分名古屋の南の大府にあった）に入ることになった。理由は、同居していると、克美への感染が起こる可能性があったからだろう。克美は、それからは、毎日欠かさず、役所の勤めが終ってから、敦子を見舞った。結核の療養所には、見舞に来る人が少ないのが通例らしく、他の患者から、よく来るね、という感想をもらった。その場所への往復について、わずかに覚えているのは、大須、金山などの場所を知ったこと（中継地点）、夜のバスを待ち、やれやれ来たかという思いで乗って宿舎に帰ったことくらいだ。

敦子の方は恐らく、不安と孤独に襲われたはずだが、同室の患者たちと、ある程度話ができて、そういう人たちと自身との身の上の比較から、少しは慰められることもあったのかもしれない。そして、恐らく此処で、安静だけでなく、新たに化学療法が採用されたはずだが、そのときの薬のことはわからない。

敦子は短い間だけの入所で、一〇月二九日に退所できた。敦子がそれを強く希望したことは容易に想像できるが、感染させる危険がない程度に症状が治まり、化学療法の継続を条件に退所が認められたのだろう。このことは、われわれ二人にとって、大変良かった。化学療法が進んで、この頃から長期の療養所生活を強いることがなくなる転換期だったようだ。ただし、薬の服用は、その後何年も続くことになる。

自宅に戻ってから、敦子は別段、昼間横になっているようなことはなく、普通に家事をまかなうようになったが、激しい運動はできない。時間があるときは、克美が近所の買い物に行くことも多かっただろう。そして十一月二四日の家計簿に「ばあさん」一〇〇円という書きこみが始まっている。療養所退所以後、手伝ってくれる人を探して、この日初めて来てもらったようだ。この「ばあさん」という人は、近所に住んでいて、さほど頻繁ではないが、週に一、二回来て、洗濯、布団カバーの取り換え、漬物作り、その他、その日の状況に応じていろいろやってくれたことが、日記からわかる。一回一〇〇円、その都度支払うと決めていたらしい。なお、食材については、肉屋や魚屋、八百屋も、電話で注文すれば届けてくれていた。さらに、鳥屋など、新しい売りこみがあって、買ってみた、などとある。

家計簿にみる生活状況

療養所退所後、敦子の生活感が安定してきたことは、家計簿の数字の書きぶりが、しっかりしてきたことから読みとることができる。家計状況の例として、一九五五（昭和三〇）年の一二月の数字をみておく。先ず収入面では、俸給が、月二回に分けて支給され、それぞれ毎月手取り一万円弱。差し引かれるものがあるので、毎月少し違っている。この一二月の前期分は、八、五五〇円と少ない。そして一五日に賞与が二万六千三三一円入っている。後期の俸給は一万三二七円。月間支出面では、家賃が八四〇円、電気代が階段の共益費分を含めて二四八円、ガス代七二七円、水道代二七五円。克美の実家梅ヶ丘への送金は、東京に居るときは毎月一千円だったが、名古屋に来て、二、五〇〇円または三千円になり、この年末は賞与が出たので、六千円に増やしている。食費では米は、一回三百円前後、一カ月に数回（この頃米はまだ統制下にあり、基本配給、希望配給に分かれ、米の種類も内地米、準内地米などいろいろに分かれていた）、なお一二月二五日には、やみ米二四〇円とある。そのほか、かなりの回数パン、うどん、それぞれ二〇円とあり、うどんには七円とか一〇円というのもある。きしめんもよく食べた。副食費は一カ月四千円程度が基準だが、この十二月には五千円近くになった。正月用のものが含まれたからだろう。副食費の中では肉や卵、牛乳などが相対的に高く、魚は、ものにもよるが、かなり安かった。敦子はこの時、牛乳を飲むように言われたようで、生涯にわたってよく飲んだ（ただし冷たいものは下痢をおこすというので少し温めた）。

支出面で大きいのは、克美の小遣い。この時期、勤め先の上司の所長が、よく酒を飲みに誘った。接待酒は飲まないという原則を守っており、酒中心の小遣いがかさんだ。飲む場所は、ほとんどが、狭いカウンターで焼き鳥などをたべる「鳥鈴」という店だった。それぞれが、つけで飲んでいたらしい。一二月一五日、賞与の出た日に、交際費四、一二〇円の支出がある。つけを払ったとみえる。これは小遣いとは別建てにしてある。

この年の賞与の使途について、敦子は、それをまとめて特記しているが、その中には、前記梅ヶ丘への送金、上記の交際費などのほか、一番の高額品は、百科事典の一〇、〇〇〇円だ。これは克美がどうしてもほしいと言った平凡社のもの。既刊の五冊分だったらしく、その後一巻ずつ、時間を置いて、本屋が届けてきた（一冊二千円だったようで、後にその支払いが記録されている）。この月にはほかに靴（二、三〇〇円）やラジオ（二〇〇〇円）も買っている。又年末贈答関係の支出もあった。

幸福感が伝わってくる名古屋生活の記録

敦子が書いて来た記録は、概ね家計簿中心であった。ただ、名古屋での五六年（昭和三一年）からは記事が多くなる。一つには、松坂屋百貨店から、立派な日記帳を贈られたことによる。手に入れた日記帳は、大判で、毎日一ページの中に金銭の記録欄もあるが、記事を書くスペースが広い。そして敦子は日記を書く時間にも恵まれていたであろう。珍しく、心の動きを書く記述がみられる。

分量的に多いのは、やはり天候のことで、敦子はずっと後になっても天候のことを良く書いている。とりわけ名古屋では、夏の暑さに閉口し、自身の身体に不安をもっていたことから、天候と体調とを結び付ける気持ちが強かったと想像できる。そのほかには、体調についての特記事項（下痢したとか、まぶたがはれた、など）、訪ねて来た人、出かけた先、食べたもの（料理したもの）、大きな買い物などが主な中身だが、克美の動静（役所から何時頃に帰ったか、特に遅くなった日）については、昭和三一年の前半頃まで、日記によく書いている。敦子にとって、ここで再び二人だけの新鮮な日々が始まったことのインパクトが大きかったことがわかる。

二人だけで静かだったという日の典型が、昭和三一年の元日である。「とてもあたたかいお正月、一日誰もこず、はなれ小島に来たような静かな一日だった。碁を二回やった」と。後の方に正月の料理が記されているが、かまぼこ、こんぶまき、うに、ソーセージ、かまぼこ、がんぜき、ごまめ、にまめ、すばす、きんぴらごぼう、みかんゼリーとある。魚肉類は無いが、年末の買い物には「かしわ」があるから、雑煮にはこれが入っていたのではないか。そして、一月三日にまぐろ、四日に牛肉を買っている。元日はおせち中心で済ませ、その後で普通の御馳走に移るという正月の食事のパターンは、ほとんど生涯続いた。

元日に、碁をやったというが、碁はこの頃だけの二人の時間潰しのメイン。克美の事務所では、昼休みに碁を打つのが所長以下の楽しみになっていたので、克美も興味を持ち、折りたたみ式の碁盤と、竹製の碁石を買って、敦子を誘った。しかし、本格的に学ぶ気がなかったので、全くのザル碁。そして、この年前半にはかなりの回数二人でやってみたのだが、次第に敦子の方が強くなってしまった。克美は興味を失って二人の対局は終わった。敦子の方が、理詰めで大勢を見る目があったということだろう（これは後にオセロが流行ったときにも言えたことのようだ）。

一月二五日、夕方からタクシーで役所に行き、克美と松坂屋で買物（水野さんの皿を見たとあるが、それを買ったのか不明。友人が陶芸作品を展示していたのだろう）。あと栄銀座のだるまやで釜飯を食べてから、毛利医院に行き「レントゲンと血沈、検痰をしてもらった」。夜まで診療をしていたことがわかる。毛利医院へは、その後毎月一回タクシーで行った。いろいろ検査をした日の支払いは、四百円を越えた。三月二〇日の誕生日にも行った。医療費の支出は診察代一二五円。この日には克美に「誕生日祝いのケーキを買ってきてもらった。百円のショートケーキはとてもおいしかった」。

この頃、敦子は入浴を許されず、身体の清拭で済ませていた。克美がそれをやったことが日記に書かれており、一月一五日には、「二週間ぶりなのでとても気持ちがよかった」と。克美は時間のあるときには、家での力仕事、時にはシーツのミシンかけなど。食べ物に関して、鉄火巻きを巻いたり、天ぷらを揚げたりもしている。そして敦子のかかっている医者からの薬の受取りなどもやっている（かかりつけ医による化学療法は、この頃保健所から許可をもらってやったようだ）。他方、敦子は、克美の昼飯の弁当をつくっており、また新聞切り抜きをしたと日記に書いてあるから、これも克美の指示によるものだと思う（量は多くないが、新聞記事にチェックを入れていたように思う)。

敦子のこの頃の克美への思いは、日記の中に、自身の分身でもあるかのような切実さで語られている。四月半ばには、克美が東京に出張。克美が出発した四月一〇日「夜はやはり良くねられなかった」。一一日「東京は、今頃雨かもしれない。大山町で話ができたかなー等考えていた」。一二日「はがきで、金曜の夜、夜行になるらしい」。一三日「手紙も電報も来なかったから、明朝は、きっと帰って来るだろうと思って寝た」。一四日「朝、七時前に帰る」。「佐恵子はたかし君との話がまとまったらしい」。たかし(孝)の話はこの後参照。

敦子がこの頃始めた大きな楽しみは編み物だった。編み物は東京に居た時から、仕事の一部になっていたが、ここで編み物は、格好の趣味になる。レース編みをやりはじめ、池下の本屋に行ってレース編みの本を買い、いろいろなものをつくりはじめた。また五月二八日には、新しい毛糸を入手(東洋紡に注文していたものが届いた一、八〇〇円支出)、「佐恵子とおそろいの毛糸はすてき、早速あみたいなあー。ズボンが出来るまでだめと心にちかう」とある。この時敦子自身のズボン(これはどういうものか不明)を作っていて、それが終わったらこちらをはじめられる、と考えたようだ。このような感情を日記に書くことはほとんどないのに、この時の毛糸はよほど気に入ったものとみえる。毛糸を好むことは、前からのことだが、自分が選んで注文したものが、予想通りだったことは、敦子には大きな喜びだったろう。

実家との絆を強めた名古屋生活

東京の実家から遠く離れて名古屋に来たことは、敦子にとって、生活上実家依存を減らすことになったのはたしかだが、逆に心情面で、実家とのつながりを強める面がいろいろ生まれていた。それには実家側、敦子側両方の要因がある。

竹内側では昭和三一年二つの大きな出来事があった。一つは敦子の妹の佐恵子の縁談が決まりつつあったこと。相手は林孝(はやしたかし)。石川県小松市出身、大山町の親類の青年で、東大経済学部の学生として、よく訪ねてきているうちに、縁談がまとまっていった。佐恵子はそういう状況の中、昭和三一年の一月二日、名古屋のわれわれのところを訪ねて来た。敦子の日記には、四日午後佐恵子と大いにしゃべった、とある。佐恵子に茶羽織などをつくってもらったとも書いてあり、一緒に外出もしたはずで、七日の朝に帰っていった。佐恵子はその後三月にも京都の姉のところに行った帰りに立ち寄って二泊して行った。

竹内家で、この年のもう一つの大きな出来事は、敦子の兄で長男（一人息子）の尚恒が胸の結核切除手術を受けたことだ。彼は通産省、特許庁勤務の技官だった。この手術を受けるまでには難しい経緯があるが省く。敦子の一月二八日の日記に「今日は兄の手術の日だが、どんな経過か心配」とある。二月一日に「大山町に手紙を書いた」と。そして二月一〇日「大山町の父から手紙が来て兄の手術の事を知らせてきた」。手術は成功し、この兄は役人生活のあと、民間企業や弁理士事務所に勤めることができた。

敦子が実家に頼ったこととして、この年の夏から、敦子の祖母（母の母）が訪れ、後半滞在して家事をしてくれた。先ず六月に一度朝から夕方まで名古屋のわが家に居て、そのあと京都の姉の嫁ぎ先に行って滞在していた。七月の二一日に、突然京都の姉とその次男が同行し、祖母がやってきた。この後、同居して手伝うことになった。姉たちは三泊して帰り、そのあと祖母が家事に入ってきた。克美はこの人が、おかずに「塩鯖」を出したことを印象深く覚えているが、敦子の日記の支出欄には、このあと塩鯖やいわしがよく出てきている。家計支出を抑える意図があったと、克美は察していた。ただし、この祖母は節約一方の人ではなかった。

敦子はこの人のことを日記に書くときに、お祖母様なども書いて、敬意を示している。この祖母は、かつて敦子と三重県でしばらく二人だけ一緒に暮らしたこともあるので、特別な親近感があったかもしれない。この夏に、近所の公園や広場、時には我が家の前の広っぱなどで、映画の上映会があり、それを敦子が祖母と一緒に見に行ったと、日記にある。祖母の楽しみは、こういうつつましいものに止まらない。八月一六日には、毎日ホールで菊五郎劇団の芝居見物をする、というので、前日から「ちらしずし」の材料を用意し、当日はタクシーと市電で送ったと。さらに九月四日には映画見物、九月八日には名古屋おどりを見に行った、という。帰りはタクシーで帰ったようだ。

この祖母も、当然のように、竹内家の皆の上に強い思いをもっていた。八月七日、この日は前記林孝の試験の日なので、合格祈願をしたいと、熱田神宮に行った（多分克美が同行）。九月二六日に大山町から、孝君が試験にパスしたというハガキが来た。（なお、後日同君は、労働省に一番で入ったという知らせが来ている）。

祖母のことに戻ると、このあと九月三〇日、祖母は京都に行った。その後京都に滞在し、十二月二三日の日曜「つばめ号」に乗って東京に帰るという連絡を受けて、名古屋駅で会い、見送った。京都の、敦子の甥、姪が一緒だった。この日はあと克美と二人で、毎日ビル、名鉄百貨店に行き、食事や買物をした。

盲腸の手術、あと体調は好転

祖母が帰ったあとは、また近所の「ばあさん」が来るようになって、この人とは、仕事を頼まないときにも、季節の品物の贈答や、ばあさんの家でつくった漬物を買うなど、親密になった。そして、前記年末にみられるような平穏な日常の前に、敦子の盲腸（虫垂炎）手術という一つの出来事が起こった。

十一月二七日、克美の友人の舟本（ふなもと）が訪ねて来て、水炊きをしたと日記にあるが、その直後の夜中二八日午前一時頃に、敦子は猛烈な腹痛と吐き気を訴えた。克美は以前の自分の経験などから、すぐに盲腸炎ではないかと思った。痛がる敦子を腕の中に抱えながら、宿舎の向かいの住人に頼んで、タクシーを呼んでもらって、東海病院（国家公務員共済組合の病院）という、比較的近くの病院に行った。しかし、外科医は居ないので、翌日来るように言われ（多分痛み止めをして）一旦帰宅。二九日の朝再び東海病院に行った。担当の外科医から、すぐに手術するように奨められ、午後手術が行われた。克美は取り除いた敦子の盲腸を見せられた。克美が以前手術されたときは、盲腸が破れて、膿が外にあふれていたようだが、敦子の場合は、まだ炎症を起こしただけで、敦子の日記には、「一〇センチあり、その先に卵のような数珠つなぎがあったそうである」と。当日の夜には、病院側に頼んだ付き添いの人が来たが、夜中は痛くて眠れなかった、と。その後も数日眠りは浅かったようで、尿が出にくいなどの事があったと、日記にある。それでも、病院の食事は、日増しに普通食に戻る方向で推移した。付き添いの人は四泊五日居て、十二月二日に帰って行った、と。

十二月五日、「ばあさん」が、早く来てくれて、食事は朝全粥になり、午前中抜糸、午後にはトイレに歩いて行き、夕食はご飯になった。そして翌六日に、退院の許可が出た。ばあさんには、先に我が家に行って掃除をしてもらい、夕方退院、この日は良く眠れたという。この後も二日続けてばあさんに来てもらっており、支払いをみると、何時もの一〇〇円ではなく、二〇〇円になっている。退院時には三〇〇円の日もあり、この人に長時間世話になったことがわかる。

ところで、この病院からの退院について、敦子の日記には、院長回診があって、退院の特別許可が出た、とある。多分肺結核の症状を診たが安定しているという診断があったのだろう。十二月一日に、かかりつけの毛利医院に行き、一〇月一八日の写真を見たら、はっきり写っていた、とある。その意味は、症状が固定し、病菌による変化が起こっていないということか、と思われる。

この前後、敦子の行動はかなり積極化している。ばあさんに来てもらうことは、変わっていないが、風呂に行くようになった。また買い物にも出かけて、時々かなり多くのものを買っている。克美と二人で、栄町あたりに行くこともある。前記、祖母を名古屋駅で見送ったのも、そういう日々の中の一日だったとも言える。

この頃克美は、下請け企業調査という新しい仕事が増えて、かなり忙しくなり、出張する日が多くなってきた。日帰りで済まないこともあり、そういう日には、ばあさんに、泊りに来てもらったこともあるが、克美からハガキをもらってうれしい、ということも書かれている。

こうして、名古屋での二人の生活は、いわば好調に進み出していたが、そこに思わぬところから東京での新しい仕事のオファーが舞い込んできた。これが二人の生活に、新たな展開をもたらすことになった。

第二章　異例のチャンスで東京へ戻り、住居は転々

第一節　克美第三番目の役所、経済企画庁へ

一九五七年四月一日、克美は公正取引委員会から経済審議庁への出向辞令を受け取って、役人の身分のまま転勤した。まだ役人になってから一〇年も経っていないのに、すでに一度人事院から公取へと移っている。それから又違う役所に行ったのだが、この異例の転勤には、特別の事情があった。

東京での仕事への打診から決定まで

昭和三一（一九五六）年、十二月二七日に、東京梅ヶ丘で戦後親しくなった友人の原田洋から名古屋のわれわれの家に速達の手紙が来た。この人は、結婚してから新婚夫婦が名古屋に来て、わが家で食事を共にしたこともあるという仲。多分相当詳しい手紙だった。中身は、経済企画庁（当時は経済審議庁と言っていたが、その後改称して長く使われた企画庁としておく。この役所は後に内閣府の一部になった）の調査課で、金融の担当者を探しているので、応募する気はないか、というものだったはず。敦子の日記には、ただ「一時は驚いた」とだけある。多分、初めは驚き、中身を読んで克美がそれなりに理解していったのだろう。どう返事したのか、敦子の日記ではわからない。恐らく、住宅のことなど、行くにしても解決を要する問題があると書き送った可能性がある。なお、克美はこの時、果たして自分に金融調査という仕事ができるか、不安をもっていたが、一方で当時世間の注目度が高かった『経済白書』担当の花形の役所に行けることには、魅力を感じてもいた。

それから丁度一カ月、翌年の一月二七日に又原田から速達が来た。多分この間に東京側で話が進んでいたのだろう。二月七日に金森久雄から、翌日に北原道貫から、速達が来た。金森は克美の友人で、その時、ちょうど企画庁の調査課に居て、すでにかなり有名なエコノミストになっていた。また北原は銀行協会調査部の幹部で、金融分析のプロだった。当時の企画庁調査課長は有名な後藤誉之助。彼が北原に、金融調査の担当者を推薦してくれと頼み、当時北原と個人的に親しかった原田（北原と年齢差は大）が克美の名前を告げたことが発端だった。その時好都合だったのは、北原が、公取の澤田を良く知って

いて、恐らく澤田が、克美の調査能力を買っていたこと、そして企画庁側でも、克美が公取時代に行った鉄鋼業調査の資料を見ていたらしいことが後でわかった。敦子は日記に、手紙を含む外部との往来を書いている。また克美の動静については、この頃毎日何らかの記録がある。

それに戻ってみると、しばらく経って、北原から、家探しは難しいと知らされ、二月一四日には、大山町から住宅新報という新聞とともにハガキが来た。ここに候補の家があったはず。なお梅ヶ丘側では同居を希望していたかもしれない。すでに転勤の覚悟はできていたので、状況打開のため、二人で上京することにした。二月二二日の土曜日、朝の準急に乗った。品川駅で大山町の母（竹内翠江）と落ち合って、そのまま大山町へ。二人はその日大山町に泊り、兄にも会った。克美が梅ヶ丘の父母と会ったのか、どういう話をしたのかはわからない。敦子の日記では、克美が、次の日曜日に北原、原田、澤田らに会い、二月二五日の月曜には後藤誉之助に会ったとある。

他方敦子は二月二六日、実家の母と一緒に、住宅候補の、井の頭線富士見ヶ丘駅近くの家を見に行って、借りることに決めて来た。小さな一戸建てである。契約関係や家賃のことは、この時の日記では、はっきりしないが、企画庁調査課の手元資金（経済白書の印税などを溜めた一種の隠し金で、当時はまだ、戦後の自由さがあり、公金以外の資金を調査課が持っていた）から、補助してもらうことになっていた。この交渉を北原がやって、十分とはいえないものの、克美は異例の契約金を得てスカウトされるかたちになっていた。これはもちろん、役所の公式の手続きとは別のことだ。

名古屋生活よ、さらば

二月二七日に名古屋に帰ってからの一カ月は、めまぐるしく過ぎた。一方で、東京の住宅については、公団住宅が借りられないかと、中学時代からの旧友の福中亭（当時住宅公団に在職）に頼んで、大島住宅というのに申し込んでもらった（これは結局外れた）。

役所の手続きについては、先ず上司の所長に話した。公取側で澤田以外の人達にとっては、予想外の話だっただろうが、三月六日には、転出を認めると伝えて来た。企画庁側のことは敦子の日記ではわからないが、役所間で手続きが進んだとみてよかろう。手紙のやりとりが多かったことが、敦子の日記からわかる。富士見ヶ丘の家についても、正式の契約を求められて、大山町に「借りる」という返事をした。

名古屋での生活は、二年目の後半に入り、前記のように敦子の体調好転もあって、活動の幅が広がっていた。克美の仕事は、下請け関係の調査が加わり忙しくなったが、それなりにやり甲斐ができたともいえる。加えて、この年の一月に敦子の叔父の竹内外茂が、国鉄の名古屋支社長になって赴任してきた。わが家にも一度訪ねて来てくれた。別段特に何か頼むつもりはなかったが、敦子にとって心強いことはたしかであった。それら全体を考えてみれば、ここで名古屋を去ることに心残りがないとはいえなかった。

敦子にとっておそらく、名古屋生活最後のイベントは、三月一九日に四日市、暁学園の同窓会に出席できたことだ。このとき、生涯の恩師の和裁の功刀先生にも会った。

克美の方は、三月八日の日曜に西浦温泉の送別会に行った。二一日には自宅で本を片付け始め、二七、八と二日、荷づくりからのすべてを日通に頼み、荷物を出した後、叔父の世話で一泊（場所不明）、翌日の列車東海号に乗り、午後熱海下車、共済組合の宿と、もう一つ別の宿とで計二泊し、月末、小田原から小田急の特急を利用して東京へ。とりあえず大山町に寄ってから、富士見ヶ丘の家に入り、荷物の中で寝ることになった。

①大宮前（富士見ヶ丘）での八カ月
二度目の東京での住居と生活環境の変化

この時の家の住所は大宮前三丁目。記憶は薄れているが、地図をみると井の頭通りに、そういう名前のバス停留所があり、井の頭線富士見ヶ丘駅からの方向感覚は合っている。

大山町の敦子の実家も、当時の井の頭通りに面していた。そこにバスが通っており、バス停は近かったので、われわれの家との往復に利用できた（直通か、永福町で乗り継ぎか不明）。われわれが家に入った翌日の、四月一日に、早速、佐恵子が赤飯をもってきてくれた。

今度の家は、貸家としてつくられた小さな一戸建てで、隣近所との境界は簡単な竹垣で形だけ仕切ってあるという程度。敦子は、四月一日の日記に、「近所の話声が聞こえて、うるさい」と書いている。此処では、まだ都市ガスは来ておらず、プロパンガスを使っていた。この家には、和室と、かなり広い板の間の台所があったと思う。七月の日記に、「私の部屋を掃除してもらった」とあるから、主な部屋（多分六畳）のほかに和室がもう一つあったようだ。われわれが住むのに合わせて、自分たちで少し手直しをした。トタン板や木材を使って、克美ができることはやり、手におえないことは大工に頼むこともあった。

四月はじめから克美は新しい職場に行くことになり、仕事の環境が大きく変わった。このとき克美は金融班に入り、上に高橋という班長が居た。四月という時期は経済白書の原稿の締め切りが近い。克美は一部分を書いたらしく、原稿書きで忙しかったことが、敦子の日記からわかる。そして、五月頃から渋谷寮での缶詰作業が始まった。渋谷の近くにある企画庁の寮で、例年集中的な会議や原稿の読み合わせなどを和室でやった。ここで克美は、課長の後藤誉之助の白書にかける気概、部下の原稿が気に入らないときの恐ろしい剣幕、に出逢うことになる。敦子はただ、克美がときには渋谷寮に泊りこんだりすることを知らされただけだが、克美の環境の変化を徐々に感じていたであろう。

実家及び婚家との関係

敦子自身についてみると、まず、ここに来て、実家の大山町との往来が急速に増えていった。これは交通の便利さに加えて、生活環境が大きく変わったので、実家の母に頼ることが多くなるのは当然だった。ここでは名古屋で頼んでいたばあさんのような人を頼むことはなかった。ただし、祖母が病床に居たから、母翠江に余力は少なく、敦子の方から大山町に行くことが格段に多くなった。

一つ目を引くことは、大山町に洗濯を頼んだことだ。これはかなりの程度克美の仕事になった。克美が洗濯物をもって頼みに行ったこともあるが、敦子や、たまたまやってきた佐恵子が持っていった洗濯ものを、克美が役所からの帰りに受取ってくることもあったと記録されている。これは多分、敦子が持っている洗濯機が古いこと、そして今度の家の干場がよくないことなどから、頼んだもので、大山町の家は庭も含めて十分に広かった。大山町ではこの頃噴流式の新しい洗濯機を買ったのではないかと思われる。

大山町の実家とのつながりは、もちろん、家族愛的なものが中心だから、例えば父の誕生日の十月三日には行くなど、していた。ただ、竹内家は必ずしも平穏ではなく、祖母の病気に加えて、兄の手術後に起こった結婚をめぐるが問題などがあった。他方林孝と佐恵子の間では結婚への歩みが着々と進んでいた。

婚家である梅ヶ丘との関係は、前の東京時代の終わりよりは良くなった。それは多分、克美の父が加齢により、いわば枯れてきて、不平を言うことが減り、敦子が動けるようになって、時々訪ねて行ったからだろう。そして梅ヶ丘の両親の家に住んでいた克美の妹二人との付き合いが活発になった。克美の二歳下の長女の眞子（まさこ）は、新宿の文化服装学院で洋裁の先生をするようになった。これは敦子にとっては、いろいろ教えてもらったり、時には仕事を頼んだりする相手になったということだ。二女の恭子はまだ高校生で、逆に敦子が時には何かをつくってやるという立場だった。婚家である梅ヶ丘には、父母への挨拶の意味で（毎月支援金を持参する必要もある）顔を出すため、多くの場合克美と同行したが、妹たちとの関係が加わったため、敦子一人で梅ヶ丘に行くこともあった。

小さな一戸建て生活の経験

ここで少し、一九五七年頃の、東京の住宅事情の中でわれわれが置かれた状況を見ておこう。先に見たように、東京の住宅難の中で上京するという理由で、勤め先の裏金から、ある程度支援してもらったが、毎月の家賃五千円を負担して住むことは容易ではなかった。そこでさらに、役所からの借金もした。当時の調査課の職員には、外部の出版物に書いたときの原稿料、講演会や座談会などへの出席に対する謝礼など、副収入の道があった。後藤誉之助は、そういう収入も加えることによって、新規に入った克美の家計が成り立つことを期待していただろう。とはいえ、われわれにとって今の家がこれからの住まいとして満足かというと、問題があった。

この家は、戦後の安物建築で、トタン屋根だったはず。それが雨漏りした。トタン屋に何回も来て直してもらったと敦子の日記にある。他方大家はこの家を買ってくれないか、と言ってきた。周辺では、新築や増改築も行われていた。土地の売り物もあったようだ。そういうものを敦子と見にいったりした。当時、まだ高度成長期には入っていなかったが、後藤誉之助が「もはや戦後ではない」と言って有名になったように、経済の回復は進んでいたから、このとき土地を買えば、以後の値上がりは確実だった。克美は借金しても、土地を買うことなどを、あれこれ夢想していたが、実行力はなかった。住宅については、住宅公団などへの申し込みを、忘れずに積み重ねて当たるのを待っていた。

他方、如何にボロ屋であっても、戸建てだから、周りに少しは土地があった。そこに朝顔などを植えた。一九五七年一〇月二八日の敦子の日記には、「『へちま』を取って、水をとるようにした」とある。

近所との付き合い、久我山病院での受診

小さな戸建てでの敦子の生活の、新たな仕事は近所付き合いだった。名古屋では、克美の付き合いの関係を除けば、ほぼ向かいの一戸だけとの付き合いですんだが、こちらではいわゆる向こう三軒両隣という付き合いの相手ができた。敦子はもともとあまり社交的ではなく、しゃべりも得意ではないから、さほど深い付き合いの相手はできなかったとみられるが、日記には、何人かの名前が現れる。何かのお祝いを持っていったり、返しをもらったりしたという。

一つ、仕事として与えられたのが、外灯当番というもので、これを七月一七日に引き継いで、八月五日から一一月七日まで、毎月二〇円ずつ一一軒から集金したようだ。

敦子にとっては、病気との戦いが課題。四月一八日「九時二〇分のバスで久我山（病院）へ行く。写真を撮り、薬をもらって帰った。この日の支払いが六二二円と高いので、初診と思われる。この後毎月中頃に行き、八月一七日には「久我山へ行く。血沈と検痰。役所の帰りに大山町へ寄ってきてもらう。レバーとそうめんをもらう」。一〇月五日「久我山へ行く。写真を撮る」。この日の支払は九七二円と高い。一〇月九日にも久我山に行ったが、その後引っ越した。ただし久我山行きは続いた。

大山町の兄の結婚と別居の話

大山町の兄が結核の切除手術をしたことは前に書いたが、そのときに親切に看護してくれた、満左子という人と結婚することになり（詳細不明）、父母たちとの間には問題があったようだ。結婚の時期は大分後のことになるが、われわれが大宮前に居る頃に、母と佐恵子、兄が、別別に訪ねて来た。われわれが、克美の親たちと別居しているのと同様に、別居するのだから、賛成してくれと、兄から頼まれた記憶がある。その後敦子の日記に、兄が公務員住宅に入れるらしいと書かれている。

この時のことは、それだけの話だが、その後の家族の住み方に影響を与えた。母翠江の晩年、敦子が（克美も加

わって）翠江の東京から京都への移住と生活に関わり、最晩年には東京の家で同居したこと、同時に、人生後半のかなり長い間、真夏に信州の別荘で一緒に過ごしたことなど、多くのことが、翠江と敦子の濃厚な関係の中で行われた。

②葛飾区本田（ほんでん）川端町時代
新しいが狭いコンクリート建てへ

大宮前の家にずっと住む気はなかったので、機会があるたびに公団住宅などに申し込んだが、皆外れた。そのうちに、住宅協会という（後の公社かと思う）のに申し込んだら当たったという。当選したことを新聞で読んだようだが、すぐ後に（一〇月一一日）協会から通知が来た。翌日二人で現地を見に行った。葛飾区の本田川端町という場所。電車の駅では京成電鉄の京成立石に近い（現在の住所名は東立石らしい）。出来上がっていたようにみえたが、すぐには入れず、何かの都合で、十一月九日に一旦大山町に移ってから、昭和三二（一九五七）年十一月三〇日に、新住宅に引っ越した。

引っ越した当日の日記に「新しいうちは気持ちがよい」と敦子は書いている。ここではわれわれの住居は二階だったようだ。そして、新しいことはよいのだが、狭かった。四畳半が二つあり、それより大きな部屋はなく、浴室もなかった。大宮前でも、此処でも銭湯に行ったが、風呂賃は二五円だった。

引っ越し直後の一二月二日の敦子の日記に「お風呂に行く。ゴムくさかった」とあるように、近所の工場からの悪臭も問題だった。そしてもともと下町にはなじみが薄いこともあり、この後も別の住居を求めることになるのだが、ここでの生活にはそれなりの面白さもあった。一つは、浅草が近く、乗り換え場所だったこと、もう一つは、後に寅さんで有名になる柴又のような、下町の名所を知ったことだ。

・昭和三三年三月佐恵子結婚

妹の佐恵子の林孝との結婚式は、昭和三三年三月一日、孝の実家がある石川県小松市で行われることになった。小松には敦子の父親の実家（村本家）もある。敦子は準備のため二月二五日には大山町に行き、翌日佐恵子と父母を送り出し、二七日の夜行寝台車に乗る（同行者不明）。克美は見送りに行った。敦子の日記は、これからの数日、異例の詳しさで状況を語っている。結婚式の前日には父親の実家に泊ったようだ。

結婚式と披露宴は、親類が大勢集まって、にぎやかだったと記されている。三月一日の夜から、片山津温泉の聴濤閣に父母、姉らと泊り、二日には母と姉が先に帰った。父親と二人でもう一晩泊ることになった敦子は、夕食の「くらげの黄身酢あえ」がおいしかったと書く一方で、その日克美といっしょでなかったのがさびしかった、と。三日に、再び小松に戻って、父親が挨拶廻りをする間、実家で待ち、夕食に蟹や鮒の刺身をおいしく食べて、その夜の寝台車で帰京した。この間、ずっと雪が降り、時には激しい吹雪を見るなど、外の環境がきびしかったこともあり、三月四日、上野駅に着いて「久しぶりの太陽と青空に生き返るようだった」と書いている。上野には克美も出迎えに行ったが、上野で別れて、敦子は浅草からタクシーで帰り、あとは一日よく眠った、と。

その後林夫妻は東京に帰って（住居は不明）、孝は労働本省に勤めていたはずだが、六月に大阪への転勤命令が出る。六月七日、一先ず一人、つばめ号で赴任する孝を見送るために、敦子は東京駅に行った。役所の人たちだろう、大勢が見送ったという。

その後、一人になった佐恵子が、九日にわが家に泊りに来て、その日は兄の尚恒も来て泊った。ところがその日に、佐恵子の大阪の家が決まったとの知らせが来た。佐恵子は一二日に、浪花号で発つ。これも敦子は見送った。このときは前日に兄が、祖母のお骨をもって福井に行くのも見送ったから、連日の見送りになった。

なお林夫妻の新しい住所は、枚方市中振二二三九喜山荘住宅内と敦子の日記帳に記録されている。

祖母はる病床に、そして死去

少し話は逆戻りするが、名古屋の家に手伝いに来てくれて、元気いっぱいにみえていた祖母のはるが、脳卒中で倒れたと、佐恵子がハガキで知らせて来たのは、昭和三二年三月一九日、前年末に京都から東京に帰って間もないときだった。引き続き、兄からは少しずつ食事ができるようになったと言ってきたので、ひとまず安堵。それでも、われわれが東京に帰った三月末、大山町の家に着いた敦子は、祖母を見て、「本当につらそう、なんでもほしがる」と日記に書いた。

その後祖母はかなり回復していたように思う。その後一年間、一時病院に入ったこともあるが、ほぼずっと大山町の家の中に居た。克美は大山町を訪れたときに、この人と話をする中で、当時まだ子供が居なかったわれわれに対して、「敦子には男の子が出来る」と言われたのを聞いた記憶がある。

しかし寿命が尽きる時がきた。昭和三三年四月二九日と三〇日の敦子の日記は珍しく詳しい。

「二九日夕方、電報が来て祖母が危篤とのこと、すぐ出かけた。……寝ていたら午前二時半頃起こされ、行ったら……不規則な息になり、顔色とても薄黒くなっていた。三時十分息が先にとまり、しばらくして心臓がとまった。父母、叔父、片山、兄、林夫妻、私達にみとられて、とてもしあわせだった」。

三〇日、午前中皆が手分けして仕事をしたと記したあと「午後納棺のときはとてもかわいそうで悲しかった。死に顔はとても静かな顔のようだった。夜は沢山の人々が集まり、とてもにぎやかなお通夜だった。朝までは實さん、孝さん、克美がつとめた」。

五月一日、午後二時から告別式、三時に帰った、と。

この日からは普通の短い記述になった。

大山町での外泊が増える

東京に帰ってから、大宮前に居た時も、大山町との往復が増えたことは前に書いたが、新しい住まいに移ってからは、別の形で、大山町との関係を深めることになった。大山町で泊ってくることが増えたのだ。それは、新しい住まいと大山町とが場所的に遠いから、一日で往復するのが身体にきついことが大きな理由であるが、大山町で過ごす時間が長くなる理由もあった。

一つは、大山町で、行事が増えたこと。それは、佐恵子の結婚式に行くための準備、祖母はるの葬儀とその後の法事（かなり頻繁にお経をあげてもらっていた）、そして兄の恋愛から結婚に至るまでのやや複雑な経緯の中での往復の後結婚式に出席したこと。

兄の結婚の話は昭和三三年一〇月頃から敦子も幾分か関わるようになり、十一月二七日に結婚式が東京の共済会館で行われた。これに出席した京都の姉が大山町に滞在していたので、敦子も泊って、三〇日に姉が帰るのを東京駅に見送ってから、帰宅した。

次に、毎月久我山の病院で、診察を受けたこと。これには時間がかかるので、前日に大山町で泊ったり、または逆に帰りに寄ってそのまま泊ったりした。

こういうときには、梅ヶ丘に行くこともあった。梅ヶ丘には克美が一人で行くこともあったが、二人で、あるいは敦子一人で行くこともあった。なお梅ヶ丘、大山町両方ともに対する、年末、年始の挨拶は変わらず、こういうときも、年末には両方で克美が餅をついたりしたが、こういうときも、大山町で泊ることになった。

さらに、克美の渋谷寮での仕事のとき。大山町は近いから、必要に応じて克美がそこに泊ることは以前にもあったが、今度は、より多くなった。克美が自宅で経済白書の原稿を書いている所に、後藤誉之助から電報で、翌日渋谷へ来い、と言われ、二人一緒に家を出たこともあった。また克美が出張で帰って来ないとわかったときにも、敦子は大山町で泊った。

盛り場での楽しみ、買い物、外食、映画など

新しい住まいは浅草に近い。そして大山町に行くには、地下鉄銀座線を経由する。そこで、浅草や銀座あるいは日本橋など、盛り場に立ち寄ることが容易になった。その中で敦子一人、また克美と待ち合わせて（克美は同じルートで銀座線虎の門まで行っている）、あるいは実家の母と一緒に、いろいろなところに行った。

買い物は、普段は、立石に行くだけだが、浅草を通るときにはデパートの松屋に寄ることが多い。ただし、さほど大きな買い物はしていない。またとくに買い物するわけではないが、敦子の日記には銀ブラしたなどと書かれている。

外食は、実家の母や佐恵子と会ったときにも行ったが、克美の帰りに待ち合わせて、浅草、新宿（この場合は新小岩経由で帰宅）、銀座スエヒロ、日本橋紅花などで食べた。

浅草での遊びを少し詳しくみると、まず二月五日に克美と待ち合わせて夕方から、国際劇場で『春のおどり』と『オンボロ人生』を見た、と。七月二八日には、克美に電話して待ち合わせ、浅草松竹座で『パリの休日』と『アンデスを超えて』を見た。

敦子の映画好きは、次第に強くなっていくのだが、最初、まだ大宮前に居る時に、一人で吉祥寺に映画を見に行った、という。この地に来た後四月一五日に、銀座で克美と食事する前に一人で映画『菩提樹』を見ている。この年そのほかには、文化映画とか八幡製鉄のPR映画を見たくらいだが、その後映画熱は急に高まる。翌年一月八日大山町に行く前に『悲しみよ今日は』、翌日帰りに克美と待ち合わせ、浅草で天ぷらを食べてから『甘い腰ぬけ一等兵』、一二日には夜出かけて『野ばら』、しばらく間を置き、二五日、前日から一晩大山町に居て、この日渋谷で『鍵』、梅ヶ丘に行ったあとグリーン座で『こ

だまは呼んでいる』を見た、と。この後しばらくは、京都旅行や引っ越しで敦子の映画熱は収まるが、中野広町に移ってから再燃する。

話をもどすと、葛飾に居るときに、近辺の見物もした。昭和三三年の年初の五日には二人で、柴又帝釈天に行き、バスで江戸川沿いを走り、その中から金町浄水場や矢切りの渡しを見た。六月には、実家の母も連れて三人で堀切の菖蒲園に行っている。七月七日には、花火の音を聞いた後、夕方から家を出て、両国の花火を見に行った。大変な人だったが、花火はきれいに見えた。

克美の友人たちとの付き合い広がる

東京に帰って落ち着き始めた頃から、旧友との付き合いが復活し、また新しい友人が出来た。まだ大宮前に居た九月二六日「夕方から福中さんのところで、金子さんの送別会があるので、帰ったのは一一時過ぎだった」。中学同級の金子が海外に赴任すると決まったとみられる。また、新しく開銀から来て知り合った安斎とは、急速に親しくなり、彼は立石の家に訪ねてきた。

昭和三三年後半には、克美の親しい友人を家に招いての食事会が復活した。一つは、金森久雄がイギリスに留学するに当たっての送別会。金森の交際範囲はいろいろ広かったはずだが、梅ヶ丘で原田らと始め、敦子がはじめに「ケインズ研究会」と書いたメンバーによる送別会（客は六人）をわが家でやった。九月六日だった。敦子は、その日の料理のために、買ったもののリストを残している。ビール、サイダー、かにカン、寒天春雨、ハム、豚肉、卵、鶏肉レバー、果物、菓子、レモン、パン、エビ白身。当日になって、これらを使い、パンのはさみ揚げ、コロッケそのほか、総じて洋風の料理をし、皿に盛るなどして待った。この日は土曜日だったから、午後二時過ぎに皆集まりはじめ、金森夫妻は最後に来た。「夜までにぎやかだった。金森さんから二十世紀（梨）をもらった」と。

その後一二月二七日の土曜日に、今度は忘年会をやった。このときは、ほぼ同じメンバーで、客はやはり六人、金森の代わりに北原が主客になった。メンバーの多くが金融関係の職にあることなどから、北原と原田の関係につながっていた。克美も北原から教えを乞うようになった。このときは、金森の場合より、くだけた会になっていた。敦子は前回より和風の料理を用意し、寿司をとって補った。ビールよりは日本酒をよく飲み、夕方から飲み始めて、皆が帰ったのは十一時すぎだった。

遠距離旅行を始める

それまで二人でのレジャー旅行は中断されていたが、昭和三三年の八月に、休みをとって四万温泉から野反湖へと出かけた。敦子は八月三日の日記に「明日いよいよ行くのでいろいろ準備した」と書いている。八月五日は、朝七時に出て、上野八時二五分の奥利根号で渋川まで。次の気動車は混んでいたが、中之條からのバスには座れた。予約していた四万館に荷物を下ろしたあと、旅館街を登って日向橋まで行った後タクシーで帰った、と。この旅行での金銭の支出の記録はくわしいが、食べた料理のことは書いていない。

翌日は中之條から上野原に行き、バスで野反湖を目指す。なぜここに行くことにしたのか、覚えていないが、何らかの情報を得て惹かれたのだろう。場所は、群馬県の西北部、草津の北、長野県に接している。「バスはスリル万点の狭く曲がった道を通って、花敷温泉まで一時間少々、白砂ダムをはるか下に見下ろし、人家とも別れてのぼり、途中草津らしいところが見えてしばらくすると、ひろびろした高原に野反湖の美しい景色が開けた」。「向こう岸に、赤い屋根のバンガローが美しい」。「事務所でふとんや食器、鍋など借りて、ご飯を炊いて、食べたのは六時すぎ」「夜は中之條の子供のキャンプファイヤーを囲んだ」。克美はこの夜狭いバンガローで窮屈な思いをして寝たことを覚えている。

三日目は雨模様になって、湖畔にとどまることが快適ではなくなったので、午後早めにバスで下り、列車で渋川に着くまでに、混雑の中、立っていたために疲れる。渋川からの列車も混みあっていて到底座れない。そこで、伊香保に行くことにした。これは、予定に入っていない。伊香保の金田屋という旅館で値段の交渉、二人一、五〇〇円で泊ることになった。夜はテレビの野球を見た、と。われわれの家にテレビは無かった。

翌日、八月七日には、榛名湖を見に行ったが、雨でほとんど見えなかった。そこからバスで前橋まで行って、昼過ぎに前橋発の列車で上野に帰った。随分変わったことをしたようにみえるが、列車が混んでいない経路を選んだのだろう。ちなみに、榛名湖から前橋までのバス代は二人で二六〇円（鉄道については、周遊券を買っていた可能性がある）。予定外の旅行延長をしたので、立石で買い物して帰宅したら、手持ちの金は一〇円を切っていた、と。珍しく、かなり無謀なことをやったことになる。

敦子は、翌年には、一人で、京都の姉のところに行って滞在し、大阪の佐恵子夫妻を訪ね、京都の観光もしてきた。体調はかなり良くなってきたとみられる。

克美は金融班に所属し、はじめは上に班長が居たが、後には克美が班長になり、同じ班の人達と酒を飲むことが増えた。加えて、東京に帰ったことにより、以前の職場だった公取の澤田を中心に調査課の人たちなどが加わった研究会にも参加した。この会は、夕方から始まり、後は酒になった。さらに、新しい金融の仕事に関連して、教えを乞いつつ意見交換する、北原を囲む会も生まれた。企画庁の調査課には、部員と称する民間企業所属の職員も居て、彼らは接待費を使って役人の職員を飲食に誘うことも少なくなかった(克美は接待を受けることを好まなかったが、乞われて行くことはあった)。つまり、克美は、名古屋時代には、外で酒を飲んでくるといえば、ほとんど所長との付き合いだけで、友人たちが家に訪ねてくることはあっても、彼らと外で飲むことはほとんどなかったのが、東京に来たら、すっかり状況が変わったのだ。このように、急にいろいろな付き合いができて、克美の帰りが遅くなる日が増えることを敦子は予想していなかっただろう。どういう会があるのか、聞いてもよくわからないことが多かったと思われる。

第二節　中野広町住宅

五九(昭和三四)年二月、中野広町住宅に引っ越す

敦子が京都に旅行していた一九五九(昭和三四)年二月一〇日前後、克美は東京に居た。そして広町住宅に行く話が進んでいた。敦子が帰って来た翌日の土曜日、遅く帰った克美が、広町に行くことを決めてきたと告げた。

広町住宅は、本田川端町住宅と同様、当時の住宅協会の物件だが、新築ではなく中古。退去する人のあとに入るというパターンのもの、これにも申し込んでいたら、当たった。

住所は中野区広町二二　広町住宅一三四〇号、多分、一三号棟の四階の端だったのだろう。大きな団地だった。場所は中野方南町に近く、交通の便が良い。地下鉄丸の内線は、はじめ中野坂上まで、後に方南町駅まで開通していた。バスは新宿との間をかなり頻繁に、短時間で結んでいた。

敦子は、克美ともども、入居、転出入の手続きや引っ越しの準備に追われつつも、大山町にも行く。京都のみやげ話をしたのだろう。二月一八日に広町の家を見にいった敦子は、「場所は良いが、家の中はきたない」と書いた。前に住んでいた人たちの汚し方はひどかった。

引っ越しは二月二〇日、荷物はオート三輪一台で運ぶ。退去する家の掃除をして、敦子が広町に着いたら、荷物を降ろしていた。二一日には早速畳屋が来て、六畳の畳を変えた。この家の間取りは、多分、六畳と四畳半にダイニングキッチン。浴室に風呂があったが、風呂の蓋の板の汚れ方がひどいことに驚いた記憶がある。この後、風呂釜の修繕や、ふすまの張替などもやった。

自宅中心の活動幅広がる

この団地では、自治会があった。敦子はしばらくして、くじ引きの結果、棟代表に選ばれたという。普段さほど仕事があるわけではないが、例えば階段の電灯の電球が切れたというようなときには、対応する必要があった。何らかの集金もしたかもしれない。しばらくする間に何軒か、親しく付き合う相手ができた。

自宅が都心に近い便利な場所になったことによって、敦子の活動は、自宅中心に幅広くなっていった。大山町に行くことは多いが、泊ることは少なくなった。久我山病院には引き続き毎月行ったが、バスで行ける。大山町とは方向が反対である。その帰りに一人で、あるいは克美と待ち合わせて、渋谷で映画を見ることもよくあった。映画については後でまとめて話す。

大山町に行くとき、それまで自分や大山町の用事に絡めて行っていたが、こんどはさほどの用事が無くても気軽に行けた。ただ、克美の仕事上、白書作業の最盛期、六月ごろには、克美が渋谷で泊ること、また帰りがひどく遅くなることがあって、大山町は引き続き外泊拠点になった。大山町の父母もたまには来た。梅ヶ丘には定期的に行って、引き続き毎月の仕送りを届けた。これは克美と行くことが多い。加えて、梅ヶ丘に居る二人の妹との間の往復が生れた。敦子が眞子（克美の妹、敦子より年上）のセーターを編んだこともある。そのほか眞子と恭子（克美の下の妹）の二人が広町に来て一日裁縫をしていった、などという日もあった。広町には佐恵子もよく来るようになった。この頃林孝は東京勤務になったようだ。

広町での敦子の役割が増えた要因として、克美の同僚や古くからの友人を自宅での食事に招くことが多くなった。克美は、調査課の金融班長になり、前に言及した安斎、大蔵省からの勝川、富士銀行からの鈴木、加えて企画庁生え抜きで俊才の誉高い香西などの部下をもったが、彼らを家に連れてくることがあった。

友人との関係では、引っ越して間もない五九年三月二日に、前年末忘年会をやったばかりの、北原、原田たちを招いた。今度は前の時とちがって、メンバーの家は近いから、月曜の夜八時頃から始めて十二時まで飲み食いして語った。この時は、会費をもらったようだ。敦子の家計簿に収入として会費二、六〇〇円とある。六月一〇日に、戦時中勤労動員されて、群馬県中島飛行機の寮で一緒だった旧制一高の友人の、舟本、篠原、酒井を招いた。その後半月ほどの六月二六日には、中学時代の友達の福中、金子、三原が来て、飲み食いした後、十一時過ぎから敦子も一緒に連れて新宿のキャバレーに行き、敦子を驚かせた。年が明けた六〇年一月、一高同級生の安田と仲尾が来た。この時は後述のステレオからの曲に合わせて、仲尾がマンボを踊った。

写真 2-1　広町住宅で金子、福中と

映画熱を満たし、初期のステレオを買う

敦子が映画をよく見に行ったことは前にも話したが、五九、六〇（昭和三四、五）の二年間は、敦子の映画熱が一番盛んな時期であった。広町住宅に移った最初の二カ月ほどは、住まいの整備と克美の白書作業とが重なったから、映画鑑賞はあまりできなかった。五九年三月一七日、久我山病院の帰りに、敦子一人、渋谷で『八十日間世界一周』を見たというのは、よほど見たかったのであろう。その後、四月と五月には、二人で家から出て、永福町の地球座で珍しく日本映画を見ている。ただしこのパターンはこの時だけで、このあとは待ち合わせて渋谷や銀座で洋画を見るという従来のやり方が多くなった。

五九年六月以後に見た映画は、主に渋谷で待ち合わせ、六月『大いなる西部』、七月『ピンボケGメン』、『危険な曲がり角』、八月『プリンセスシュー』。八月のもう一つ『真夜中』（これは武蔵野館、二人）、九月『ニューヨークの王様』『すずらん祭り』、『お熱いのがお好き』、『アルピニスト岩壁に登る』。もう一つ日本映画『浪花の恋の物語』。このあとしばらく映画見物は低調になるが、その理由は後にして、この年映画としては、あと一一月一〇日克美と高島屋で待ち合わせて見た『年上の女』だけだった。

一九六〇年に入ると、映画熱は再燃。一月の終わりから三月までに『尼僧物語』『マリアンヌ、わが愛』『恋人たち』『バレーへの招待』『死の舟』。このあとタイトルがわかっているのは五月三一日『大人はわかってくれない』、八月一八日『旅路はるか』『美しき冒険』『刑事』、九月一三日『太陽がいっぱい』、一一月一一日『アパートの鍵貸します』。その他タイトルの分からぬものが二回ほどあるが、春頃にくらべると頻度が低下し、翌年二月『チャップリンの独裁者』を見たくらいであとほとんど映画を見に行かなくなった。

二年とも、年の後半にあまり映画を見なかったのは、夏休みの八月に旅行し、年末にかけては、年末賞与で何を買うか、買い物の詮索をし、見て回るといったことが響いているようだ。併せてこの頃から娯楽ないし時間潰しの中身が少しずつ変わってきた。

一九五九年の場合、夏休みの旅行としては、八月の末から軽井沢経由草津温泉に行き、翌日は新鹿沢、九月二日に小海線経由、松原湖も見て帰って来た。敦子は清里のあたりの景色はすばらしいと書いている。六〇年には、七月、富士五湖に日帰り旅行、八月の三日から五日まで猪苗代湖、五色沼、桧原湖へ。九月箱根一泊旅行。一〇月六、七日、日光方面に一泊旅行。湯元で泊る。

さて、この頃敦子は当時流行っていたラテン系音楽を好むようになった。五九年一二月一四日、克美と夕方食事したあと「私だけパンチョスを見た」と日記にある。それトリオ・ロス・パンチョスはその頃流行っていた。それと同様あるいはそれ以上にペレス・プラド楽団のマンボに熱中した。実際にその演奏を克美と一緒に聞いたのは、六〇年の三月八日、虎の門で待ち合わせて、国際劇場に行ったときだが、それより前にレコードで聞きたいということがステレオを買う理由として大きかった。

その頃、すでにテレビが世に出ていたので、先にステレオを買うというのは、かなり変わった選択だが、五九年の年末、一二月二五日に買った。まだ初期のもので、二本足で立ち、両側にスピーカーがあるという一体型である。六、五一〇円、テレビよりはずっと安い。二七日にはコタニに行ってレコードを買った。マンボ・ナンバー・ファイブが入っていたはず。

六〇年の後半に、映画に行くことが少なくなったのは、プロ野球に関心をもち、大洋ホエールズを応援し、同時に大山町でテレビを見ることができるようになったことも大きい。

九月末ごろから、突然プロ野球関連の記述が敦子の日記に始まり、一〇月一二日には川崎に試合を見に行き、一四日には、大山町のテレビで大洋勝利の試合を見、一五日には、「大洋優勝した」と書いている。又この頃から、大山町での家庭麻雀が復活、わが家でもメンバーが揃えばやることがあった。

さらに秋は、行事の多い季節でもある。十一月には出身校三輪田高女の同窓会や義妹眞子が勤める文化服装学院の文化祭などにも行っている。そして十二月になると、克美が入院手術を受けることになった。

そして六一年三月一八日、わが家に「テレビが来た」。これによって、映画熱はテレビを見ることに替えられた、と言ってよかろう。六一年のことは少し後にとりあげる。

一九六〇年末克美蓄膿症手術で入院

克美はもともと、鼻に持病を持っていた。蓄膿症（副鼻腔炎）である。子供のときから、医者に通い、ごく若い時に一度手術をされていたが、また不具合が再発していた。それを診てもらううちに、手術が必要と判断された。その経緯は記録されていないが、多分、診療を受けていたのが飯田橋の警察病院で、そこに入院して手術が行われることになった。

六〇年一二月八日に入院。敦子はその前日に丹前を仕上げたと書いている。多分克美の入院用に準備したのだろう。手術は九日の午後三時から六時までかかったという。大手術だったことがわかる。

このあとの日々、敦子は、大山町や梅ヶ丘に行き、また時間の合間を見て自身歯医者に行ったりしながら、毎日病院に来た。手術後の経過はあまりよくなかった。再手術の必要が検討された後、結局二四日に、病室の中で手直しの小さい手術が行われ、その後経過が好転し、年末三一日に退院することができた。

入院の期間はかなり長くなり、その間役所を休んだわけだが、同僚の人たちが見舞いに来てくれた。見舞い品には勤め先の課長や同僚からのいろいろなものがあったが、同僚の中に銀行や企業からの出向者も居たので、立派な果物かごを見舞い品として持参する人も居た。敦子はそれらをすべて記録しており、退院後の簡単な返礼品と併せて当時のことがわかる。

自家製中心でまかなっていた食事

一九六〇年当時、三〇歳で体調もよくなっていた敦子は、いろいろな楽しみを増やしながらも、主婦本来の仕事をこなした。体力に限界があるから、力仕事はできないが、洗濯や掃除など大抵のことは自分でやった。名古屋時代のような助っ人は居なかった。部屋の模様替えのような力仕事は、克美が主にやった。

家事の中心は、毎日の食事をつくることで、そのための買い物が必要である。まだ食品スーパーがない時代だから、近所の八百屋、魚屋、肉屋などを回って買ってくることになる。品目ごとに書かれているものの値段をみると、一回の買い物で、一つの品目が一〇〇円を超えることはまれで、多くのものは五〇円前後である。一〇〇円を超えるのは、たまに買う牛肉と刺身くらいである。

この頃の食事のメニューは、多分和風と洋風が半々くらいだったろう。いずれにしても、出来た惣菜などを買うのでなく、自宅で料理することが基本であった。

但し、この頃克美は、夜の会合、同僚との飲み歩きなどで、夕食時に帰ってこないことが多くなったので、食事を作る張り合いが不足していたかもしれない。また時には克美と待ち合わせて外食することもあり、敦子は大山町に行って、夕食を済ませて帰ることもあった。そういう意味では、百パーセント敦子が食事を作ったわけではないが、自家製中心の例として、漬物がある。家計簿にときどき「ぬか」を買ったとあるから、野菜の「ぬか漬け」を作っていたはずだ。六〇年八月末には、茄子を一二〇円、塩を一五円で買い、夜に茄子を漬けた、と。かなりの量だったはずだ。

広町に来て必要になった家具についても、食生活関係のものを最初に買っている。五九年の一二月六日に、中野の丸井に行って、食器棚を月賦で買った。翌年八月まで毎月七〇〇円支払った。二一日には、ガス代と一緒に、ガス炊飯器代三一〇円を支払っている。多分ガス会社から買ったもので、その時に届いたのだろう。どういうものかわからないが、以後翌年七月まで毎月同額を支払っている。ちなみに、この頃毎月のガス代は電気代の二倍ほど、六・七百円だった。

衣服の作成と編み機購入

もともと敦子が女専被服科卒業で、衣服をつくることを学んでいたことは前に述べたが、広町に来てその関連の仕事をすることが多くなった。自分たち二人のためだけでなく、両方の親たち、妹や義妹のもの、またときには近所の人たちのものもつくるようになった。

五九年の一一月には梅ヶ丘のものを作り、一二月九日には茶羽織を裁ち、一八日にはそれを仕上げている。引き続き二三日には羽織を縫い始めた。六〇年三月一日「つくり帯をしあげる」と。三月一七日には雨コートを作り始める。九月四日と六日には新宿でブラウスの生地をいろいろ買い、一二月一日にはオーバーの生地をクーポンで買い、裏地も買っている。オーバーは、自分が着るためで、眞子の助けも得て、自製した。これで大きな洋服にも手製のものがあったことがわかる。他にも近所の人がもってきた生地でブラウスを作っている。六一年二月一七日に「母の茶羽織を仕上げた」。翌日これを大山町に届けている。

衣服系でもう一つの分野は、編み物である。敦子の編み物好きは、名古屋時代から顕著で、東京でも百貨店で毛糸を買ったなどと書かれている。そして六〇年九月には、編み機を買った。一八日、新宿に見に行って決め、二三日にシルバー編み機が届いた。二八日に代金五千円を支払っている。

編み機を手に入れた後、敦子は精力的に編み物をつくった。九月二五日には、近所の知り合いに編み物を届けた。同じ人に一一月にもセーターを届けた。年末に七〇〇〇円を受け取っているのは、その代金とみられる。敦子が稼いだ数少ない事例とみてよい。二六日には実家の母のセーターを編み始めた。ただし、この頃プロ野球に熱中し、また日光への旅行などもしていたから、さほど編み物に集中できたわけではなさそうだ。

六一年敦子妊娠、電気製品揃える

敦子が久我山病院に通った記録は、六〇年二月二五日が最後で、その後は記録されていない。他方広町に来る前に、婦人科受診の記録がある。このころから、妊娠、出産の可否を考え、時期を測っていた可能性があり、六〇年になると、体調の面では妊娠を許される状況がはっきりしてきたと思われる。六一年五月二九日に「虎の門病院に行った」。その時薬を受け取っているが何のためかわからない。その後しばらく日記に病院のことは出てこない。六一年九月一日に、虎の門病院の産科で、妊娠三カ月と告げられ、二一日には内科と産科に行って、入院手続きをした、と。

九月一九日にミシン屋に来てもらって、ミシンにモーターを取りつけて電動化した。このことは、効率よくすることは勿論だが、足踏みでは身体への影響があると考えてのことでもあっただろう。

六一年の夏には、何時も以上に夏の暑さを気にして、しんどいなどと書いている日もある。ただ、普通の家事はこなし、八月一二日には「梅干しを仕上げた。びん二個汁なし、かめ、瀬戸引き汁あり」とある。

一つ興味深いこととして、この頃妹の佐恵子が赤ん坊の長女(千鶴)を連れて大山町に来ることがあり、敦子はそれを見て「とてもかわいい」と何回か書いている。佐恵子は敦子より約一年早く出産したので、このことでは先輩になった。一一月七日には、「赤ちゃん大分大きくなった」と。敦子自身はその二日後に母親教室に行っている。

十月から十一月一杯、梅ヶ丘の父親の入院、克美の勤め先の同僚・部下を家へ招いての接待など、敦子にとっては有り難くない出来事が多く、その間に敦子自身体調を崩したこともあったが、何とか乗り切った。

十二月に入ると、年末賞与をあてにして、いろいろ買い物を計画し、その中には克美の服などもあった。克美は服装に無頓着なので、敦子が百貨店に連れていったりした。次の年には、百貨店のものは気に入らず、実家の親類筋のテーラー「欧州屋」(道玄坂で開業)に二人で行った。

六一年、年末近くの、一七日に掃除機、一九日に冷蔵庫が届いた。掃除機は一万七百円、冷蔵庫は四万八千円で、現金で買った。敦子は「掃除機は好調」と気に入り、二六日には大山町に掃除機を持って行ったというが、克美が持って行ったかどうかよくわからない。

敦子はこの頃、生れてくる赤ん坊の着るものをつくりはじめた。十二月二〇日に「赤ん坊の上着等を裁った」。二二日「赤ん坊の着ものを縫う」。翌日も同様。翌年の二月一九日「赤ん坊の毛糸を始める。機械のところは終わる」。翌日「手編みの部分をやる」。二二日「ベビー、上下出来上がる」。

家計状態の変化―原稿料で収入増加、克美の持ち出しも増える

此処でしばらく、広町時代の家計状態の変化を見ておきたい。これは一方で日本の戦後高度成長初期の家計の変化を示している。他方克美が普通のサラリーマンとは少し違う行き方をし、それを敦子が受け入れていくという、中年頃まで続く二人の行き方の原型をも語っていると思う。克美は、企画庁の調査課(海外を分離してからは内国調査課)の金融班(後に物価班も兼務)班長という身分で、役所の公式の文章を書いていたが、そのほかにもう

一つ自由に外部の出版物に寄稿し、講演し、座談会に出る等のことが許されていた。その中で、外部の編集者に知られると、執筆や講演の依頼が増えてくる。その収入が六一、二年頃には、例月の俸給を超えることも稀ではなくなり、家計を潤した。そのような状況下の、家計の推移を見るために、敦子の家計簿から項目別の推移を抜き出してみることにする（表2－1）。

第三節　長男洋が生まれる。克美は計画局に移り六三年まで

六二年三月男子出産、洋と命名、しばらく実家で過ごす

六二年三月一六日、二人で虎の門病院に行って診てもらうと、敦子のおなかが「大きいので双胎かもしれないから、四月五日または六日にレントゲンを撮るとのこと」。三月一九日には方南町に買い物に行って、二三日より地下鉄開通と書いてあるのを見た。翌日は敦子の誕生日で、大山町の母が来て鰻を食べる。二三日には、方南町で地下鉄開通の祝賀会を見る。このころからおなかが張りはじめたが、二五日は日曜だったので克美が便所を含む掃除をすませる。そして二六日に入院した。

一日だけ間を置いて二七日午後六時五六分男子誕生。

表 2-1　広町での家計推移（1959 ～ 63 年各 9 月分中心に）

		1959 年 9 月	1960 年 10 月	1961 年 9 月	1962 年 9 月	1963 年 9 月
支出	住居	4,200	4,290	4,290	4,320	4,320
	主食	1,699	860	1,180	1,187	2,505
	副食	3,965	4,386	6,308	5,904	7,089
	調味	856	760	883	891	955
	光熱水道	1,078	1,278	1,480	1,794	2,253
	家具什器	125	2,882	10,185	1,074	566
	衣服等	2,556	1,425	6,980	14,505	1,540
	医薬衛生	1,689	415	3,640	775	1,080
	交際費	120	1,825	0	2,200	1,400
	文化娯楽	1,138	944	920	1,416	2,074
	家族小遣い	5,800	2,600	7,500	14,000	8,900
	旅行	0	6,346	0	0	0
	梅ヶ丘へ	3,500	4,000	4,500	4,500	4,000
	その他	3,024	5,008	4,494	7,607	9,491
	借金返済	2,000	1,000	1,000	0	0
	計	31,750	38,019	53,360	60,173	46,173
収入	俸給	25,575	27,214	32,363	38,405	42,067
	原稿料等	9,787	12,780	28,570	42,980	5,000
	計	35,362	39,994	60,933	81,385	47,067

体重三・七キロの大きな赤ん坊だった。この子の名前については、敦子の日記のうしろに、女の名前の候補六つに対して男の名前としては、哲、彰、了という三つがあることを発見したが、これらを二人で議論したかどうか、克美は覚えていない。ただ、島田（当時は戸籍にある嶌を使っていなかった）というのがかなり書くのに手間のかかる苗字なので、名前は簡単な字がよい、と克美が主張していたことはたしか。そして、近所に居る友人の原田洋及び小学校の同級生の名前などに倣って「洋」（ようと読む）と名付けた。

入院は約二週間で、四月一一日に退院した。その間克美は、病院での様子を見ながら自宅で過ごしたが、四月三日には、大山町でお七夜のお祝いとして、赤飯を炊いてもらった。敦子は退院後、自宅に戻らず、大山町に滞在した。この間の記録は、克美が書いた支出のみなので、生活の様子はわからない。ただ、大山町には、敦子の滞在費として一万五千円を支払っている。敦子が広町に帰ったのは五月二六日、土曜日だった。その間に克美がガラガラや、哺乳瓶など、赤ん坊のものを少し買っていることが目新しい変化だった。

克美は計画局に移り、職場環境変化

長男が生れた後（辞令の日付不明、多分四月一日付）、克美は企画庁の中の人事異動で、計画局計画課の課長補佐になった。その時の局長が向坂正男、調査課長時代に克美を親切に指導してくれ、お互いによく知っていた。克美の仕事は、局全体の作業をまとめることであり、いろいろな困難に出会った。その中で克美は局長と直接に接し、特に帰宅方向が同じだったから、局長の車に同乗して、新宿で一緒に飲むというようなことが、しばしば起こった。その場所は、いわば少し程度のよい居酒屋だった。

克美が友人や同僚と外で酒を飲むことが多いのは、調査課時代からのことだったが、このようにして、計画局に来てからは、新しい形の飲み方が増えた。計画課の課員とも飲んだ。

敦子にとっては、その日に、いろいろな名目の会合があったり、誰か人名を挙げて、飲んだと言われたりしたが、全体を理解することは次第に難しくなったであろう。計画局に移ってから、新しく付き合う相手の名前が日記に現れただけでなく、この頃から少しずつ書き方が変化した。これを書いている克美の言い分としては、接待酒は飲みたくない、また友人と飲むときはケチなことはしたくないわけだが、克美が、一人で飲むことがあったのも事実だ。そこに、女性が居ることはごく普通で、世間話をして気晴らしになる程度でも、敦子に対するのとは違った世界が開かれることは否定できない。そんな話を敦子にするはずはないが、敦子も、子育てにいそしみつつ、他方で何かを感じていたかもしれない。

なお、敦子の日記には計画局での克美の仕事の大きな流れも反映されている。例えば六二年七月末「マンパワーの各論がすんだのでおそくなる」と。これは「人的能力向上計画」の各論部分の取りまとめが終わったことをいう。十二月二三日は日曜なのに「予算のことで出勤」と。これは、新しい経済計画作成のために、かなり大きな予算を作り、その作業や陳情をしていたからであった。

広町での子育て

敦子が赤ん坊の洋を連れて広町住宅に戻ったのは、六二年五月二六日。ただし、再び日記を書き始めたのは五月三〇日で、この日、洋を連れて薬屋まで行った、と。しかしまだ子育てになじまず、六月二日には大山町の母が来て洋を風呂に入れてくれたので、楽だったと書く。その後も、実母が来た時には、洋に行水をさせたりした。

敦子の日記には、赤ん坊がかわいいという感情も、子育ての苦しさも、書かれていないが、自分が子供に対して良くないことをしたという時の反省などが時々記されている。六月二八日「一日ぐずぐずされてイライラしてしまった」。七月一二日暑く「汗をかくので可愛想だった」。七月二三日「行水を使わせてすんだら顔が火照って真っ赤になってしまった」。

洋が生れても、梅ヶ丘の父母（洋の祖父母）は来なかったが、叔母に当たる眞子や恭子は来た。梅ヶ丘宛てに祝い品を送ってくる親戚の人も居て、それを届けることも一つの仕事だった。七月七日は「百日のお食い初め」で、大山町の母と眞子、恭子が集まり、にぎやかだった。

九月一日、離乳食始める。二日、克美がはじめておんぶしたら喜んだ。七日、大山町に行き、敦子がおんぶして帰った。九日、はじめて乳母車で方南町へ。一三日、砂場で遊ぶ。

一〇月六日はじめて梅ヶ

写真 2-2　祖母の手で行水

丘に洋を連れて行く。祖母は喜んで遊んだ（祖父は寝ていて会えず）。このあと各種注射のため、しばしば保健所に行く。

この年の後半から、日記の中の、克美の呼称にときどき「お父ちゃん」という言い方がみられるようになった。大抵は、主語なしで、「遅く帰った」とか、「開銀との会で遅くなった」、などとだけ書いてあり、必要に応じて「克美は」と入れるのだが、そのほかに「お父ちゃん」という言い方が自然に生まれたのだろう。それは、初めは「お父ちゃんが洋と遊んだ」というように、洋との関係で記されたのだが、次第に、克美そのものの呼び方としても使われた。そしてしばらくするとこれが「お父さん」という書き方に変わっていった。赤ん坊相手の言葉から、洋が成長するにつれて変化した。

洋は元気な時と熱を出すときなど、かなり変動があり、医者にかかることもしばしばだったが、さほど大事にはならずに済んだ。

洋の成長と祖父母たちの喜び

六三年に入ると、洋は冬の寒いときによく風邪をひいた。五月には、洋がせきをして近所の医者にかかっただけでなく、敦子も体調をこわした。敦子は五月二七日に虎の門病院に行って、レントゲンで診てもらって、変化なしと確認され、薬をもらった。この時は克美も耳鼻科に行き、あと二人でお茶をのみ、安堵したようだ。

一方で、洋は少しずつ確実に成長した。一月一三日、敦子が編み物をしていると、洋が這ってきたので、椅子に座った、と。二月二〇日には洋のそら色のセーターを編み始めた。三月一七日の日曜「たっちしているところ写真に撮った」。まだ歩けないが、つかまり立ちはできるようになった。三月二七日「砂場へ行ったらとても喜んだ」。この翌日が誕生日だが、三日遅れて三一日の日曜に誕生祝いをし、ブランコのところなどで写真を撮った。

六三年八月四日、洋は急に歩き出した。誕生から一年半近く経っているから、遅い方だが、身体が重いので遅れたとみてよかろう。ただし敦子の日記には、後に洋の「がにまた」を心配する気持ちも書かれている。

洋が歩き出した直後の八月八日から、三人で内房海岸に三泊四日の旅行をした。宿泊先の富浦、益田さんという家を向坂から紹介されていた。「ここは広くてよい」と敦子は書いている。そして、海岸では、洋が、砂いじりはよろこんだが、海の水が来る中に立たせたら、波をこわがって「こわばってしまった」。内房の岩井には、敦子が子供の頃、家族で来ていたので、昔の知り合いを訪ねるという意味もあって、一一日には岩井に行った。敦子は旧知の人に何とか会えたようだ。帰りは外房鴨川廻りで帰京した。旅行に関しては、この後、八月三〇日から九月一日まで、再び三人で沼津、土肥、西伊豆に行っている。

この頃に洋は大分歩き出した。八月二〇日、洋をブランコに乗せ、九月に、方南町公園で遊ぶ。大山町に行くときに、「赤いバスに乗ろう」と言ったらわかるらしかった。

洋がかなり歩けるようになって、洋を連れて出かける敦子の負担が減った。大山町に洋を置いて、敦子が新宿に買い物に行くこともあった。敦子の大山町との関係の基本は、やはり何かと助けてもらうことではあったが、洋の成長を見ることは、大山町の父母にとって大変喜ばしいことだったろう。

敦子は、妹の佐恵子とかなり頻繁に会った。それは大山町の家に両方が行くだけでなく、佐恵子が長女の千鶴を連れて広町に来ることもかなりあった。この頃佐恵子は西武線沿線に住んでいたようで、敦子がそこを訪ねたこともあった。

より大きな変化は梅ヶ丘との関係に生じた。梅ヶ丘の父母にとって、何と言っても直系の男の孫ができたことは大きかった。敦子としては、ことによると妊娠中に「女の子なら、かわいらしく自分なりの考えで育てられる」と思っていたかもしれないが（雑誌の『ソレイユ』など読んでいたこともある）、それはともかく、梅ヶ丘に洋を連れて行くことによって、嶌田の家の一員としての存在感をしっかり身につけたと言えそうである。克美の父親は長年、身体の不調を訴えて不機嫌なことが多かったが、孫を見ることによって心を和ませた。敦子は克美が居なくても、洋を連れて梅ヶ丘に行くことが以前より増えたとみられる。八月一三日には、梅ヶ丘の母と眞子が二人で広町に来た。これは眞子の見合いの帰りだったという。眞子は画家の相川昭二と見合いをした。一一月一七日に、克美と一緒に梅ヶ丘に行った敦子は日記に「夕方相川さんになってしまった」と書いている。相川夫妻は、梅ヶ丘の家に同居し、眞子が文化服装学院での教職によって家計の大半を賄うかたちになった。ちなみにこの頃相川昭二は、田崎広助に師事し、一水会の会員として評価を高めるべく、努力を重ねていた。

一九六三年八月アメリカ行きを打診され、一一月に確定、準備開始

克美が計画局で担当していた作業が一段落し、次には新しい経済計画をつくるという方針が決まったときに、克美に対して、ニューヨークのジェトロの事務所に行かないかという打診があった。八月二七日の敦子の日記に「アメリカ行きの話が持ち上がった」とある。克美はこの時敦子に相談した。家族同伴という話だった。「行ってもよい、断らないで」という返事だったと克美は記憶している。九月二二日に、われわれ三人が玉川学園の向坂邸の昼食に招待されて、スイス料理を御馳走になった。これには送別の意味があった。

一一月二六日に「ジェトロ行きが確定した」。発令の書類が準備されたのだろう。一二月からジェトロに行った。(一日は日曜だったので、二日の日記にジェトロへ出勤とある)。

当時ジェトロの本部事務所は八重洲口近くにあった。このあと克美は、仕事の内容の説明を受けるなど、現地での業務に関する準備に入った。さらに、アメリカでは医療費が非常に高いから、医者にかからないで済むようにと、ジェトロの近くの歯科医のところで歯茎からきれいにする、などした。英語(米語)の勉強も必要なはずだったが、これはうまくいかず、現地入り後の課題となった。

敦子も、歯医者に行くことが必要になったが、近所の歯医者が混みあっていたので、以前から診てもらっていた武蔵境の歯医者に行くことになり、ついでに佐恵子のところに行くことも多く、洋を大山町や、時には梅ヶ丘に預けて行った。一二月一〇日から二三日までの間に七回歯医者に行っている。また、洋を預けて、百貨店などでいろいろな買い物をすることも必要になった。その後年が明けて、敦子も歯茎を削ってもらっている。

夫婦二人に共通のもう一つの大きな準備として、服装関係の支度をした。克美は一二月二五日敦子と一緒に渋谷の松本(欧州屋テーラー)に行って礼服等を注文し、敦子は一二月二九日に三越で和服を注文した。そのほか敦子の洋服、克美の靴その他も買っている。

買い物は年が明けるといっそう多くなり、また注文していたものが出来てきて代金を、たとえば松本には克美の服代金六万二千五百円を支払った。カメラやトランジスタラジオもある。またセーター、マフラー、ワイシャツ、ネクタイなどいろいろ買っている。外務省やアメリカ大使館にも行った。パスポートとビザのためだ。

二月八日大山町で幕の内弁当の送別会をしてくれた。

子ども三人（洋、千鶴と尚恒の長女の晴美）が集まって大騒ぎしたが、洋は咳がひどかった、と。このあと林一家は広町に来て泊っていった。敦子は二月九日に梅ヶ丘に行き五万円を渡している。克美も一緒だったと思われる。大山町にはその後も行っているが、その後梅ヶ丘に行った記録はない。そしてアメリカ行きの時、広町から退去しなかったことが、後に問題になるのだが、荷物を一部送り出した。アメリカ向けだけでなく、大山町と梅ヶ丘に分けて預けたかもしれない。買い物はぎりぎりまで、二月一四日には銀座御木本でブローチ、和光でキーホルダーを買うなど気が付く限りの買い物をしている。出発直前の二日間のことは、支出したカネのことしか書かれていないが、前日の日曜に、それぞれが親の所に行った可能性はある。

なお敦子の日記帳には、親戚や知人などから贈られた餞別の現金ないし品物の記録がある。その一部に対しては返礼をしたことが、品物の記録からわかる。

第三章　アメリカの三年

第一節　一九六四年、在米一年目

一九六四年二月から三年余り、アメリカニューヨークで暮らした。幼い子供をかかえての異国での生活なので、困難もあったはずだが、敦子にとって、かけがえの無い貴重なものであった。

出発から現地到着直後まで

六四年二月一七日、木曜日に、羽田発ホノルル行きのダグラス機で、アメリカに向かった。敦子は、この後数日の日記を後になって記入している。見送りの人々や同行した来栖夫妻（デザイン担当）のことは書かれていないが、その後のアメリカ時代のことは敦子の日記がほとんど唯一の頼り。

出発の日は朝五時半に起きて大急ぎで食事をして羽田に向かった。荷物を計量したらオーバーしてあわてた。羽田で雨が降り出していたのに、上空はまぶしいくらいのお天気だった。克美と二人とも飛行機に乗るのははじめてだった。「ハワイの夜景はとてもすてきだった」。克美の妹の眞子の友人（山本）が夫と共に出迎えてくれた。かなりボロの自動車だったが、その車で、ホテルに送ってもらった。

写真 3-1　パスポートの写真

翌日朝食後、ワイキキと動物園に行き、午後は山本の車で、パイナップル畑の見物。夜は中華料理（鯉の丸揚げが出た）。その後山本の家に行き、十時過ぎに帰った。翌二〇日サンフランシスコへ。

サンフランシスコでは坂の途中のような場所のホテルに泊った。この夜チャイナタウンで中華料理を食べた。後は和食。ここで克美は初めてホテルの近くのスーパーの店に入ったという記憶がある。二日目の午後は市内の見物（多分観光バスに乗った）。まず丘で一望できる所に行き、金門橋、高級住宅地、すずらんのみえる海辺、日本庭園のある公園、古いスペイン村、日本人町、ケーブルカーのような電車。「夕食はセンターの人と中華料理」とあるから、ジェトロの駐在員がケアしてくれたとみられる。

二月二一日、バスターミナルでチェックインし、空港へ。「大陸の上はすてきにきれい。アルプスのような山が下にみえてよかった」。

ニューヨークに到着。「ニューヨークは寒い。染谷さんのお寿司を食べた」とだけだが、ジェトロの職員が大勢迎えに来ていた。ホテルに案内されて、寿司の差し入れをしてくれた染谷は、克美の前任者。この後二月一杯ホテルで過ごす。ホテルの場所は忘れたが、マンハッタンの中、自炊したことが買い物リストからわかる。大小の鍋やボール、たわし、紙コップ等を、食材のほかに買っている。

ニューヨーク生活の始まりからアパートに落ち着くまで

ニューヨークのジェトロの事務所は、マンハッタンの五番街、三四丁目、エンパイア・ステート・ビルの近くにあり、ジャパン・トレード・センターと称していた。所長をはじめ、所員は日本人が多く、総務、調査、広報、展示などの部門があった。総務は通産省出身の平田次長がトップ。克美の肩書きは調査部長（ディレクター・オブ・リサーチ）。センターは展示場を持っていて、随時日本の商品の展示、宣伝を行っていた。

調査部のスタッフは森口というジェトロ・ブロパー職員のほか、兼務の人、現地採用の日本人学生、アメリカ人の女性などで、組織としては小さかった。仕事はアメリカの経済や市場の調査である。

まだホテルに居た頃には、生活面でも、さしあたりは、森口夫妻を頼りにした。洋に必要な「紙おむつ」を英語でなんというのかわからず、困っていたら、森口夫人が「ディスポーザブル・ダイアパー」だと教えてくれた。敦子が洋をつれてマーケットに行くと、泣き出したが、外に出ると、どんどん歩いた、という日もあった。

ホテル生活の間、二月二三日の日曜には、染谷が車で迎えに来てくれて、アパートをみせてもらった。敦子は「すてきなアパートで感激した」。東京の住宅とは広さが全く違うことが最初の印象を良くしたのだろう。

いよいよ三月一日には、森口に迎えに来てもらって、アパートに入った。このアパートの住所は 144-70 41ST AVE FLUSHING, NEW YORK 同じような規格のアパートが沢山ある。入ったのは多分二階で、中庭に栗鼠が来るのを見た。リースで借りたこのわが家には、広い居間と二つの寝室その他があり、多くの家具類が備えられていた。そしてまだ二歳にならなかった洋も、夫婦とは別の寝室に寝かせるのが当然と言われた。

地下の駐車場に、自分の車がある。これはランブラーという、ビッグスリーに入らない小メーカーの安い車。色はグレー。しかも染谷から譲られた中古。その時の克美の地位にはふさわしくない安物という人もいたが、三年で帰るのだから、その間乗っていられるならそれでよい、と割り切った。アメリカの車としては小さかったが、それでもかなり立派にみえた。当時まだ日本車はアメリカで売られていなかった。この車を敦子も加わって洗車し、大切に扱ったから、外見はずっとかなりきれいだった。

フラッシングという場所は、マンハッタンの東側、ロングアイランドという大きな島の中で、クイーンズ地区に属し、マンハッタンに近い。当時はかなり日本人が多く、静かな住宅地区という印象だった。交通の中心はメイン・ストリート（以下メインという）、ここにマンハッタンからの地下鉄が来ており、列車の駅もあった。これはその後も変わっていないが、街の住人と情景はすっかり変わったようだ。

われわれのアパートから、メインまでは歩いて行ける距離だったが、バスを利用することもできた。日常生活に必要な買い物は、アパート近くのスーパーや肉屋などの商店で大抵まかなえた。敦子の日記と克美の記憶から、DAN'Sというのが近くのスーパー、GERTSというのがメインの方向にある小さい百貨店だった。なお、食品の買い物には、ときどきバスで日本堂にも行った。

入居の翌日に、ベッドの上に敷く薄い布団やタオルなどと台所用品を買いにウルワース（これは有名な安物の店だが、実用的な日用品は此処で用が足りた）に行き、スーパーで食品を買った。その後スーパーにはかなり頻繁に行っている。三月三日の日記には、洗濯してドライヤーにかけたらとてもよく乾いたとある。七日の土曜日に森口の車で案内してもらって出かけ、掃除機、トースターのほか浴室で使うものなどを買った。二〇日に洋が熱を出したので、翌日、かねて聞いていた日本人の医師に来てもらって、克美が後で薬を受け取りに行って解決。

この間、日本の親たちなどへの手紙を書き、日本から送った荷物を受け取ったりして忙しい日々ではあったが、ほぼ一カ月の間に、生活の基礎が定まった。ただし、仕事のことは別として、克美はまだ自動車の運転ができなかった。ペーパーテストは早くすんだが、実技試験までが大変だった。路上で講習を受けつつ、二回試験に落ち、八月六日にやっと実技試験合格の通知が来た。

ジェトロは世界博開催に関与。五月バス旅行を試みる

車を使えない中で、敦子は、マンハッタンへ地下鉄に乗って買い物に行くことを覚えた。メイシー、ギンベル等の百貨店のほかオーバックス、ブルーミングデールなどの店に行った。買ったものの多くは、衣料品だが、アクセサリー等を買ったこともある。

洋は、四月一一日に、近所のデホフという医者のところで予防注射を受けた。日本で済ませていなかったジフテリアか何かだったと思われる。このとき、洋を裸にして歩かせ、「ヨーー」と看護師が呼んで、近づいてきた洋をつかまえ、アッという間に、ぶすっと腕に注射してしまうやり方に、アメリカ流のすごさを感じた。なおこのデホフという医師のところには、後の外務大臣岸田も来ていた。父親が通産官僚で家族が近所に住んでいたことから顔見知りになった。洋は時々熱を出して日本人の医者に来てもらい注射してもらったりしたが、長くかかるような大きな病気にはならずに済んだ。

敦子は毎日のように近所に買い物等に行くとき洋を連れて行き（乳母車と歩きのミックス）、次第に遠くにも行くようになった。近くのプレイグラウンドでも遊んだ。六月二一日の日曜の日記「洋はこの頃ブーフーウーのボールで遊ぶのが好きで、投げたり、足でけったりして遊んでくれ、と、一日汗をかいている。ミルクを良く飲むので今日は三本買った」と。ミルクは多分一リットル入りのカートンで、一本二五セント。これを大体毎日一本の割合で買っていた。

この時期に特別だったことは、ニューヨーク世界博（ワールド・フェア）が開催され、日本館の建設と運営にジェトロが関わっていたことだ。場所はフラッシング・メドウズ・パークだった。克美は、ジェトロの一員として、日本館の係員の仕事を何回か割り振られた。敦子は四月二二日、テレビがオープニングの日の様子を報道するのを見ていた。五月一〇日の日曜には三人でフェア会場に出かけた。

自動車の免許は取れない中でも、少しはまだ見ぬ場所を見たいという思いが募り、五月一七日には列車に

写真 3-2　地下鉄の駅近くの道で

写真 3-3　国会議事堂の前の公園にて '64.9.6

乗ってロングアイランドの先の方に行き、二四日にはブルックリン地区を見に行った。地下鉄でブルックリンに行くのにてこずって、帰りはタクシーで帰った。そして五月二九日、フィラデルフィアに向けて出発した。タイムズ・スクエアからバスに乗った。着いたら洋が吐いてしまった。そのまま一日シェラトン・ホテルに入ってやっと落ち着く。近所の公園を見たりして泊り、翌日、自由の鐘などを見学。タクシーで駅に行って列車で帰ったが、列車が遅れるなど、家に到着するまでにかなり疲れた。ホテル代は一八・九ドル。列車賃は八・六ドル、行きのバス代は六・七ドル。タクシーには何回か乗って、合計一〇ドルほどだった。費用はともかく、自分の車でないと如何に不便かということを痛感させられた。

ドライブ開始、九月に首都ワシントン、年末にゲティスバーグに行く

八月に、自動車の運転が許可されたあと、自分一人でハイウェーを走る練習をした。八月一五日の土曜には、マンハッタンの方に行き、セントラル・パークからハドソン川の縁のハイウェーを走り、ワシントン・ブリッジを見て帰ったところ、翌日克美は、喉を腫らして熱を出した。手当をして直し、二九日の土曜には、車でホームセンターに行き、本棚や洋の椅子などの大きなものを買ってきた。

九月三日に、義兄（京都の姉の夫）多羅間が来たので観光案内をすることになる。四日にはタイムズ・スクエアの観光バス乗り場まで案内し、敦子は帰宅。五日から、ワシントンとフィラデルフィアへのドライブ旅行。五日、一〇時頃家を出て、マ

写真 3-4　フィラデルフィア '64.9.7

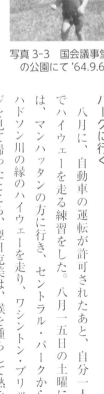

ンハッタンへ行き、リンカーン・センターで九日のオペラの切符を買ってから、リンカーン・トンネルを渡って、ニュージャージー・ターンパイク（NJTPK）でワシントンに向った。夕方七時にワシントンに着き、日本大使館の前で写真を撮って、ホテルに泊った（この時は夏時間で七時でも明るい）。夕食は、「東京すきやき」で天ぷらを食べた。六日、ホテルを十時半に出て、ホワイトハウス記念塔に上がり、ケネディーのお墓、ポトマック河、国会議事堂を見て、四時頃お昼をたべ、フィラデルフィアに着いたら七時半頃。夕食は九時頃だった。七日、ミュージアムと独立記念カーペンターホール、公園を見て、NJTPKに乗って帰った。

九月九日には、ベビーシッターに洋を頼んで、ニューヨーク・シティー・ホールに、メリー・ウイドウを見に行った。この時、ベビーシッターを頼んで出かけることを覚えた。

この頃克美はニューヨーク大学の夜学で英語の発音などを習い始めた。そこで一〇月五日には、敦子はベビーシッターを頼んで、カーネギー・ホールでストコフスキーを聞いたあと、夜一〇時半に待ち合わせて二人で夕食を食べて帰った。一〇月二二日には、調査会社を経営しているセンターに出入りしている、ショイヤー（英語的にはシューヤーに近い）の招待を受けた。日本人の夫人も含め、いわば家族同士が知りあう意味も感じられた。フランス料理の店で、高級感あり。ショーを見て、帰ったら十二時頃だった、と。この経験から、高級店も開放的だと知り、以後たまには予約して出かけることもあった。

一〇月二八日、センターの調査関係の人たちを招待した。森口夫妻を主に、あとはいわゆる現地職員。敦子は前日から、肉や魚その他いろいろ買い込んで忙しかった。一一月三日は大統領選挙の日。近くの学校が投票所になっていたので、克美はその状況を見学に行き、かなりの熱気を感じた。ジョンソンが勝った。

十一月二六日から、ボストンに向かった。敦子は助手席で地図を見ながら、指図する役割なので、日記にも、経路のハイウェーなどがよく出てくる。この日は、マサチューセッツへの高速に乗ってから、ハワード・ジョンソン（HJ）でサンクス・ギビングの

写真 3-5　ボストンコモン入口 '64.11.28

ディナー（多分七面鳥）を食べた。ボストンへの出口で降りてホリデイ・イン（HI）に泊まった。翌二七日は、ボストン市内に入り、ハーバード大学をざっと見て、迷いつつ公園などに行って、前日からの宿に戻った。翌日出かけようとしたら、車のエンジンがかからない。寒い中、克美は近くのガソリンスタンドに行って頼み、バッテリー交換をしてやっと出発。バッテリーは二四ドル。この後ボストン市内を見る。後、九〇番道路（日本では何号線と言うが、当時われわれは何番と言っていた）で西に向かい、スプリング・フィールドで、HJに泊った。同社はアイスクリームで有名だが、レストランや簡易ホテルも広く経営していた。翌二九日は、五番道路を南に下り、ハートフォードに行く。コネティカット州の州都、キャピトル（州議事堂）がある。ボストンでもキャピトルを見たはずだが、多分このハートフォードの時から、キャピトルに対する興味が生まれ、この後各州の州都を観光の一つの目標にするようになった。

一二月に入ると、クリスマス・シーズンなので、敦子は、世話になった女性へのプレゼントを買い、カードを書くなどした。敦子の友人や親類からカードが来た。大山町と梅ヶ丘には、手紙のほか小包を送ったりもしていた。

クリスマスの当日には、午後、車でガーデン・ステートに行き、HJでディナー。二歳の子連れには、気楽でよかった。二九日の夕方から年末の旅行に出かける。ニュージャージー州の途中からペンシルバニア・ターンパイク（PTPK）に入り、フィラデルフィアの北を西に行き、二四出口で降りて、HJに泊った。翌日ハリスバーグ（ペンシルバニア州の州都）に行く。キャピトルでは、案内してくれたおばあさんが居た。あとゲティスバーグに行く。HJの前が公園なので、見物してから泊った。年末の三一日、少し寒かったがよく晴れた。午前中、古戦場を見て回る。此処は南北戦争の最終決戦が行われたところで、リンカーンの演説で有名。国の指定公園。古戦場と言っても、アメリカの歴史は短い。午後一時頃出発して三〇に乗り、ヨーク、ランカスターを通って二二に乗り、二一出口からPTPKに乗って帰った。途中ヨークで買い物（スーパーに寄る）。一〇時頃帰った。テレビで暮れのタイムズ・スクエアを見た。

敦子の日記には、後の方に、ドライブなどに出掛ける時に忘れないように持っていくもののリストがある。まずドライブに行く時に持って行くもの。キー、ライセンス、地図、案内書、洋のおまる、タオル、おしぼり、洋の車（ミニカーか？）飲み物、お菓子・あめ、おもちゃ、紙コップ、ティッシュ、紙袋、カメラ。次に泊りがけで行く時に持って行くもの（これは、モテルでの宿泊を想定している）。電熱器、米、お茶、鍋、やかん、しょうゆ、お箸、紙食器、茶碗、ふりかけ、ジュース、ジュースあけ、スプーン、缶切り、洗面道具、薬、体温計、スリッパ。

第二節　一九六五年、生活の充実とケベック、フロリダへの大旅行

雪の中の自動車事故、近所での転居

一九六五年の正月は、帰宅後の疲れの中、敦子が実家のやり方と同じ雑煮で祝う。洋は、マミ、チョット、キシャ・キシャ・ポッポ・ポッポなどの片言を言うようになった。一月一八日の日記に敦子は、「洋の歌」として「ポッポポッポ、ハトポッポ、マメ、チョラヤルヨー、ミンナデ、ナカノキノキ」と書いた。洋が聞く言葉は、テレビからの英語も多かったはずだから、言葉の習得は容易でなかっただろう。洋は、特に冬には、風邪気味で咳をし、時々かなりの高熱を出して日本人の医者に来てもらっていた。それでも週末のドライブにはさほどの支障はなく、またドライブを嫌がることはなかった。家の窓から自動車を見、また旅先で列車を見るなど、好きなものを見ると喜んだ。大山町から届いたおもちゃは洋の大変なお気に入りになった。

アメリカに行ってから、散髪に悩まされていたので、克美がバリカンを買ってきて、自宅で、克美と洋の散髪を始めた。一月一四日だった。その二日後、一月一六日の土曜日に、買い物に出かけた帰り、雪がひどく降って、克美は、停止信号を見落として雪の積もった交差点に入り、横から来た車に衝突された。こちらに非があるのは明らかだが、相手との交渉は、手間取らずに済み、当方の車が受けた損傷（ガソリンを入れるところ）は自分の負担で直し、相手側のコストと併せて、保険金でカバーできたと思われる。敦子の日記によると、当方の車の修繕費、「保険で見てもらえるなら二三五ドル」と言われ、びっくりした、と。二七日に、修繕の終った車の受取りに行った。

一月三〇日には、洋を医者につれていった。その時の体重と身長をアメリカ流のヤード、ポンドと日本式に換算した数字で書いている。体重一七キロ、身長約一メートル、と。

この後の数日、アパートを物色し始めた。これは、それまで入っていたアパートが実は安普請で、洋が飛び跳

写真3-6　ジョーンズ・ビーチ ’65.2.28

ねたりしたときに、音がして文句を言われたため、もう少ししっかりしたアパートに入ろうとしたのだった。二月六日、近くのキッセナ通りのアパート（高層で、各階の仕切りはコンクリート）に行ってみたら、同じくらいの広さの部屋を一六〇ドルで借りられるというので、決めた。七階で東南向き、五月に転居することにした。リース契約の期限の関係などからそうなったと思う。克美は、この時、アパート探しとリース契約について学んだので、後に、日経新聞の記者のアパート探しを手伝ったりした。

転居と洋の成長。洋幼稚園へ行く

キッセナのアパートへの引っ越しは、四月二九日（日本の休日）に行った。宮崎トラベルという、日本人相手のサービス企業が荷物を運んだ。今度のアパートには日本人の駐在員が何人か入居していて、次第に親しく付き合うようになった。ここはメインにはより近く、キッセナ公園という大きな緑地のそばにあり、洋もそこによく行くようになった。

引っ越し前だが、二月一八日の敦子の日記に、「洋を歩かせてメインまで行ったが、平気だった」と。それまでは適宜乳母車に乗せて、連れていたのだ。三月七日の日曜には、夕方、洋と散歩に行ったと。皆で行ったのだろう。転居後のアパートの、プレイ・グラウンドは利用しやすかったようで、機会を見て、時にはほとんど毎日、敦子は洋をそこに連れて行った。そこで知り合いになった日本人も少なくない。

少し先の話だが、一〇月になると、洋はナーサリー・スクール（幼稚園）に、月、水、金曜日の午後に行くようになる。このとき、大内という人の女の子も一緒なので、敦子はその母親と交互に二人を送って行くことになった。ここで洋は英語の世界に飛び込んで、それなりに理解しつつ、楽しんだと思われる。克美は後に、洋はわかっているか、とスクールの人に尋ねたら、わかってやっていると言われた。洋としては、無口な母親に比べて、いろいろ大きな声で話かける若い先生になついていったようだ。

新しい住居では、渡辺というベビーシッターに洋を預けて、外出することが容易になった。洋がなじんだからだろう。敦子は、シッターに頼んで、パーマや歯医者に行き、また夫婦二人で夜のコンサートを聞きに行ったり、友人たちとの夜の食事やショー見物をしたりすることができた。このうちパーマは、ずいぶん時間がかかったようで、料金は一五ドル。もう一つが歯医者。この方はもっと大変で、何回か通って二一五ドル支払っている。シッターへの支払いは時間の長さによるが、午後だけで六ドルとか夜遅くまで頼んで一八ドルという日もある。

濃密な付き合いと多様な文化的楽しみ

この頃、日本から海外に行くことは、まだかなり珍しかったから、アメリカに住んでいることは、近所の日本人との付き合いでも、さらには日本から訪ねて来た親戚や友人、知人、あるいは現地の同僚との間でも、濃密な付き合いを生み出すことになる。敦子の日常生活では、近くの部屋の「広島さん」、スクールへの送り迎えを交代で行う「大内さん」などとの付き合いが深まった。両方の家族はいずれも、日本の大企業の駐在員だった。

写真 3-7　アパートのプレイグラウンド '65.7.10

親戚については、前に京都の義兄を車でワシントンなどに案内したことを書いたが、一九六六年には眞子などが来た。六五年には、八月に克美の学生時代からの友人篠原一が来た。次に十月には敦子の女学校時代の友人の平尾夫妻が来た。これらについては後で少し詳しく書く。

現地の同僚については、人事異動があった。とくに克美の部下として、通産省から黒田が来た。八月一九日には新任の黒田に加えて、調査の森口、総務の鈴木の合計三家族をわが家に招いて夕方からパーティ、一二時過ぎまで居たという。

文化、娯楽面で敦子は何回か、洋を連れて、あるいは洋をシッターに頼んで一人で、世界博会場に行き、多くの国のパビリオンを見て回った。六月二八日はジャパン・デーだったので、夕方克美と待ち合わせ、洋を連れて三人で夕食後に行って、夜遅く帰った。

四月九日には、シッターを頼み、克美と待ち合わせて、イタリア料理をたべてから、リンカーン・センターでバレーを見た。九月二九日にも、洋をシッターに頼んで、夕方から出かけ、五一丁目でスカンジナビア料理を食べてから、映画『マイフェアレディ』を見た。映画は色がきれいだった、と。一一月一一日、コロンバスデーの休みの日、二人でカーネギー・ホールに行った。多分これが、連続して行く、最初だった。

観光旅行始まる

観光旅行は、いわばわれわれ家族のアメリカ生活の中心だった。それは、駐在員としてやや異色だった。多くの日本人は休日にゴルフをして親交を深めようとしていたが、敦子は休日まで克美が家に居ないのは困ると言う。克美は一方で、平日ニューヨークの夜の歓楽街を味わうことには貪欲だったが、休日は家族でドライブに行くことを原則にした。家で暇があれば、ひたすら観光案内書を読んで、次に行く場所や、そこへの経路などを検討していた。アメリカ人がろくに知らないようなところにも行ったほか、まだ行っていないところを埋めるよう努めた。

六五年の五月四日には、ブルックリンの日本庭園。六月一三日にはエンパイヤ・ステート・ビルをここではじめて見物した。「すごい風だったがよく眺められた」。

首都ワシントン、バージニア、ナイアガラ

さてこれからいよいよ、重要な旅行を記録する。まず六五年の春、首都ワシントンからバージニアへ行った。四月一六日の夕方六時過ぎに出発、できるだけ遠くまで走ることとし、NJTPKの出口四（フィラデルフィア近郊）のHIで一泊。朝早く洋に起こされたのでおにぎりを食べて、ワシントンに向かう。ここは桜の季節、花の盛りで美しかったが、その中をベトナム戦争反対の「NO WAR」と書かれたプラカードを掲げた大勢の人たちに会った。宴会ではなく、桜の花と反戦プラカードを見るのはアメリカならではのことと感銘を受けた。この後ポトマック川を渡って、バージニア州に入り、初代大統領ジョージ・ワシントンの生地のマウント・バーノンを目指す。道に迷った末、やっと着いたら、あまりに観光客が多くて家の中には入れなかったが、「お庭は川を背景にしてとてもきれいだった」と。それから九五番の新しいハイウエイに乗ってリッチモンドに着く。

リッチモンドはバージニアの州都である。ここでもHIに泊る。翌日、州議事堂へ。公園になっている。リッチモンドは南北戦争南軍の拠点で、リー将軍の家もあるのでそれを見た。次に南東に向かい六〇番でウイリアム

ズバーグに行く。この街の中はバスで移動。州知事の家などを見る。この町のことは、後に日本の観光地整備のモデルとして参考にされたはず。敦子の日記にも「この町全体が昔のままに作ってあり面白かった」と。見終わって、ジェームズタウン（英国人がアメリカで最初に建設した町、ただし夕方五時過ぎに行ったため、よく見ることはできなかった）などを経て、湾の下にあるトンネルを通って有名な軍港都市ノーフォークに渡り、バージニア・ビーチのモテルに泊った。

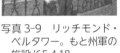

最終日四月一九日は、ひたすら帰るだけだが、ノーフォークから海上の長い橋を渡って行く必要がある。雨模様で天候も良くない中「一〇時過ぎにモテルを出て、燈台のところを行くにはM．P．の許可が要るらしく、紙片をもらって中を通り越して例の長い橋」。克美はここの運転に大変緊張して、何とか通過できたときは安堵の胸をなでおろした。敦子もよほどこわい思いをしたのではなかろうか。帰路の記録はない。ただ、橋の料金（TOLL）四・八ドル、昼食代やHJの代金の記録がある。

写真 3-8　ウィリアムズバーグ・ガバナハウス前 '65.4.18

写真 3-9　リッチモンド・ベルタワー。もと州軍の施設 '65.4.18

ピッツバーグ、ナイアガラへ

五月二九日には、ピッツバーグに向かう。ピッツバーグは、かつて鉄鋼産業で世界に君臨したUSスチールの本拠地、ペンシルバニア州の西部にあり、ニューヨークからは、かなり遠い。一日走って近郊のHJに泊る。翌日街へ。そこは川の合流地点の三角州にある。川の対岸で高低差を走るインクラインに乗った。がたがたした赤いケーブルカーで、登ったところからダウンタウンが良く見えた。ダウンタウンに降りて、アルコアとUSスチールのある広場に行く。あと大学、教会、公園に行った。公園はメロンパーク（メロン財閥が作った）と思われる。三日目は、途中やや大きな町に降りて、そこの議事堂を見、州立公園を通るなどしたが、主な目的は帰ることだけ。

六月一八日ナイアガラに向かって出発。ハドソン川に沿って北上、州都のオールバニを通り越して、西へユーティカで泊り、翌日走り続けて夕方五時にバッファローに着く。HIが良い場所にあった。エリー湖とハドソン川を結ぶ運河が、高低差の調節のため閘門を使って、高い所を通過していた。着いた日（一九日）に、荷物を宿に置いて、アメリカ滝を見に行った。夜、洋が眠ってから、イルミネーションの滝を見に行った。

六月二〇日、迎えに来たツアーの車でカナダ側に渡り、滝、花時計、発電所などを見てからタワーに登って滝を見る。二時過ぎに宿に帰り、あとニューヨーク側の昔の要塞跡（オールド・ナイアガラ。大砲が据えてある）を見に行く。この日は帰途につき、翌二一日には、コーニング・ガラス会社の施設を見学した。水差しやガラスの鍋を買った。

写真 3-10　オールド・ナイアガラ '65.06.20

徐々にニューイングランド、そしてケベックへ

六月二六日には、古くからの友人の横田がニューヨークに来たので、ニューヘブンに行った。克美らはツアーに参加。コネティカット州は保険業がさかんで、横田は保険会社の社員だった。

七月二四日、家族だけで再びコネティカットへ。この日は、海岸を行き、港で鯨をとる船などを見物して、コネティカット川を少し上り、ジレット・キャスルというのを、フェリーで行って見る。変わった建物で景色が良かった、と。宿泊は結局ハートフォードの西側のモテルになる。翌日街の東側のエリザベス・パークに行く。途中大きな邸宅を沢山見る。公園は美しい花で一杯だった。街で州議事堂のあたりを一回り。夕方には家に着いた。

七月三一日、カナダ、ケベックに向かって出発。途中ピクニックや見物をして北上し、二晩泊まった後オタワ郊外のモテルに泊まる。

八月三日、オタワの議事堂前の衛兵のショーを見る。

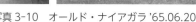

街を見てから、公園で休むなどして、モントリオールに向かう。途中で夕食。やっと見つけたモテルは静かで良かった。この地区は、フランス語圏なので、洋のための牛乳をどう言うのか、しばらく困った。

八月四日、モントリオール観光。「一〇時半頃モテルを出て、ノートルダム（われわれの聖母の意味なので各地にある）寺院に行った。お堂の中はとても美しかった。ポスト・オフィスに行きスタンプ（切手）を買った。バスにも乗った。モン・ロワイヤル公園でピクニックをした。きれいに晴れていて、景色が良く見えた」。この後ケベック近くのモテルで二泊する。

八月五日「一一時頃出て街に向かう。城壁の中でパークして、テラス（遊歩道）とポスト・オフィスに行き、ノートルダム教会を見て、街に上って行った。お土産の木彫りを買って、洋に旗を買ってやったら大喜びをした」。この日はその後郊外の景色を見に行って、六日にはまた城に行って、衛兵の交代に出会い、「同じようなので、中に入らず、城壁を出て、州庁を見た」。この後河の北岸を走って景色を見たあと、ケベックに戻ってフェリーに乗り、南岸から、南東方向、アメリカとの国境に向かって二三番道路を走る。「途中お土産を売る店があったので、私のバッグ、お父さんの室内穿き、向坂さんにくつ、金森さんに壁掛けを買った」。さらに走り、セント・ジョージズで泊まる。

八月七日「国境に向かった。その付近はさみしい所だった。関所は割合簡単に通り、メイン州に入った。道がとたんに良くなった」。途中、買物やピクニックをしつつ、見物もして一泊、翌日、ハートフォードで一寸休んで、一気にニューヨークに帰った。

八月二八日「夕方五時頃篠原さんが着くので迎えに行った。遅れて着き、一一時頃ホテルへ送って行った。平尾さんから手紙が来て、一〇月二日頃ニューヨークへ来るとのことだった」。二九日の日曜、篠原を連れて、州北部の観光とピクニック。夕食は家で共にし、ホテルに送った。

九月四日からは篠原を乗せて、皆でポコノに向かった（ポコノはペンシルバニア州東部の自然豊かな行楽地で、ニューヨークで良く知られていたが、まださほど開発されていなかった）。「HJで食事をして、マウント・ポコノでモテルを見つけて荷物を置き、近所の州立公園などに行った」。翌日「ビッグポコノに登って見物をして、ブッシュキル滝へ行ってお昼を食べ、高速と田舎道を走って、ポッツタウンの近所のモテルに泊まった」。九月六日「朝、そーめんを食べてから出掛けた。フレンチ・クリーク州立公園から、二三番を通ってバレー・フォージ（独立戦争中のワシントン軍の宿営地）へ行き、一回りして、昼食後、篠原さんを、フィラデルフィアのシェラトン・ホテルで下ろして、NJTPKで帰った」。

秋の各地方の景色を見、年末南部を旅行

九月二五日バーモント州へ。州南西部の端から入って、北上、一泊して東へ進み、南へ下がって、西に戻るかたちで、一周して帰った。途中の観光先は、記録してあるが、略す。

一〇月六日、ニューヨークに来ていた平尾夫妻を自宅に招き、八日には夕方から一緒に映画を見たあと、ジャーマンタウンで食事。帰ったのは一二時だった。その後もう一度一一日に、敦子は昼間好子と買物に歩き、夕方から両夫妻が会って、今度は向こうが日本食レストランに招待した。

一〇月一六日、ニューヨークから北上して、ハイドパークでフランクリン・ルーズベルトの家とバンダービルトの博物館（マンション）を見た。さらに北上、一泊して、七日にキャッツキルのゲーム・ファームで遊び、二日間紅葉を楽しんだ。

一〇月二三日、ペンシルバニアへ。ランカスターのモテルが一杯なので、道を戻り、その東北のアクロンで泊まった。この辺の紅葉は、黄色が多い、と、敦子は書いている。翌日アクロンのカバード・ブリッジを見る。屋根の付いた橋を見る事は、この後、旅行の中の目標の一つになった。一方この日は、アーミッシュの村へ行くことが眼目。ランカスター郡のアーミッシュ・ファーム・アンド・ハウスという観光施設に行った。聞いてはいたが古風な生活ぶりには驚き、少し土産物を買った。次に「ストラスバーグの汽車に乗りに行った。一時の汽車は大変混んでいたが、約一時間ペンシルバニア・ダッチの村を通ったりした」。この汽車はアメリカ最古の鉄道とされ人気がある。その日のうちにニューヨー

写真 3-11　フレンチクリーク州立公園 '65.9.6

クに帰った。
一一月六、七日にはロードアイランド州へ。ニューヨークからは、コネティカット州を越えた先にある。一日目は走って泊まるだけで終わり、翌日州都のプロビデンスで、議事堂などに行く。その後南下してニューポートへ。「大きな別荘地（バンダービルトを含む）を見、オーシャン・ドライブを通って町に帰り、食事をして、フェリーでジェイムスタウンに渡り、帰途に着いた」。

一二月前半は敦子の体調不良でドライブせず。年末にいよいよ南部への大旅行を決行。一二月二五日、クリスマスの日に出発。一気にバージニア州リッチモンドまで行き、翌日その南の州、ノース・カロライナに入り、州都ローレイを訪れ、次の州サウス・カロライナに入って東南方向、海岸に向かい、マートルビーチで泊る。「キッチンが付いたモテルで、夕食をおでんで食べた」。二七日には、海岸にそった道をまずジョージタウンへ。ここを通り越したあたり、公園に入り、とても気持ちが悪かったと、敦子は日記に書いているが、南部特有の羊歯類が大きな木から下がる光景を見たからだろう。チャールストンの手前で、昔奴隷を使っていた大農園主（プランテーション）の家を見た。映画でよく見た光景だ。南部軍の要塞跡も見てから、チャールストンの町を見物。多分奴隷市場の跡も見たはずだが、敦子の日記には町の中のことは記載がない。一七番に乗り、ガーデン・コーナーで泊った、と。夜はレストランに行った。

二八日にはいよいよジョージア州に入る。サバンナに着いて、沢山案内書をもらったが、はじめは良くわからず、一旦ビーチに行って、街に戻った。「街路樹がとてもきれいで、家も大変美しいものがあった。一七マイルのツアーに加わり、途中、商工会議所に寄って、歩いて街を見た」。その後一七番道路を南下し、ユーロニアという小さな街のモテルで泊まった。「夜はご飯を炊いて食べた」。

二九日はついにフロリダ州に入る。ただし目的地は、南のマイアミ方向ではなく、西のスワニー川にある。ジャクソンビルの街を車で回って見たあと、西に向かって一〇番のハイウエイを西に

写真 3-12　アーミッシュ博物館 '65.10.24

写真 3-13　ノースカロライナ・ラーレイ州議事堂 ’65.12.26

行く。途中州立公園で休み、レイク・シティで少し食べ、次に西北に向かって走り、スワニー川のほとりの公園に着く。スワニー川は、フロリダ州の西側を流れ、北の方の上流は蛇行しているが、その一部がフォスターの記念公園になっている。フォスターは此処で作詞、作曲したわけではなく、ただ川の名を歌に入れただけらしいが、日本人にも良く知られたスワニー川の曲の記念公園があるというので、是非行きたいと考えた。そこには、その曲のカリヨンの音色が流れている。感傷旅行地としては満足。ゆっくり休み、レコードを買い、四時半のチャイムを聞いて、七五番道路を北上、ジョージア州に入って、交通の要衝ティフトンで泊った。

三〇日、この日から本格的な帰り道。ところが七五番と四一番が合流するあたり、ハイウェイが渋滞し、克美が無理に前に出ようとしてトラックと接触。車の前の左側が凹む。警察官からいろいろ聞かれて、一時間ほどロスした。運転に支障はない。敦子は、克美が時に感情的になることに不安を感じただろうが、日記の記述は冷静。ともあれ、この日の目的地はアトランタ。途中インディアン・スプリングス州立公園に行ったが「たいしたことはなかった」。ジャクソンで昼食、ストーン・マウンテンのサインを見てそこに行った。「汽車に乗ったら、インディアンの襲撃をやっていたりして、面白かった」。夜は「公園の中のすてきなモテルに泊った」。ちなみに普通のモテルの一泊代金は一〇ドル未満だが、ここは一七ドルだった。次の日は年

写真 3-14　サウスカロライナ・プランテーションの椿 ’65.12.28

写真 3-15　ジョージア州サバンナ・綿花取引所 ’65.12.28

末三一日。霧がひどいので、山に登るのをあきらめ、周りから山を見てアトランタに向かう。中心部をそれた道に行ったようで、いきなり北の住宅街に入った。立派な住宅が多かったが、目的地ではないので、ここを回ってショッピングセンターで食事。街に入ってやっとのことでダウンタウンに行けた。州議事堂は見たが、街の見物はうまくできないまま、東に向かって走り、グリーンズボロで泊った。

翌日は正月。モテルで雑煮を作って祝った。東に向かい、かつて州都だったルイビルに寄って昼飯、オーガスタで休んでサウス・カロライナ州に入り、エーケンを通って、州都コロンビアに着く。浅井信雄の本によると、州議事堂の上に南部同盟の戦闘旗がはためく、という。キャピトルの写真を撮ったがこの旗はよくわからない。街はひろびろとしていた、と。

写真 3-16　サウスカロライナ・コロンビア州議事堂 '66.1

一月二日は、最後の観光目的地、ウインストン・セーラムを目指す。途中、ノース・カロライナ州の入り口、シャーロットでガス（ガソリン）を入れる。ウインストン・セーラムは州都ローレイの西にあって、アメリカ最大のたばこ会社レイノルズ社の本社所在地。古い街のかたちを見せているオールド・セーラムを見物。その後はひたすら帰るだけ。途中一泊して一月三日に帰宅した。

クリスマスから正月までという寒い時期を選んで南部に行くというのは合理的選択だが、必要に応じてどこででも泊ることにしていたので、当時まだ日本人があまり行ったこともなさそうな南部のモテルで、どういう応対をされるか、少し不安があった。実際、はじめは、随分ジロジロと当方のことを眺め回して、やっと鍵を渡してくれることもあった。それでも、翌日鍵を返しに行くと、「昨夜は良く眠れましたか」というように丁重な言葉をかけられた。これがサザン・ホスピタリティーなのか、と感じた。

写真 3-17　スワニー川フォスター記念公園 '65.12.29

第三節　一九六六年、旅行先を中西部へ拡大

ニューヨーク三年目、多様な付き合いと息子の成長

フロリダから帰った正月早々、地下鉄のストで、出勤に支障が生じた。一日目は休み、次の日には近所の知り合いに車で送ってもらったが、帰りの便がない。克美は、マンハッタンのホテルを必死に探して、ようやく一カ所、泊れるところを見つけた。それはホテルと言っても、貧しそうな住人をかかえた、ひどくさびれたところだったが、それでも良いと、克美は二晩泊った。

六六年の敦子の日記には、年の前半、克美と音楽会などに一緒に行った記録がいろいろ出てくる。先ず一月二九日には、メインの映画館に洋も連れて行き『すばらしき飛行機野郎』を見たが、洋が騒いで途中で帰った。二月七日には、克美と車で出かけ、ラテン・クオーターに行った。ここは、ショーを見ながら食事する。ショーは、ジェン・マンスフィールドが出てきた、と。それから、ゴーゴーを見て帰ったら、一二時近かった。二月一六日にも、ブロードウェイにミュージカル、『ハロードーリー』を見に行った。これはあらかじめ決めていたので、レコードを買って、ストーリーを調べた。当日はタイムズ・スクエアで待ち合わせ、ホテル・アスターでロースト・ビーフの夕食後に劇場に行く。「ジンジャー・ロジャースが大変な貫録で感心した」と。帰ったのは一一時半。

三月一一日には、敦子は、夜、大内さんとカーネギーホールに行っている。これは多分克美は都合が悪かったのだ。三月一九日には、克美と二人でメトロポリタン・オペラへ。四月二日、土曜日、車でカーネギーホールに行く。五月一八日には、克美の友人の日下とフォンデューの食事をした後別れて、マジソン・スクエア・ガーデンに行き、ボリショイ・バレーの『白鳥の湖』を見た。帰ったのは一時頃。

ずっと後だが、一〇月二三日、旧知の赤津（ワシントンの大使館勤務）と三人で、コパカバーナに行った。これもラテン・クオーター同様食事しながらショーを見る趣向。敦子は「ペラルド・クラークは大変面白かった。お料理は分量が多くて困った」と。克美は、日本から来た客の案内をするため、いろいろ試したが、当時流行っていたベリー・ダンスに連れて行くことが多かった。案内人にチップを渡して、かぶりつきで裸踊りを見せる、というわけで、さすがに敦子を連れて行くことはなかった。

克美の周辺、人の出入りが増える

ニューヨークの職場で、克美の勤務が三年目になると、担当する調査部門の中で、担当者の入れ替えが進んだ。少し前からだが、世界博の警備をしていた元警察官のデイリーが調査に配属された。デイリーは、アイルランド系の男で克美にいろいろな話をして親しくなった。薄給で子沢山だが家を買ったというので、招待され、洋をシッターに頼んで、二人で行った。フライド・チキンを御馳走になった（三月二十日、日曜）。

六五年の三月初旬、森口の後任に大上が赴任して来た。四月はじめにアパートに移ったが、車の運転ができるようになるまでの間、ときどき克美の車に乗せて近所の観光や運転の練習に付き合った。大上は、運転できるようになったら、立派な新車を買った。大上には家族に小さい子供が居たので、黒田の家族と共に、三家族でニューヨーク州の北の湖沼地帯に行って遊んだりした。現地雇いの多賀も克美が家に連れてくることがあり、敦子とも親しくなった。六月一七日には大上、黒田の一家と、多賀を家に招待した。

日本から克美のところを訪ねて来たのは、主に企画庁関係者だが、五月に大来佐武郎を車に乗せて、指定された所に行く時に、誤って一方通行の道を逆行してポリスに捕まった。

七月には克美の従兄弟の山崎明郎が仕事でやってきた。家に泊め、観光したり、海水浴に行ったりした。

八月には、克美の妹の眞子が友人と共に来た。ニューヨークの繊維産業を見たいという。デイリーに頼んでアポイントをとり、一七日、敦子も連れて、ブラウスの工場と、もう一つを見た。まだ日本品はほとんど進出していない時代。敦子の日記によると「ブラウス工場では、サンプルの生地をくれて説明してくれたが、次の所は秘密主義みたいでよく見せてくれなかった」と。午後から夜には、衣服関係の有名店やメイシー百貨店などを案内した。

秋になると、センターやその関連の駐在員の夫人との付き合いが増えた。安藤という人の家に、敦子が他の夫人たちたちと共に招待され、又トレード・センターの婦人会で、マン

写真 3-18　ロングビーチで山崎と洋
'66.7.31

ハッタンの北欧・イタリア料理の会に行くなどした。近所の広島さんの家にも、家族で招待された。敦子も、一二月九日には、多賀と親戚の山崎に加えて、黒田と大上の家族も一緒にわが家に招待。皆一二時頃まで居てにぎやかだった、と。

洋はアメリカの中で成長

こうして忙しさがうかがえる毎日だが、その中で洋は確実に成長した。三月二八日は洋の四歳の誕生日。朝から肉屋や魚屋で買い物をして料理の準備をし、ケーキも買う。午後、学校（幼稚園）から帰ったあと、何時も一緒の大内さん（美紀ちゃん）一家を招いて、バースデイ・パーティ。おもちゃなどをもらう。一二時過ぎに終った、と。五月五日には、大内さんと待ち合わせて、昼前から『メリー・ポピンズ』の映画を見に行った。「洋も美紀ちゃんも大喜びだった」。克美は普段あまり洋の相手をしていないが、敦子の六月五日の日記に「洋はお父さんと一寸キッセナ・パークへ行った」。六月二二日、洋の学校の卒園パーティ。洋は体調があまり良くなかったようだが、昼寝をしてから出かける。「セーカイヲマーワル」と日本語で歌をうたった。洋と美紀ちゃんとでゴーゴーをやったところや、担任のミス・キャロルと三人でも写真を撮った。

洋の学校は、八月二日からサマー・スクール。担任はミス・ルイーズ。しばらくは不規則な感じ。九月一二日の月曜に新学期が始まった。この後は、月、水、金の午後に、大内さんと交代で送り迎えをした。ところがこの一家は一〇月に帰国する。一〇月一二日に、送別パーティをわが家でやった。その後は敦子だけで学校への送り迎えをしている。

少し先に進んで、翌年のことだが、一月の土曜、買い物に連れて行った時、レストランで食事をして、洋がハンバーガーを全部食べたので驚いた、と。三月末の洋の誕生日には家族だけでケーキで祝ったが、洋は発熱していて、アスピリンを飲まされた。この日と翌日にかけて敦子は洋のワイシャツを作った。帰国が近く、ヨーロッパ旅行をすることにしていたので、その前に洋のスーツを買っていた。そして四月、帰国直前の一一日に、敦子は洋を学校に送って行って、スタッフたち皆にプレゼントし、後で迎えに行ったとき、別れの挨拶をした。

六六年前半から夏へ、大旅行を経験

ここから六六年の観光旅行を記録する。それには、近郊で見落としていたところと、未知の場所への遠距離旅行とが含まれる。

・春のバージニア

二月一九日、まだ寒い季節、この年はじめての二泊旅行。目的地はアナポリスとワシントン生誕地。ニュージャージー州の海岸近くを南に走り、フェリーに乗るなどしつつ、一泊。翌日はメリーランド州のオーシャンシティを通って西から北へ走り、アナポリスへ。此処はメリーランド州の州都。当然議事堂を見たはずだが、敦子は「こぢんまりとしたきれいな街で、大学の中も一寸見た」とだけ。

三月二七日には、ニュージャージー州のエジソン博物館へ。かなりさびれた感じだった。

写真 3-19　アナポリス州議事堂 '66.2.20

四月二八日からは三泊でバージニアへ。雨の中、夕方五時に出発。何時も通りの経路で、フィラデルフィアの北を通り越したあたりで泊り、翌日はさらに西へ進んだ後南下、ウインチェスターという町でのパレードを見るのが目的。天気は悪く雨が降ったが、日本の出し物を二時半頃に見た。黒田夫人が手を振っていた。その後さらに南下して一泊。翌日は一一番をさらに南下、自然豊かな地域で「花が咲いていてきれいだった」。少し逆戻りして、レキシントンの大学（ワシントン&リー大学）を一寸見てから、ストーントンのウイルソンの家を見たあと二五〇番に乗って山越えをした。峠で霧の中に入ってこわかった（アパラチア山脈の南端を西から東へ行った）。シャーロッツビルの郊外のモテルに入ってから、モンティチェロ（ジェファーソンの邸宅）に行った。「チューリップなどの花がきれいに咲いていたが、景色は見えなかった。スーパーで肉も買ってモテルに帰った」。

五月一日「朝食はHJで食べ、バージニア大学を一寸見て、首都ワシントンの方向に向かい、途中マナサス国立軍事公園に下りて」後は何時ものような経路で帰った。

・デトロイトのフォードとシカゴ

五月二七日からデトロイトとシカゴへ。ここではじめてローカルの航空機を利用した。二七日に車で飛行場（ラガーディアだろう）に行き駐車場に車を入れ、一〇時半に出発。デトロイトに着いてから、レンタカー。昼過ぎにディアボーン・インに着く。昼食後フォードの工場見学。

写真 3-20　デトロイト・ディアボーン・イン　'66.5.27

写真 3-21　ミシガン州アナーバー・ミシガン大学建築学部 '66.5.28

二時間くらいのツアーだった。敦子は「やかましくて、ほこりがひどかったが、面白かった」と。フォード発祥の古い、そして旧式の工場だった。デトロイトの街の中は行ってみたがよくわからぬまま帰る。翌日は有名なフォードの博物館へ行き、その後ミシガン大学に入ってみた「とてもきれいなところだった」。

二九日には西へ、ミシガン州の州都ランシングに行く。州議事堂を見るのは慣例。三〇日ガリーのUSスチールの工場の写真を撮ってからシカゴに行く。シカゴの街の中を見物し、「有名なインターチェンジを通って」飛行場へ行き、帰った。

写真 3-22　シカゴ・モロコレビルを背景に '66.5.30

・カナダロッキー

六月二四日夕方の飛行機で、カナダのトロントに行き、ここからエア・カナダのジェット機でカルガリーへ。リムジンでホテルに行く。翌日、ハーツに電話し、車を借りたら、青いムスタングが来た。その頃人気の車で、加速が良かった。街を少し見てから、一番道路を西北へ。途中ピクニックをし、雪の山が近づくのを見ながら、バンフ国立公園の入り口で写真を撮り、バンフの街で聞いてからホテルのあるレイク・ルイーズに着く。このホテルは湖を望む絶好の場所にあって、予め予約していた。夜は寒く暖房していた、と。

翌日、湖沼地帯と雪の

写真 3-23　バンフのリフトの中 '66.6.27

写真 3-24　バンフの公園入口 '66.6.27

写真 3-25　ロッキー山脈分水嶺道標 '66.6.27

山を巡る。「高曇りで青空は見えなかった。コロンビア・アイス・フィールドに向かった。途中の山々は良く見えたが、青空が無いのは残念だった。途中のレイクはとてもきれいだった。いろは坂のように上がったところがジャスパー国立公園で、入ったところにアイス・フィールドがあった。雪上車に乗せてくれるというので乗りに行った。氷河の上は寒くて、舌を噛みそうに揺れたが、珍しかった」。昼食後「レイク・ペイトウは五色沼のようなスゴイ青い色だった。雨が降り出して、ヨーホー国立公園に着いた頃には大変な雨だったが、鉄道のぐるぐるトンネル（今、日本の観光案内ではスパイラルトンネルと書いている）のところで汽車を見て、エメラルド・レイクに着いたら日光が出てきてきれいだった。鹿が遊んでいた。又トンネルを見てホテルに帰った」。

写真 3-26　ロッキー山頂からの遠景 '66.6.29

六月二七日、雨降り。レイク・ルイーズを後にして戻り、バンフ国立公園に向かう。途中白樺の道で景色が良い、と。バンフでは雨が上がったかに見えて又降る。山の中間に上がって見た後ホテルへ。一休みしてから、リフトに乗りに行った。高く登って向こうの雪の山が下に見えそうだった。降りて街のチャイニーズで夕食をしてホテルに帰った。この日はお土産をいろいろ買った。

・デンバーからラスベガスへ

六月二八日には、一転してカルガリー経由デンバーまで飛ぶ。カルガリーの空港で食事をして、ウエスタン・

エアラインのプロペラ機に乗る。グレイト・フォールズで通関。途中もう一度止まって、夕方デンバーに着く。タクシーでホテルに行く。翌日借りたレンタカーはファルコン。コロラド州の州都議事堂を見てから、アメリカロッキーの峠に向かう。東北方向のブルダーを通って北へ、赤い崖を見て走る。コロラドというのは、スペイン語で赤色のことだそうだ。その先エステスパークはかなりの街。昼食し、本などを郵便で出してから、国立公園地区に入る。「ずんずん細い道を登っていった。とてもきれいだったが、一寸こわかった。アルパイン・ビジター・センター付近は寒くて、一一、七九六フィートなので、少し気持ちが悪かった。雪の山を下に見て、可愛い高山植物の花畑はきれいだった。雨が降っていた」。アメリカ大陸を東西に分ける分水嶺のミルナー・パスを見て気分を良くし、峠で少し休んで南下、グランド・レイク、シャドウ・マウンテン・レイクを見て、南側の道を東に行ってデンバーへ。日本食のレストランで夕食後ホテルに帰った。

六月三〇日には、ラスベガスに向かう。ここはネバダ州の南東の端っこになる。デンバーの飛行場から、ユナイテッド航空のプロペラ機で、途中グランド・ジャンクションに一度降りたあと、砂漠のような所の上空、フーバー・ダムのダム湖の上を通ってラスベガスに着く。急に暑いと感ずる。「ホテルに着いたら、そこで博打をやる機械がチンジャラジャラと動いていてびっくりした」。「ベビーシッターを頼んでリドのショーを見て夕食をした。ショーは大掛かりで、ラテン・クオーター（ニューヨークの）より良かった」。博打場の中を通って「タクシーでダウンタウンに行く。カジノのあたりは、きれいなネオンだった。ミッツのガラスのエレベーターで登ったら、夜景がきれいだった。上でお酒を飲んでタクシーで帰った。洋は寝ていた。スターダストの一ドル貨を買った」。

・グランドキャニオンとアリゾナ

七月一日。朝食にソーメンを食べてホテルを出る。レンタカーの車はコメット。ガタついた車。スーパーで氷の入れ物と飲み物を買って出発。まずフーバー・ダムに向かう。ニューディール政策の象徴のようなこのダムは克美が前から見たいと思っていたもの。このダム「水

写真 3-27　フーバーダムサイン '66.7.1

はきれいだが、ものすごい暑さ。時間が一時間変わった」と。ここはアリゾナ州との境界に当たるので時差が変わった。アリゾナ州に入ったらうねうねとした砂漠。途中のハウスホールズ・パスで下りて見たら、砂漠のオアシスだった。直線的に南東へキングマンに行き、アイスクリームを買う。方向転換して東へ六六番の道。ウイリアムズに着く。少し休み、次は六四番を北へ。この道は森林できれい、と。暗くなる頃グランドキャニオンのマサーポイントに着く（マザーではなくマサーと読むという）。かろうじて見えた景色は「やはりすごい景色だった」。一戸建てのコテッジに泊った。

写真 3-28　洋、グランドキャニオンで '66.7.12

　七月二日「コテッジを出たらとてもさわやかだった。日差しは大変強かった」。景色を見るには絶好。南岸を先まで行って、戻りつつ途中を見る。ビレッジ周辺をもう一度見てから六四番の東の公園出口から出た。周辺各地を回って、八九番道路を南に下がり、ウパッキ国立モニュメント（赤茶けた大地の中の同じく赤い岩山）を見て、途中羊の群れで止まったこともあった。道路は良くない。フラッグスタッフのモテルに泊る。サンタフェ鉄道がよく見えた。

明日、インディアン（今ではネイティブ・アメリカンという）のパレードがあるとのことだった。「スーパーマーケットで帽子を買った。陽焼けでとても痛かった」。

　七月三日「インディアンの行進は、踊りを踊るのは面白かったが、あとは一寸気の毒なようだった。見物しているインディアンはとても盛装した人が居

写真 3-30　フェニックス・サボテン公園 '66.7.4

写真 3-29　アリゾナフラッグスタッフ・踊り行列 '66.7.3

た」。昼食後、少し西側の八九番道路に乗って「ジェロームの銅山跡の州立公園へ行き、戻りながら東側の道路の七九番に乗ってフェニックスに向かった。途中で丸いサボテンが見えだした。ロック・スプリングスの頃から、とても暑くなり、オルガンパイプサボテンが見えだした。一七番のハイウエイになって、レスト・エリアで一寸下りたら、暑くてびっくりした。フェニックスは南国的な美しい街だったが、暑いのと休日なので、人をあまり見かけなかった。ホテルに入ってから、サウス・マウンテンへ行き、夕景を見てホテルに帰った」。

七月四日「ステイト・キャピトルは、煉瓦より少し柔らかい色の、あまり大きくない建物だった。椰子の木の並木は大きかった。汽車の駅はたいしたことがなかった。それからサボテン公園へ行った。いろいろあって面白かったが、とてもとても暑くて、洋がヒーヒー言っていた」。土産を買い、「スコッツデールの西部の街を見て、スカイハーバー空港へ行った」。シカゴに止まったあと、ニューヨークへ。タクシーが中々つかまらず「帰ったら一二時だった。時差が三時間あったので、遅くなった」。

・近郊とニューヨーク州北部

七月一七日、マンハッタン一周の船に乗りに行った。午後二時間かけて、自由の女神、いくつもの橋、イースト・リバーの島などを巡った。

写真 3-31　デラウェア・道ばたのピクニック '66.7.23

八月六日、ニュージャージーの方へ。デラウエア州を見るのが目的。デラウエア河を渡り、ウイルミントンに行き、デュポンの博物館を探して、見つけるのに時間がかかった。戻ってニュージャージー州のセーレムのモテルに入る。「七時前にロデオを見に行った。牛、馬の匂いがしてくさかったが、面白かった。九時にモテルに帰った」。

八月七日デラウエア州のドーバーに行く。ここが州都。小さいが古い町。「オールド・ステイト・ハウスが中々わからず、レストランで聞いてまた行った」。

八月一二日からニューヨーク州の北部へ。センターの家族との共同行動。一三日には子供たちが遊園地で遊び、夕食後に集ってお互いを紹介するなどの行事があった。一四日にはゆっくりモテルを出て、午後五時頃州都のオールバニに着く。「州議事堂を見、汽車の駅の立派なのに感心して」帰途についたが、大変な渋滞に遭い、帰宅したのは午前一時。

八月二〇日、その前数日眞子が来ていて、帰った二日後だったが、ニューハンプシャーへ。途中ピクニックをするなどしつつ、一日使って州都のコンコードへ行く。「モテルで荷物を下ろして、州議事堂を見物し、イタリアレストランに入ってロブスターを食べて、暗くなってからモテルに帰った」。翌日、朝食は、南下してマサチューセッツとの州境に近いナシュアの街で食べ、西に向かう。モナドロック山という、回りの岩が削られた山が有名だが、行ってみて「登って見たが、たいしたことはなかった」。キーンという街の公園でピクニックをして、街に戻り、カバード・ブリッジのパンフレットをもらって、南西方向に走り、三つの橋を見て、後は高速を南下し、引き続き走ってニューヨークに帰った。

写真 3-32　コンコードの州議事堂 '66.8.20

九月二日、金曜夕方七時に出発、北へ走り、オールバニで泊る。三日、さらに北へ行き、そこからピクニックなどしながら、西へカナダとの国境近くのマセナまで走った。夕方セントローレンス川のダムなどを見に行き、モテルに入った。四日、国境を西南に走り、オンタリオ湖の東北、アレクサンドリア・ベイに行き、橋の写真を撮り、八一番の高速を南下して、シラキューズのＨＪで泊る。
九月五日、シラキューズからイサカへ。途中、公園で休み、別の場所でピクニックをし、イサカの町に入り、コーネル大学を見る。後は南下してビンガムトンの街を通り、ハンコックで夕食。ニューヨークはまだ遠い。曲がりくねった道から、モンチチェロで一七番の高速に乗ったところ、案外空いていて、一〇時過ぎに帰った。
九月中旬には、近いところで、ピクニックをしたり、汽車を見に行ったりした。

・秋はメイプルの黄葉見物

九月二三日、金曜の夕方七時に家を出て、バーモント州に向かう。まずニユーヨーク州を北上。キングストンのモテルに泊まった。

二四日、オールバニを越えてニューヨーク州を北上、レイク・ジョージで高速を下り、ガスをいれてから、ジョージ湖の湖岸の道を北上した。湖は「とてもきれいだった」。お昼をたべたあと「ティコンドロガの要塞跡を見学。洋が、うんこ、うんこと、やかましかった」。シャンプレーン湖は「水が黄色であまりきれいではなかったが、良く見えた」。バーリントンの手前から八九番の高速に乗り、東へ。バーモントの州都モントピリアで泊る。

二五日、州議事堂を見る。ここから、いくつかの村の、カバード・ブリッジなどを見ながら、一日でニューヨークへ帰った。最後、グリーンフイールドでハンバーカーを食べて、暗くなってから一七〇マイルを走ったという。

一〇月は、初旬に克美がノックスビルの方に出張し、その後一〇月九日、日帰りで、コネティカット州に黄葉とカバードブリッジを見に行く。ニューヨーク州を北上、一旦マサチューセッツ州に入ってから、七番道路を南下して、コネティカット州の中、一番西の部分を縦に切るように南下した。「紅葉（黄葉）はとてもきれいだった」。

一五日の土曜の昼から、再びコネティカットへ。土曜の午後、州の南部から行って、ミドルタウンの手前のモテルで泊まった。翌日は、コネティカットの中南部の村や町を見、カバードブリッジ、紅葉を楽しんだ。「ヘッダムのレストランに入り、二時間半かかって、お昼を食べた。景色の良いところだった。オペラハウスや動く橋が見えた」。南下して海岸のスカイブルックから高速に乗り、西へもどり、途中「ギルフォードに行き、教会や家の古いスタイルを見物して、帰ったら一〇時だった」。

一〇月九日にはウエストポイント、一一月六日にはワシントン・アービングの家を見に行った。

一一月二六日、朝早く起きて、朝食もとらずにひた走り、レストエリアで朝食をとって、コネティカット経由、ボストンに行き、美術館を見学。日本にちなんだ作品など多くを見てから、プリマスへ向い、街の手前で泊まった。二七日「朝起きたらやっぱり曇っていた。モテルを出る頃降りだした。HJに行き、朝食を食べてから、プリマスの街に行った。海岸に着いたら少し明るくなり、プリマス・ロックと船（メイフラワー二世号）等を見物して、一軒の家（プランテーションを再現する）とモニュメン

写真 3-33　プリマスロック・1620 と刻んである '66.11.27

トを見た。あと四四号線で西に向かい、ポータケットの街に入って見物、隣接するプロビデンスの街を通り抜けて、コネティカットに入り、ニューロンドンで夕食を食べて、家に帰った。

一二月は年末、クリスマスなど行事の季節、それらに関わりつつ最後は自分流。

・クリスマスから再度の南部旅行

一二月二四日土曜日、雪が降り出したが、午前中に出発。何時ものようにＮ．ＪＴＰＫに入り、雪の中を走る。デラウエア州に入った頃から雪がひどく、暗くなり、吹雪になった。道がよく見えないので途中でモテルを見つけて泊る。雪は夜中にも降っていた。翌朝天気はよくなったが、雪の中に埋まった車を出すのが大変だった。ハイウエイの道は良かったが、クリスマスで店が休んでいる。食事ができない。リッチモンドの南フレデリックバーグの町に行ってみたがダメで、ガスステーションの自販機でサンドイッチを買い、残りものを食べて、また走る。道を西にずらして、八五番の方に行き、ノースカロライナ州ローレイ西北のダーラムのモテルに泊る。八時過ぎに着いた。二六日はノースカロライナ州の真ん中を貫いて八五番を西南方向に走る。途中、国立軍事公園で昼食、スパルタンバーグの近くで工場の写真を撮った。アトランタ（多分北側）のカフェテリアに行って夕食。さらに西に行ってモテルで泊る。

写真 3-34　クリスマスパーティーに行く '66.12.23

一二月二七日、朝食せずに出発し、アラバマ州に入ってから、ヘフリンで朝食。七八番をバーミングハムに向かう。この街は有名な工業都市。「町の中に鉄の工場があったのでごみごみしていた」。一一番道路で南西に向かい、「郊外に出て、チキン・ディナーを買って途中で食べた。ミシシッピ州の境で写真を撮り、メリディアンから八〇番道路に乗った頃から雨が降り出した」。西に進んで、州都ジャクソンで泊った。この日は、アラバマとミシシッピ、二つの州をほぼ横切ったことになる。

二八日、朝から雨。ジャクソンの町に行き、州議事堂に行き写真を撮る。旧庁舎も同様。さらに西に行って

写真 3-35　ジャクソン・ミシシッピ州議事堂 ’66.12.28

ビックスバーグに入り、ここの国立軍事公園を経て、いよいよミシシッピ川の川岸に到着。「広い広い地平線が見え、川は濁っていた」。ビックスバーグは、ゲティスバーグと並ぶ南北戦争の激戦地で、記念の博物館があるので見学。昼食と買い物をしたあと、八〇番で川を渡り、橋の写真を撮った。こうしてルイジアナ州に入り、しばらく行ってすぐ、タレーラで南の方に方向転換、六五番を南下し、再びミシシッピ川を渡って、ナチェスのモテルに泊った。ここは、かつてミシシッピ川を上下する農産物輸送の船を留める河岸都市として栄えたところで、現在この川の観光蒸気船の名前はナチェス号という。この船が行くところをわれわれも見ることができた。

　二九日、朝食はＨＩに行って食べ、街で商業会議所に行ってツアーに案内をしてもらった。多くの家を見て歩く。どれも立派だった。その後六一番を南下。途中で州の境界線が東西に走っているので、そこを越えてルイジアナ州に入る。レストエリアで昼食後、州都のバトンルージュに着く。州議事堂は、エンパイヤステート・ビルのような塔になっていて、中に入れるはずだが、到着時刻が遅かったので、入れなかった。再び六一番を行くと、南東に向くようになって、ニューオーリンズに着いた。此処にはジェトロの事務所がある。電話して明日行くことにし、街の中のモテルに入る。夕食してからフレンチ・クオーターに行く。人出が多く、珍しい街並みだったが、特別何か特色のある所に入ってみるということはせずに帰った。

　三〇日、朝食はフレンチ・クオーターのザ・ツー・シスターズという店で食べた。この地方特有のトウモロコシのおかゆ（グリッツ）などがあったと思う。敦子は「とてもおいしかったが、分量が多く、火で燃やすデザートまで出た」と。後、街の写真を撮る。二階のバルコニーに、アイアン・レースと呼ばれる美しい鉄柵が並ぶ街並みの景色は独特である。ジェトロの事務所に行き、駐在員の宮本と話した後、昼食では生牡蠣のおいしいレストランに連れて行ってもらった。店を出ると雨が降っていて、遠出をあきらめる。またフレンチ・クオーターで買い物などして、九〇番の道を東に行って、郊外のモテルに泊った。

三一日、州境を越えてアラバマ州モービルへ。ここにも美しい公園があったので、見てから街を通り抜け、夕食の牡蠣フライを食べて、三一番の道から州都モンゴメリーを目指した。この日は、まだそこまでは行けず、グリーンビルという田舎町のモテルでの越年になった。

六七年の元旦は、こうしてアラバマ州中南部の田舎町で迎え、しかも雨降りだった。車で走り出して、モンゴメリーの街の手前のＨＩで朝食。元旦に何を食べたのか、中身は記録されていないが、三人で、四・二三ドル、と。普通のアメリカ的朝食だったのだろう。街に入ってガバナーハウスと州議事堂の写真を撮って中に入った。このとき、案内の女性が、洋に向かって大変印象的な対応をした。それは、まず、洋の名前を聞いてから、「ヨー」と語りかけ、「君はハンサムだねー、この州の知事は、あなたのような人がこの州に住んでくれることを、強く希望しているの。住む気はない？」というようなものだった。まだ五歳にならない幼児にそう語りかける女性を、克美はただの社交辞令や、マニュアルを読むような紋切り型とは違う、知事の考えを伝える独立した人格として受け取った。敦子は日記に「ウォーレスの写真まてくれた」とだけ書いている。この知事は黒人差別のひどい発言で知られていたから、われわれは非黒人として歓迎されただけなのかもしれない。いずれにしても、人々が真剣に政治の世界に住んでいることを改めて知らされたと言える。此処はかつて南部同盟の首都として、その初代大統領が執務していた南部のホワイトハウスが残っている。この後ジョージア州に入り、アトランタを通り越して引き続き八五番

写真 3-37　ミシシッピ州・ナチェス農園主住宅 '66.12

写真 3-36　ニューオーリンズ・フレンチクォーター '66.12.2

写真 3-38　アラバマモンゴメリー・南軍のホワイトハウス '67.1.1

でジョージア州の北部を駆け抜け、サウスカロライナ州に入って、州の西北部の交通の要衝グリーンビルのＨＪに泊った。
　二日、八五番に乗り、シャーロットの北のコンコードで昼食、この時タオルを買ったという。この辺りは、大体ずっと綿製品の産業がさかんなので、アメリカ式の厚手のタオルがあり、帰国が近づいたこともあって、意識して買ったのではなかろうか。但し金額は多くない。道はその後次第に東に向かって走り、バージニア州に入り、九五番に乗り換え、リッチモンドを抜けてワシントンの南のフレデリクスバーグのＨＩに泊る。
　三日、ＨＩのレストランで朝食。後はただ帰るだけ。途中ハイウエイのカフェテリアで昼食をとり、夕方五時半に帰宅した。これで、アメリカ時代の大旅行は終わる。

第四章　帰国し住友商事大阪勤務となる

第一節　ヨーロッパ経由の帰国

・帰国準備始まる

六七年はいよいよ帰国の年だ。年初の旅行から帰ったら、後はおおむね帰国準備。たまに、もう少し思い出を作るべく出掛けることもあったが、冬の季節だから行く先は限られている。

・イースター・パレード、ハーシーの工場

帰国が近いことから、ニューヨークに居る間にもう一度よく見て、写真を撮っておこうとして、一月一五日には、克美がタイムズ・スクエアに行った。二月一二日には家族が車でジョージ・ワシントン・ブリッジに行ってみた。たいして凍っていなかった。

二月二二日は水曜日だが「日光が出ていたので、ニュージャージー州のプリンストンに行った。風が冷たかった。途中HJで昼を食べた。大学は街の中にあり、小さい町だったがきれいなところだった。七時に帰った」。

三月一二日には、ロングアイランドのシーフードを食べに昼出掛けた。

三月二六日、朝食後、前の晩から泊っていた従兄弟の山崎明郎も乗せて、皆でマンハッタンのイースター・パレードを見に行った。大勢の見物客と仮装して練り歩くパレード参加者、それに警備の警官の格好良さなど、いろいろ印象深かった。

四月二日、何時もと違う経路でペンシルバニアへ。ニュージャージー州の方からカムデンに行き、デラウエア川をフェリーで渡った。対岸はフィラデルフィア。近郊のロングウッドガーデンに行った。「大変大きな温室で本当にびっくりした」（今ネット上でその中の様子を見ると、いわば温室の中に南国の風景が再現されている）。その後西へ行き、ハリスバーグに程近いハーシーの近くのモテルに泊った。翌日、ハーシーの工場へ。四〇分くらいのツアーだった。工場といっても石造りの建物が公園の中にあり、美しい。チョコレートが大きなプールのようなところに波打つかのように

写真 4-1　ニューヨーク・イースターパレード
'67.3.26

満たされていた。「なかなか面白かった。帰りに板チョコ一枚ずつくれた。ココアを買った」。その後ハリスバーグに行って、州議事堂の写真を撮り、帰りは、一日北上して、かなり遠回りをして、何時もと違う道を選んで帰った。

四月九日、午前マンハッタンに出掛けて国連を見学した。一二時半にツアーが終わった。コーヒーショップでサンドイッチを食べてから、リンカーンセンターに行って写真を撮って帰った。これは出国の三日前。これが観光的外出の最後になった。

・後任の長尾到着

克美の任期は三年で、六六年の終わりころに、後任は企画庁統計課にいた長尾俊彦と知らされた。六七年三月一七日に長尾が着いた。単身で来た。空港で迎えて、夕方かなり遅い時間だったので、わが家につれてきて夕食を共にした。それからあと多分近くのホテルに泊ったと思われる。この日も翌日も、克美は長尾とわが家で飲食を共にし、一九日には長尾のアパートを探しに行った。昼からはジョーンズビーチに行った。息ぬきのためだっただろう。アパートのことはわからないが、わが家の後に入ることにしたらしい様子がうかがえる。四月一日には敦子が「長尾さんのものをたくさん買った」と書いている。

・さまざまな送別、お別れ会

長尾が来て、いよいよ交代が現実になってきた。最初は長尾が着いた翌日の一八日に、所長の丸尾の所で、女性たちだけの送別会が行われ、敦子が出掛けた。この時はもう一人帰国者が居て敦子と二人が送られる立場だったようで、二人が一緒にスプーンをもって行った、と。

調査部門だけで親睦とお別れの会をしようと、三月二四日には、わが家でパーティをした。敦子は買ってきたものを出すだけでなく、当日、ローストビーフを焼き、おつまみや海苔巻きも作った。七時過ぎに皆が揃った。デーリー夫妻、アン（調査部で秘書的な仕事をしていた優秀な女性）、トム、黒田、長尾、多賀が集まった。

四月五日には大上家で家族的なパーティをやってくれた。洋も連れて行って、長尾、多賀、黒田家が来た。子供たちなどへのプレゼントの交換もした。四月一〇日には、アンが調査の人たちを招待した。彼女が畳敷きの部屋を作って住んでいることを知った。

・帰国を控えての買い物など

敦子は、ニューヨークに居る間に、自分や家族が着るもの、アクセサリーで気に入ったもの、旅行の記念になるものなど、いろいろ買っていたが、帰国が近づくにつれて、さらに日本に帰ってから使うものを買った。これはアメリカ製が丈夫、便利その他の理由で長く使うことを考えていた。一番良い例はタオル、その他生地類。またショッピング・カートも帰国が近づいた四月五日に克美が買って来た。レコードもかなりの数買った。

次に、欲しいもので、ニューヨークで買うのがよさそうなもの。その典型がダイヤの指輪。いろいろ探しに出掛けたが、満足できず、結局日本人で、くわしい人が居るというので、紹介してもらった。二月二七日、マンハッタンのダイヤの店が集中している地域に、二人で、本田という人に連れて行ってもらい、説明を受けつつ、結局、四分の三カラットに縁を付けて六二〇ドル、もう一つ小さいものに白金台で二二〇ドル、この二つを注文し、翌々日に克美が代金を払って受取った。二七日には、二人は一旦別れて、克美は仕事、敦子は型紙や生地などを買い、夕方から一緒にスペイン料理を食べ、ショーを見て帰った。

もう一つの買い物は、日本で餞別をくれた友人、知人や親類の人たちへの土産。敦子はネクタイやエプロンをかなりの数買った。さらに、ニューヨークに居る相手への挨拶の品物も少しだが買った。洋の学校の先生にあげるものも必要だった。

買い物以外では、捨てるものの始末をし、また日本に送るものの荷づくりもした。その前に、敦子は克美がしきりにやっていた新聞切り抜きの整理もした。四月六日に大体の箱詰めを終わり、番号をつけたりして午前二時頃までかかった。

なお、帰国前に知らされていた不安な情報として、一つは梅ヶ丘の父が大腸がんと言われたという手紙が来たこと、これはかなり早くに敦子の日記にある。もう一つ、帰国の少し前、近所のドクター・デホフのところで、われわれ三人がそれぞれ種痘その他をしてもらったとき、「洋の心臓に小さな穴があいていると思うから、帰国したらよく診てもらいなさい」と言われたこと。これは、後に大手術が必要になった。

ヨーロッパ旅行

帰国にあたり、ヨーロッパを経由し観光したいというのは、かなり勝手な希望だったが、認められたので、早くからその手配をした。宮崎トラベルという日系の店を通じてホテルの予約などをし、日程を組んだ。そしていよいよ出国の日が来た。

・出　国

四月一二日「朝から良い天気だった。午後二時頃まで、荷物を捨てるのに忙しかった」。「午後四時半に家を出た。五時に空港に着いたが、出国の手続きは簡単だった。沢山の人が見送りに来て下さった。六時過ぎ、皆にさよならして飛行機に乗った。乗ってから所長さんが見えたようだった。天気がよく、気持ちのよい空だった。一時ころ空が明るくなった」。この日記のページに、敦子は、見送りに来た人の名前と、両替して手に入れたヨーロッパ各国の通貨の金額と交換率を記録している。

・ローマ、フィレンツェ、ベニス

到着したのはローマ。「アメリカの田舎の空港のようだ。止まっている自動車が小さい」。バスでホテルに行ったが、洋服を入れたバッグを取り違えられるというトラブルに会う。二時間後にホテルに戻って来た。この日はホテルで休むことを主にし、少しだけ近くを見物。「ホテルでの夕食はチキンコロッケ、ちちゃ菜がおいしかった」。このホテルでは、洋が元気よくレストランに入り、拍手で迎えられていた。時差の関係か、夜中の三時に皆目が覚めた。

四月一四日、八時半の観光バスを予約していたので、朝、急いで食事をして、乗りに行く。午前はローマ人の住んでいた丘、コロシアムなど、昼ゆっくり休んで、午後のバスはローマの泉、スペイン広場、パンテオン、あとバチカンへ。翌日午前は予定なし。克美はホテルの近くの店で散髪した。イタリアの人たちの人懐こさを感じた。午後二時の列車でフィレンツェに向かう（敦子はアメリカ風にフローレンスと書いている）。「田舎の風景は日本そっくり、石造りの家が山の上にかたまってあったり、洗濯物が四角の石で囲ってあったり、面白い風景だった」。七時ごろ到着。「駅前にバスが居て、目と鼻の先のホテルまで行った。このホテルはアメリカ人向きに出来ていた。部屋が広場の方に面していたのでやかましかった。夜はミート・ミックスとトマトとライスのスープ」。

四月一六日、観光バスに乗り、わずか半日でこの歴史的な町の代表的な宝ものを見ようというもの。「とてもきれいな教会、ミケランジェロの彫刻のある礼拝堂、美術館ではヴィーナスの誕生、聖家族、ラファエロの絵など沢山あって驚いた。それからミケランジェロの丘に行って、ホテルに帰った」。ここでの美術館はウフィツィ美術館、ミケランジェロの丘からはフィレンツェの町の遠望ができたはず。この日克美は長年憧れていたミケランジェロの彫刻を見たことなど、やや夢見心地で感動していた。

「午後三時一八分の列車でベニスに行った（これもアメリカ読み、正式にはベネチア）。七時半過ぎに着いた。出たところが運河で、太鼓橋のようなものを渡って、ホテルまで手押車のポーターがタクシー代りだった。夕食後駅まで予約券を買いに行った。夕食は、お父さんはステーキ、私はシュリンプ、洋はスパゲティ。スープはミネストローネ。夜は歌を聞かせるゴンドラが下を通っていった」。

四月一七日、この日には夜、劇的なことが起こった。昼のことは簡潔にまとめる。朝食後バスで広場に行き、ガイドの男の案内で、宮殿と寺院を見た。ドゥカーレ宮殿とサンマルコ寺院に違いない。宮殿では美しさと併せて武器類などの不気味さを敦子は書いている。寺院は、金色のモザイクだけが東洋式の感じだ、と。買い物などのあと、バス船でホテルに帰り、二時五〇分の列車でミラノに向かう。列車は混んでいたが、予約席に座った。ミラノの駅で荷物を預け、食事してからホテルに行ったら、リザーブが来ていない、と。克美は、ミラノにさほど魅力を感じていないので、列車でスイスに向かうことを決断。夜九時半の列車に乗る。途中国境での簡単なチェックを受けた。どこに泊るかを案内書で見ながら、ルガノで下りることにする。ホテル名も見当をつけた。

・ルガノの奇跡

ルガノに降りてみると、深夜のせいか、ポーターはいない。何しろ子連れで荷物も多く、動きがとれない。困っていると、黒のスーツ姿の紳士が話しかけてきた。フランス語だったと、敦子は書いている。どこに行きたいのか、と聞いてくれたので、ホテル名を言うと、同じハイヤーに乗せて、ホテルに連れて行ってくれた。よさそうなホテルだが、そのホテルに予約していたわけではない。不安だったが、すぐに受け入れてくれて、部屋に案内された。朝起きてみると、部屋のテラスの前に、グリーンの鮮やかなルガノ湖が広がっており、天気も良く、まるで天国に来たかのような別天地を味わった。

気分良く朝食をすませて、ゆっくりできた（多分、ミラノ見物をしなかったので少し余裕ができたのだ）。一二時過ぎの列車でルツェルンに行く。途中景色が良かった。ここで二時間くらい待ち時間があるので、カバード・ブリッジを渡りに行った。旗と蜜柑を買った。次に乗った列車は急な坂を登り降りしつつ、インターラーケンに着く。天気は良くないが、ホテルは駅前にあった。ホテルの夕食の前菜は、少しずついろいろあっておいしかった、と。

・ユングフラウからジュネーブへ

翌日四月一九日、いよいよ目標のユングフラウ行きの登山電車に乗って出掛けた。「朝食後、ユングフラウ行きの登山電車に乗って出掛けた」。記憶は薄れているので、少し調べてみると、ユングフラウヨッホという高地に直通する線と、これに接続して循環している線とがあり、両者併せて広い意味でのユングフラウ鉄道と言っている。そしてこれらを使って往復する乗車券をインターラーケンで売っている。「天気がよかったので、とてもきれいに見えた。途中で乗り換えてトンネルの中を通る電車に乗って、すぐ戻った」。すぐ戻った、というのは、ユングフラウヨッホという終点、まさに多くの人がアルプスの中でも景色が良いというので人気の場所だが、われわれには、そこに居る時間的余裕がない。そこで、電車を降りたら周辺を見渡して、一応氷河や周りの山の姿を目に入れた上で、今乗ってきた電車に再び乗って戻ったのだった。「それから反対周りの電車に乗り、乗り換えの所でお昼を食べた。とてもきれいに山の見えるところで、アイガーのふもとだった」。これは行きとは反対側の途中、グリンデルワルトで乗り換えたのだと思う。「お昼に食べた食事は、スープも、魚を揚げたものも、とてもおいしかった。牛肉のソースかけは、ソースがおいしかった。生ビールはおいしかった」。敦子がビールを飲むのは珍しいが、スイスに入ってからは、いわゆる地ビールを味わった。

さて、大急ぎの旅だが、インターラーケンのホテルに帰って、三時五〇分の列車でベルンに行く。乗り換え時間を利用して、ベルンのベルタワーを見てから、五時五二分の列車でジュネーブに向かった。ジュネーブのホテルは、噴水のある公園の前で景色が良かったが、窓の下が道路で、やかましかった。夜はドイツ料理を食べに行った。

四月二〇日、午前、観光バスに乗って市内を一周、その中でパレデナシオンに行った。モンブランもみえた。午後、オメガの店に、二軒ほど行ってみた。アメリカのカタログにあるのは一つもなく、それらは輸出用で、国内向けは丸か四角しかなかった。あきらめて、ハンカチなどを買い、別の店でブラウスを買って、帰りにモンブラン通りのレストランで、フォンデューを食べた。おいしかったが、おなかが一杯になった。

四月二一日、昨日のオメガセンターに行って、眞子に金時計、敦子自身にはペンダント時計を買う。二個買うと一割引き。昼食にピザを食べてから、空港に行き、パリへ。企画庁からOECDに派遣されていた小金が迎えにきてくれていたので、助かった。ホテルは静かだったが、古く、エレベーターの扉は、旧式の鉄格子のようなものだった。夕方小金が迎えに来て、家に行く。古いアパートで、家賃は高そうな話。ブローニュの森を抜けたところで、静か。洋はコロッケとみそ汁、ご飯をもらい大喜び。小金の家族と一緒に遊んで十二時過ぎにホテルに帰った。

四月二二日、朝食は部屋で取る。敦子はフランスのパンがおいしいと書いている。観光バスは予定時刻より一時間遅れで十一時に出発。二階建てバスで日本語の解説つき。「パリの町は堂々としていて、行く先々の地名、人名は聞いたことがあるものばかりだった」と。モンマルトルの丘の上で少し休む。洋はほとんど寝ていた。バスを下りて、カフェエテリアで食事をしてから、タクシーでノートルダム寺院に行く。ステンドグラスが美しい。次はルーブルへ。ミロのヴィーナスとモナリザをざっとみて、エッフェル塔に行く。ケーブルカーで二回乗り換え上に登り、初めは良く見えたが、雨が降りだす。ホテルに帰るのに道がわからず苦労したが、帰った後出直して、外のレストランで夕食。ロゼワインに敦子は魚、克美はビーフ。ソースがおいしかった、と。

四月二三日、観光バスでベルサイユ宮殿へ。随分広く大きいと感心したが、敦子は少しごてごてし過ぎている、と。庭については敦子も褒めている。昼にパリに帰り、食事をしたあと、シャンゼリゼーを凱旋門まで歩く。門の上までエレベーターで上がって町を見下ろす。またホテルへの道に迷ったが、ホテルに帰ってから空港に向かう。飛行機の出発は一時間遅れたが、ロンドンは近い。ロンドン空港からハイヤーでホテルに向かった。運転手が探して連れていってくれたヨーク・ホテルというのは、ハイドパークのそばの小さなホテルだった。

四月二四日、ロンドン見物。一〇時過ぎ、タクシーでピカデリーを通ってバッキンガム宮殿に行く。ゲートから広場までは遠く、「両側はボストンの公園みたいにきれい」と敦子は書いている。「一一時二〇分からチェンジング・ガードが始まった。カナダより少ない人数だったが、とてもきれいだった」。あと、ウエストミンスター寺院に行く。昼食後ロンドン塔へ。日本人の団体に会う。タクシーでピカデリーに行き、銀行でフランをポンドに替える。後は買い物。克美のレインコートを買った他は、気に入ったものがなく、敦子が街に残って靴屋などを見たが、買わずに帰った。夜は、ニューヨークで知り合った調査会社のロンドン駐在員、マレーが訪ねて来てくれて、一緒に食事をした。

・コペンハーゲンから帰国

四月二五日。エア・ターミナルからバスで空港へ。SASの飛行機で、日本語の案内があり、日本人多数搭乗。コペンハーゲンへ。良く晴れた日。赤い屋根の落ち着いた地味な街、と敦子は書いている。

タクシーでホテルに行き、一休みしてから買い物に出る。ロンドンで買えなかった洋の帽子はすぐに買えた。敦子の靴は、探し歩いて二軒目でイタリー製を買った。シーフード・レストランで食事して、ホテルに帰る。

四月二六日、敦子は午前早めにパーマに行く。一一時の観光バスに乗り、デンマーク王室のチェンジング・ガードを見た後、人魚像、教会を見、一時半にホテルに帰り、タクシーで空港へ。乗ったJALにはほとんど日本人ばかり。「香水とお酒を買ったら、あと三〇ドルほどしか残らなかった」。「飛行機に乗り込んだら、もう英語をしゃべらなくてよいので嬉しくなった、とお父さんが言った」と。克美の記憶では、まわりの言葉が良く分かりすぎて、世界の霧が晴れたように思われた。「夕食に出た何年ぶりかの数の子はおいしかった。全然夜にならないまま、氷の山の北極近くを通って、アンカレッジに着いた。一時間ほど休んだ。洋が鼻血を出した。再び飛行機に乗って東京に向かった」。

「東京に近づいたが、スモッグで何も見えず、富士山がやっと見えただけだった。飛行機は三五分早く着いたので、デッキには誰もみえなかった。税関は大変簡単だった。大山町の両親、カップルは、眞子、恭子、佐恵子ちゃん一家だ。みんな元気で本当に良かった」。

以上で帰国の旅は完了。日本での生活再開に向けて動くことになる。なお日付は最後の飛行機の中で一日跳んでいた。

第二節　企画庁に戻り、稲毛の住宅へ

稲毛住宅に行くまで

帰国したら、克美がジェトロから、もとの企画庁に戻ることは当然だったが、ポストがどうなるか、さらにどこに住むか、なかなかわからなかった。広町住宅からの

退去手続きをせずに、そのまま出国してしまったのだが、途中で強制退去となった。その時は、荷物の引き取りなどで、梅ヶ丘の眞子らに大変世話になり、迷惑をかけた。ただ帰ってからどこに住むのかは決まっていない。そこで、帰国が近づく頃、企画庁とジェトロの人たちが、公務員住宅の確保に動いてくれた。その結果、稲毛の公務員住宅に住むことが、帰国前に決まった。

帰国前にもらった手紙から、敦子は稲毛行きを決心し、「荷物を梅ヶ丘から稲毛に運んでもらわなくてはならない気がしてきた」と日記に書いた。初めは不安があったと思われるが、皆の尽力で確保された住宅なので、行くべきだと考えたのだろう。

四月二七日、とりあえず梅ヶ丘に泊る。翌日克美は役所へ。敦子の日記からは克美の動静の詳細は不明。ジェトロと企画庁両方に行って、辞令をもらい、挨拶したはず。

四月二九日の休日、克美は稲毛の住宅を見に行った。敦子は、後任の長尾の夫人を梅ヶ丘に迎えて、現地のことをいろいろ教えた。その後、敦子は大山町に行く。

大山町へはニューヨークで買ったダイヤの指輪を母への土産として持参し、「大変喜んで下さった」と。「裾模様を作って下さるとのことだった」とも書く。この日は佐恵子の長女の千鶴も来ていた。翌日は、大山町に預けてあった荷物の整理に忙しかったが、午後三時頃から皆集まってパーティをやり、田子島にも挨拶に行き、梅ヶ丘に帰った。

五月一日には、敦子がパリで世話になった小金に送るための、ほうじ茶と味噌を京王百貨店で買う。そのあとバスで十貫坂に行って、米の通帳を貰い、中野南出張所に行って転出の手続きをした。新宿経由梅ヶ丘に帰る。洋は梅ヶ丘に居たはず。

五月二日、大山町に頼んでいた運送屋が、夕方、梅ヶ丘に荷物を取りに来るとの連絡があった。克美は出勤して、家に居ない。恐らく敦子をはじめ梅ヶ丘に居る皆で準備した。その間に、敦子の三輪田時代の友人で、ニューヨークでも会った平尾がやってきて、おしゃべりして行った。

五月三日、大変良い天気。敦子が克美たちとは別行動で稲毛の家に到着してみたら「本当に海のそばで、大変見晴らしの良いところだった。家の中はとてもきたなく、靴で入って掃除を始めた。掃除機をかけ終わった頃お父さんが来た。お隣に挨拶した。しばらくしたら、もう荷物が着き、昼ごはん前に荷降ろしはあらかた済んだ。お昼の後一時間もかからなかった。それから片付けを始めたが、割合早く片付いた。夜はお風呂に入って、くたびれて寝た」。

稲毛での生活、四カ月

稲毛の住宅に住んでいるのは、公務員ばかりだが、企画庁のような小さな役所の職員は少ない。良く知っている者としては、調査課時代に克美の部下だった斎藤が居たので、親しく挨拶したが、深い付き合いにはならなかった。ともあれ、ここで生活するためには、まず環境整備が必要だ。

稲毛の家には電話がなかった。入って早々翌日に、克美は市役所と電話の申し込みに行った。大山町の母は、この家にもすぐにやってきて、泊り込みで助けてくれた。五月五日には、皆で千葉駅前のそごう百貨店に行く。「久しぶりの百貨店だったが、店員が沢山居て、大変暇そうにみえた」。稲毛や千葉の駅のそばで、電話をかけることも、敦子の仕事の一つだった。数日後だが、敦子の兄に電話して、サンヨーの大型テレビを買いたいと伝えた。何か便宜を図ってもらえたのだろう（この兄は特許庁から三洋電機に転職したが、その時期は不明）。

家具類としては、まず煮炊きに必要なガス器を最初に買った。その後京成千葉の家具屋に行って、洋の椅子、本棚、ソファア、洋のフランスベッドを買い、少し遅れて市川で本棚を三セット、そして夫婦のためのベッドも二つ買った。その他では、ミシンを買って裁縫の準備をし、また網戸を買って夏に備えた。

モノの面以外で、克美の通勤はかなり遠く不便になった。洋は、幼稚園に入りたいと、申し込みに行ったが、九月になったら入れるかもしれないというだけで、当面は入れなかったから、ほぼ一日うちに居た。

稲毛住宅は海に近いから、夏に向かって海に入って遊ぶこともできたが、目の前の海はあまりきれいではなかった。七月二三日に敦子も海に入ってみたが、きたないという感想が先に立った。したがって克美と洋は主にプールに行って泳いだ。洋はここで泳げるようになった。克美と洋はボール投げもした。ニューヨークよりはもう一段強めの身体づくりをしていたことがわかる。

克美と敦子の両親をはじめとする親類の人たちとの行き来は、稲毛が東京から遠いだけに、さほど頻繁ではなくなったが、それでも、久しぶりに日本に帰ったのだから、一カ月に二回程度こちらから訪ねて行った。この時期に行われた一つの行事として、眞子の結婚式と披露宴があった。五月二八日だった。

一方で恭子の嫁ぎ先の平沢家のある平井とはかなり近くなった。六月二七日には敦子が平井を訪ねた。恭子の義母は居らず、長女の郁子は昼寝をしていたという。七月九日の日曜には、平沢夫婦と郁子がやって来た。予告されていたので、ちらし寿司などを作って待った。プリンを郁子が喜んでたべた。洋は、ブルトーザーのおもちゃなどをもらった。

京都の姉のところには六月一九日に行っている。三人で出かけた。敦子は京都駅が立派になったことに驚いていた。翌日克美は広島に行き、敦子と洋は、ニューヨークで親しかった大内に電話し、車で迎えに来てもらって、宝が池の方の家に行って、ご馳走になるとともに、洋は美紀ちゃんと喜んで遊んだ。二一日に帰京した。

観光としては、七月一五日に成田山に行った。土曜日で、克美と「津田沼で待ち合わせて行ったが、電車が混んで成田の駅まで立ち通しだった。成田の町はにぎやかだった。御堂は増築中で、横の方のお堂でお参りし、厄除けと交通安全の護摩をしてもらい、お札を買って帰った。大変な暑さで三人ともへとへとになった」。

ところで、この頃には、次に述べるような大阪への転職の話が始まっていた。その中で敦子はごく普通のこととして、洋と克美のズボンをつくり、またいろいろな生地を買って自分の着る普段着もつくるといった裁縫仕事をした。そしてもう一方、自分で作れない自身のスーツを頼んで作ってもらった。アメリカで着ていたものをそのままでは日本で着るのは(例えば派手すぎて)難しかったのかもしれない。

第三節　住友商事に転じ、大阪茨木、そして千里に住む

半年足らずのうちに大阪の住友商事へ

・転職の話が持ち上がる

帰国後、克美の身分は官房調査官という肩書で、総合開発局に机を置いて、とりあえず開発金融のことでもやってくれという、ゆるい話だった。克美は、アメリカの第三セクター論を紹介するレポートを書いたが、企画庁内には、調査マンに適当なポストがないという理由で、住友商事への転職を打診された。この経緯は、克美の自費出版の著書『商社の一隅』に詳しく述べた。

敦子の日記に即して見て行くと、七月一日「次官からの話で、住友商事調査部長に、との話が持ち上がったとのこと」。七月四日「住友の話はそれほど急いだ話ではなさそうだ」。七月八日「住友の話は東京勤務とのこと」。七月一二日「住友の話は、昨日社長に会って、大阪に行かなくてはならないとのこと、八月十五日に発令らしい」。住友商事の社長の津田は大阪に居て、自分の身近に調査の部署を置いていた。

・退官時のショック

八月一五日の敦子の日記。「夕刊にお父さんの退官のことが出ていた」。多分辞令の記事が小さく載っていたのだろう。「恩給がついていないという話でびっくりした。第一生命に大きな契約をしたとのこと。何が何だかわからないほどのショックなことばかりだった」。「明日は六時半に家を出て、大阪に行くとのことなので用意をした」。

この時の恩給の件について。もともと克美は、官吏の恩給支給の対象になっており、当然恩給がもらえると思って退官を決意したのだった。ところが、克美の認識不足。ジェトロに居た間は厚生年金の対象。官庁に復職して半年経ってはじめて恩給の身分が前とつながるという規定があった。克美は公務員共済組合に入ったのだが、そのときは、将来の保障が手薄になる、という危機感ばかりが強くなった。そこで対策として、当時としては巨額の（多分保障額五百万円超の）生命保険に入ることにした。それには、第一生命に親戚の女性幹部が居たことも意識していた。民間に移籍後に、増えるはずの収入から保険料を払えばよい、と考えた。その時の危機感が正しかったかどうかはわからない。

茨木の社宅で暮らした三年間
・新しい住所は茨木市に

克美は、企画庁退官前、東北地方にいわば慰労出張をさせるというわけで、八月に入ってから東北の祭りを見て歩くという優雅な経験をした。そして八月一五日の発令後、翌日大阪に行き、社宅をどこにするか見て回った。伊丹に一軒家があったが、小学校が遠いことなどからこれをやめて、茨木のアパートに一七日に行って、これに決めた。ここは課長補佐級の社員のための社宅で、狭いが、克美らは長年アパートに住んで来たので、一戸建てに住むことに不安があったことも事実。

克美は、八月一九日には、千葉に行き、預金を下ろして、生命保険料三六万二、二〇〇円を払い込んだ。この時期にはまだ、しばらく東京と大阪を往復しつつ、転居の準備をした。敦子は梅ヶ丘や大山町に行くなどした後、退去のための掃除。克美は二七日に大阪に行って居なくなったが、二九日に井住運送という住商関連会社が荷物の運び出しに来た。三〇日、敦子は洋と東京駅へ。七時出発。眞子、恭子一家、敦子の兄の尚恒一家が見送ってくれた。茨木に着いて、タクシーに乗れなかったため、歩いてアパートに着いたら、もうあらかた荷物が運びこまれていた。三階なので丁度良い高さ、と敦子は書いている。新幹線が通るのが見える、とも書いた。

住所は、茨木市大池一ノ十三ノ七、住友茨木荘三〇七号、この辺りの地形は平坦で、当時はまだ住宅の前に田んぼが見える状態だった。道路の横を、かなり深く、幅も広い水路が走っているので、克美は、洋がそこに落ちないかと真剣に心配していた。交通面では、阪急線の茨木市駅に比較的近く、そこを越えて西に行くと国鉄の茨木駅がある。それぞれの駅の近くには店舗もいろいろあった。

・新生活スタートと家族それぞれの状況

克美の勤め先の住友商事の当時の本社は、大阪淀屋橋の新住友ビルにあった。克美にとって、官庁を辞めて民間に来た上、任地も大阪という未知の場所になったので、かなり不安要素の多い状況から始まったが、多様な調査を命ずる社長に、ある程度満足を与えることができた。そして、しばらく後に調査以外の仕事も含む社長室長になった。その結果、給料や賞与は急速に引き上げられた。これは当時、高度成長で民間賃金が一般的に上がったこと、その中で総合商社はかなりの高賃金の会社であったことも影響している。

他方、克美の社外での友人らとの付き合いも次第に増えて、夜の梅田界隈で、酒を飲む機会が増えた。

次に敦子の場合についてみると、日常生活面ではさほどの不安や不満はなさそうだった。家が狭いこと、転居して来たのが夏で暑いのに閉口したことなどが記されているが、生活に必要な什器類を買い整え、部屋の模様替えなどは克美に頼み、買い物や裁縫など、必要で得意なことはどんどんやる、という生活スタイルをしっかりと続けていた。住んでいるのが社宅であることは、場合によっては面倒の種になるが、向かいの部屋の住人は、途中で変ったが、いずれも気の張らない相手だった。会社の中の地位では、敦子の側が大分上だが、直接の上下関係はないから、かなり気楽に付き合うことができた。

敦子の仕事の大きな柱として長男洋の子育てがある。洋は心臓に欠陥があったので、そのことへの対応をどうするか、敦子がほとんど引き受けて、いろいろな病院に連れて行った。また同時に洋の体調が時々悪くなって、熱を出すなどしたので、それへの対応としては、近所の医者に行って診てもらい、薬を調達した。

この土地に来たことで、敦子にとってのかなり大きな状況の変化は、京都の姉の近くに来たこと、また妹の佐恵子が林孝の転勤に伴い岡山に居たので、其処ともかなり近づいた、ということが挙げられる。

さて、洋は、丁度新学期の直前に転居して来たので、すぐに幼稚園に手続きして、九月一日から幼稚園に行くことができた。アメリカではもちろん何事も英語ばかりのスクールに行っていたのに、今度は慣れない大阪弁の中に放り込まれたのだから、洋が戸惑っただろうということは、容易に想像できる。それでも洋は、黙っていたり、少しはからかわれたりしたようだが、大きなトラブルなしに、少しずつ友達とも遊ぶようになった。ただ、心臓疾患への対応については、本人にはその自覚がないのに、周囲が警戒したので、戸惑ったこともあったようだ。次には六七年の特記事項として、克美の父親の死去について書く。

・六七年一一月九日、梅ヶ丘の父死去

梅ヶ丘の父親の病気のことを知らされていたので、十一月八日に行くことにしていた。敦子は前日に土産ものを買うなどの準備をして、予定通りに皆で東京に行った。克美は住商の東京支社に行くため神田で別れた。敦子は一先ず大山町に寄ることも考えて、東北沢の駅から電話したら、梅ヶ丘の父の状態が悪いと言われ、梅ヶ丘に直行した。次女の恭子がすでに来ていた。この家には克美の母の喜美子と妹眞子（相川）夫妻が同居していた。

「何時もと違い、やっとわかったらしかった。おしっこの中に便が出ており、ガンが穴を開けたとの医者の話だった。夜遅く克美さんが帰ってきた時には、やはり少しわかったようだった。夜中は静かだった」。

一一月九日、（克美が）「朝会社へ出勤するときには、もうあまりよくわからないようだった。午後お医者の話では、明日は皆家にいるようにとのことだったが、大山町の母が来た時には、お祖母さんの時のような息使いで、もうあまり長くないらしいと思った。夕食後に行った時にはもう息が不規則になって来たので、恭子さんに電話をした。お父さん（克美）も七時に帰って来た。八時

頃掃除をした。終わりかけた頃、九時五分くらい前に亡くなった」。「お医者を呼んで来て、身体を清め、葬儀屋が来てきれいにしていった。それから交替で起きていた。お線香を絶やさないように。洋は大山町に預けた」。

一一月一〇日、「午前中にお坊さんが来てお経を上げ、午後葬儀屋が来て納棺した。大山町へ茶碗を取りに行った」。この時、浄土真宗大谷派の託法寺の住職に来てもらった。もともと、東京には、墓も檀家関係の寺もないが、蔦田の家の宗派の寺を葬儀社と相談して決めて、依頼したと思う。茶碗を借りに行ったのは、客が増えることを予想したからだ。

「お通夜の用意をした。七時前、田子島、加藤さんが見え、(喜美子の)同級生の四人もいらした。お経を読んでもらった。文化の先生も大勢見えた。夜は十二時過ぎに寝た。洋はお兄さんの家に預けた。

一一月十一日、天気が良く助かった。一番で相川(眞子の夫の兄弟)、五箇山の人が見えた(両方とも北陸からなので夜行列車で来たはず)。十時頃、洋はお祖母ちゃん(大山町の敦子の母)に連れられて来た。それから式服を着た」。

「一時からお葬式が始まり、大勢の人がおまいりに来た」。梅ヶ丘の家は、庭が畑になっていて足場が悪かったが、住商東京支社からも、かなり多くの人たちが来てくれて、外で出棺を待った。「中島さんたちに、アメリカのお土産をあげた」。中島は喜美子の従姉妹で、未亡人になってから第一生命に勤めていた。

「二時過ぎに出棺した。火葬場では一時間くらい待たされた。帰ってからお七夜のお経を読んでもらい、親類でお重を食べた。夜は割合早く寝られた。洋はいろいろな事がわかり、いろいろ聞くので困ったが、大分わかってきたようだった」。

一一月一四日、克美は母の喜美子と近所への挨拶廻りをした。午後三時のひかり号で一緒に帰った。家に着いたのは七時過ぎだった。

・克美の地位と生活の変化

茨木に住んでいたのは三年余りだが、その間に克美の地位と仕事にかなりの変化があった。地位が上がり、仕事の幅が広がっただけでなく、東京支社の調査課の課長も兼務した。課長を東西で兼務するのは、かなり無茶な話だが、東京への出張が増えた。会社全体の仕事量では、東京の比率が高くなり、社長の東京出張も増えていたから、これと合わせて東京に行った。そして主に梅ヶ丘の家に泊った。時々、大山町にも行った。

他方大阪では、社内の仕事とは別に、社外での付き合いが増え、その関連で大阪梅田のお初天神の中の居酒屋によく行くようになった。

この頃、夕方から飲みに行く相手として、初めは、旧制高校時代の友人、次にたまたま開銀の大阪支店に配属されていた、企画庁金融班時代の友人の安斎、そして新しく、企画庁時代の縁から始まった大阪証券研究所の奥村宏など数人の人たち、が居た。敦子の日記には、克美が今日一緒に飲んだという相手の名前がいろいろ書かれているが、敦子に把握しきれない相手もあり、また克美が何も言わない日もあった。

こうして、茨木時代に克美が、家でまとまった時間を過ごすのは、東京に行っていない土日が主なものになった（土曜は半日勤務）。そういう状況の中で、敦子は克美と共に、観光旅行などに行ったが、大きな出来事は、克美の父親の法事と納骨のための旅行だった。

・六八年夏敦子は初めて五箇山に行く

克美の父の死後、翌年にかけて、法事などのために何回か上京し、六八年三月に、洋は大山町の祖母にランドセルを買ってもらい、又克美と向丘遊園に行った。

七月二六日梅ヶ丘から電報が来た。この頃まだ茨木の家には電話がついていなかった。電報で五箇山行きを知らされ、八月一日に、タクシーで家を出て、阪急で買い物をしてから、午後の第一雷鳥号で高岡に向かった。駅のそばの旅館に泊まる。翌日朝克美は五時前に起きて、母たちが夜行列車で着くのを駅に迎えに行った。皆と合流してから、克美の父（清憲）の従兄弟の池田東朔の家の車でその家に連れて行ってもらい、朝食をいただく。この家は砺波平野の福野にあった。九時に車で出発。途中池田俊（東朔の弟）に会い、城端で湯浅のお祖母さん（克美の父の叔母で梅ヶ丘の家と親しい）のところに寄ってから、山に登った。天気が悪く遠景は見えなかった。大変な山道だった。五箇山の見える峠のところで、お父さん（清憲）が建てた記念碑を見てからお墓に行った（この碑がある杉尾峠の道は、平村（当時の地名）に行くにはあまり利用されていなかったが、碑を見るために通ったとみられる）。平村大島の、山の急なところをそろそろ下りたところに立派なお墓が立っていた（墓地は丘の中腹にあり、下の道路から上がるのが普通だが、この時は上から行ったことになる）。お経を読んでもらい、無事にお骨納めがすんだ。

それから彦五郎（親戚の屋号、苗字は坂本）の家に行き、お昼を食べてから、皆で四時頃まで昼寝をした。にじます（虹鱒、庭に池があり、飼っていた）にえさをやって、洋は大喜びだった。夕方清平（せいべい、これも親戚の屋号、当時旅館を営む）に行き、部屋で着替えて、七時過ぎから宴会が始まった。十二人のお客さんで、にぎやかだった（以上すべて敦子の日記によるが、そこにはこの時の客の名前が記録されている。この時初めて五箇山に行ったのだが、記録が正確なのには驚く）。

翌日八月三日、午前中に、菅沼の合掌造りを見に行った。民俗館の古い品物に敦子は興味をもった。その後、五箇山から南に行って帰ることにし、母たちと別れた。午後のバスで先ず西赤尾で下りて、岩瀬家を見た。有名な合掌造りの大きな家である。その後平瀬に行った。ここから先われわれを案内したのは、清平の末娘の「とき」と、夫の山本。「平瀬では、山本さんが案内して下さって、御母衣ダムに連れて行って下さった。大きな石を積んだだけみたいな変わったダム。発電所は、長いトンネルの先の素敵なビル。発電機の下まで見せてもらった。旅館に帰って、恭子さんは山本さん夫妻と下梨（清平館のある平村の中心）に帰った」。

八月四日、平瀬からバスで昨日行ったダムを横に見ながら進み、高原を通って北濃へ。急行奥美濃で名古屋へ。これが混んでいたので疲れた。昼食後ひかりで京都に行き、茨木に帰った。

写真 4-2　五箇山菅沼民俗館前で

関西地区と周辺への観光旅行

茨木に居た頃、アメリカと違って車の運転はしなかったが（結局その後もずっとしなかった）、観光意欲はかなり強かった。まだ見ていない観光地を、順次見に行こうとしていた。

・大阪を手始めに、天橋立、彦根へ

茨木に来てひと月も経たない六七年九月二四日の日曜に、先ず大阪に行き、午後の観光バスに乗った。大阪城で天守閣に登り、立派な石垣を見る。四天王寺はお彼岸でにぎわっていた。住吉大社に参ったあと、盛り場を通って帰る。大阪で夕食をとって帰宅。

一〇月七日から一泊の天橋立旅行。梅田から午後の丹波一号に乗る。旅館（観光旅館）は空いておらず、駅前に

泊る（天橋立駅ないし文殊）。翌日、時に俄か雨。船で対岸に渡ったあと、ケーブルに乗って傘松公園に行き、股のぞき。バスで成相寺へ。「階段が長いので、のびてしまった。そこからの景色はきれいだった」。帰りに、洋は気分が悪くなった。

十一月五日、嵐山へ。大勢の人で、驚く。湯豆腐の昼食後、天龍寺まで行った。

十一月二五日には、その頃岡山に住んでいた佐恵子を敦子と洋で訪ねた。公舎の家は広かった。洋は千鶴と大喜びで遊んだ。あと皆で後楽園に行った。この日は泊めてもらい、翌日克美からの電話を受けて、倉敷に行った。倉敷で克美と合流し、美術館に行く。建物や堀の景色も良い。あと鷲羽山に行く。四国が近くに見え、水の色がきれいだった。

六八年一月二日、京都、姉の所に行く前に平安神宮参拝。

三月一九日、敦子と洋が再び岡山の佐恵子を訪ねる（克美は上京中）。この時は翌日、旧友の香西と一緒に屋島に行った。天気が悪く、あまり景色が見えなかった。その後栗林公園に行く。佐恵子のところに帰り、もう一泊。洋は従姉妹たちと良く遊んだ。

三月三一日、午後水無瀬神宮に行くため、大山崎で下車。なかなかわからず、やっと見つけたら小さなお宮だった。枝垂れ桜が咲いていた。

四月七日、龍仙峡（茨木市を流れる安威川上流の渓谷）に行った。道がほこりでがっかり。

五月一九日、姫路城に行った。天守閣には登らなかった。大変立派なお城だった。

六月二三日、良い天気なので比叡山に行くことにした。京都三条で観光バスに乗る。ハイウエーに入ったら景色が良かった。山上は少し霞んでいたが、わりあい良く見えた。根本中堂は大きいのでびっくり。階段が多く、足が痛くなり、次の釈迦堂では下りなかった。それから奥比叡ドライブで、琵琶湖大橋に行く。昼食後大津に行き、少し船に乗って、文化館に入り、京都経由で帰った。

八月三一日、二九日から佐恵子たちが来ていたが、一緒に大阪駅に行って別れ、安土行きに乗って彦根に行く。お城に行き、登った。「こぢんまりとした良いお城だった」。翌日、良い天気になったので、湖岸に行き、船に乗ろうとしたが、今日は乗れない、と。タクシーで多賀大社まで行く。午後の電車で帰宅。

九月二二日、奈良西の京へタクシーで行った。阪奈道路は割合良かった。昼から、薬師寺、唐招提寺、中宮寺、法隆寺に行った。敦子は薬師寺と中宮寺の仏像に感動した。法隆寺は人ごみが激しかった。帰りは電車を利用した。

一〇月一三日、枚方パークに行く。混んでいた。コーヒーカップに乗り、菊人形を見た。

一〇月二〇日、妙見山に行く。タクシーで行き、洋が少し気持ち悪くなった。日蓮宗のお寺で、石段が大分あった。六甲山が見え、遠くまで眺められたが、風が強かった。

一一月三日、京都の住友本家の展覧会に行くつもりで、四条大宮で下りたら、八瀬大原行きのバスを、洋が見つけて大原に行く。田舎の道から寂光院に行く。人が多すぎたが、紅葉はきれいだった。昼食後三千院に行く。苔の庭が美しかった。(なお、敦子はその後十一月七日に京都鹿谷の住友本家の銅器のコレクションを見に行った)。

一一月一七日、箕面公園に行った。大変な人込み。お昼を食べて、遊園地で遊んで帰った。

一一月一九日、敦子は社宅の橋本夫人と一緒に、バスとタクシーで、京都、金閣寺と龍安寺に行った。

この後年末から翌年初めは、冬期なのに加えて、敦子の母翠江の手術を聞いて上京したので、観光は休み。ただし、六九年の一月二日には、伏見稲荷に行っている。

六九年三月九日日曜、神戸に行く。タワーに登った。元町から三宮まで歩いて、阪急に乗って帰った。

・伊賀上野、室生寺

四月一三日、天王寺から関西線で上野に向かった。「上野のお城はちょっと良かった。桜はもう盛りを過ぎていたが、食事の後大変混んできた。帰りは名阪国道を通るバスで柘植へ行き、草津線廻りで、高槻から阪急で帰った」敦子は三重県に住んでいたことがあるから、伊賀上野に行く時に、わくわく感があったようだ。

四月二〇日、太秦の広隆寺に行く(これは多分克美が行きたがった)。タクシーで広沢池、歩いて大沢池に行く(ここは約二〇年後に親しい場所になった)。

四月二九日、昼前に長岡天神に行った。赤いつつじはきれいだが、人が多くて疲れた。

五月三日、近鉄で長谷寺に行った。すごい人出で驚いた。牡丹はとてもきれいだった。桜井に戻り、宿を求め、多武峰の南山荘に泊った。翌日朝、談山神社参拝。次にバスで聖林寺に行く。「静かなお寺だった。それからタクシーで桜井に行き、近鉄で室生寺口」。ここで敦子の日記は止まる。実は室生寺で、大事件になりそうなことが起こった。山の中の静かな寺のはずの室生寺は、連休で人が多く、ごった返すありさま。克美らは、この寺の五重塔の美しさを良く見ようと、動き出したとき、洋と離れてしまった。気がついて、横をみたら洋は居ない。まわりの人が多くて、洋がどこに居るかわからない。克美はすっかりあわてて、その辺を走り回って探したが居ない。悪い予感がして真っ暗な気持ちになって、ふと見たら、洋が立っていた。洋は、はじめのところから動かずにじっとしていたので、親たちとすれ違うことなく見つけられたのだった。親たちの方が救われた気持ちで、後は普通に戻ったはずだが、敦子にとっても、このときのショックが大きかったので、日記を書き続けることができなかったのだろう。翌日からの日記は普通に書かれている。

七月二七日、梅田からバスで生駒山へ。山上は風が涼しかったが、霞んで何も見えなかった。食事後信貴山に行き、お寺に参り、高安山ケーブルで帰った。

・岡山の妹を訪ね、醍醐寺、奈良へも

八月四日、台風の予報があったが、岡山の佐恵子の所に、洋と二人で行く。翌日、牛窓の海岸へ。洋は、従姉の千鶴と海に、胸のあたりまで入った。その日も泊って、翌日帰宅。この日、夜遅く勤めから帰ってきた克美はメゾン千里（住商が建設していた千里のマンション）の話を始めた。九月には克美が社長に同行してアメリカに行ったので観光はお休み。一〇月の日曜も、洋の運動会や克美の上京などで観光できなかった。

十一月二日、晴れていたので、阪和線に乗って和歌山に行った。和歌山城を見て、新和歌浦に行く。あと、紀三井寺も行きたかったが、洋の疲れ方を見て、そのまま帰った。

観光とは違うが、十一月二二日は土曜日で結婚記念日なので、夕方待ち合わせて、道頓堀の播重（はりじゅう）に行った。克美はすでに行ったことがある店で、焼いた牛肉と大根おろしの組み合わせで知られていた。敦子にもそれを食べてもらって、あと法善寺の水かけ不動にも寄って帰った。

七〇年に入り、元日には山崎聖天に参る。二日からの連休、少し暖かい地方に行こうと考え、日生（ひなせ）から赤穂に行くことにした。日生の旅館の夕食の魚は新しく美味しかった。三日には、大多府島に船で行き景色を楽しんだ。四日、タクシーで赤穂に行った。

二月七日、午後から天王寺発の急行で白浜に行く。住商の寮に行った。「お湯はきれいで、新しく良い寮だった」翌日、観光バスで回る。「平草原のあたりから雨が晴れて来て、水族館や臨海パークでは、海の景色がきれいだった」。

三月には、大阪万博が始まった。住商が住友童話館を運営していた。敦子は（多分洋と共に）三月一七日に万博に行った。佐恵子と二人の子供も来て、すぐ後の春分の日に又行った。

四月一九日、タクシーで醍醐寺に行った。「三宝院庭園を見てから、五重塔、金堂を通って、池のそばでおにぎりを食べた。花見山（秀吉が花見をしたという）まで登って、下りて来た頃から、大勢の人が来て驚いた」。

四月二九日、「六時にご飯を炊いて、おにぎりを作って、仁和寺へ行った。桜はもう散って、下が雪のようだった。五重塔のそばでお昼を食べて、帰りにお庭を見た。」

五月三日、「八時に家を出て奈良へ行った。一〇時の観光バスで平城京めぐり。法華寺、秋篠寺、西大寺、大和文化館へ行き、午後は浄瑠璃寺に行った。山を登って行く道すがらは大変美しく、お寺も大変良かった。奈良から特急で帰った」。

この後は、千里の住宅確保と転居のための仕事が忙しくなって、観光はできなかった

メゾン千里購入から退去まで

・メゾン千里の住宅に移るまで

六九年の八月六日に克美がメゾン千里の話を敦子にした後、相談して、八日には申込みをした。そして九日の土曜午後、千里に行って、モデルルームを見た。「良かった。千里ニュータウンはすごい団地だった」。ただ、このマンションの希望者は多く、確実に手に入るかどうかわからなかったので、別の場所で住むことも検討した。

七〇年六月二七日、メゾン千里に当たった。自社物件だから社員を優先したのかもしれない。克美と同じ社長室で一緒に仕事をしていた水本も、メゾン千里に入ることになった。

ところで、メゾン千里は高価で、住宅ローンの金利は高かったから、

写真4-3　千里中央マンション前景

資金面の悩みが生れた。克美は、六月二九日から上京した折に、梅ヶ丘から百万円借りることが決まった。他方克美は梅ヶ丘の家の借地権更新のための更新料を負担し、六九年の六月と一二月、それぞれ賞与の出た月に、梅ヶ丘の地主の鈴木一郎宛てに、四〇万円強を振り込んでいる。

八月二日、引っ越しを控え、克美の本を沢山売った。百科事典は最早古いと言われつつ、売る。それを含め全部で五、〇〇〇円だった。

八月末頃から、内装の変更工事などを経て、完成まで二カ月ほどかかり、一一月一六日、メゾン千里の完成期日を聞いて、二六日に引っ越すことに決定。翌日、敦子は電話局、市役所に行き、転出届けをし、教育委員会にも行った。

一九日、敦子は豊中市役所、出張所、東丘小学校に行き、あとメゾン千里に行き、自分で部屋に入った。頼んでいた棚は付いていていた。

二六日、引っ越す。朝から雨降りで、ゴミの処理が大変だった。二時に出発して行った。夕食は食べに行った。風呂に入って、一〇時過ぎに寝た。

メゾン千里のマンションの自宅は、千里中央の駅に近く、小高い丘の上に位置し、眺めが良かった。住所は、豊中市新千里東町二の四、D四棟五〇六号、千里中央には、阪急百貨店の支店と大丸ピーコックがあり、買物は便利だった。

このマンションは、住商の優良物件だったから、克美の直接の同僚以外にも見に来る人が居た。但し、入居後に水漏れや便所の不具合なども見つかり、手直しをさせた。また鹿島建設に頼んだ追加の棚などの工事は割高だった。必要になった家具などを買い揃えた。

・千里での生活は実質半年程度で終わった

引っ越しの後、水本一家とは親しく往来するようになった。この頃克美は社長室長になっており、水本は、われわれと同時にメゾン千里に住み始め、小さな子供たちが洋とよく遊び、したがって夫人とも親しくなった。

新居での生活が軌道に乗った頃に、会社の部下や同僚を何回も招待した。敦子は招待客をもてなす食べ物の準備に忙しかった。相手が家族ぐるみで来ることもあった。そのようなある時「洋はトランシーバーを貰って大喜び、四人の子供たちは大変だった」。

千里の家は、交通の便がよく、都会的な施設に近い上に景観も良いので、人々の関心を引いた。七一年の一月

六、七日には、義弟の相川昭二（眞子の夫）が来て、泊った。相川は画家で、京都その他で写生するなどの旅行をした。二月一一日には姉の多羅間夫妻が来て、ほぼ一日行動を共にした。昼食後中央公園にタクシーで行き、展望台に登って見た後、歩いて帰った。祝い金などを貰った。

千里に来た頃から、洋の学校生活は次第に重要になっていた。一月一九日、敦子は算数の時間の参観に行った。四月九日に新学年が始まった。洋は早生まれの四年生になった。五月二三日は父親参観日で、克美が午前中出かけた。「それから野球」と敦子が書いている。五月一六日には洋のバットを買った、というから、公園で克美と野球の真似ごとをしていたはず。

三月は、敦子と洋の二人の誕生月。七一年の三月二〇日には、サンタウンに行き、中華料理を食べて敦子の誕生祝いをした。次に三月二五日、洋の学校終了後には上京したので、三月二八日、大山町でカワムラのケーキで洋の誕生を祝ってから、帰阪した。

さて、メゾン千里に入居したのは七〇年一一月二六日、退去は七一年九月一五日だから、その間一〇カ月弱だが、克美は、七一年の六月に東京に転勤になり、しばらく克美は単身赴任のかたちだった。一方敦子は、七月六日から八月一一日まで、洋の心臓手術に伴って、神戸大学病院で寝泊まりすることになった。その状況は次章で扱うが、千里に来た頃から、住商の本社機能を東京に移す話が出ていた。そして、新居をもつと転勤するというジンクスがささやかれていた。

・着物関係での京都との付き合い

敦子は茨木時代から、阪急の電車で四条河原町に行き、あと市電で下鴨の姉の家に行った。洋の休みの日に連れて行き、また洋を幼稚園に送りだしてからも姉の所に行き、絽ざしを習っている。六七年五月には、絽ざしを続けながら、白生地を買い、紫の着物、薄ローズのコートに染め、又帯地も買ってこれも染めてもらうように、姉の所に出入りする染物屋に頼んでもらった。アメリカ時代に赤い服を買った時からわずか数年で随分日本的な落ち着いた着物を選んでいた。なお、当時、六八年三月一八日幼稚園の卒園式で、「お母さんたちはユニホームのように黒い羽織を着ていた」と、批判的に書いている。この時は日本社会の同調性を快く思っていなかったとみられる。

京都の中では、もう一つ着物関係の新しい出会いが生まれた。それは、京都の三条に、嶌田の親戚の池田一家が住んでいたからだ。池田の当主池田富治は、克美の父清憲の従兄弟に当たり、五箇山で敦子が会った池田東朔の弟である。この人は、ごく若いころに五箇山から出て、京都の友禅染の下絵を書く職人になった。克美は旧制高校生の頃に京都見物したとき、大変世話になった。それから二〇年以上経って、再びこの家(住所は以前とは異なったが)を訪ねた。きっかけは良くわからないが、八月に五箇山に行ったとき、話題になったのだろう。

九月一四日、克美が電話し、京都の大丸で酒を買って、たぶん皆で、タクシーで池田の家に行った。「京都のしもた屋風の家だった。お料理を取って大変に歓迎して下さった。帰りは車で送ってもらって帰った」。この家には立派な仏壇があった。二階は工房で、富治を二人の息子が手伝って、布地に絵を書いていた。その頃は、結婚式用など裾模様の需要が多く、この仕事は大変忙しく、収入も多かったようだ。他方克美は池田家にとっても、親戚として親しく付き合う価値のある相手だったのだろう。この後池田家に行っていろいろな話を聞いた。それと並行して、敦子自身も一人で京都の池田を訪ね、着物関係のことを頼んだ。

この後克美は、池田の長男の結婚式に招かれ、次に娘の佳代が京大の研究室に勤めて知り会った高岡秀典との見合い(秀典の親たちに佳代を会わせるため)に同席した。そしてこの後、洋の手術を巡って、池田家および高岡との関係はさらに深くなった。

第五章　東京に戻り社宅に住む

第一節　洋の心臓手術

克美の東京勤務始まる

七〇年一〇月二七日の敦子の日記「夕刊に社長さんが会長さんになった記事が出ていた」。

克美が東京勤務になる動きの発端はここにあった。社長の交代と並行して本社機能の東京移転の話が強くなった。これは東京でのすべての活動を竹橋の新しいビルに移すという動きと重なっていた。

敦子の日記にも、七一年の一、二月、克美の上京が数多く記されている。その後も適宜上京し、五月にも二回上京したあと、五月二五日に「夜おそくお父さんが帰ってきて、六月一日に業務部長になって東京へ行くとのこと。夜はなかなか眠れなかった」。克美は東京の業務部長という新しい仕事に就き、大阪で津田会長を支える少数のスタッフは大阪に残された。

克美の東京の住居としては、鷺の宮の社宅が与えられた。これについては後で詳しく述べる。とりあえずそこに最低限の寝具などを送って、克美は六月八日の夕方に、赴任の列車に乗った。社長室の大半が送りに来ていた、と敦子は書いている。

克美の新しい仕事は、総合商社独特の社内調整センターと言われた業務部で、そこには、不慣れで、複雑多様な仕事が含まれていた。したがって克美は新しい仕事に適応しようとしたが、夜の時間一人社宅で食事するなどという気はなく、かつて知っていた飲み屋などを回ったり、誰かを誘って飲んだりしていた。

他方この時期、敦子は大阪千里に残って、洋の心臓手術実施への準備から実行まで、生涯稀にみる緊迫した日々を送っていた。洋の心臓手術に至る経過を次に振返ってみる。

長男洋の心臓手術

・洋の心臓状態の検討続く

洋の心臓に問題がありそうだという指摘を、アメリカ生活の最終段階で受けたことは前に述べた。そこで、日本に帰り、茨木に住むことになってから、克美と敦子はそのことを気にかけて、対応を模索した。近所の医者は洋の心臓に問題があるかどうかさえ判断できなかった。六八年二月、敦子は洋を連れて、大阪の住友病院に行って診てもらったが、その時は弁膜症と言われ、その後、七月二三日に京大病院を紹介された。八月五日に京大病院に行き、心音図を取られ、一二日に結果を聞きに行った。心房中隔欠損の疑いがあるが、小さい穴なので、この後三カ月に一度診てもらうことになった。姉の家にも行ったから、当然洋の疾患のことは話している。その後、入院して精密検査を受けるという話もあったが延期され、六九年四月七日には、レントゲンと心電図を採られ、半年後に来るように言われた。七月三一日には京大病院で心音図、九月八日には、同じくアイソトープでの検査、結果は、あまり大きな穴ではないので、急いで手術をする必要はない。一年経ったら診てもらいに来い、と。

翌年、七〇年の七月二七日に京大病院に行った。レントゲン、心電図などで診て、「心房中隔欠損がはっきりして来たから、小学校から中学校にかけての時期に手術をした方がよいとのことだった」。洋はその後、時にはリュウマチのような熱を出したり、水疱瘡にかかったりしながらも、身体を成長させていった。

何時手術をするか、ということは、親たちにとって、非常に大きな課題であり、難問だったが、克美は、信頼できる医師にやってもらえるなら、早い方が良いと考えていた。それは、親友の中に、心臓の病気に悩みつつ青春を過ごし、若くして亡くなった者が居たから、洋に余計な悩みをさせたくなかったからだ。

結果として、神戸大学病院の麻田栄医師に手術をしてもらうことになった。そこに、京都の姉からの助力があったと思われるのだが、その経緯は良くわからない。七一年の三月八日に、京大病院に行って、洋の病状の所見を書いた連絡状を書いてもらい、三月一八日に神戸大学病院に行った。「レントゲンと心電図を撮ってから、麻田先生に診てもらった。やはり早めに手術をした方がよいだろうとのことで、カテーテル検査に入院の手続きをしてきた」。その後洋の春休みには上京したが、四月一日に入院日を決めてきた。

洋は四月一八日に入院し、初めの三日、敦子は夜、家に帰った。二一日の午前に検査が行われ、その後三日は付き添って夜を共にした。二四日の土曜、克美が来るのを洋が楽しみにしていた、と（それまで上京していたようだ）。夕方克美が病院に来て、しばらくいた後、敦子と二人で三宮に行き、買い物と夕食をして帰宅した。その後は夜の付き添いはしなかった。四月二八日に抜糸、その後洋は退屈していた。四月二九日の休日に敦子と克美は

『ラブ・ストーリー』を見に行った。「フランシス・レイの音楽に乗って、ボストン、ニューヨークの街がきれいだった」。その後敦子だけ病院に行った。翌日も敦子は昼間病院に行き、五月一日に退院となる。その前に説明を受け、心臓の穴は小さいが、心臓そのものが少し大きくなっているので、今後三カ月、二週間おきに血沈、一カ月おきに血液検査をして、それから手術の日を決めると言われた。克美に電話し、迎えに来てもらって、タクシーで帰宅した。「久しぶりにお風呂に入ったら、洋はやっときれいになった」。

・手術日決定から手術成功まで

洋の手術日の決定は、克美の東京転勤の発令と重なった。六月二日に、敦子は洋を神大病院に連れて行き、そこで七月一六日手術と決まった。翌日敦子は京都の姉と池田に電話した。これには輸血用の血液確保を依頼する意味があった。克美は大阪のスタッフ、とりわけ調査課の山本に血液確保への協力を頼んだ。

心臓手術に必要な血液としては、二つ異なったタイプのものが求められる。その前提として血液型が一致していなければならないが（洋は克美と同じＡＢ型）、一つはあらかじめ採血しておいて、手術時の輸血に使うもの、もう一つは、いざという時に、採血してすぐ利用できるように、手術の現場近くに待機させ、新鮮血を採るための人員そのものである。いずれにしても、採血させてもらえる人たちを確保することが必要だ。いろいろな人が協力してくれたが、それらを把握して、必要な準備をするセンターの役割を敦子が担っていた。敦子の日記帳には、この時協力してくれた人たちの名簿と、後で行った謝礼が克明に記録されているが、以下では、日記の記事に現れた主な動きのみを記す。

六月五日、京都の池田の次男と娘（佳代）の許嫁になった高岡の二人が、献血手帳一一枚を、翌日さらに三枚をもってきてくれた。高岡は自身のほか、研究室や寮の友達に声をかけてくれていた。六月一九日に克美が東京から帰って来て、賞与の金を渡し、二一日には東京に戻った。敦子は七月一日、神大病院で書類を貰い、血液センターで献血者に会った。さらに追加が必要になり、敦子は対策に追われた。七月五日、電報が来て、明日入院せよ、と。七月六日、敦子は洋を連れて、タクシーで神戸に行って入院した。相部屋に案内されたが、個室に洋を入れて帰宅した。翌日は昼間病院に行き夕方帰宅。七月八日には、克美が帰っていたが、克美は会社にも行った。この日も血液センターでの採血があり、克美も来た。夕方二人で病院を出て、外食して帰宅した。七月一〇日に自宅の電話開通。各方面への電話連絡がやっと容易になった。一二日、敦子は血液センターで、供血者の血液の採用可否を聞く。全部ＯＫだったが、会社の四人には一五日三時に来るよう、一人だけ西田には当日（一六日）に、という希望を会社の山本に電話した。池田の娘の佳代にも当日居てもらうよう頼んだ。一三、一四日には昼間通院。一四日には、山本が見舞いに来た。

七月一五日、麻田医師回診。関、谷口という若手がその後で診察して、薬の反応テストのための採血。この日、高岡の母親が来て、高岡が小学校五年生の時、心臓手術をしたと話したので、敦子は驚いた。偶然、理解者が身近に現れたことになる。午後洋は入浴、身体を剃られた。麻酔の医師も来て行った。克美がやってきた。洋の夕食は飲み物だけになった。この夜、敦子は心配で良く眠れなかった。克美と洋は良く眠った。敦子は克美に「よく眠っていられる」と珍しく皮肉を言った。克美は東京との往復に加えて、東京での生活の乱れによって疲れていたので、いくぶんやましい気がした。

七月一六日、朝六時に浣腸されて、洋は気持ち悪くなり、便を二回出してから八時半に出て行った。午前から新鮮血の献血者などが来た。洋は午後手術室に連れて行かれる時に、名前を呼ばれて、返事した途端に顔に麻酔のマスクを当てられたのを皆が見ていた。洋を運ぶ心臓外科のチームの人の数の多さと同時にまとまりの良さを見て、克美は信頼感を高めたが、手術が終わるまでの時間は長かった。手術が終わって、麻田医師が、心房の穴の大きさを説明した（敦子の日記に1－2とあるのは幅と長さをセンチで言ったのか）。五時過ぎに面会したが、まだ洋は何もわからなかった。主に執刀した関医師が説明に来た後、京都の姉と池田夫妻らは帰ったが、もう一人の輸血要員の西田には、九時まで残ってもらい、輸血の必要なしと決まってから帰ってもらった。消灯後に呼ばれて、洋に会いに行ったら、大分わかるようになっていて、枕が低いと言っていた。洋はその後も集中治療室に残った。敦子は洋のベッドで寝たが、よく眠れなかった。

その後の毎日、洋の回復具合を敦子はかなり詳しく日記に記録しているが、細部は省略する。洋は七月一九日に、病室に戻ってきて、まだ点滴で栄養を取りつつ、徐々にガーゼを交換され、抜糸もされて、経過は良かった。克美は土日に来た。二五日の日曜は、克美が一日居たので敦子は楽だった。七月二九日に、足まで全部の抜糸が終わった。八月二日には、回診の時（付き添いは部屋から出されるので）敦子は神戸駅に行って弁当を買ってきた。この時の牛肉弁当は敦子の好物になった。この日高岡が来てくれて、洋は将棋をしてもらった。八月五日、関医師から「かさぶたがきれいになったら退院できる」と告げられた。七日、郵便局でカネを下ろして、入院料を支払った（二一九、八七八円）。九日、ガーゼが全部とれて、洋は入浴した。一二日、麻田医師に挨拶し、紹介状をもらうなどした後、退院。看護師の詰め所には、茶碗を沢山買って来て御礼にした。タクシーに乗って姉と三人で千里に帰った。姉の次男の茂雄に荷物を別途運んでもらった。克美は来ていない。

・千里での残り一カ月

八月一三日、克美は大阪に出張してきて、千里の家で一緒になった。一六日に東京に帰って行った。　退院直後に、家族全体の東京への引っ越しについて、どういう話をしたかは不明だが、洋の手術後の経過を見る必要があったであろう。敦子は、手術で世話になった人たちへの謝礼や、見舞いを貰った人たちへの内祝いの返しなどを済ませる必要があった。

千里に戻ってしばらくは、敦子は疲れており、また以前からの洋の遊び友達が訪ねて来たこと、大山町の母が来たことなどで、目立った動きはしていないが、八月二七日には、手術の実行者である関医師と谷口医師に謝礼を書留で送っている。九月一日には、洋と神戸の病院に行って、レントゲン撮影や心電図、肝機能検査等をして、関医師に診断書を書いてもらった。翌日敦子も近所の医者に診てもらい、高血圧はあるが、心配は要らないと言われた。九月三日の午後、白生地などの布地と現金を持って、姉と一緒に芦屋の麻田医師の自宅を訪ねた。九月六日に神大病院に電話し、引っ越してもよいという最終確認をした。九月七日、京都の高島屋に行って、謝礼用の石鹸一三人分を買い、九月九日には千里の阪急で内祝いの発送や、手渡し用の品物を買った。池田や姉のところなど身近な人たちのところには、訪ねて行って、然るべき謝礼をした。

いよいよ東京への引っ越しになる。九月九日大阪の住友商事に行って、山本に挨拶した。九月一〇日には、学校と市の出張所に行って手続きをした。その後人の往来があり、電話での別れの挨拶などをして、一三日には、掃除。一四日に引っ越しの荷造りに三人来た。一五日に作業員一〇人が来て、荷物を積み込んだ。山本ほか、かつての社長室の部下で大阪残留者が挨拶に来た。夕方五時五分の「ひかり」で上京、梅ヶ丘の家で一夜を過ごした。

第二節　東京に戻り鷺の宮の社宅に住む

鷺の宮の社宅、白鷺ハイムのこと

以上のようにして敦子と洋が来て、九月一六日に二人と荷物が入ることにより、克美の単身赴任は解消した。入ったのは、鷺の宮の社宅、住所は、中野区白鷺二丁目十三番地　白鷺ハイム二の五〇三号、白鷺ハイムは、住友商事が自社のプロジェクトとして建設、販売、運営している団地で、一般に売り出されたものだが、その一部を社宅用に確保して、必要かつ適格と認められる社員に利用させていた。いわばかなりグレードの高いマンションだから、幹部職員が入っていたはずだ。克美は詳しい状況を知ろうとはしなかった。

このマンションは六階建てだが、エレベーターは五階には止まらない。四階か六階に行き、そこから五階に行くようにして節電をしていた。敦子は来て間もなく、四〇三号と六〇四号の住人に挨拶に行った。

社宅の間取りは記録されていないが、居間以外の部屋はさほど大きくないので、荷物を全部入れる余裕がなかった。そのため、九月二六日に、運送屋に来てもらい、克美が同乗して、荷物を大山町と梅ヶ丘に、それぞれ分けて預かってもらうために出かけた。なお社宅には、はじめから電話が付いていた。

写真 5-1　白鷺ハイムにて

白鷺ハイムの場所は、西武新宿線の鷺の宮駅の南、駅には歩いて行ける。もう一つ、バスを利用するか、頑張って歩くと、中央線の阿佐ヶ谷に出ることもできた。通勤には、阿佐ヶ谷ルートを使う人がかなり居たようだが、克美は鷺の宮ルートを利用した。高田馬場で地下鉄東西線に乗り換えると、乗り換えは一回で会社に行けた。会社の場所は、竹橋にあり、地下鉄東西線の竹橋駅に近かった。隣は毎日新聞社で、ここに克美の旧友の山埜井が勤めていた。克美は、この後約十五年間、この場所に勤めることになるのだが、白鷺での住まいは、約五年半で終わる。その間の主な出来事を以下に順次述べて行くが、その前に住居費の変化を見ておくことにする。

住居費として、大阪ではメゾン千里を購入して、ローンを支払っていた状態だったが、白鷺では社宅の家賃を支払うことに変わった。ただ、当面、千里の家はそのままだから、引き続きローンを支払う必要がある。それでは負担が多すぎるので、千里の部屋を借りてくれる人を探した。その結果、十二月に克美が大阪に行った時、長野という人に貸すことに決めて、敷金、電話の保証金、十二月分の家賃を持ってきた。これにより、毎月の家賃が六万円入ることになった。白鷺の社宅の家賃は月、一万九百円だったから、千里のローン返済の支払いに余裕ができた。

・東京での生活再開

白鷺での生活再開は、到着した日に、荷物の中の台所用品を開けるところから始まった。その日に、六月以降溜まっていた管理費三カ月分を支払った。翌日には大山町に行った。

白鷺の場所は、以前住んでいた中野広町よりは少しだけ都心から西北に遠くなり、その分大山町や梅ヶ丘からも遠くなったが、新宿に出て小田急に乗って行くというコースは、敦子にさほど負担にはならなかった。はじめ西武新宿線の新宿へ行ったが、阿佐ヶ谷経由の方が新宿での乗り換えが楽にできた。

白鷺に来て三日目に、洋が、喉の痛みを訴えたので、近所の大谷という医者に連れて行った。この医者にはその後頻繁に行って世話になった。洋の通う小学校は西中野小学校、四年四組、布施先生という若い教師が担任だった。九月二十日、洋をはじめて学校に連れていったら、その日の午後、四人の友達が遊びに来た。

洋の心臓の状態を調べるため、一〇月一五日に東京女子医大に連れて行った。異常は無く、来年早々また行くことになった。

買い物は、近所のOKストアを利用するほか、少し歩いて北の早稲田通りの方に行くこともあり、また阿佐ヶ谷に行くと西友の大きな店があった。

敦子のもう一つの仕事は、郵便局のほかあちこちの銀行に行って、カネの出し入れをし、また資産の一部を投資に回すための、株式投資や投資信託の管理をすることだった。九月二八日には、中野駅前の日興証券に行っているが、この店との取引は結局、ずっと半世紀の間続いた。

七二、三年中心に見る生活の諸相

・洋の心臓全快と家族麻雀など

洋の心臓手術後の経過を診てもらうため、七一年の一〇月に東京女子医大に行ったあと七二年二月に行った時、そろそろ体操してもよい、と言われ、七月二一日、夏休みに入った時に行って、水泳してもよい、二年後に来るように、と。敦子は、近い親戚の人たちに、本復祝いの品を送った。洋は少し泳ぎができたので、七月二五日に喜んで学校のプールに行き、二六日に六級と認定されて、その後二八日まで毎日プールに行き、その後学校行事のキャンプに行った。ついでに言うと、学校行事で洋が居ない機会をみて、敦子は夕方、克美と阿佐ヶ谷の登龍、高田馬場の白川郷で外食して「おいしかった」と書いている。こういうパターンはこの後にもみられた。それは、まだ子供の洋には食べにくい食事ができる機会を利用したのだ。

洋を交えた家族の遊びとしては、それまで、トランプや花札で難しくないゲームをやっていたが、敦子は兄妹などと大山町で麻雀をやることもあった。克美は、接待麻雀に加わることがあった。七二年四月二九日の休日に、家族で荻窪へ買い物に行ったときに、麻雀を買って来た。代金は三千六百円と書かれている。その後、日曜日の昼間や土曜日の夜に麻雀をした。三人麻雀だから、緩い感じのものだが、克美はもともと得意ではない。七月九日の日曜の敦子の日記には、「午後麻雀をした。洋がよく勝つ」とある。

身体の健康維持に関して敦子は、自身の体調管理に務めており、血圧がやや高いと言われて、薬を飲むようになった。そしてこの時期に一番時間をかけたのが、歯の手入れであった。大山町の父の知り合いだったと思われる歯科医の山角のところに足しげく通った。場所は、武蔵境で、やや遠い。敦子の日記では、帰りに荻窪で買い物をした場合が多い。荻窪と自宅の間のバスを利用していた。この歯科医のところでは、洋の歯並びの矯正もしてもらった。敦子は、長く通って、いろいろ手入れした揚句、ブリッジを入れたというから、部分入れ歯が始まったとみられる。

・母親二人のガン・センター行きに付き添う

東京に帰ってから、大山町や梅ヶ丘に行くことが多くなったのは当然だが、敦子が来るのを待っていたかのように、両方の母親を築地のガン・センターに連れて行くという仕事が生まれた。七一年の一〇月四日に、梅ヶ丘の母が近所の医者から、「検査の結果、肝臓と胃に少し気になる影がある」と言われたことを電話で聞いた敦子は、会社に電話して克美に知らせた。大山町の母は、六九年の初めに手術をしており、その後のケアのために行くことにした（但し、大山町の母は、大体自分一人でガン・センターに、たまに行くというパターンが基本であった）。一〇月二〇日、敦子は宮園ハイヤーに来てもらって、大山町で、母親二人を乗せて、築地のガン・センターに行った。克美の母は、初めてだったので、血液検査とレントゲンの予約をし、大山町の母の方はレントゲン撮影をした。一〇月二九日に、今度は新宿駅西口で待ち合わせて、またガン・センターに行った。大山町の母には内臓の問題はなかった。梅ヶ丘の母は引き続き診てもらうことになる。帰りにタクシーに乗ったら、梅ヶ丘の母が気持ち悪くなったと言うので、家まで送って行った。

一一月二九日に、前回（一一月一〇日）の検査結果を聞いた。肝炎と肝硬変になりかけていて、すい臓が大きいと言われた。こうして、この後引き続き梅ヶ丘の母はガン・センターで診てもらうことになった。大山町の母が自分一人で行く時、敦子は父親一人残された大山町に留守番に行くことがあったが、回数は多くない。梅ヶ丘の母と行くのは毎月一回で、その度に敦子は、主に新宿で待ち合わせて、その後往復同行することが多かった（地下鉄の千代田線が代々木八幡まで来るようになってからは、日比谷で待ち合わせた）。さらに、診察を受けた日の二週間後に敦子が一人で薬だけ受け取りに行った。つまり敦子は一カ月に二回ガン・センターに行くことになり、その後行く回数はやや減ったものの、ほぼ同様な外出が、その後三年以上続いた。受取った薬は梅ヶ丘に届けに行くか、あるいは新宿の文化服装学院に勤めている眞子に預けた。

七二年の一二月七日に、梅ヶ丘の母はレントゲン検査を受け、二〇日に敦子がその結果を聞いた。心電図は少し狭心症の気があるが、それよりレントゲンで見た十二指腸の先に袋ができていて、これが炎症を起こすと厄介だ、と言われた。これはすぐ梅ヶ丘に行って母に伝えたようだ。そしてこれが実際三年後に命取りの契機となった。

敦子が一人でガン・センターに薬を受け取りに行く日、待ち時間を利用して、築地の場外市場に行くことが多くなった。そこでよく利用するようになったのは、削り節のだしを売る「久住」と、包丁等の刃物を売り、研ぎもしてくれる「杉本」だった。これらの店には、この後数十年も行くようになり、後には克美も行った。

・親戚や友人との往来

白鷺に戻ってきたことにより、梅ヶ丘や大山町によく行くようになったほか、東京都内やその近くに住んでいる親戚や友人との往来は自然に増えて行った。七一年一一月一四日には、洋を連れ、新宿で梅ヶ丘の母と待ち合わせて、平井にある平沢の家に行った。長女の郁子のお宮参りの日で、父親の平沢方の親戚も来ていた。一二月二六日には、佐恵子と二人の娘が遊びに来た。長女の千鶴は泊って、翌日敦子、洋と一緒に大山町に行き、佐恵子らと合流した。翌年の夏休みにも、同様に、林一家が来て、千鶴が泊って行った。

七二年の一月八日には大山町の母が訪ねて来た。翌日には相川一家と梅ヶ丘の母が来た。この年の夏休み、八月二三日には林一家が来て、夕食を共にし、千鶴は泊って、翌日洋らと大山町に行った。七三年の四月二九日の休日にも、敦子と洋は佐恵子の家に行った。克美は美術館に行き、別行動だった。

七三年の夏、梅ヶ丘では、相川の新しい家が建った。これは元の梅ヶ丘の家の洋間を取り払って、和室の横の廊下に接続するようになっており、二階建てで、かなり大きかった。六月三日の建前の日に、克美がまず行って、その日運動会だった洋を連れて夕方敦子が来た。敦子は大きいのに驚いた、と。八月一八日に新築祝いが行われ、敦子は祝い金のほか焼豚を作って持参した。克美は買い物をして遅れて来たが、その前からパーティーが始まり、そこには平沢一家の主なメンバーも来ていた。

七三年の一二月二六日には、敦子が洋を連れて佐恵子の家に行った。洋は二晩泊って、大山町に送られてきた。二六日、洋を置いた後、夕方敦子は克美と待ち合わせて、浅草に駒形どぜう（どじょう）を食べに行った。

七四年の一月一五日には、平沢一家が白鷺に来た。敦子はおでんなどの料理を作って、出前の寿司をとった。三月二八日には敦子が流山の佐恵子の家に、ケーキを持って行った。

七四年の五月には、相川昭二が、国立第二病院で、ガンの手術を受けた。どこのガンか、敦子の日記では良くわからないが、五月一〇日、手術の日に、敦子は担当の医師から説明を聞いた。五月中に敦子は二回見舞いに行った。相川はその後健康を取り戻した。

ついでに言うと、これより大分前の七二年頃克美の会社で、克美の元の上司の森が、相川の絵を、取引先への贈り物に使う目的で何枚か買ってくれた。相川の絵は、以前仏像中心だったが、その頃から風景画になっていたから、なじみやすくなった。敦子は、七二年の一二月九日、相川の上高地、焼岳の絵を四万円で買って、タクシーで帰った。ボーナスが出たので、相川支援の意味と併せて、好きな山の絵を買ったのだが、敦子のこういう行動はその後もずっと続いていった。

七四年の一〇月一七日に、敦子は梅ヶ丘の母と新宿で待ち合わせ、三越で缶詰と月餅を買って、平井の平沢の家に行った。平沢の父親の喜寿の祝いと謙の七五三の祝いなどのためだった。謙の祝い着を見せてもらった。このとき梅ヶ丘の母は割合元気だった。

親戚以外の知人との往来では、千里で親しくなった同じ会社の水本一家とは、白鷺に来た後引き続き親しく付き合った。水本のその時の住いの場所はわからないが、子供をベースにして往復し、プレゼントの交換をし、遊んだ。そのほか、水本は相川の絵に関心を示し続けた。

七五年の八月一二日には、ニューヨーク時代に親しくしていた広島の家を訪ねて行った。「住友鉱山の社宅の前だった」というが、詳しい場所は書かれていない。この日行ったのは、二月に中央線の中で偶然会ったことなどから、誘われていたのかもしれない。「三人目の男の子がサービスしてくれた」と。ニューヨークは、最早一〇年くらい前のことだから、お互いによくわかったと思う。

敦子自身の学校時代の友人との付き合いは多くはなかったが、三輪田の友達の平尾好子と時々会うようになった。三輪田高女および鈴鹿高女、さらに四日市の暁学園の同窓会、同期会にも出席した。

・京都池田家との交際、高岡の結婚

京都の池田との付き合いが、大阪茨木時代から始まったことは前に書いた。そして池田の人たちには、洋の心臓手術の際に大変世話になった。七二年の五月、会社に高岡が訪ねて来て、結納の礼金などをもらったので、それを聞いた敦子は驚いて池田に電話した。この礼金を折半して二人への祝い金とすることにした。五月二七日克美は高岡宅へ祝い金を持参し、泊まってきた。六月二四日には、結婚前の高岡と佳代が白鷺に来て泊った。敦子は佳代と一緒に買い物に行き、夜は克美がアメリカ時代のスライドショーをやって見せた。九月五日には池田から敦子に羽織地が送られてきて、こちらからは佳代の結婚祝い金を送った。

七二年一〇月、いよいよ高岡と池田佳代との結婚式が行われた。克美と敦子は仲人役を頼まれた。一〇月一四日土曜の午後、敦子は洋を連れて渋谷で洋を佐恵子に引き渡して頼み、京都の姉の家に行った。克美も九時過ぎに来た。翌日は良い天気。下加茂神社で一一時半から式を行い、一二時半から披露宴が始まった。二時半に終わり、姉の家で着替えて、四時四四分のひかりで新婚旅行に行く二人を見送り、六時前のひかりで帰京した。この日の式には相川もよばれていたので、一緒に帰った。渋谷で佐恵子に会って、洋を受け取り、タクシーで帰宅した。

その後、高岡夫妻は、式から三日後の一八日に、わが家に来ると知らせて来て、その日の四時過ぎにやってきた。一泊して神戸に向かった。その翌日の一九日に今度は池田の佑太郎が来て泊った。

七三年の四月には、池田から、京都の竹の子を、九月には松茸をもらった。そして一二月二七日に、佑太郎が敦子の裾模様を持って来てくれた。これは「本当に豪華で立派なものになっていた」。七四年の四月二日には、高岡が来て泊っていった。

この一〇ヵ月後、七五年の二月二三日に、京都で佑太郎の結婚式が行われた。前日土曜日の午後、洋が帰ってから大山町に寄り、やや遅い午後の新幹線に乗ったら、岐阜羽島駅を過ぎて雪の影響を受け、一時間半遅れた。京都駅ではタクシーが来ないので、バスで高木町の姉の家に行き、泊った。翌日雪解けで、大根おろしのような道をタクシーで下加茂神社に行く。佑太郎の花嫁と家族は農家風の人たちだったと、敦子は書いている。佳代は赤子を連れ、長男の嫁は妊娠していた、と。帰りにも、新幹線は遅れて、夜遅く大山町に寄って帰った。洋を預けていたのだろう。

その後、三月二九日に、池田夫妻が白鷺に来た。眞子と恭子の着物をもってきた。この後も池田から竹の子などをもらった。池田との付き合いは、この後一〇年以上経って克美が京都に住むようになったとき、さらに深まることになった。

・数少ない家族旅行

白鷺に来てから、家族旅行の回数は少なくなったが、初めの二年余り、七三年までの主なものを見ておく。七一年一一月二三日、奥多摩湖に行った。西武線で拝島へ行き、青梅線で奥多摩へ、あとバスで奥多摩湖へ。風が強かった、と。立川廻りで阿佐ヶ谷から帰った。七二年五月七日には深大寺植物園に行った。このような短時間の日帰りの見物はときどきやったが、少し長い時間をかけるものは、洋の学校の夏休み以外は行い難い。

久しぶりの長距離旅行は、七二年の夏の妙高、野尻湖。八月一七日に上野から信州二号のグリーン車で長野へ。乗り換えて妙高高原駅。そこからバスで赤倉温泉の住友の寮に行く。小高い杉木立の中にあった、風呂はきれいだった、ここで夜麻雀をやった、と。翌日笹ヶ峰牧場に行ったが、牛は一匹もいなかった。このあと洋と克美はプールに行って不潔な感じを持った記憶がある。一九日、バスで野尻湖に行く。「人が多かった。遊覧船で湖を回って、昼食をしてからバスで黒姫に向かい、急行赤倉で松本に行った。駅で宿を決めて美ヶ原温泉のかどやホテルへ行った。一休みしてからヘルスセンターへ行った」。翌日松本城を見物したが、雨の中だった。この日の午後帰宅した。この後九月には箱根に行った。九月九日、雨の中を小田急のロマンスカーと登山バスを利用、仙石原近くの住商の寮に泊った。翌日、芦ノ湖の船に乗り、関所を見て、駒ケ岳回りのバスで小涌谷駅に行って、帰った。上の二つはいずれも会社の福利施設を利用している。

七三年には五箇山と伊豆下田に行った。五箇山に行ったのは、克美の父清憲の七回忌の法要のためで、母喜美子と平沢一家、敦子と洋が八月七日の朝、上野から白鷹号に乗り、長岡経由で高岡、そして城端へ行った。克美も別行動で一緒になった。車は多分池田東朔の家のものだっただろう。東朔の家で休み、湯浅の家に寄ってから山越えをした。「時々舗装した道になっていて、予定より早く六時過ぎに清平に着いた」。

八月八日「一〇時過ぎタクシーでお寺に行き一一時から法要が始まった。それからお墓に行った。とても暑かったが景色は良かった(この時坂本徳蔵の尽力によって、新しい墓が出来ていたと思われる)。一時過ぎから御膳が始まった。精進料理でいろいろあった。大きながんもどき、木の芽田楽、ところてん、酢の物、きくらげ、あつもの、そうめんの吸い物、味噌汁、ご飯、漬物」。法要に集まった五箇山側の人数は一〇人で、前回納骨の時より少し減ったが、なお多くの親戚が居た。翌日午前中、坂本たま(徳蔵)の家に行き、西瓜を食べさせてもらったりしてから、清平で早昼を食べて帰京の途につく。

八月二三日、小田急ロマンスカーで小田原、あと熱海経由で伊豆下田へ行く。一一時過ぎに下田に着き、バスで石廊崎に行った。雨が少し降っていたので海の色はきれいではなかった。バスで下田の街の方に帰る途中の吉佐美で下り、民宿に泊る。海水浴ができる浜に行ける場所だった。民宿には他の客は居なかった。翌日、九時半頃から浜に行った。海は波が高く、水泳は危険でできなかった。岸に近いところに立って波に乗ってみるくらいのことをして過ごし、三時頃宿に帰った。三人とも陽に焼けていた。隣に一家族が来た。その夜雨が降ったが、それでも翌日午前克美と洋は海に行った。敦子は宿で待ち、昼からタクシーで下田に行った。活魚料理の店で昼食の後、観光タクシーを利用する。爪木崎、玉泉寺、海中水族館へ行き、あと五時一五分まで駅のあたりでぶらつく(玉泉寺以外の歴史的な名所は多分タクシーの中で聞いて通過した。克美には、海に行ったこと以外の記憶は全くない)。

・会社関係の施設の利用と交際など

住友商事の竹橋のビルは、さほど開放的という外見ではなかったが、その頃はセキュリティーのチェックはほとんどなく、誰でも入ることができた。そして一六階の食堂は誰でも利用できた。また、時々社員の家族相手の特売会を地下の階で行うことがあった。

東京に帰って住むようになってから二カ月余りの、七一年一一月三〇日に、敦子は、妹の佐恵子と待ち合わせて買い物をした後、竹橋の一六階のレストランで食事をして帰った、という。代金一、八〇〇円と記録されているから、克美とは会っていないようだ。そのすぐ後の一二月一一日に、洋を連れて会社に行った。地下の売り出し会場で洋のシャツやコーヒーを買って、その後三省堂で洋の本を買った。翌七二年の四月一日の土曜にも、洋と会社に行き、当時住商が提携していた北川慶の洋服を買った。会社の特売会に行った記録はその後あまりみられない。七四年の二月二〇日、ガン・センターで薬の受取りが早く終わったので、敦子は克美に電話して、竹橋に行って一緒に昼食をとった。七四年の年末一二月二七日には、会社に行って海産物を受け取って、一六階に行って食事した、夜景がきれいだった、という。そのほかには伊勢丹で住友グループ対象の特売会に行って着物類を買った。

昼休みなどに、敦子が克美を呼び出して、外で食事をすることも、ごくたまにはあった。克美が、別段座席に居続けなくてもよかったことから、都合がつけば、克美は敦子の誘いに応じて外に行った。七四年の六月二六日には午前中に四谷で待ち合わせて、迎賓館を見学した。これは多分ある期間だけ認められた入場券があったのだろう。この日はその後ホテルニューオータニで昼食をした。竹橋から割と近い神田の老舗に行くという意味で、七五年の九月には夕方克美といせ源のあんこう鍋を食べに行った。

会社との関係で、敦子の生活に影響したことの一つは、克美の部下の結婚式の仲人をしたことだ。この頃三組の若い部下の結婚が実現した。仲人になったことにより、式の当日だけでなく、その後両親たちの御礼の訪問を受けた。また本人たちも、その後何年かにわたり、正月や、夏の中元時期に挨拶にくるようになった。敦子は、状況に応じて新婦に送り物をするなどの配慮をした。

会社との関係でのもう一つの出来事は、克美の旧友福中亭を住友商事に迎えたことである。これは、当時不動産部門強化のため人材を求めるという会社の方針に沿って、克美が、住宅公団に居た旧友福中を誘って実現した。この人事は初め大成功に見えた後、曲折があったのだが、ともかくその後福中はずっと住商に居て仕事をした。福中夫人は、敦子の許を訪ねてくれて、丁寧に謝意を示された。七三年の五月一二日には、重ねて謝礼に来られた。敦子も応対に努めた。

第三節　狭山に予備のマンションをもつ。林孝の死と克美の母の入院

社宅以外に家を持った経緯
・自宅を持ちたいとの願望

白鷺に来てから二年余り経った七三年の秋に、自宅を建てたいという気持ちが急に強くなった。社宅に入っていられるのは、確か五年程度だったかと思われるので、早めに準備する必要があると考えたのかもしれない。一〇月に三人で八王子に行ったのが、家を探したはじめのようだ。一一月三日には、洋を一人残して、二人で厚木に行った。敦子の日記に「山裾は市街化調整区域で家は建てられず、なかなか思うようにいかなかった」とある。一一月一一日には、小田急線愛甲石田の「あかね台」という建売り団地を見に行った。「家の感じは良かったが、途中の道が悪いのと、ハイウエイの音がするのとで、止めにした」。この頃なぜこんな遠いところまで候補地にしていたのか、多分、ある程度広い戸建てを考えて、遠くなっても仕方がないと思っていたのだろう。梅ヶ丘のことは、考慮していなかったようだ。

こうしたさ中に、戸建てではないが、手頃な値段のマンションの募集があった。一一月一三日に敦子は「狭山

グリーンヒルへ見学に行った。まあまあのところだった」。この後一五日に、敦子は歯医者に行った帰りに、八王子に行って、「北斜面のプレハブ住宅」を見ている。一一月一八日の日曜、狭山グリーンヒルの申し込みに行った。その後、一二月一日の土曜に、克美が入間市までまた申し込みに行った、とある。その前に、当選の知らせがあり、この日保証金五万円を出して、入居の意思を示したとみられる。その後、保証人の適格性でもめて、林孝に頼んだ後、翌年二月二五日の月曜に、入間市の市民会館で説明会があり、敦子が弁当をもって出席した。「手続きは早く済んだが、午後の説明会が長引き、会館を出たのは五時だった」。この日の日記に、グリーンヒルの住所が記されている。入間市大字上藤沢四〇七　二の三〇八号、このマンションは、白鷺よりは大分狭く、永住するつもりはなかった。それでも、ともかく一つの拠点をもったこと、そして周辺の景色が気に入ったことにより、別荘のように利用し、三年間ほど、家族にとって重要な場所になった。

・狭山グリーンヒルへの往復始まる

　狭山グリーンヒルの場所は、西武池袋線の武蔵藤沢駅から、やや遠い上藤沢地区にあり、駅からバスを利用できたが、バスの本数は一時間に二本と少なく、駅から歩いて行くこともあった。途中に武蔵野特有の雑木林があり、良く手入れされていて美しかった。克美はその風景が、子供の時、近所の根津山（今の羽根木公園）で見慣れていた雑木林に似ていることなどから、特別の愛着をもっていた。また団地から近所にある安川電機の工場に行く道の両側も、同様に美しい雑木林だった。さらに別の方向に少し歩くと、一面の茶畑があり、これも印象的な風景だった。時には養豚場の臭気に見舞われたこともあるが、近所を歩くことは楽しかった。

写真 5-2　狭山グリーンヒル

　グリーンヒルの家に荷物を運んだのは、七四年四月七日で、克美と洋はトラックに同乗し、敦子は電車で行った。荷物の量は多くないので、すぐに片付いて、夕方五時半には白鷺に戻った。

　この後、土曜から日曜にかけてグリーンヒルに行くことがかなり多くなったが、その中で徐々に家具などを買い揃えた。四月二二日にはテーブルを買った。六月一日に冷蔵庫を買った。大阪千里の電話（の権利）をグリーンヒルに移した。七月二七日にテレビを買った。

グリーンヒルでは、近所の景色を楽しんだだけではなく、地の利を利用して四月二八日には、日帰りで秩父に行った。「あまり良いお天気ではなかったが、羊山公園でお弁当を食べて札所十番と五番を歩いて回った。田舎道をのんびり歩いた。帰りは横瀬駅から乗って、入間で下りた。お祭りの山車が一つ出ていた」。ちなみにグリーンヒルの団地は入間駅にも歩いて行ける程度の距離にあり、バスも利用できた。入間に行く用事はいろいろあったが、とくに埼玉銀行の入間支店にローンの返済金を支払いに行くことは、毎月の敦子の仕事になった。

写真 5-3　大山町でお正月

家族三人が、グリーンヒルで夜を過ごしたのは、七四年から七五年に、一カ月に二、三回程度で、昼間、克美と洋は近所を散歩することが多かった。夜は、花札や麻雀をした。

七五年の正月には、一月の三日から五日午前までグリーンヒルに居た。四日には、克美がここから出勤して帰って来た。

グリーンヒルに家をもつことによって、敦子の用事が増えた。電話を付けに来る、電器屋が来る、何かのゴミを出す、など、いろいろな必要から出かけることになった。他方グリーンヒルに行くようになって、一つ楽しみが増えたのは、狭山茶の生産者のところを訪ねてお茶を買うようになったこと。そこには家族で、あるいは克美だけでも出かけて行った。

・信州の別荘の話と視察旅行

一九七〇年代の初め頃から、高度成長期のシンボルのように、世の中に別荘ブームが起きていた。そういう風潮の中で、住友商事の子会社の東亜土地建物が、信州小諸の南に位置する望月町に別荘地（グリーンライフ信濃）を開発して売りに出した。克美は興味を示し、敦子にも話した。その結果、七四年の一二月一五日、日帰りで別荘地を見に行った。これは、広い丘の中を区切って、道路を付けただけのかたちだったが、回りの景色は良かった。当時のわれわれの考え方として、盛んに売り出されていた都会的な設備の整った別荘地に行きたいとは思わなかったので、この場所は気に入った。

・長男洋と家族、学校

狭山グリーンヒルに行くようになった七四年四月は、長男の洋が中学生になった時でもあった。ここで少し前から洋のことを書いておく。心臓手術を受けた後、白鷺に来た洋が、水泳してもよいと言われるまでに回復したことは前に書いた。七二年には、洋の歯並びを矯正するために、敦子は洋を自分がかかっている山角歯科医に連れて行った。さらに七三年には、洋を赤坂眼科に連れて行った。赤坂眼科は克美の会社が紹介し、東大系だった。ここで洋は近眼とされ、敦子は七四年の年末に老眼とされた。敦子は、自分一人で行くこともあるが、かなりの頻度で洋を連れて、歯医者と眼医者に行った。

洋は、夏の間よくプールに行くようになった。七三年の七月二七日、敦子は四時半に起きて弁当をつくり、洋は六時半集合で、千葉の岩井海岸に行き、二泊して帰って来た。二八日、洋の留守に敦子は克美と待ち合わせて新宿で食事、京王プラザでカクテルを飲んで、タクシーで帰った。八月一二日に、今度は洋と克美が江の島に泳ぎに行った。敦子は行かなかった。

七四年になると、洋が一人で梅ヶ丘に行き、相川から絵を教えてもらうようになった。相川の新しい家の二階はアトリエになっていたから、絵の教室としての体裁が整ったはずだ。

七四年の四月に洋は中学に進学した。区立西中野中学、入学式は四月八日、グリーンヒルに荷物を運んだ翌日である。その次の日には大山町の祖父母の法事があり、その後グリーンヒル関係の調度品の手当などで忙しい中、四月一五日には、中学の先生の家庭訪問を受けた。敦子は洋の身体のことを話した。四月二三日に敦子は学校に行き、「結局学級委員になった」。四月三〇日「どうにか委員長にならなくてすんだ」。五月三日には克美と洋が映画『日本沈没』を見に行った。敦子は一緒に家を出て伊勢丹に行った。

七月一六日「午後学校へ行った。アチーブ一番だったとのこと。五教科は問題ないとのことだった」。この後洋は東京女子医大で、心臓に問題ないから二年後に来るように、と言われ、盛んにプールに行った。八月三日には、克美と入間のプールに行った。九月になると、洋は部活でピンポンのクラブに入った。

七五年の一月一六日、洋は敦子に連れられて赤坂眼科で検眼、処方してもらって、高田眼鏡で眼鏡を作った。四月七日、洋は二年生、E組になった。四月二七日、一カ月遅れで洋の誕生祝いを新宿住友三角ビルのコックドールで行い、あと洋は相川に行き、親たちは克美の服を買いに大丸まで行った。一〇月二五日、洋の学校で、大塚アナウンサーの講演会があった。教養委員になっていた敦子は、他の委員と共にその記録をつくるのに苦労し、最後に文案を克美に見せて手を入れてもらった。

・敦子が始めた切手の収集と茶の湯の稽古

敦子の関心事は、生活の現実面に集中して、趣味といえるようなものは少なかった。小説や歴史などの本を読むことはなく、そういうストーリーにも余り興味を示さなかった。それでも、若い頃は映画（主に洋画）に熱中し、その後はテレビを観た。ただし、テレビといっても民放を見ることはほとんどなく、NHKに集中した。観るのは、気に入った映画や大河ドラマ、朝ドラ等があったが、それよりもむしろスポーツ関係と『今日の料理』のような実用的な番組及びクラシック音楽の演奏番組に、より大きな関心を示した。テレビ受信機は七一年の九月に、第一家庭電器でパナカラーを一二万四〇〇〇円で買った。

家計支出の項目の中にNHKのテキスト『今日の料理』が登場するのは、千里に居た七一年三月からで、そのあとは毎月買い、後には直接郵送してもらって、生涯続いた。ついでに言うと、読み物としては後に『NHKステラ』というのが出て、これを良く読んだ。

趣味的なことで割に早く始めたのが、切手の収集である。七一年の一〇月五日、上野で一水会の相川の絵を見て、その後克美を呼び出し、江戸銀で昼食をした日の日記の欄外に大きく「明日切手」と書いてあり、翌日朝「切手で並んだ」と。切手代六〇〇円と記入されている。切手の収集を何時から始めたのか不明だが、遅くとも、白鷺に来て間もない時には始めていた。敦子は、自分で集めたいと思う種類の記念切手を、その発行時期に買うというやり方で買っていたが、近所の郵便局で手に入らなかったときは、ガン・センターに行った時などを利用して、中央郵便局にも行った。そういうやり方は、白鷺時代を通じて続き、後には克美に郵便局に行ってくれと頼んだりした。切手の収集は生涯、最後まで続くことになった。なお、切手と並んで、コインの収集も行ったが、それが始まったのは少し後のことであったと思われる。

七〇年代に、敦子がかなりの時間をかけて行ったのは、茶の湯の稽古だった。これは大山町関係の親戚筋に安藤という人が小田急線の柿生に住んでいて、茶の湯の免許をもち、大山町に来て教えることになって始まった。最初は七四年一二月二一日、土曜日の午前だった。はじめのうちは、大山町の母と敦子の二人が弟子。この後、おおむね毎週水曜日に稽古が行われた。翌年一月二九日の日記には、「薄茶、順番難しい」と書かれている。その後も、段階的に、異なった形のことを習った。七五年四月二三日には「平棗（なつめ）のお点前」、七月一六日には「濃茶一回」など。途中からもう一人弟子が増え、後にはさらにもう一人加わることもあった。敦子は、お茶の稽古を続けたが、免状を受けて、自分が教えることは全く考えていなかった。抹茶を飲むことには慣れて、家族にも奨めたが、茶の湯の作法そのものに習熟する意欲は弱かったと思われる。

敦子自身の体調については、日常の活動に支障はないが、疲れやすかった。白鷺に来て間もない頃から、近所の大谷医院で血圧を定期的に測ってもらった。七二年の一月五日には、血圧が「一二五—九〇と下がっていた」と。その後日記帳の欄外に数字だけ書かれているのを見ると「一三〇—八〇」が多い。七四、七五年には、血圧の上が一四〇になったこともあった。

七三年一〇月三〇日、敦子は河北病院でレントゲン撮影。一一月一日、結果は、結核の心配はない、と。この頃、宅地を見に行ったり、何時ものように歯医者に通ったりしていたので、敦子にどういう心配があったのか、日記を見てもわからず、克美の記憶にもないが、自分の身体について、細心の注意を払っていたのだろう。

・克美の仕事の変化とわがままに対処

ここで少し克美側のことを書くと、東京に来て以後、業務部長として仕事をし、途中で調査の仕事もするようになったが、自身の性分と仕事との相性がよくないという感じをもっていた。そこで自ら組織変えを求めて、調査計画部をつくり、克美が部長になった。敦子の日記には七四年九月二日に、そのことが書かれている。新しい部は、経済調査のほか会社の中期計画も担当するが、業務部のような会社内の調整の仕事は減り、克美が会社トップの財界活動を補佐する仕事が増えた。その結果会長である大阪の津田との関係が復活した。日常的には、大阪に居る山本が対応したが、時々、克美に来てくれという要請があった。

七五年一一月二四日に大阪に出張し、翌日会社に現れるはずの克美が、かなり遅くまで現れず、山本をあわてさせ、敦子にもそのことがわかった。津田の用事には何とか間に合ったのだが、克美は敦子に電話をして、昨夜飲み過ぎて寝坊したと言った。この失敗から克美には苦い思い出は残ったが、脇の甘さはなかなか治らなかった。ただ、敦子の日記によると一一月二六日「お父さんは、普通の時間に帰った。私としては、着物を着て待っていたから、一緒にお酒を飲んだ」。翌日敦子は午前中頭が痛かった、と。敦子は、克美が酒の相手をする女性を求めていると考えて、自身の対応を変えて見たのだろう。この時のことはそれだけだったが、長い目でみると、後に二人が、一緒に、食卓でまず酒を飲んでおかずを食べ、後でご飯をたべるというパターンになって行く初期の出来事だったように思われる。

林孝の急死と善後策の模索

敦子の義弟の林孝は、労働省の中堅幹部として活躍し、順調に昇進していた。七五年七月二八日の敦子の日記には、「林孝さんが課長になったので、その新聞のことで大山町から電話」とある。孝は佐恵子の夫であるとともに、もともと大山町の親類の中の一人だから、克美以上に大山町で強い関心をもっており、その彼が本省の課長になったことは、大きな喜びだったことがわかる。

ところがその年の一一月、敦子が家で克美と酒を飲んだという矢先に、事件が起こった。一一月二七日の夜中に電話が鳴り、「佐恵子の声で、孝さんが便所で倒れて冷たくなっている、とのこと」。「もうびっくりして、心臓が震えてきた。大山町に電話したら、越川さん（近所の医者）に、瞳孔が開いていると言われた、と。もうだめ。洋に言い含めて、お父さんとタクシーで大山町に行った。少し口から泡を吹いていたが、寝ているような死に顔だった。佐恵子たちは三時半頃来た。もうかわいそうで見ていられなかった」。死因はくも膜下出血。仕事の関係で、自宅に帰れず、夜遅く、大山町に泊りに来て、トイレに入り、そこで倒れた。大山町の母は、佐恵子に対して強烈な同情、憐憫を示し、克美の胸を打った。克美は二八、二九日の夜は流山に居たであろう。二八日には、洋を学校に行かせて、夕方相川に行かせることにして、克美が一旦自宅に帰ってその段取りをした。敦子はこの日午後に流山に行った。

二八日の夜、敦子は流山で林家の親族たちと交替で寝て、仏前の番をしたが、疲れ果てたので、二九日には、通夜への出席をあきらめて、兄の尚恒に伴われて退去。自宅に帰った。一旦眠って「夕方やっと人心地がついて見ると、何もかもこわくてこわくて、家の中の暗いところがあると怖いので全部に電気をつけて、テレビをつけ、トランジスタラジオをもって歩いた。何とか一一時に寝た。喪服を直したり、襦袢の袖を付けかえたり、忙しかった」。

一一月三〇日、葬儀。敦子は朝早めに大山町に行った。岡田（美世の夫）の車で、母、洋と一緒に流山に行った。一二時にお経が始まった。省の人、近所の人が沢山お参りに来ていた。一時過ぎに松戸の火葬場に行き、三時過ぎまで待って、お骨を持って流山に帰り、お経などのあと夕方七時頃出て、九時に大山町、家に着いたのは十時頃、やっと安心して寝た。

一二月四日、初七日。敦子は大山町に寄って、母から頼まれた物を持って、流山に行った。二時頃から法要が始まる。次官や部長が来ていた。

一二月八日、本葬の日。克美は早く家を出て行った。敦子も行くつもりだったが、大山町で父親を看ていてほしいと言われ、留守番をした。母は、本葬に出席した後帰って、「盛大な葬儀だった、大臣も来て最後まで居た」と話した。多羅間夫妻も来ていた。

一三日の土曜日に、午後克美と待ち合わせて、敦子と洋の三人で流山に行った。夜遅くまで話し合った。この日は泊り、いろいろ相談して帰った。

年が代わって翌年一月一〇日には、林孝の四九日の法要があった。敦子は早く行って、準備を手伝った。克美は梅ヶ丘の母が入院中の病院に寄ってから、昼ごろに来た。林家の親戚も上京して来た。宴会には労働省から六人参加、大山町の母も来た。この後一月一二日の日記に、「夜、宮崎（林の親戚）から電話があり、結局、兄と二人で佐恵子を説得したとのこと。克美さんは怒っていた」と。翌日敦子は大山町に長電話してこの件を話したという。克美は佐恵子のその後の生活を親戚等で支えることを考えたのだが、結局佐恵子は労働省の斡旋で、勤めに出ることになった。今考えると、この方が良かったと思われる。

七五年年末、梅ヶ丘母の入院、手術

・梅ヶ丘母の病状診断と入院まで

梅ヶ丘の母が、ガン・センターで定期的に診察を受けていたことは前に書いた。そしていろいろ危険な要素を抱えていることは知らされていた。しかし、特別の治療をするようには言われなかった。七二年の八月八日に、母は、敦子と新宿で待ち合わせてタクシーで行き、レントゲン写真を九枚撮られた。一六日に、結果を聞きに行った敦子に対し、胆嚢は写っていないが、要精査とあり、胆嚢が悪いか、そこに通ずる道が悪いか分からない、と言われた。これによって、克美などは、問題は胆嚢にある、と思った。

次に一二月七日にも、次の検査が行われ、二〇日に敦子が聞いたことは「心電図は少し狭心症の気がある。レントゲンでは、食道から十二指腸まで心配はないが、十二指腸の先に袋ができていて、これが炎症を起こすと厄介だ」と。

この後も敦子は梅ヶ丘の母に同行してガン・センターに行くことが多かったが、検査結果の記述は、しばらく見られない。ただ待ち合わせ場所は、地下鉄日比谷線の開通によって、日比谷になることが多くなった。七四年一〇月二五日、敦子がガン・センターに行ったので、克美も後から行って、担当の岡崎医師から母の病状を聞いた。送胆管結石と言われた。しかし翌年一月一七日には、検査の結果、管の結石はないので、このまま行く、と。

七五年一二月七日、母は腰が痛いと言っている、と克美から聞かされ、敦子は九日に梅ヶ丘に行った。前日に林孝の葬式があって、敦子は大山町に留守番に行くという非常事態の中でのことだったが、この時「おばあちゃんは元気そうだった」。大根やおいもを貰って帰った。この後、敦子はガン・センターで医師に話をし、克美は梅ヶ丘に様子を見に行くなどしたが、同時に林家に用事で出向き、またグリーンヒルにも行った。

一二月二一日、グリーンヒルに居た克美らのところに、眞子から電話で、母親を入院させることにし、近所のかかりつけの大西医師に頼むとのことだった。

・母、河北病院に入院

梅ヶ丘側での計画に反して、母親の病状が急変し、即座に対応することが必要になった。一二月二二日、「朝七時頃に電話で、梅ヶ丘の母が脂汗をかいておなかが痛いと言っているとのこと。すぐ、ガン・センターの岡崎先生に電話したが入院はだめ。センターへ行ってカルテの

写しを貰って会社へ行き、河北病院へ入院を決めて、紹介状を持って梅ヶ丘へ行った」。この時克美は、会社の人事課、厚生係に話をしたら、すぐに病院の手配をしてくれた。梅ヶ丘では、眞子が母親の様子を見ていて、この日入院させることになった。そのとき誰が連れていったか日記に記録がない。翌日は、病院での検査。敦子のほか克美と妹二人は、見舞いに行ったが、それぞれ帰宅した。

二四日、敦子の日記。「佐恵子から電話で、大山町が熱を出している、と。もう、八方塞がり」。敦子にしては珍しく弱気になっている。自分の役割の大きさを意識していたからだろう。ただ、梅ヶ丘の母の病状が重いので、敦子は、この年の内は、その対応に追われた。

二四日一〇時半頃、病院に行った敦子が、医師から、すぐにも手術するから、皆に知らせるよう、言われた。十二指腸が腫れて破れ、ガスが溜まっている、と。びっくりして、会社、相川、平沢に電話したが、すぐには通じなかった。やっと通じて皆一時までに病院に揃った。外科の先生は、肝硬変があるので手術後が心配、と。午後開けて見たら、十二指腸が腫れて膿が溜まっていたとのこと。後を眞子さんとお父さんに頼んで帰った。お弁当を届けに行った、と。以上が敦子の日記。克美は手術場に入って、開腹して見せた医者が、肝臓をなでて、こんなに固い、と言ったのを覚えている。その所見により、余命が短いことを告げられた。克美は、肝硬変の進行をガン・センターが警告してくれなかったことに、疑念と不満をもったが、後の祭りであった。

二五日、敦子は午前中大山町に行って様子を見た後、病院に行く。母は、顔色が良くなり、尿も出るので、ひとまず小康状態。「洋は通信簿を持ってきて、大分上がっているので、喜んでいた。相川さんに泊りに行った」。買い物をして帰宅。このあたり、支出項目に、「さらし」八八〇円というのが二回ある。母のおなかに巻いたのだろう。

二六日には、敦子はほぼ一日、夜まで病院に居てから帰宅した。

二七日、母の病状悪化。黄疸が出てきた。敦子は、銀行の貸金庫に、母の株券と権利書を入れるなどして、病院との間を往復。克美は、会社から年末年始用の水産物を持って帰った。数の子、ししゃも、イクラ、紅白の蒲鉾など、相川、大山町、林にどう分けるか、敦子の日記に書いてあるが、イクラは喜美子（母）にも。

二八日、敦子だけ午前一〇時に病院に行く。「おなかが痛い。生きていても何の楽しみもない、とぼやいていた」。この後、敦子は年内ほぼ毎日、克美と妹たちは交代で病院に行った。三〇日には、昼間敦子が居て、夜恭子が病院に泊った。三一日の大みそかも、昼間は敦子が病院へ。克美と洋は午後病院へ行って、洋と敦子は五時頃帰宅した。敦子は日記に、「紅白を寝ころんで見た」と。この日克美が何時帰ったか不明だが、元日には家に居た。

こうして、異例の年末になった七五年を終わる。この後は次章に譲る。

第六章　五〇歳代、人生最盛期、後半へのスタート

初めにこの章のポイントを述べる。第一に、克美は会社勤めの後半になり、収入面では生涯の最盛期になった。そこで自宅を新築し、小さいながら別荘も手に入れた。他方第二に、梅丘の実家の母が亡くなり、その後敦子の父も亡くなった。こうして親たちとの別れが始まり、納骨や法事などの行事が増えた。第三に、敦子は残された実家の母の京都への引っ越しをはじめ、上京時に世話をしただけでなく、五箇山の親戚の老婆の上京時に自宅で一緒に過した。第四に、敦子は家事のほか、茶の湯の稽古を行い、又信州の別荘への往復を通じて自然に親しみ、とくに山を見ることに強い興味をもった。第五に、長男の洋は、高校から、大学、大学院へと進んだ。そして第六、克美は会社定年後に大学で教えるための準備を始めた。

なおこのあと梅ヶ丘という記述が敦子の日記からなくなって行くので、正式地名の梅丘と書く。

第一節　克美の母の死から自宅新築へ

母の病気で年が明け、間もなく死去を迎える

・梅丘の母、七〇歳で死去

七六年一月一日、「本当の寝正月。おせちも作らず、かまぼことイクラと数の子だけでお雑煮を食べた。午後、洋とお父さんは、眞子さんのお弁当をもって、病院へ行った」。

この後敦子と克美は、ほぼ交代で昼間病院へ行ったが、克美の母の容態は悪化し、七日に腹水が出ていると言われた。一七日、午前、病院からの電話で、危ないと言われたので、飛んでいったところ、痛みがつらそうだった。孫の相川喜一（よしかず）にランドセルを担がせて見せたら、とても喜んでいたが、また痛くなってきた。夕方、医師が、今晩か明日までだろう、と告げた。克美を残して敦子は夕方帰宅。

一八日の朝、克美と眞子が病院に行って、「今のところ変化は無さそう」と家に居る敦子に言ってきたが「夜一二時少し前に電話があり、もうだめらしいというので、洋と病院に行った。一二時過ぎに亡くなった。荷物をまとめて、洋と梅丘へ行った」。克美は、この夜、大変寒く、阿佐ヶ谷の病院から暗い梅丘の家に行き、つらかったこ

とを覚えているが、どのように遺体を運び込んで、葬儀屋に連絡し、祭壇を設けたか、覚えていない。

一月一九日、敦子が病院関係の用事を済ませて、梅丘に行ったら、祭壇が出来ていて、お通夜の用意をした。「六時からお経。亨さん（喜美子の兄）や相川太郎さん、池田夫妻等、遠くから、又会社の人と文化の人、近所の人達、随分お参りして下さった」。

一月二〇日、葬儀日で、多くの人が来たので忙しかった。午後一時出棺、幡谷の火葬場に行き、三時に帰る。お経の後四時から宴会。その日は帰宅。翌日は克美だけ梅丘。二二日、敦子は梅丘に行って、カネの計算をし、郵便局で貯金し、扶助料のことを聞いた。

その後、初七日の法要、さらに四九日の法要に、寺に行き、多くの親戚が集まった。克美と眞子は近所への香典返しをした。

この後克美は、相続の手続きに入り、基本的には、梅丘の借地権を克美と眞子で二分し、喜美子の残した金融資産は恭子に与えるという考え方で、遺産分割協議書を作って、相続税への対応を検討した。敦子はこの考え方に基づいて、喜美子名義の株式の売却、預貯金の現金化、恭子への送金などを行った。克美ともども、喜美子名義の預貯金を下ろすための手続きなど、税理士に頼らず、郵便局、銀行、税務署などに聞きながらやり遂げた。

梅丘での自宅新築へ

母の死を受けて、克美は、梅丘の家を壊して、跡地に新しく家を建てることにした。そこで元の家の中の物を処分するために、敦子は、克美と共に労力を使った。また亡母の納骨のため五箇山へ行った。

・梅丘につくる自宅の検討

梅丘の母の死去により、空き家になった家は、当時長女相川眞子の家と廊下で続いていたから、完全に無人とはいえなかったが、後の始末が問題になった。これを壊すのはもったいないと、猛烈に反対する近所の人が居た。しかし、この家は、間取りの方向や広さから見て都合が悪く、耐震、耐火等の点でも、十分ではなかったので、克美と敦子は、跡地に家を新築する方針を固めた。

とりわけ敦子が重視したのは、耐震、耐火面での強さだった。住宅センターに行くなどして検討し、結局旭化成のへーベルでの建築に決めた。平らな屋根は、雨漏りの危険がないか、と気にしたが、へーベル板の上に新幹線の列車の屋根と同じ材質のものを張ると説明された。

旭化成とヘーベルの正式契約をしたのは、五月二九日であった。

・茶の湯の稽古をしつつ、梅丘の敷地を準備

七六年の二月から五月は、少しずつ平常の生活に戻り、同時に梅丘の家の中身の始末と、敷地の整備を行う忙しい日々になった。

二月四日の水曜、大山町に行って、お茶の先生の安藤が来たので、一回稽古をした。その後ほぼ毎週の稽古があり、二月二五日には、「初釜」、その後月二回ほど稽古をした。

妹の佐恵子が夫の孝を亡くした後のケアも必要だった。三月二十日に、故郷の小松に帰る遺骨を羽田空港で見送り、また敦子は一人で三月末には千鶴の高校進学祝いに、四月八日は母の代わりに法事の日に、流山へ行き、新しい立派な仏壇を見た。

グリーンヒルに行く機会は、月一回程度に減ったが、五月連休のはじめには、ここに佐恵子と次女の文恵が来て泊まった。洋は四月から中学三年生になった。

敦子は洋の学校のＰＴＡの会や授業参観などに行き、また五月二二日には、三輪田高女の久しぶりの同期会（グランドパレス）にも出かけた。三〇人くらい集まったという。

さて、大ごとだったのは、梅丘の古い家の中に残されたものの処分だった。二月二一日の法要が済んだ後、何回も梅丘の家に行き、眞子や恭子とも相談しつつ、食器や衣服類を分けた。他方自分たちが引き継ぐものを、新しく作る物置（敷地の北東の隅）に入れて、古い家を壊し、整地して、其処に新居を建てることになった。四月末に、担当の工藤と会って、新居の大体の間取りを決めた。借地なので、地主に新築を承諾してもらう必要があり、五月一七日付けで、地主の鈴木一郎から、承諾書を入手した。隣地との境界の確定に手間取ったが、五月二三日に工藤も来て解決した。

・地鎮祭までの三カ月、途中に五箇山で納骨

家新築のための地鎮祭をしたのは、八月二十日だから、契約から約三カ月かかったことになる。この間、またその後も、引っ越しするまで白鷺での生活は基本的に変わりなく続いた。ただ、敦子がふつうに買い物や洗濯などの家事をして家に居る日はごく少なかった。自身が診てもらうため医者に行く日と洋の学校に行く日以外は、梅丘、大山町、あるいはその他の用事でほとんど外出している。

六月は梅丘の片付けのピークで、用事が続いた。古道具屋を呼んで、不要な物を処分した。敷地の準備に関しては、植木屋が木の植え替えなどをし、築山風の庭を造る下ごしらえをした。家の取り壊しはその後、七月七日、相川に電話で聞いたところ「今日で壊し終わった」と。水道やガスの工事には手間取ったらしい（近隣との競合をしないように、いわゆる本管から取るため）。地鎮祭は八月二〇日で、それまでの間に五箇山へ納骨に行った。この時は洋も同行した。

母喜美子の法要としては、七月一一日の日曜に相川家で新盆の集まりがあった。前の日は林家の新盆で、克美は流山に行き、大山町の母も加わり、敦子は大山町で留守番した。

さていよいよ、納骨を五箇山の嶌田の墓で行うことになり、まず託法寺に預けてあった遺骨を受け取った。翌日旅行の準備をし、八月七日の朝、上野八時八分発の白鷹号で、長岡経由、高岡で城端線に乗り換え、二台のタクシーに分乗して、平村の下梨に行った。嶌田の三人のほか、相川眞子と平沢の夫婦に長男の謙が居た。この日は、対岸大島の寺（称名寺）に行って遺骨を預けた。泊まったのは下梨の清平館、洋は叔父の平沢と将棋をした。

八月八日は、午前中から昼過ぎまで大島の坂本家に行き、昼食をいただいて、二時から寺で長いお経のあとお墓に行った。「お祖父ちゃんの箱を取って、お祖母ちゃんの箱や白い布を皆さんに持ってもらって無事お墓へ納めた」。暑い日だった。「四時から御膳で、子供たちは好きなものがなく、ご機嫌が悪かった」。この日の法事出席者を敦子が記録しているが、僧以外の客が一〇人居る。客の一人の山崎富波が夜迎えに来て、大島の自宅で、克美と妹二人を接待してくれた。この人は池田（順平）から山崎家に養子に行き、大工をしていた。

八月九日、八時に克美と二人で坂本に行ったら、大島のもう一つの寺（通称、仁助の道場）でも、永代経を上げてほしいと言われて、出かけた。尼僧だった。無量寿経の長い読経を聞いて帰った。その午後皆と別れ、バス、列車、タクシーを使って山田温泉に行って泊まった。

八月一〇日、八時半のバスで八尾へ行き、高山線の列車で高山駅へ、タクシーで旅館に行って荷物を預け、町へ出た。茶道具の棗（なつめ）を探した。中次を買い、民芸館、陣屋を見て、歩いて宿に帰った。翌日マイクロバスで駅へ行って、荷物を預け、バスで日下部民芸館、次に屋台会館を見てから、「飛騨の里」へタクシシーで行く。合掌造り、別の百姓屋などを見て、町に戻る。昼食後、春慶会館へ。お盆や箸を買う。國分寺にお参りして駅へ行った。名古屋で新幹線に乗り換えて帰宅した。

・地鎮祭、建前を経て建築本格化

八月の一四、五日にはグリーンヒルに行った。地鎮祭を二〇日にやることは前から決まっていた。一九日に敦子は早めの昼食をとってから梅丘に行き、八百屋、酒屋、米屋に行って、必要なものを買い集め、相川に預けた。「竹と縄は相川さんが買ってきて下さった」。

八月二〇日、梅丘に行き、祭壇の四方に竹を立てて、縄を張った。大きな鯛を近所の魚庄が持ってきた。八時半から神主の祝詞が始まり、「四方にお酒やお米、酒を撒いた。皆が榊をあげてお参りした」。

この後敦子は、時々梅丘に進行状況を見に行った。九月二三日の秋の彼岸には、克美と敦子が梅丘（相川）に行き、平沢一家も来た。この後、克美は通称「アンデス・ミッション」という南米アンデス地方への財界の調査団の一員として、一〇月八日の夕方出発。三人、タクシーで羽田に行った。克美は二六日に帰国した。

一〇月一九日、敦子は土台の工事が始まるのを見た。一〇月三〇日「土台のコンクリートが出来て、ブロックを運び込んでいた」。一一月六日「もう鉄骨が立って、形がわかるようになっていた」。

一一月二〇日、克美と二人で建て前の準備。皆に出す食べ物を注文し、宇佐八幡で御札をもらった。わが家は「形になっていたが、雨が漏ってびちゃびちゃ。水道、ガスのパイプが取りついていた。帰りに二階へ上がって見た。明るかった」。

一一月二三日「近所にお弁当を配ったら、お酒をお祝いにもらった。後藤さんと宇山さんが一寸見えた。平沢さんは磯節を歌って下さった」。平沢夫妻は七時頃帰った。

この後、工事の進行に伴って旭化成に送金し、一二月二四日に、梅丘で関係者大勢が集まり「スイッチ、ガス、配線のことなどいろいろやった」。

この年も年末にグリーンヒルへ行き、年を越して帰った。七七年の課題は、洋の高校受験を乗り切ることだった。敦子の日記の最初には「いよいよ洋入試の年の元旦」とある。ただ、その関係の話は後にして、主に工事の関係の概略を記す。

一月一六日、託法寺で、母喜美子の一周忌の法事をし、相川、平沢の一家とともに集まった。終わってから梅丘の家を見にいったら、「居間の横張りと周りが注文と違っていてびっくりした」。居間と台所の間の空間は、仕切りの壁の間を広く開けてその両端をアーチ型にするように頼んでいた。違ったところは直させた。二月一三日には、電気屋が白鷺に来て、カタログを見せ、照明器具を決めた。二月二六日に、二人で梅丘へ行ったときには、建具の人が来ていた。三月四日に敦子が見に行ったときには、「天井も壁紙も貼ってあり、二階は全部出来ていた。下の階は、和室と居間が残っていた。ペンキ屋が来ていた」。三月五日、洋は、たまたま敦子の日記帳に、梅丘の家のことを敦子の代わりに書いているが、「洋の部屋はすばらしく立派にきれいに美しくできあがっていた。引っ越し楽しみ」と。

三月一〇日、ヘーベルの検査があり、電気、水道などを確認。一二日に引き渡すと言われ、当日旭化成から沢山の鍵と登記の書類を受け取った。そこで一四日に、井住運送(住商の関係会社)に来てもらって、引っ越しの見積もりを頼んだ。一八日に敦子は新居の掃除に行ったが「いくらやっても、ざらざら、一階だけやった」。二二日に、荷造りの人が来て、翌日、三月二三日に引っ越した。雨の日で大変だった。これで、その後の人生を過ごす本拠地が定まった。

・新居の概要と整備の課題

ここで、梅丘に新築した家の概要を記す。建築の場所は、公式書類に梅丘二丁目一三六五番地、あるいは一三六四番地と書かれている。克美の子供の頃から、一三六五番地と言ってきたのだが、公図では、六四番地のものがあり、混乱している。ただ、表示はさほど問題ではない。新しい番地の表記は、梅丘二の三三の一〇になった。この番地の土地は広く、嶌田の家はその一部を占めるにすぎない。新しい宅地面積は、二五九・三三平方メートル。建てやすい敷地だが、狭い路地の奥で、作業の車は入り難かった。鉄骨にヘーベル板を組み込んだ作りで、二階建て、建築面積約九四平方メートル、延べ面積約一四〇平方メートル。玄関は西側の門から少し北向きに歩いた先に、西に向かってドアを付けている。間取りは、一階南側に、西から順番に、洋室(一〇帖の寝室)、和室(八帖)、食堂・居間(一四・五帖)が並び、北側に浴室、洗面所、便所、台所(横長の五帖)が並ぶというシンプルな構造で、居間と台所はつながっているが、カーテンで仕切ることもできる。二階は、東北側に洋室(六帖、克美の部屋)、西南側にも洋室(洋の部屋、一〇帖)があるほかは、北側に納戸と便所を置いているだけで、後は、西側に広いベランダをもち、東南側にも、もう一つのベランダをつくった。二階西側の広いベランダには、洗濯物の干し場を造った。ここからは、冬の晴れた日には富士山が見える。

この家の問題の一つは、当初まだ下水道が整備されておらず、トイレが浄化槽方式だったこと。生活用水を流す下水の溝の問題もあった。下水溝のある路地は私道で、舗装されていない泥の道だった。その道から家の敷地に入る門は、新しく作ったが、その周囲は、はじめ仮設のかたちにしていた。

もう一つ、家そのものについて言うと、収納場所が足りなくて、棚などを買った。そのほかに仏壇は引っ越して来る前から、小平の大野屋に行って検討した。浄土真宗用の金仏壇に適当なものが無かったので、黒い色(黒檀か)の仏壇になり(付属品を含めて三二万九千円)、両親の位牌は前に作ってあった。四月一六日に、託法寺の住職に、仏壇開きのお経を上げてもらった。

電気製品は、徐々に揃えたが、しばらく経って「あじろ電気」から日立製品を買うようになり、これは生涯を通じて続いた。居間で聞くステレオのデッキは七八年克美と洋が東京サウンド(梅丘)に行ってソニー製品を買い、後に日立のステレオ、CDプレヤーなどを買い足した。新しいステレオを買った後の敦子の日記からは、さかんにレコードを聞いたことがわかるが、その後年齢を重ねて行くにつれて、ほとんどテレビを見るだけで満足するようになった。

写真 6-1　梅丘の新居（南東側）

一階の真ん中の八畳の和室は、梅丘の父母の時代からの大きな座卓を据えて、周りに座布団を置くと、客間になる。そこの南側に、障子を梅丘の商店街の表具師の店に頼んで入れた。また和室には炉を設けた。初めから床下に準備し、畳屋に畳を切ってもらい、炉縁の木枠は、克美が古い梅丘の家の床の間の木を使って作った。

下水道は、七八年の七月二九日から外の道路の公共下水道が利用可能となり、八月二二日から三日間の工事で下水は通じた。その後、玄関前の敷地の整備、隣地との境界の決定、門柱や塀の工事などをし、ついでに裏の台所の入り口の上にビニールの屋根を付けて、家の周りの形は九月中にやっと出来上がった。ただ、庭の西側の垣根と庭の中の東の花壇は完成が遅れ、七九年の三月の彼岸に、梅の木が運び込まれ、花壇の周りの煉瓦積みができた。梅は白加賀という種類の大きな木で、その後何年間も、敦子は油虫や毛虫、貝殻虫などの駆除に奮闘しながら、梅の実の収穫を楽しんだ。

・新居で起こった生活上の変化

白鷺から梅丘に来たことにより、敦子の日々の生活にいくつかの変化が生まれた。

もともと同じ敷地の中のすぐ隣に相川一家が居るので、息子の喜一はよく遊びに来るようになった。眞子は昼間勤めているので、夫の相川昭二が用事で外出するときなど、喜一を預かることもあった。また恭子からみると、この場所に兄と姉が居て、行事もあるので、一家で訪ねて来ることが多くなった。

写真6-2　梅丘庭の梅の木の前

とりわけ敦子にとっての変化は、大山町の実家がぐっと近くなったことだ。これは結婚した頃と同じだが、その頃と違って、敦子は活動的になり、父母は高齢になった。特に父は次第に認知症の症状が現れたので、母の外出時に留守番を頼まれることが多くなった。大山町に姉や妹が来たときに都合がつけば、すぐ会いに行くこともできた。

もう一つは家の外周りや庭での仕事が増えたことだ。これはマンションから戸建てに移り、庭をもったことによる。敷地の回りの要糯（かなめもち）の生け垣は以前からのまま残した。この垣根は南側のコンクリートの土止めの縁にかなりの距離存在し、同時に長年経っているので厚みも増した。これを刈り込むのは、克美や洋の仕事になった。ただ切った枝や葉を集めるのを敦子も手伝った。この垣根の下の道に落ち葉がたまったとき、掃除するのも主に敦子の仕事になった。

敷地の中に花壇が出来た後には、種を蒔き、植物を育てる仕事が生まれた。これらでは、敦子が中心になることはなかったが、何を植え、どう管理するかなどの意見を言った。また、はじめのうちは芝生も一部つくっていたが、地面むき出しのところには、草が生える。とくに家の裏手の方はかなり広い。そこでの草むしりは主に敦子の仕事になった。

さらに、敦子の生活面の変化としては、周辺の住人や学校での付き合いが減り、他方買物に行く先になじみの店ができた。白鷺の時代には、団地内でよく顔を合わせる近くの人、管理人、また学校のＰＴＡの関係者、洋の友達の母親など、かなりの数の人の名前が日記に出てくるが、新居に来てからはそういう付き合いがなくなった。

近所といえば、同じ敷地の相川の玄関は反対側だが、気軽に往来した。他方、向かいの後藤および添田とは親しくしていたが、とくに深く付き合うことは無かった。毎月地代を集めに来る地主の鈴木の家族、克美の旧友で近所に住む原田の夫人なども居たが、それらを合わせても、日記の中の登場人物はかなり減った。

他方買物をする店の中に、克美の親の頃からの古い付き合いの店があった。例えば酒屋の新川屋、米屋の長岡屋、魚屋の魚定分店、八百屋の八百文、乾物などの笛田。肉屋はいくつかの店があったが、サミット（初めのうち、国士舘のそばにあった）をかなり利用した。他方豪徳寺（駅の前の通）に、市場があり、そこの肉屋などにも行った。八百文も初め市場の中にあって、後に独立の店になった。

その頃の店屋との付き合いを、日記の中に探ると、例えば新年に新川屋が挨拶に来た。長岡屋は普段、米を届け、年末には餅の注文を聞いて、出来たてを届けに来た。八百文は蜜柑の箱や敦子が漬ける沢庵用の干し大根を届けてくれた。魚定分店は、少し後にできたのだが、その主人は、若い頃本店（豪徳寺通の宮の坂寄りにある）から魚を担いで梅丘の家に来ていたので、克美を子供の頃から知っており、敦子に対して、克美に似ていると言ったと、日記にある。

敦子が梅丘に来てから親しくなった店としては、お茶や茶道具を売る世田谷代田の「佳仙」がある。ここでは、梅丘用だけでなく、大山町で使う茶道具や茶碗も買った。豪徳寺駅から少し下の、山下商店街にあるドイツ的加工肉製品の店「富永」へもよく行った。

そのほか梅丘に引っ越したことにより、敦子の日常に起こった変化としては、かかりつけの医者が変わった。内科の医者としては、鴻上医院に通って、血圧の管理などをした。七八年には血圧降下剤を飲みはじめた。歯科医としては、はじめの頃は村井歯科に行った。八〇年の七月に入れ歯が入った。七八年の四月には流山へ行くとき、千代田線が直通になったと書いている。

第二節　洋、高校へ。小諸（佐久）に別荘、大山町父の死

洋は早稲田大学高等学院に進学

新居への引っ越しは、丁度洋の中学卒業と同時だった。そして四月から早稲田大学高等学院に通うようになった。その前のことだが、洋の中学での成績は良かった。そこで進学先の高校は、早稲田大学高等学院と都立西高を目標にして、桐蔭高校と海城高校を滑り止めにした。

七六年一二月四日、克美は土休を利用して、桐蔭高校へ願書をもらいに行った。その後願書提出から受験へと進み、先ず私立二校に合格、その後早稲田大学高等学院の試験があり、二月二五日は都立の試験。二七日、克美が早稲田大学高等学院の発表を見に行った。一次試験は受かっていた。二八日、洋は二次試験を受けに行った。

七七年三月三日、洋は早稲田大学高等学院に合格、五日には都立西高にも合格した。どちらにするかについて、とりわけ敦子は、洋が大学受験に苦労するのは避けたいという理由で、早稲田大学への進学が保証されている早稲田大学高等学院を選び、三月七日入学手続きに行った。

三月一九日、中学の卒業式。敦子もえび茶の着物に黒羽織を着て行った。

三月二二日、梅丘への引っ越し荷物を荷造りする人たちが来てから、敦子は早稲田大学高等学院へ行って、教科書、白衣、トレパン、靴、バッグ等を買ってきた。帰ってから、翌日引っ越しなので、掃除もして、大忙しの一日だった。引っ越しをした後、三月二八日は、洋の誕生日、夕食後、隣の相川一家とケーキを一緒に食べた。

四月八日、大隈講堂での入学式。敦子も出かけて行き、村井総長の話を聞いた。洋は休みの日以外は毎日、梅丘から西武新宿線上石神井駅の近くにある学院に通うことになった。

万年部長の克美を相手に、家族の絆深める

この時期、会社員としての克美の地位、給与は世間的には十分高かったかもしれない。しかし、大阪にいるときに部長級になって、その後いわば万年部長のままで居たことは、克美には予想の範囲内ではあるが、面白くない面もあった。それやこれやで、家を新築してからも、克美は夜遅く飲んで帰る日が多かった。

そもそも克美が外で飲んで帰ることを、心の中で正当化する言い分は、会社でのストレスを家庭生活に持ち込まないことであった。そして克美は、交際費を使わ

ず、当然小遣いは多額になったが、敦子はそのことには文句を言わなかった。「自分で稼いだカネだから」という理由だった。ちなみに、この頃の克美の毎月の小遣いは一〇万円から一二万円ほどになり、月給の四分の一を占めたが、賞与を含めてみると、家計には余裕が生まれていた。

そういう状況で、敦子は、ほぼ毎日外で飲んで帰る克美に嫌気して離れて行くのではなく、逆に克美に密着して、積極的に家での生活に取り込もうとした。それには、土、日には家に居ること、休肝日を設けることなどを求め、克美もそれに従った。土日を利用して家族で旅行することもあり、また普通の土、日に、克美は近所へ買物に行き、庭にいろいろな花や野菜の種を蒔き、育て、植え替えし、収穫する等、戸外ですることが多かった。そのほか敦子がやって欲しいという簡単な大工仕事をすることもあった。

敦子はこの頃、自分や家族の記念日のことを忘れないようにしていた。ただし克美の誕生日の一月三日は、正月の行事に紛れてほとんど意識されない。これには、克美自身がさほど強い意識をもっていないことも影響した。三月の下旬には敦子と洋の誕生日があり、後にはこの二つを一緒に祝うこともあった。結婚記念日の一一月二二日は、休日前で、他の行事と重なって、忘れられることもあった。しかし、七八年の一一月二三日の休日、「銀婚式なので、紬の和服を着て三人で伊勢丹に行き、洋の上着を買い、毛布を注文して、アスターで食事をした。帰りにシャンペンを買って帰った」。翌年一月三日には、大山町に行った。三月二〇日に、克美は住金関係の付き合いで、遅く帰宅したのだが、敦子は待っていて「私の四九歳の誕生日の乾杯をした」。三月二八日「夕方洋が大山町へ来て一緒に信濃町のスイスレストランへ行った。少し遅れてお父さんが来て、洋の誕生祝いの料理。ワインがおいしかった。オイルフォンデュー、チーズフォンデュー、仔牛のクリーム煮、火のつくクレープ包みレーズンのお菓子。一〇時過ぎに帰った」。この年の一一月の結婚記念日を、その日に祝うことはなかったが、二四日から二人で、名古屋、亀山方面への思い出旅行をした。このことは後で記す。

小諸南の別荘づくりとグリーンヒルの売却

小諸南の別荘地を買う話は、かなり前から始めていた。その場所は当時の望月町にあるが、初めのうちは小諸駅から行ったので、「小諸へ行く」と言っており、そこに家を建てて住めるようにするまでに、三年ほどかかった。理由の一つは、大きな土地の区画を半分にしてほしいと交渉し、もう一人の買い手（高戸賢隆）とうまく分けるのに時間がかかったこと、もう一つは当方で梅丘の自宅新築に取りかかり、時間的にも、金銭的にも、余裕がなかったことである。ともあれ、話がついて契約ができ、七六年九月二十日、土地の売り手で、住商の子会社の東亜土地に土地代金二〇五万円余を送金した。土地は、半分でも一六〇坪以上の広さがあった。

正式の所在地は、当時、長野県北佐久郡望月町大字印内字経塚五六一―一七一。翌七七年九月三日に、家族三人で現地に行き、担当の瀬下と会い、モデルハウスに行き、建築関係の人とも会った。メインの道路から敷地に入る入り口の位置を相談して決めた。一一月一四日、東京の自宅で瀬下らと会い、家の間取りなど設計図を確認した。一一月二三日に二人、日帰りで現地に行き、元請けの竹花組、建設工事をする渡辺建設の人に会って、実際に家を建てる位置を確定した。一二月一三日、克美の会社で契約締結、翌日竹花組に一九〇万円送金した。翌年三月一一日、日帰りで現地に行き、建築の進み具合を確認、屋根も含めよく出来ているので満足。翌日、残りの半金一九〇万円を振り込んだ。

ところで、梅丘に家を建てながら、別荘もつくるための資金を、どうまかなっていたのか。たまたま克美の手帳の中に七六年五月に考えていた資金計画があった。それによると、メゾン千里の売却で二、一八〇万、ボーナス夏冬で二〇〇万、社内預金から不足分を引き出す。支出面では、ヘーベルに一七〇〇万、母に一〇〇万（これは、生前借りていたものを返すためで、相続対象になったはず）、東亜土地に二〇〇万、相続税四〇〇万、を想定。ただし、梅丘の家については、さらに必要なものとして門、塀、物置その他追加の費用を想定し、翌年のボーナスも勘定に入れていた。言い換えると、この段階では、小諸に建てる家の費用はまだ視野に入っておらず、収入面では、グリーンヒルを売ることを考えに入れていなかった。

写真 6-3　小諸別荘（当初）

七七年の夏に、小諸の建築の話と並行してグリーンヒルを売ることにした。八月二七日、西武不動産に、権利書と鍵を渡し、九月五日に八五〇万円で売れるという評価額を聞いた。この後も家族でグリーンヒルに行ったが、一〇月一日に行き二日に帰ったのが最後になった。

一〇月二九日、グリーンヒルに買い手がついたとの知らせがあり、一一月二日には、荷物を早く引き取るようにと言われ、六日に梅丘へ運んでもらった。この荷物が今度は大半小諸の家へ行くことになった。

・小諸の別荘利用、生活と旅行

七八年の三月に小諸の家がほぼ出来上がっているのを見たあと、五月六日、克美は朝三時半に起きて、引っ越し荷物を積んだ軽トラックに同乗し、現地に向かった。九時に着いた。荷物の中身は、グリーンヒルで使っていたソファ、食卓、椅子、冷蔵庫、テレビ、食器、寝具など。敦子は洋が学校に行ったあと、洋の夕食を作り、午後一人であさま号の列車で小諸に行き、タクシーで六時半頃別荘に着いた。家はきれいで、松の緑、咲き始めた山桜を見た。翌日、朝から竹花組の人たちが来て、わらびを取ってくれて、家の住み心地を聞いた。玄関の電灯その他、少し手直しするよう注文し、午後タクシーを呼んで帰宅した。

この後、五月の連休、夏休みなど、機会があるごとにこの別荘に通うようになる。ただ、当時そのために大きな問題だったのが、列車の切符を確保することだった。一月前に売り出す特急、あるいは急行の指定席券を求めて、敦子は頻繁に新宿の旅行センターに出かけた。休日の指定席は競争が激しいので、空振りに終わることもあった。当時はコンピューターでの全体管理体制は無く、駅ごとに枚数が割り当てられていたと思われる。

別荘に行く時には、まず小諸で当座の食べ物を買った。相生町のスーパー「つるや」等に寄り、時には「魚甲」で鯉の洗いを買うなどして、駅前の「小諸観光タクシー」に乗るのが、通常のパターン。後にはつるやで沢山買ってタクシーを店に呼ぶようになった。別荘での生活は、何より自然の中で休むことだが、広い敷地の中で、少し畑を作ろうとし、また敷地内あちこちに沢山生えている小さい松の若木を適当な場所に植え替えてみたりした。

はじめのうちはまだかなり若く元気だったから、望月の町まで歩いて行くこともあった。別荘地を下って、望月から信越線田中駅に通ずる街道をしばらく南へ歩き、途中で田んぼの中の道に下りてしばらく行き、そこから上がって町の外れに出るという長い道のりだった。町で買物や食事をして、タクシーで帰った。望月は中山道の古い宿場町だが、町外れの新しい道の方に「西友」と地元スーパーの「えちごや」、もう一つ農協の売店があった。

別荘を拠点に、町の中や近くの町の見るべき所を探して行ってみた。町には郷土資料館、また比田井天来という書家の美術館があった。天来は敦子かが習っていた習字の先生の祖父の大家、敦子は興味を持って見学した。七八年の夏には中山道の次の宿場への途中の休憩所に当たる茂田井に行った。ここには銘酒「御園竹」をつくる武重酒造があり、若山牧水の歌碑がある。杉玉を下げた由緒ある酒蔵のたたずまいが印象的だった。

・七七、八、九年の旅行など

旅行としては、七七年に三人で五箇山から金沢、山代温泉へと足を伸ばした。このとき法事はせず、墓参りだけなので、七月二七日に清平館に行って泊まり、翌日墓参、嶌田本家の女主人に会い、坂本家に行って昼食、午後のバスで金沢へ向かう。

ホテルに着いてから金沢大学、石川門、広坂、香林坊へと歩き、九谷焼の店を見た（三千円余、茶碗などを買った）。七月二九日午前兼六園へ。成巽閣、つぎに美術館で古九谷を見、タクシーで武家屋敷を回って見ながらホテルに戻った。午後バスで野々市に行き、克美が兵隊の時知り合った造り酒屋の喜多家を訪問。以前克美が一度見て感動した古い作りの家を案内してもらって、製品の酒を貰う。タクシーで送ってもらって松任へ、そこからバスで山代温泉へ行く。途中片山津温泉を眺め、寺井で下級品の九谷焼の店の多さに驚いた。山代の「あらや旅館」に投宿。夜、大樋焼の店に行って、茶碗や湯飲みなどを買った。

七九年の四月二八日、洋を相川に頼み、二人でまず長野善光寺へ。胎内巡りなどしてから、バスで松代へ。真田家のゆかりの土地を、博物館、屋敷跡、象山神社とめぐり、海津城跡まで歩いた。川中島の戦いゆかりのこの城跡はまだ整備されていなかった。敦子は真田家が使っていた茶道具類に興味を示した。この後、屋代から田中へ行き、別荘で二晩過ごし、三〇日小海線経由で帰宅。初めは雨降りで景色を楽しむ事ができなかったが、小淵沢で乗り換えてから天気が良くなり、南アルプスと八ヶ岳がきれいに見えた。

七八年は、夏も秋も小諸別荘と周辺での行動に終始し、そこから遠くへは行かなかった。七九年夏七月末に小諸へ行ったとき、山荘あらふねと牧場へ。次の日には予約していたので、雨の中を観光バスで八千穂高原、白駒の池などに行った。

その後八月八日には三人で京都城陽の姉の家に一泊、翌日湖西線経由、金沢からタクシーで五箇山へ。墓参、坂本家に寄って、接待を受け、夕方清平館へ。八月一〇日、紙組合の売店へ。父清憲をおぼえている人が居た。紙漉きを見、みやげを買った。昼前のバスで高岡へ行き、昼食後列車で直江津乗り換え、小諸へ。一二日に帰京。二四日に再び小諸へ。このとき、帰りは二七日タクシーで清里経由甲府へ行く。「野辺山高原は本当に良かった」。

九月二二日には、吾妻線長野原から、志賀高原ルートのバスに乗った。草津温泉を通り越して、白根山頂で下りる。しばらく雨宿りの後「お釜」を見に行く。「すごい青白色で気持が悪かった」。志賀高原行きのバスに乗り、渋峠の紅葉や笹の景色などは良かったが、「熊ノ湯、木戸池、丸池と、みんな立派なビルが建っていてがっかりだった」。敦子は昔家族と来たときの風情が失われたことを嘆いた。長野電鉄の中からりんご畑のある景色を見て、湯田中から列車で田中まで行く。田中の町で夕食をすませて、別荘へ。翌日はタクシーも使って、望月町周辺の道祖神めぐりをした。二四日には木枯らしのような寒い風が吹き、水抜きをして帰宅した。冬に水道が凍結しないよう、水抜きして帰る必要がある。

・七九年秋の想い出旅行

七九年には、一一月の結婚記念日の直後に出発して名古屋、亀山などに思い出旅行をした。このときのことは、日記帳の後ろに五ページほど、ぎっしり書かれているが、三重県では敦子の高女、女専時代の旧跡をたどったので、克美には全くわからないことばかりだったが、概要を記す。一一月二四日、洋を送り出してから、新幹線で名古屋へ行き、指定バスで明治村へ行く。明治村建設には、国鉄の名古屋支社長などをした叔父の竹内外茂が深く関わっていたという。紅葉の美しい明治村を汽車で進むと、金沢の建物が多いと気付く。叔父は、金沢の旧制四高の柔道部出身だった。四高の建物が二棟あった。

明治村から犬山経由、岐阜から東海道線で名古屋に行き、関西線で亀山へと向かう。もう暗くなっていたが、途中駅の桑名、富田、四日市、敦子には皆懐かしい。富田は昔と変わっていない、と敦子は書いている。亀山の駅から歩いて宿をさがし、いろいろ聞いてみたが、わからない。「お父さんが怒りだしたので、寿司屋に入って一杯飲み、お刺身や定食を食べてもう一度聞いて行ったらあった」。予約していなかったので、少し手間取った。

一一月二五日、亀山の旧居跡などに行く。もとの家は建て変えられていた。小学校や高女がすっかり変わった状況を見、亀山城へ行く。「上から見ると下はすっかり変わっていた。駅前でコーヒーを飲んで列車で加佐登へ行った。駅は変わっていなかったが、道路は広くなっていた。タクシーで床野橋から、昔の住宅地の中に入ったが皆建てかえられていた。一軒だけ元の家が廃屋になって朽ちていた。もとの家のあたりの写真を撮ってもらい、平田の町を通って駅へ行った。駅の周りは西部の新開地というありさまで、旭ダウ、本田技研など工業団地の町だった」。昼食後名古屋へ行く。名古屋に新婚間もない頃に住んでいたことは、前に書いた通りである。

写真 6-4　加佐登駅

名古屋では、昔は無かった地下鉄の池下で下り、タクシーでこの辺りがRD棟と思われるところで下りたら、丁度ぴったりだった。周囲は以前より狭い感じになっていた。風呂屋をさがしたが見当たらず、振甫プールへ出てから見たら、風呂屋と市場が見つかった。全体にきれいに、高級住宅地になっていた。

次に市役所前までバスで行き、昔の公取の事務所を探した。「うどん屋に入って、一杯飲んで、煮込みうどんを食べて聞いたら、もっと市役所に近い東片端の方」と。役所の跡はアパートに、隣の料理屋「山吹」の跡はマンションになっていた。「鳥鈴」の看板があったので、鍋屋通りの店へ行った。店はビルになっていて驚いた。「鳥の刺身、焼き鳥、茶碗蒸しその他食べて、お酒を飲み長い時間居て、タクシーで駅へ行った」。「まあまあよく歩いた想い出旅行だった。楽しかった」。

大山町の父の死と母の転居

・大山町父の認知症進む

敦子が大山町へ行く用事の一つが留守番だった。母が外出するとき、父を一人にしておけないので、敦子に見張りと介護をさせるために、呼んだ。竹内家では、父の誕生日を忘れずに、ほぼ毎年祝っていた。誕生日は一〇月三日だった。

七六年一〇月に、父は八三歳になった。少し遅れて一〇日に、このとき克美は南米に向かって不在だったので、敦子は母のほか林一家と共に祝った。実はこの数日前、敦子がお茶の稽古をしているとき、父は急に風呂に入ると言い出した。認知症が始まっていたとみられる。七七年には一〇月三日に兄の尚恒から敦子に電話があって、今日の夜父の誕生祝いをするという。敦子は夕方洋と出かけ、克美も帰りに寄った。七九年には一〇月三日、八六歳の誕生祝いに、赤飯を炊いた。その年の正月には、敦子の作った「がんぜきたまご」という卵の黄身と白身を潰した甘いかたまりを、ご飯かと思って全部食べていた。誕生日の後の一二月二六日、敦子が留守番に行った時には、父が「すみません」と他人相手のようなことを言った。

八〇年の一月二日に行ったとき、敦子は父がお経のようにしゃべりまくるのを聞いた。一五日が初釜で、敦子は大山町へ行き、初釜の最中に、父は立ち上がって、押し入れの前に立っていた。翌日一六日に電話を受けて敦子が行くと、「今日から粒のあるものを食べたがらない」と聞いた。医者に診てもらうと、血圧が下がると危ないと言われ、兄に電話した。一八日に行ってみると、父はベッドで排便して、敷布から取り替えたら、何度も有難うと言った。血圧は比較的安定しているが、食べ物を、牛乳・スープなど流動物にするようにと医者に言われた。二一日に行ってみると、父は、大分わかる時と、全然だめな時があった。二一日と二三日に行くと、父は「おしっこをもらしていた」。二五日には床ずれの薬をつけたり、片山（親戚）へ電話したりした。二月一日、佐恵子から電話で「父の血圧が一二〇になり、そろそろ気をつけた方がよいとのこと」。

・父の死と、相続、母の居場所問題

二月二日、佐恵子からの電話ですぐに行った。「もう口を開けての息で、目の反応がある程度だった。二時半頃先生がいらしたあと、綿にしませた水をおいしそうに飲んでしばらくしたら顎がうごかなくなり、それきりだった。三時半だった。越川さん（医者）に後始末をしてもらってから、身体を拭いて着物を替え、佐恵子と佐藤葬儀店へ行って頼んできた。叔父さんが来ていたので、相談が始まった。天王寺に電話して、夜、枕経を上げてもらった。お父さん（克美）には夕方来てもらった。お姉さんは七時頃着いた。私は一一時に家に帰ったがなかなか寝られなかった」。

二月三日、七時からお通夜。親戚が大勢来た。お葬式は外紀子ちゃんや節ちゃん（従姉妹）に会えた。「今夜のお飾りは大変立派、すっきりしたデザインで、門の飾りも良かった」。

三月五日、葬儀の後、二月六日「皆で相談して佐恵子が大山町で家を建てて住むことになった」と敦子の日記にあるが、実現しなかった。理由は多分、道路計画によって、建築制限を受けるとわかったからだと思われる。敦子は道路計画を役所に聞いたという。そこで、母は今後どこに住むのか、という話しになり、母の希望と、土地代の安い所に行って生活資金の温存を図るという意味で、京都、城陽の長女の家の近くへ行くことになった。長女の多羅間昌子の一家は、一年ほど前に、京都高木町の借家から、城陽友が丘の団地の中の戸建て一軒を買って、移り住んでいた。そこで、多羅間の家の近くに適当な物件があるか、また、大山町の家と土地を売る話をどのように進めるか、が問題になった。

他方では、遺産相続の問題もある。これは、克美が関与し、長男の尚恒は竹内家に伝わる刀だけもらうことなどが決まって、手続きを進めた。敦子は、兄や姉妹と電話連絡しながら調整し、必要な書類を集めるなどした。敦子が七月二二日に税務署に行って、必要書類を確認した。二三日に敦子の相続税二一万余円という記録があるので、敦子は財産の一部を相続し、決着したとみられる。

七月二五日、土地売却の相談をしていた克美の旧友福中から、住友信託銀行に頼むという連絡があった。この後土地の測量や諸手続があり、他方では京都城陽に家の確保が出来て、母は一一月、京都に転居した。大山町の庭の一部は京都に運ばれ、大きな庭石などは梅丘の克美の家に運ばれた。大山町の母は、石灯籠など大山町で長年見てきた庭の風景の面影を京都の庭で再現することを望んだ。母の引っ越し荷物は大型トラック二台分になった。

・大山町最後の年の情景

父の死は悲しいことではあったが、母の行動が自由になったことは事実だ。大山町最後の年である一九八〇年、敦子は、日常生活に戻るとともに、母を同伴する旅行にも行った。

まず、父の死後間もない二月一三日から、茶の湯の稽古がまた始まった。中断したのは半月くらいの間だけだった。さらに六、七回の稽古を重ね、最初から数えると五年半余り経った七月九日の日記に「今日はおゆるしをもらった」と。この日「大山町六万円」の支出記録がある。大山町での茶の湯の稽古は終了し、九月五日には、洋が大山町から梅丘へ風炉を運んだ。

大山町では、三月八日に三五日の法事。敦子は五月一〇日母に同行して福井から菩提寺のある勝山へ行き、その日は旅館「松の家」に泊まり、翌日納骨。「お骨を紙に分けてお墓に入れ、残りは納骨堂の後ろの穴に入れた」。親族が大勢集まっていた。七月一三日、大山町で新盆。一一時にお経があり、母と敦子、佐恵子出席。後で恭子がお参りに来た。

洋はこの年の春、早稲田学院を卒業して、早稲田大学の電気通信学部に入った。卒業式には家族として克美、敦子二人で出かけ、大学の入学式には、敦子だけ行った。

小諸の別荘には、ほぼ例年並みに出かけた。その中で七月二五日には三人で行き、翌日岩村田からバスで中軽井沢、さらにバスで鬼押し出し、旧軽井沢へと観光を予定していたが、旧軽へ行く頃、天候は霧から雨に変わった。気温が低く、薄着の三人は耐えられず、万平ホテルでコーヒーを飲んだだけで、帰ることになった。

八月八日には、東北沢で母と一緒になって、小諸の別荘へ行った。翌日敦子と母はタクシーで懐古園に行き、蕎麦の昼食のあと、追分にある叔父の別荘へ叔母を訪ねた。「旧軽井沢のような素敵な別荘だった」。

この頃京都の母の家が決まり、手続きを進める事を敦子は母に話した。その後敦子が手付五百万円の現金を準備し、八月二一日に克美がそれを持って、京都に行って契約した。

敦子は二二日に出発。京都城陽の姉の家に着いてすぐ母が住む家を見に行き「なかなかしっかりした家」との印象を得た。その後大阪天王寺で克美に会い、南紀白浜へ行った。翌日南紀一周のエース旅行。時々雨が降るあいにくの天気だったが、枯木灘、潮岬の本州最南端を経て、フェリーで大島へ行き、昼食。那智の滝を見て「かつうら御苑」に泊まる。二四日は天気晴れ。「海の夜明けは島のシルエットが美しい」。バスでジェット船の乗り場に行き、瀞峡遊覧。「青空が美しく、熊野川はゆったりときれいな河だった」。新宮で「めはり定食を食べて、かまぼこを買って」名古屋に向かう。「途中尾鷲長島の海岸はとてもきれいだった。三重県に入ってからは黄金の波だった」。

他方では大山町の土地の売却手続きも進んでいた。八月二七日、克美と敦子、母の三人で八重洲口（住友信託）に行き、土地売買契約。その後母の口座に代金が入った。大山町の家の中の整理は少しずつ進んでいた。九月には、母が九日からしばらく京都へ行き、洋を家に置き、克美と敦子も次の土、日に行った。一〇月一〇日、母を連れて箱根仙石原の住友の寮へ行った。翌日、遊覧船とロープウェイに乗り、箱根一周。一〇月二九日には母が田子島と二人で再び仙石原の寮へ行った。引っ越し準備が進み、大山町には住めない状態なので、二泊して帰ってから梅丘で一泊し、一一月一日に洋が同行して京都へ転居していった。

この後、大山町の家は取り壊されて、敦子が生まれ育った実家の屋敷はなくなった。その跡は結局道路になったようだ。敦子の記憶の中で、大山町は生きていたが、日記から「大山町」は消えていった。

八〇年の一一月二三日に城陽で転居祝いを予定。敦子と克美は二一日から出かけた。二二日には、宇治で昔のジェトロの親しい友人たち夫妻との宴会があり、敦子はご馳走を楽しんだ。二三日に、母の家で午前中片付けや掃除をし、午後、多羅間の姉夫婦や甥たちと一緒に、祝賀会をした。

一二月四日の日記に「お母さんの財産のことを書いた紙を佐恵子に渡した」と。敦子は様々な実務に携わって把握していたので、佐恵子に説明したと思われる。

年末押し詰まった二六日に、梅丘の家に植木屋が来て、大山町から運ばれた大きな庭石を玄関脇および庭の中程の居間の前に据えた。「良いのになった」。

敦子にとって大変だった八〇年の年末、クリスマスには、自宅でシャンペンの乾杯をし、洋も一緒に食卓を囲んだ。大晦日は、平穏に、紅白歌合戦を見ながら終わった。

第三節　克美転職準備、洋進学から就職へ

八一年からの数年間、敦子の生活環境は、おおむね平穏だった。大きな流れとしては、克美が会社の理事に昇格したが、定年後には大学教師の職を得たいと考えて準備を始めた。洋は学部卒業後大学院へ進んだ。同時に敦子五〇歳代前半のこの時期に貴重な経験もしたので、生活記録の意味で各年の主な行動を記録する。

・八一年

一月二日、箱根湯本に泊まって、翌日真鶴へ行ってみた。克美が子供の頃、母の姉（大津）の別荘があり、夏休みに長期間、年上の従兄たちと過ごした場所だったが、「サボテン公園は昔の大津さんのあとらしいとのことだった」。小田原で城を見て帰京。

一月三一日、佐恵子と東京駅で待ち合わせ、二人で京都へ。父の一周忌の法事。

三月二〇日、夕方洋と新宿へ行き、克美と待ち合わせて、「ぴーどろ」で誕生祝い。

五月二日、小諸へ。軽井沢では辛夷（こぶし）が咲いていた。わらびをとって食べた。四日に小諸の本陣を見てから帰京。

六月一九日、夕方から克美と二人で京都へ。母の家に泊まり、翌日母と三人で「ポートピア」見物。住友館で人形劇を見る。あと、サンヨー館、中国館を見て、三宮経由で帰宅。

七月一日、克美、住友商事理事に昇格。月給は大幅に増えた（ただしこの年は年末の賞与が少なかった。年収ベースで調整されたようだ）。

七月一八日、克美が東京駅まで送り、敦子一人で京都へ。母の家に佐恵子と泊まる。翌日多羅間の次男茂雄の結婚式。花嫁の衣装や印象など、好意的に細かく記録されている。

七月二五日、洋も一緒に、湯田中から上林温泉の住友山寮に行った。地獄谷まで歩いた。「間歇泉ですごかった。お猿を見た」。バスで発哺温泉へ行き、翌日ゴンドラで東館山へ上がったが、何も見えなかった。リフトで高天ガ原へ下り、バスで丸池、さらに白根へ向かう。途中「熊ノ湯のところで昔の景色を思い出した」。「白根からバスで万座を通り、上州三原へ出た」。「バスで鹿沢へ行った。さびれたところでびっくりした。千曲バスで小諸へ出て」別荘へ行った。七月二九日に帰京。

八月五日、京都から母が上京。七日昼から母を連れて四人で小諸へ。九日には午後望月で買物をしてから、タクシーで春日温泉の和泉屋へ入浴と食事をしに行った。

八月二〇日には、母と洋を連れて、克美の会社のレストランへ行き、克美と一緒にディナー。「一六階は空いていて、夜景がきれいだった」。

一〇月一日、克美は友人の熊野と飲んで一二時に帰った。熊野は、克美の企画庁時代、角丸証券に居た頃からの知り合いで、その後専修大学の教授になっていた。このとき、たまたま空席になる国際経済論の非常勤講師をやらないかと誘ってくれた。これは克美にとってはまたとない好機。克美は資格審査のための書類を作成して結果を待った。

一〇月九日、小諸別荘へ行き、翌日タクシーで大河原峠へ行った。峠の上は、耐えられないほどの寒さで閉口した。一一日、小諸の町で夕食をとり帰京。

一一月二三日「天気が良いので思い立って大山へ行った」。「阿夫利神社の眺めは良く、江ノ島が見えた」。翌日二三日、「結婚記念日なので、ワインで乾杯した」。

一一月二六日、京都から母が来た。二八日の土曜に、克美と三人で流山へ行き法事。七日には竹内家の孫の晴美が会いに来た。母は一二月一二日に帰った。

一二月二四日、克美の専修講師の件が決まり、会社に対し、休日の土曜に専修大学の経営学部で国際経済論の講義をしたいと許可を求め、認められた。

一二月二六日には一日遅れのクリスマス「三人で飲んだ。刑事コロンボの最後を見た」。

•八二年、春には奈良、夏には五箇山から輪島旅行

一月一六日、喜美子七回忌。法事と宴会。一月二九日、敦子一人で京都へ。父又佐の三回忌。城陽の母の家で法事。多羅間の孫の赤ん坊が可愛かった

三月一九日、敦子一人で京都へ。翌日克美と待ち合わせ、母を連れて三人で奈良へ。料理旅館の「江戸三」に荷物を預けて東大寺へ。薬師寺へ行って戻ったあと、三月堂へ。「仏像は良かった」。二月堂の舞台に登り、歩いて東大寺の門から江戸三へ。若草鍋を食べた。翌日は敦子の誕生日。午後母の家で誕生祝。東京へ帰り、翌日、又敦子の誕生祝に三人で松陰神社前近くの中華料理「花壇」へ行く。「鯉の丸揚げを食べた。おいしかった」。

三月二二日、「午後マイコンが来た」。マイコンは洋が秋葉原で買ったらしい。

三月二六日、洋の誕生祝いに日生会館へ、バイキングのコース。「ローストビーフ、魚のテリーヌ、チーズフライ、豚の角煮、クレープシュゼットがおいしかった。お酒もよく飲んだ。最後まで居て、九時過ぎに家に帰った」。

四月一日、克美は専修大学へ行った。授業は土曜の午前だが、この日は辞令が出るので、木曜日、会社を休んだとみられる。

五月一日、小諸へ。二日の夕食に鯉の洗いを食べ、三日、「朝のうちはよい天気で浅間の煙も見えた。午前中は外で蕨取り」。

五月二九日、克美と待ち合わせて、向丘遊園の専修大学の中を案内された。

六月一三日、「洋に梅を取ってもらった。三キロ少しあった」。この日の前後に、二回に分けて青梅を二キロずつ購入して補い、梅干し、梅シロップ、梅酒を作った。

六月二六日、早起きして克美と二人で小諸別荘へ。翌日午後、隣の「みどりの村」へ行く道の途中の小高い場所から、浅間やアルプスが見えた。

七月一三日、克美は高山で地元の人たちを相手に講演、講演料から二万円を敦子の小遣いにと渡した。翌日敦子は琥珀のネックレスを買う。敦子はこのときはすぐに何か買いたいと思ったようだ。七月二〇日に克美は、公務員時代の年金番号を確認。

七月二四日、三人、高岡からタクシーで庄川沿いに五箇山へ。墓へ直行し、坂本たまに会って世話になり、嶌田本家にも寄った。夕方清平館へ。翌日タクシーで井波の瑞泉寺へ行く。沢山の人が説教を聞いていた。町を見てから金沢へ移動、エース・バス旅行の能登のコースに加わる。この日は和倉温泉「サン加賀屋」で泊まる。敦子は蟹や海老の食事を堪能。洋は困っていた。

二六日、天気には恵まれなかったが、バスで奥能登一周。九十九湾は船で回った。時国家へは克美だけ行ってみた。ホテル「ニューまうら」に泊まり、広間で御陣乗太鼓の実演を見、強烈な印象を得た。

二七日、輪島の稲忠で輪島塗の茶杓や箸を買い、朝市見物。その後総持寺祖院へ。敦子は経堂の回し経典入れに興味を示した。午後、文化財の喜多家へ行った。喜多家は昔の十村（とむら）役、江戸時代民間の統治担当（大庄屋）として、大きな力をもっていた。この家は克美が訪ねたことのある野々市の喜多家そのものであった（今回調べた）。

八月六日、小諸へ。八日、上田へ行き、電車で別所温泉へ。柏屋を予約、タクシーで寺めぐり。敦子は、大法寺の三重の塔、中禅寺薬師堂、前山寺三重の塔が良かった、と。これらは割合地味な文化財である。あと、安楽寺でタクシーを下りたら雨で一時間雨宿り。「柏屋でお風呂に入り、夕食を食べてタクシーで帰った。よい温泉とおいしいお料理だった」。

八月二四日、母来る。二六日の夕方、小諸へ出発。二七日、前に行ったことのある春日温泉へ。入浴と食事。二九日に帰京。九月一日、安藤が来た。二日、皆で日生会館バイキング。母は一四日、上野へ敦子と行き、二科展で多羅間拓也の作品を見てから帰った。

九月三〇日、木曜日の昼、克美と待ち合わせて、一水会の展覧会へ、相川の絵を見に行った。臼杵の石仏が描かれ、敦子も褒めているが、相川はこの作品で一水会の賞を取った。

一〇月九日、土曜の午後、三人で小諸へ行く。翌日、タクシーで美ヶ原へ行ったが、頂上は霧の中で、全く何も見えなかった。翌日帰京。

一一月一四日、佐恵子から電話で、家の建て増しが大体出来た、と。

一一月一九日、克美と京都へ。城陽の母の家に泊まる。翌日大阪の玉姫殿へ。山崎欽一の結婚式。克美が最後に親類代表で挨拶した。二一日、日曜、城陽から京都駅まで二人で行き、克美は「名園めぐり」の観光バスに乗った。敦子は名古屋へ行き、女専被服科同期の人たちと「美乃や」へ行く。日本料理だった。

一二月三日、林千鶴が公務員上級職の学科試験に合格したと知らされる。千鶴は翌年二月に、警視庁心理職に合格、採用された。

・八三年

一月三日「夜、お父さんの誕生日で、乾杯した」。克美の誕生日を意識するのは珍しい。

二月八日、洋は大学院小原研究室に行くことが内定した（卒論の指導を受けるため）。

二月一二日、敦子、農水省南青山会館で行われた会に、えび茶無地の着物に絽刺しの帯をして出席。上原小学校の同窓会、男女二八名ほど集まった。

二月一九日、土曜日、夕方から着物を着て、克美とタクシーでホテルオークラへ。「黒田・金子ウェディングレセプション」。黒田国連大使の息子（外交官）と金子の娘の結婚披露。敦子は日記に二人の印象を好意的に描いたあと、母親の衣装を記す。黒田大使夫人は空色の花模様の付下げに紺の帯、金子夫人は銀ねずに少しピンクの入ったロングドレスに銀の大きなバックル、と。

三月二〇日、三人で京都へ。敦子の五三歳の誕生祝いをしてもらった。佐恵子も来て、多羅間らと皆集まった。「花登の料理はおいしかった」。

五月一二日、五箇山の坂本徳蔵（たまの夫）死去の知らせがあり、翌日克美は会社の人事課に相談し、寝台券を入手。葬儀に参列して、一五日の朝帰った。

五月二〇日、京都から母来る。約半月居て、友人や親戚に会い、眼鏡を調整して作り、佐恵子の誕生祝いに敦子と流山へ行くなどした。

・夏に小諸と五箇山へ。別荘地から遠くの山を見て楽しむ

七月二二日、金曜夕方の「あさま」で小諸へ。翌日、下の街道に出たらアルプスが見えた。皆で別荘入り口から玄関までの長い登りの道に、石を運んでゆるやかな階段を作った。

八月四日、朝、三人で、大宮から長岡へ自由席（上越新幹線をはじめて利用）、北陸線白鳥号で高岡。タクシーで五箇山へ。坂本家で休み、六時頃清平に戻って夕食。「三笑楽（地酒）で夕食はおいしかった。時々すごい音で外をダンプが通り、よく眠れなかった」。五日、午前九時頃眞子や恭子が来た。父清憲の一七回忌。昼前、墓地へ行って嶌田の墓のほか坂本家の新しい墓にも参り、坂本へ。昼食をいただき、休んでから、清平の車でお寺に行ってお経。清平に戻って五時から宴会。なお一七回忌は東京でも行った（後述）。六日、途中井波の瑞泉寺に寄って、高岡駅へ行き、名古屋から新幹線で帰京した。

八月二六日、小諸へ。なか二日滞在。二九日「朝からよい天気で山々がよく見えた。帰りのタクシーに浅科村の方を回ってもらい、蓼科山の方もよく見えた」。

九月一二日、克美と東急日本橋店で相川の個展を見る。「石仏と塩の道とがあった」。

九月一五日、小諸へ行き寒かったが、一七日、散歩したら、八ヶ岳の方がよく見えた。夕方帰京。一〇月八日、小諸へ。一〇日、空が晴れてアルプスの夕景を楽しむ。

一〇月二三日、託法寺で父、清憲の一七回忌。京都の池田と、もう一人、戦時中親しくしていた五箇山の親戚の上口が参加した。二人を連れて（多分相川も共に）託法寺に行くと、平沢が来ていた。三時からお経。あとタクシーで新宿三角ビルの住友クラブへ行き、五時からパーティー。池田と上口はその後一緒に梅丘に帰って来て、夜中まで飲み、語った。

三〇日、敦子は、椿山荘で行われた三重県人会の中の暁海会（女専から四日市大学までの同窓会）に出席。この日克美は会社の旅行で熱海・伊豆方面へ行っていた。

一一月二日、京都から母が来て、五日、敦子、克美と三人で伊東へ行く（洋は家に居た）。富田屋に泊まる。二三日、敦子は母を京都まで送って帰り、皆と待ち合せ、梅丘本通りの寿司清で「寿司をたっぷり」食べた（結婚記念日）。

一〇日、佐恵子とオリエンタルゴールドの売り出しに行く。同社は住商の関係会社で、金の地金や宝飾品を敦

子が買うようになった。

・八四年、祇園のお茶屋を経験

一月一六日、平沢から夫妻と子供が来て、相川一家とともに、わが家でパーティー。

二月一一日、夕食にお寿司をとって、洋の卒論完成祝いをした。

三月二〇日、敦子の誕生日だが、雪の降る寒い日なので外食の予定を取りやめ、克美が買い物に行き、家で刺身、焼き鳥などを食べる。敦子五四歳。

二五日、洋の卒業式、敦子も出かけたが、記念会堂に入れず、別室でテレビを見た。

三月三一日、克美は大津の伯母を、江ノ島の近くの病院に見舞った。克美の母より一五歳上の高齢で、このときはほとんど意識が無かった。

四月一三日、住友クラブで原田、金森らとの会。横山は本人のみ、後は川又、辻、篠崎を含め夫妻で集まった。克美が幹事役。帰りは原田と一緒にタクシー。

四月二〇日、金子、福中夫妻と銀座のおでん屋へ行く。金子がおでんを食べたいと言い、克美が店を探して予約した。敦子は着物で出かけた。金子の話は面白かった、と。

四月二八日、午後上野発、小諸へ。「関東平野は雪柳、桃、れんぎょう（連翹）などが咲き、鯉のぼりもひらめいてきれいだった。横川の桜は満開、しかし軽井沢は冬景色。小諸は杏や桜が咲き始め、グリーンライフ（別荘地）は冬景色で風が強く寒かった」。

五月一二日、早朝二人で家を出て京都へ行く。西本願寺、東本願寺の順に見学、タクシーで姉を病院に見舞う。夕方、祇園の外れの寿司屋「菊もと」へ行く。経営者は克美の小、中学校同級の西村元。克美が案内していたので、友人の奥村夫妻も来た。西村は、自身の歴史を話した。板前は坊主頭で、この人の寿司への情熱を西村が見込んで店を開いた由。炭火で焼いた瀬戸内の穴子は素晴らしかった。敦子は寿司のさまざまな種を記録している。九時頃から、歩いて西村の案内で祇園甲部のお茶屋へ行った。舞妓、芸者が来て、芸を見せた。敦子はそれらの印象や着物を詳し

写真 6-5　梅丘和室にて三家族

く記録しているが、その中で「舞妓さんから芸者になる間の二〇日間だけ結う髪をした黒い裾模様の着物を着た人が来た。大変珍しいとのことだった」。「お茶屋さんの座敷は、床の間に鶺鴒（せきれい）の小掛をかけ、夏のお花、こでまり、紫の鉄線が品よく活けてあった。お茶屋のおかみさんは、おとなしい人で、ベージュの地へ三角の紫色の色紙を散らしたような着物を着て、紫色の染め帯をしていた」。なお菊もとの本店は六地蔵にあり、その後竹内の行事のときに、利用した。

五月二一日、霞友会館での金子一夫カクテルパーティーへ。「金子さんの娘さんは、若々しくきれいだった。福中さんの奥さんのスーツは素敵だった。着物の人はもう一人老人の人だけだった」。敦子のメモ書きによると、自分は鮫小紋の着物に黒の袋帯とある。

六月四日、克美はソニーの盛田を団長とする経団連のアメリカ訪問団に加わって、羽田から出発。敦子は克美を送ってから、佐恵子が入院しているという伊藤外科病院へ行く。その入院のことは、当日朝知ったので、羽田から成田、我孫子経由南柏まで電車を乗り継ぎ、そこからタクシー。着いたのは七時四〇分頃。帰宅したのは一〇時半頃だった。

六月一一日、京都、城陽へ。姉の家に母が来て泊っていた。母は元気で、姉が疲れていた。翌日母の家を掃除し、母を戻した上で、その後二日、用事を済ませて、一五日に帰京。

七月二〇日、小諸へ。同じ列車に、宮沢喜一ら、自民党の要人が乗っていて、軽井沢で下りた。自民党のセミナーがある。小諸駅の近くに東急の店ができたので、利用した。

七月二六日、克美と待ち合わせ、新宿西口のヨドバシカメラにワープロを見に行った後、紀州屋で猪豚をさかなに飲み、栄寿司に行った。ワープロ代金一二万六千円を、九月一一日に支払っており、その後すぐ敦子もワープロを扱っている。

八月三日、母を連れ、皆で小諸へ。六日、別荘からタクシーで、丸子経由、鹿教湯温泉「ニューかどや」へ行く。一泊して帰った。翌日佐恵子が訪ねて来た。その後も小諸へ往復、母は在京中東北沢の貞光整形外科に毎日のように通った。九月一〇日、母は京都へ帰った。

・坂本たまを自宅に迎える

九月一五日、克美と二人で、東海道新幹線を米原で乗り換え、高岡からタクシーで五箇山へ。城端は麦屋祭りの日で、道が混んでいた。五箇山トンネルが通って交通は格段に便利になっていた。清平に荷物を置き、坂本幸広（たまの養子）に迎えられて、たまと一緒に墓参りの後、坂本で接待を受ける。山崎富波が来て酒を飲み、その後清平へ戻って夕食。翌日坂本幸広の車で、たまを連れて金沢へ。金沢から、たまと三人で白鷺号に乗り、名古屋経由新幹線で帰京。こうして五箇山から、坂本たまが梅丘に来て滞在することになり、敦子は目上の親戚として、食事の世話をはじめ、大切に接した。

その間に、旧知の眞子は毎日のように、又恭子も二回会いに来て、長い時間話していた。九月二三日に、敦子は、眞子、たまと一緒に、タクシーで百貨店に行き、土産物などを買った。克美は、たまが自分の生涯を回顧して「本当に良い姿婆になった」と言ったのを印象深く覚えている。この人はほとんど学校へも行かず、読み書きもろくに習わぬままに、年少の時から「糸引き」に行かされたのだった。

敦子は、たまの帰宅の方法を、山本とき子と打ち合わせた。九月二五日、名古屋駅で、とき子にたまを引き渡して帰京。たまは山本のところで数日滞在して、五箇山へ帰った。

一〇月四日午前、伊勢丹へ行き、大島紬（約三五万円）と紫の着物に合う帯（五万八千円）を買ってきた。着物は大分前、母が来た時に買ってもらって、仕立を頼んでいたもの。

・敦子、ワープロで原稿清書の始まり

一〇月頃克美の新しい（二番目の）本の原稿の清書に会社の女性が関わっていることを知った。このことから、代わりに敦子が克美の本の原稿の清書を、ワープロでするようになった。本格的にやるのは少し後のことになる。

この年の秋、克美の初めての著書『国際経済と日本』が学文社から刊行された。一一月二四日付けの『週刊東洋経済』に、金森（当時、日経センター理事長）の大変好意的な書評が掲載された。書評のコピー全文を敦子は日記帳に貼り付けている。

一一月一日、敦子は大丸でつづれ帯を受け取る目的で東京駅へ行き、克美と待ち合わせて「自慢」の店で昼食。「自慢」は、克美が幼い頃、父が宴会をした料理屋として覚えていた。

一一月二二日、東京駅北口で待ち合わせ、金城楼で結婚記念日の食事。加賀料理。鱈の粉付け、治部煮、ぶりの塩焼き、まこの酢の物など、珍しく、美味しかった、と。

一二月一七日には、三人渋谷の「駒形どぜう」でコースを食べた。

一一月二六日と一二月四日、佐恵子を伊藤外科に見舞い、一八日退院の日、流山の家へ手伝いに行った。改築した家が良くなっているのを見る。

この年の日記帳に、新聞から、日野原重明「老いを創める」という文章の切り抜きが貼ってあった。見出しは「生を許された日々を淡々と」とある。そこに、「日々是好日」という言葉は、「生と死を受容するよき言葉だと思う」と最後に書いてある。敦子はこの頃から、老年への移行を意識するようになったのかもしれない。

・八五年、克美が京都亀岡の大学へ行くことが決まる

一月一日、新しい羽織を着て、宇佐八幡と豪徳寺へお参りに行った。洋は髪を分けて初めての正月。

二月一二日「近大と共立（女子大）から電話があった」。克美が会社定年後に大学での職を得ようとして動き、打診があったが、希望に合わず、結局企画庁秘書課からの話が実った。

三月二〇日、敦子の誕生日という記述はない。翌日敦子はちらし寿司をつくり、富永の品物を買ってパーティーの準備。午後平沢が来て相川と一緒に行う。二二日、克美と両国で待ち合わせて、丸斗でうなぎ。白焼き、柳川、蒲焼きと、いろいろ、おいしかった。

三月二七日、京都から母と姉夫婦が来た。二九日、母と洋を伴い、まず湯島に行って「道明」で帯締めを買ってもらい、後タクシーで住商一六階レストランへ行く。洋の誕生祝。

四月二五日、克美と、つくばの科学万博を見に行く。住友館では、良い席でショーを見た。東芝、富士通、NEC、スイス館などと、政府のシンボルタワーに登り、モノレールにも乗り、サントリーでワインやビールを飲む。暗くなるまで居た。

五月三日から五日まで小諸。わりに暖かく、青葉が美しかった。望月まで歩いた。

六月九日、名古屋から四日市の農協会館へ行き、鈴鹿高女の同期会に出席。

六月一四日、外苑前の万珍楼で、ジェトロ・ニューヨークの友人たちとの会合。夫妻で来ていたのが四組、全部で一二人。調査部門の関係者。

七月三日、克美から京都学園大学の話を聞く。克美は七月八日に、日帰りでこの大学に行ってきた。所在地は亀岡駅からバスで行くので不便だが環境は良いと、敦子

に言った。

七月二六日、六月末から上京していた母を連れ、四人で小諸へ。このとき隣の「みどりの村」で開発中の温泉が当たって、湯が出ているから、風呂に入れてくれる、と。二八日に行ってみた。まだ湯の量は少なかった。夕食には、塩名田の中州にある竹廼家へ行く。川魚料理で有名な店。

八月二〇日、京都学園大の松宮（事務長）から、採用決定の電話。

九月一四日、母を連れ、克美と三人で、長野善光寺へ行き、その後、田中から小諸別荘へ。帰京後も母は東京に居た。その母を一時佐恵子に預ける。

九月二一日からの連休、克美、恭子と三人でひかり号、米原経由金沢へ行き、昼食後タクシーで五箇山へ。ずっと雨降り。清平に泊まった夜、坂本たま、嶌田本家の徹二夫人、山崎ふじ（欽一の母）が訪ねて来た。墓参りも雨の中だった。

九月二九日、姉が来て、一〇月一日、母と共に京都へ帰った。

一〇月三一日、敦子は住友クリニックで血圧が一六〇—八〇と高いので、血圧の薬を飲むことになった。住友クリニックへ行ったのは、しばらくの間だけ。

一一月三日、敦子は暁女専のクラス会に出席。大島の着物に絽ざしの帯で行く。ひかりで名古屋へ行き、近鉄の久居からタクシーで榊原温泉へ。恩師の「功刀先生は大変お元気で」親友三人に会えた、と。

一一月四日「今日で『海外直接投資入門』の本のワープロは終わり」。この新著は前著と同じ学文社から出した。原稿作成が終わり、敦子は精力的にワープロの入力を行っていた。

一一月八日、洋の学会発表の日。「グレーの背広を着て出かけた」。

一一月二三日、結婚記念日の夕食に、代々木上原の「シェモア」へ行った。おいしかった。帰りに大山町のもとの家のあとを見た。

この年はその後、京都の姉や平沢の子どもたちが来たが、無難に過ごして越年した。

ただ、一つ大きな計画として、自宅のリフォームを決めていた。その内容を、敦子は日記帳の補遺のページに書いている。それは、居間の壁紙の張り替え、居間の床を木にすること、洗面所と便所の床の張り替え、二階への階段と廊下の張り替え、和室に長押（なげし）をつけること、である。これらは新年になって実行した。

・八六年、克美還暦

一月三日「今日はお父さんの還暦の誕生日、鯛を食べた。ワインカラーのチョッキを着た」。克美の誕生日の中でこの年は特別の扱いになった。

一月八日、『海外直接投資入門』の表紙に、相川の絵を使いたいと、学文社が言う。本の章別のページのカットと併せて表紙も頼むことになった。

一月一六日、克美と国技館で相撲見物。克美の会社が接待用に確保している枡席の空きを購入した。「前から四列目で、とてもよくみえた。なかなか迫力があり面白かった」。

一月三一日、克美定年退職。「大きな袋をもって帰った。金盃が入っていた」。克美は会社で辞令をもらい、退職金と年金の説明を受けた。四月から京都へ行く事が決まっていたが、それまでは常勤の嘱託なので、毎日の勤めはさほど変わらなかった。しかし克美の身分は大きく変わったので、この章はここで閉じる。

第七章　克美、大学教員となり勤め切り、外房に別荘をもつ

第一節　京都、洛西に仮住まい

京都で住まい探し、東京の家はリフォーム

一九八六年二月、早速京都での生活の準備が始まった。二月一日、二人で京都城陽の母の家へ行き、泊まる。二日は父又佐の法事。親戚が大勢集まった。母の家での行事のあと、六地蔵の菊もとへ行った。三日に克美は大学へ行き、住居の相談。敦子と待ち合わせ、不動産屋の案内で候補をいくつか見て、「映画村のそばのマンションにした」。

住所の表記は、京都市右京区常盤村の内町二〇　ピエスあさのB四〇六。マンションと言っても、普通の独身サラリーマンが住むような、一部屋のアパート、風呂はあった。仮住まいであったが、大学の正規の職員になるには、通勤可能な場所に住民票を移す必要があると言われ、形式上この後三年、克美と敦子は別の場所に住むかたちになった。敦子はそれを嫌がったが、文部省が義務化していると言われた。

二月一〇日、洋は夜中に帰った。修士論文の仕上げ段階。一四日に発表した。

二月一四日、梅丘の家リフォームのための下調べ。三月二日に、居間にあるものを段ボールに詰め、和室に移すなど大わらわの準備。三日に、階段、洗面所などの床と居間のクロスの張り替え、居間のカーペットの剥ぎ取りが終わり、四日に和室の長押取り付けと居間の板張りが出来た。

三月九日から一三日まで三人で京都へ行き、母の家に泊まった。一〇日に、敦子は洋を連れて、以前洋の心臓手術をした医師たちの許を訪ねた。洋の就職を控え、不安を除きたい気持があったと思われる。診察結果は、大丈夫とのこと。

三月一二日『海外直接投資入門』が出来上がった。この本の表紙カバーは、青空の下、金門橋からサンフランシスコの市街を一望する相川の絵であり、はしがきの最後の方に、相川にカットを依頼したことと併せて、「原稿の清書には、妻敦子（のぶこ）がワープロによって協力した」と、謝辞を記している。翌日克美の会社で、調査部門の人たちを中心に、退職パーティーが催され、置き時計その他の記念品を貰った。克美は、出席者に、出来

たばかりのこの本を一冊ずつ進呈した。帰宅後、相川へ、本と、その日に貰った花を持っていった。

三月二五日、洋の修士課程卒業式。もう親は行かない。二八日、洋の誕生祝と就職祝を新宿のホテルセンチュリーハイアットのヒューゴーズで行う。フランス料理。

三月三〇日、克美が京都に住むための荷物の準備を始めた。三一日、前夜祭で、三人で一寸飲んだ。

四月一日、「洋は六時起きで、上から下まで新品を着て、七時に会社（富士通）へ出掛けた」。克美は京都へ行き、梅丘へ岸本（運送屋）が来て、荷物を持っていった。電話での知らせで荷物の到着はわかり、四日に克美帰宅。京都の住まいには電話を引かなかった（携帯電話はまだない）。

この後の克美の勤務のスケジュールは、水曜と金曜に大学の授業があり、木曜には教授会などがあるので、水曜から金曜までを京都、他の日は東京に居ることを基本にした。その中で、住商との関係は、四月から非常勤嘱託になったが、調査部顧問のかたちで月、火曜は住商へ行き、その夜に京都へ行って、金曜の夜に帰宅するようにした。

収入面では、大学の給料は、住商退職前に比べれば、かなり少ないが、世間的には高給であり、これに、住商の嘱託などの報酬、厚生年金などの年金、住商の企業年金、原稿料なども加わった。他方支出面では、洋が就職したので、学費が要らなくなっただけでなく、食費として、毎月一万六千円（後に二万円）を、家計に入れさせることにした。

四月一五日、大学の授業が始まる頃、敦子は克美と京都へ行った。このとき、京都往復の回数券を買っている。「山陰線の列車で花園へ行き、雨が降っていたのでバスで常磐仲之町で下りてアパートへ行った。こぢんまりしていた」。

洛西は観光の拠点、城陽の母にも近い

四月一六日、克美は大学へ行った。敦子はテレビを買って届けさせ、近所のスーパー等で買物をして食事の準備。この後、敦子は、大学の休みの期間を除き、おおむね一カ月に二回くらい京都に出掛けてきて、家事をするとともに観光もした。常磐という場所は、洛西の観光拠点として絶好だった。最初近くの嵐山へ行き、咲き残る桜を見た。四月一七日、克美が「学校へ行く前に仁和寺まで歩いて行った」。四月一八日、敦子はバスと近鉄を利用して、城陽の母のところへ行き、夕方、克美と待ち合わせ

て、帰京した。

四月三〇日、京都へ。翌日、克美の出勤前、二人で妙心寺、退蔵院の庭を拝見。

五月二九日の木曜、前日から母が来ていて、雨の中、三人タクシーで竜安寺へ。「お庭は前見た時より小さく感じた。池の蓮の花がきれいだった」。それから歩いて京福電鉄に乗って広隆寺へ行った。有名な弥勒菩薩を見た。

六月には、大阪茨木時代に親密だった池田家との往来が復活。一一日、克美が帰って来てから、二人で池田家を訪ね、歓待された。「長男以外は皆に会えた。長男の女の子は可愛く、絵が上手で、男の子は上品な子だった。佑太郎さんの車で送ってもらって帰った」。

六月一二日、二人で嵐山経由、阪急東向日駅からバスで大原野神社、勝持寺（花の寺）へ行く。登りがきつかった。寺の宝物館で国宝の如意輪観音を拝観。この仏像は隣の願徳寺のものと説明された。

七月二日、夕方克美と広沢の池へ行く。三日には克美と大覚寺へ。「古い御所風のお寺で、写経をやり、次にバスで釈迦堂へ行った。帰りに焼き団子を食べた。お豆腐とひろうず（飛竜頭）を買った」。この豆腐店森嘉は有名で、大きな油揚げも売っており、アパートからバスに乗ればかなり近いので、たびたび利用するようになった。釈迦堂も身近な存在になった。

七月二一日、克美は夏休みに入り、京都から母が東京に来た。二三日、母と三人で小諸へ。別荘滞在の途中で、小諸の北、菱野温泉にある花岡という懐石料理の店や、佐久の臼田の方向にある洞源湖の観山荘へ行った。「貞祥寺は古いお寺だった。観山荘で鯉料理は割合おいしかった」。別荘地の近くを歩いているとき山がよくみえ「剱岳が真正面に見えた」こともある。八月一五日は、望月で榊祭りという祭りの日。夕方から、鹿曲川の橋の上の火祭りを、タクシーを呼んで見に行った。その後別荘と東京を往復し、八月三〇日に引き揚げた。三一日、姉が上京し、九月一日、佐恵子も来て泊まり、夜、親と娘三人で遅くまでしゃべり、九月二日に、母は姉と一緒に京都へ帰った。

九月、大学の授業が始まり、一八日、午前二人で松尾の鈴虫寺へ行く。「苔寺のそばでこぢんまりしたお寺だった。鈴虫が箱の中で鳴いていた」。克美はその後大学へ行ったが早く帰り、二人が夕食中テレビで大覚寺の月見の宴を知る。「バスで大覚寺へ行った。広沢の池でお姫様の着物を着た人が舟の中でおどっていた。お琴の演奏もあった。縁日もあり結構人が出ていた。月は曇って見られなかった」。

九月三〇日、午前二人で、立命館大学、等持院の庭、尊氏像などを見たあと戻って堂本美術館へ行く。「黒を必ず使った絵が多かった」。

一〇月一五日、敦子一人で嵯峨野を歩く。常寂光寺は「少し色付いた紅葉」。「落柿舎には可愛い柿がなっていた」。二尊院は拝観中止。豆腐屋も休みだった。一六日、二人で午前に一般公開されている京都御所へ行った。大勢の人だった。昼食後岡崎の美術館に行き、ターナー展を見た。

一〇月二一日、京都から母が東京に来て、二四日、林家の結婚式。千鶴が警官の高井と職場で出会い、結婚へ。永田町の全共連ビル、松屋サロンへ母とタクシーで行った。「大変気持の良い結婚式だった。なかなかハンサムな婿さんだった」。林家の親戚が来ていた。

一〇月二九日、母を連れて京都へ。三一日、敦子一人、バスで上賀茂神社へ行く。「バスの中でよろけて、左の乳の下を打ってとても痛かった」。これは東京に帰ってから骨折とわかり手当をして、大事には至らなかった。一一月一日、土曜日、「少し楽になったので」克美と出掛ける。「バスを東天王町で下りて、哲学の道を見てから、永観堂禅林寺へ行った。紅葉はまだだった。横向き阿弥陀様（見返り阿弥陀）は、思ったより小さかった」。南禅寺の大門を見て、タクシーで京都駅へ行き、帰京。

一一月一三日、テレビで紅葉中継をしたので、克美と真如堂へ行った。紅葉が美しい。次にバスで北白川通を上り、詩仙堂へ。その前に金福寺の庭を見る。「お茶席のこぢんまりしたお庭」（白砂の庭）。詩仙堂はきれいな作ったお庭（枯山水）。「明日テレビが中継する」「曼殊院は立派なお庭だった。どこへ行っても、京都は見どころが多い」。この日二人は東山の麓、やや北側の寺を回って紅葉を満喫した。翌一四日、克美は大学。敦子は一人、「バスで嵐山から念仏寺へ行ってみた」。ここは風葬の地で、やや異様な風景だが、それについての感想はない。「歩いて釈迦堂前へ戻り、森嘉でひろうずなどを買って帰った」。

一一月二二日、克美、調査のためアメリカへ出発。帰国するまで休講。一二月三日に帰国。

一一月二九日、岡田美世からシクラメンが送られてきた。シクラメンの大きな鉢はこの後、毎年、敦子の生涯にわたって送られてきて、正月の玄関を飾ることになった。

一二月四日、克美は京都で、京大の院生黄孝春に会った。これは奥村の紹介によるものだが、この後黄と、商社の研究を通じて長い付き合いが生まれた。

一二月一一日、午前二人で東福寺へ。紅葉の名所、通天橋の辺りにはまだ紅葉が十分に残っていた。

この年日本経済評論社から『産業の昭和社会史②商社』が刊行されたのは一〇月で、この本は割に良く売れた。この本の最後にも、「妻敦子（のぶこ）がワープロで原稿作成に協力した」と謝辞が記されている。

八七年、京都二年目、後半関東の大学から誘い

一月一日、ウイーンフィルのニューイヤー・コンサート（カラヤン指揮）をテレビで見る。この番組を見る事は、この後毎年のしきたりになった。

一月の大学の講義は半月で終わり、後は試験期間で、仕事のスケジュールは変則となる。

克美は一九日に京都へ行き二〇日に亀岡で講演会。公開講座で経済の話をした。二一日、敦子と二人で東寺へ。初弘法の縁日。境内に無数の屋台の店が出ており、それぞれほぼ一種類のものしか売らないという細かい分業になっている。「京都中のおばあさんが集まったのではないかと思うほどのにぎわいだった」。敦子は「お母さんの足袋と毛ピンを買った」。

二月四日、克美と敦子別々に京都へ。五日午前、嵐山、天竜寺の庭園を見に行く。

二月一七日、自宅屋根の張り替え工事。「四人来て三時頃までは良かったが、雪や雨がちらつきだし、六時までやったが仕上がらなかった」。一日おいて一九日、午前に屋根ができたので、「あじろ電気に来てもらってアンテナを上げてもらった」。

二月二八日、克美と「西洋美術館へベックリーン展を見に行った。スイスの人で大変細かい筆捌きで暗いところを克明に描いていた」。池之端で食事をし、「私は道明に寄り、お父さんは開銀へ龍さんの会へ行った」。

三月二日、二人別別に京都へ。三月三日「お父さんと人形の寺へ行った」。これは宝鏡寺、古い雛人形を節句の日に公開している。冷たい廊下を歩いた。「不実庵と今日庵のそばで、本法寺という日蓮宗のお寺を見て、北野天満宮にお参りしてから京福で帰った」。

三月二一日、「午前洗濯して、午後私の誕生祝に世田谷通りのフレール・ジャックへ行った。フランス料理はおいしかった」。

克美は、二九日、元の部下の藤本の結婚式に出席、翌日公取の研究会の打ち上げ。三一日には日立総研に招かれた。東京での仕事が増える前兆とも言える。他方亀岡や京都での仕事も増えていた。

四月四日「午前赤坂のノリタケ・ショールームへ行った。フルーツ皿とグラタン皿を二割引で買ってきた」。五日、日曜「午後豪徳寺へ三人でお花見に行った」。

四月一一日「京大から講義目録が来た」。この夏京大の大学院で集中講義をするので、克美の講義計画も入っていた。これは中国からの院生の黄の希望で実現したもので、特殊講義。

四月一六日「午前中お父さんと仁和寺へ行った。御室桜がとてもきれいに咲いていた。枝垂れ桜もきれいだった。お堂で仏さんも拝めた」。

五月七日、克美は休み。バスを乗り換えて、円通寺へ行った。「比叡山を借景にしたお庭。つつじは終わりかけていた」。

五月三〇日、克美は産業学会へ、奥村と会った。克美の入っている学会は四つになった。

六月四日、二人、バスを三条京阪で乗り換え、山科の小野へ。「随心院（小野の小町が住んでいたという）と勧修寺へ行った。随心院は夏座敷のきれいなお寺だった」。その後敦子は城陽へ。二晩泊まり、佐恵子も来て、七日に法事。竹内の親族が大勢集まった。

六月後半敦子は京都へ来たが観光の記録はない。

七月六日、昼から京都へ。克美は六月末からずっと京都に居た。必要があって同志社の教授を訪ね、六日から京大大学院での講義を始めた。一三日まで猛暑の中での聴講者は少数。途中、祇園祭の準備をする京都の町を見ることができた。七月一〇日には、菊もとで食事。一四日、アパートの電気を切って、二人でアパートを出た。克美は東京へ帰り、敦子は城陽の母のところで一晩泊まって、一五日に母を伴って帰って来た。

七月二二日、小諸へ。「八時半に長岡屋に来てもらった」。小諸で必要なものを宅急便で出すため。米屋の長岡屋が宅急便を扱うようになった。ただ、荷物の中に日記帳を入れなかったので、この後の日記はほとんど空白。九月一日に帰京するまで、四〇日、母はずっと小諸の別荘に滞在。たまに、克美と敦子がそれぞれ上京した。これが、この後何年か夏の生活パターンになった。洋は途中で二回来た。敦子は別荘でかなり精力的にワープロで原稿の清書をやった。

九月一三日の日曜、敦子は母と流山へ。「改築はとてもよいのになって、広々していた」。

九月二一日「お父さんは今日から法政大学へ」。法政のある教授から「貿易摩擦論」を講義してほしいという依頼を電話で受け、半期の講義に行った。

九月三〇日、敦子は母を連れて、京都城陽の家へ。一泊して、一〇月一日、常磐のアパートへ。「お父さんと常磐センターへ行った。きれいなスーパーになっていた」。

一〇月一九日「午後東急へスーツを取りに行った。黒のブラウスを買った。これはワープロ代」。普通の買い物と違い、ここでは、自分へのご褒美を意識していたようだ。

一〇月二〇日、夕方から京都へ。翌日パーマをかけに行って夕方遅くまでかかった。二二日、敦子一人で森嘉の豆腐などを土産に、池田家へ。相川から頼まれた色紙も持っていった。

一〇月二四日、土曜日、京都から日帰りで五箇山へ。朝の雷鳥号で金沢へ行き、福光行きのバスを利用。福光からタクシーで大島へ。「お参りして、坂本さんで報恩講のご馳走をいただいて、お父さんはビールを三本飲み、清平まで送ってもらい、少し話をして、三時四〇分のバスで金沢へ。五時半に着き、六時一〇分の雷鳥で京都へ帰った」。

一〇月二七日、家へ流通経済大学から電話。三一日、克美は同大学の定村教授に会い、説明を受け、転職の話が始まった。また二七日に克美は、関税協会の月刊機関誌『貿易と関税』の編集者、鈴木から電話を受け、連載記事の打診を受けた。これはその後「国際経済の中から」という巻頭二ページのエッセイとして二五年続いた。

一一月三日、午後遅く二人で、京福電鉄の駅から近い鹿王院へ行った。嵐山を借景にした庭だった。五日、二人で奈良へ。正倉院展、二月堂へ行った。

一一月一一日、東京の家のキッチンの改装工事を始めた。吊り戸棚の位置を変え、ステンレスを貼り、流しとガス台を変えるなど一四日までかかった。克美は京都に居たが、一二日、伯母の大津百枝が亡くなったという知らせがあった。葬式には眞子と恭子が行った。

一一月一九日、京都から母と姉夫婦が来た。二一日、流山で林孝の一三回忌の法事、京都の三人と敦子、洋の五人が参加。役所関係の人は八人。二時からお経、あと日本閣で会食。克美はこの日亀岡で、商工会議所主催、町起こしのアイディアを考える委員会の慰労会によばれていた。

一一月二八日の土曜、母と京都に帰っていた敦子は、克美と京福電鉄で「竜安寺へ行ってみた。外周りの紅葉がきれいだった。バスで山越へ行って、広沢の池のふちまで行って、歩いて新丸太町通に出た」。

一二月一〇日、夜、梅丘の家に八百屋が届けに来たものをみると、広島蜜柑M二、六〇〇円、干し大根一わ一、三〇〇円、とある。沢庵を家で漬けていた。

一二月一一日「朝のうちに大根を取ってもらって洗った（自宅の庭の畑のもの）。お父さんは午後公取の会に出掛けるので、一緒に出て、オリエンタルゴールドへ行った」。

この年の日記帳の後ろの方に、八六年の給与と年金の収入及び所得税の合計額が記されている。八六年はまだ住商からの給与所得の方が多くて七〇七万円、学園大から六一一万円、他に年金各種（公務員、厚生、住商）二二三万円、合計一、五四一万円に対し、所得税が合計二三六万円となっている。八七年は、学園大からの給与が増え、住商の手当は減ったが、ほぼ同様の収入があり、他に原稿料や講演料、委員手当なども、ある程度あった。

八八年、京都三年目

一月一日から三日までの日記は、合計してわずか七行。何時も通りの平穏な正月だったと思われるが、日記とは別に敦子が作っていた献立帳というノートブック（以前から書き込んでいて一冊が五年分の夕食の記録）の八八年の正月の一日、二日にわたって、食べたものの記録がある。「スモークサーモン、蒲鉾、酢蛸、マグロ刺身、ボロナソーセージ、二色卵、黒豆、数の子、ごまめ、酢蓮根、八つ頭、人参なます、マリネサラダ」。そして三日には、克美誕生日と書いてあって、めかじきのピーマンいため、と記入されている。雑煮のことは書かれていないが、それは朝食だからだろう。正月の食べ物は毎年似たようなものだが、三日になると通常の食べ物に移り、大抵の年は肉類になるのだが、このときは魚だった。

一月四日、三人で新宿へ行った。ヨドバシカメラでワープロを買った。新機種にした。

一月一五日「お父さんと午後ラグビーを見た。東芝府中と早稲田で、早稲田が勝った。とても面白い試合だった」。

一月一六日、克美の母の法事（一三回忌）の日。「玉電のところ（山下駅）にボロ市へ行く人が沢山待っていた」。下高井戸から託法寺へ。「一一時から法要。相川夫妻、平沢夫妻と、うちの三人だけだった。五時から新宿アスターで宴会」。

一月一九日から二人で京都へ。二一日、敦子は城陽へ行った。「多羅間で写真を撮ってもらい、衛星放送を見た」。多羅間は新しいものを早く取り入れていた。

二月二日「朝、有斐閣から速達が届いた」。これは、克美の著書『日米経済の摩擦と協調』の校正刷り。

二月四日「お父さんと『さと』で食事をして、タクシーで金閣寺へ行った。天気が良くなって青空に映えて、きれいだった」。

二月二八日「オリンピックばかり見ていた。伊藤みどりのフリーを見た。相川おばちゃんが来て、(平沢の)謙ちゃんが上智大学に入ったとのこと」。この頃から隣の眞子を「相川おばちゃん」と呼ぶことが多くなった。

三月、克美は断続的に京都へ行ったが、敦子は行っていない。

三月二〇日「今日は私の誕生日なので、ピザとちらしを頼んだ」。

三月二四日、克美京都へ。二五日、卒業式。「お父さんは七時前に帰ってきた」。

三月三〇日、多羅間夫妻が来た。四月二日佐恵子が来て皆で美登利寿司を取って食べた。

四月五日「お父さんは帝国クリニックへ寄って会社へ」。克美は大分前から帝国ホテルの中の「帝国クリニック」で、定期的に診てもらうようになった。そこの岩本医師が一高同窓であり、次第に息子の耕太郎医師が引き継ぐようになったが、克美は引き続き行っていた。また、当時住商調査部との関わりも続いており、商社の業界団体である日本貿易会の研究会出席や報告書作成にも関わった。

四月一一日の月曜、敦子は「一一時のひかりで京都へ。菜の花や桜が咲いていて景色はきれいだった」。翌日「お父さんとバスで平安神宮の庭園に行った。花はもうすぐで、つぼみが濃いピンクできれいだった」。その後関西二科展へ行き、甥の多羅間拓也の彫刻作品を鑑賞。「食事をして、熊野神社のところからバスで嵐山を通って、清滝まで行ってみた」。春先のもみじが美しかった。次の日敦子は城陽へ。一四日「お父さんと嵐山へ行った。桜が満開。あとJRに乗って亀岡へ行った。途中保津川下りの舟を見た」。一五日帰京の途中、花園駅の近くの法金剛院の満開の桜を見ながら歩いた。

四月二七日、克美は京都に居たが「洋は八時に帰った。渋谷の本屋にお父さんの本が五冊ほどあったとのこと」。

五月二日「今日の新聞に『日米経済の摩擦と協調』の広告が出た」。

五月一六日「お父さんの本の書評が日経に出た」。これは一五日のもので、コピーが日記帳に貼ってある。見出しは「システム摩擦を警告」と。

五月二六日、京都国立博物館へ仁和寺名宝展を見に行った。

六月一四日、二人で奈良シルクロード展へ。いろいろな会場や展示物を見て回った。一五日敦子は城陽へ。一六日、二人で南禅寺へ行った。

七月七日、克美は「龍さんの会で愛蓮（中華料理の店）へ行くとのこと」。龍は、新設の立命館大学国際関係学部に招かれることになり、その後京都に住むようになった。

七月一八日、克美、母と一緒に小諸へ。二二日、春日温泉へ行った。二三日、母と長野へ。川中島の古戦場へ行く。克美は、この日斑尾高原での大学テニス部の合宿に行った。テニスを全く知らないのに、押しつけられて顧問になった。その後八月には、一人ずつ東京へ往復、洋も一度来た。八月二四日に三人で小布施へ小旅行。九月六日に皆で東京へ帰った。この年の別荘での支出に、新聞代として、全部で五千円ほど計上されている。これは、望月の新聞販売店に頼んで、日経朝刊を毎日配達してもらったから。この後、別荘へ行く日が減ってからも、新聞一部ずつをベースに値段を計算し、配達は二〇年くらい続いた。

九月八日「流通経済大学の定村さんから電話があった」。九月一七日に定村と会った。二〇日「お父さんは今日午後流大へ行く」。克美は学長等と会って、担当科目や身分の話を聞き、少しためらったが、最終的には合意した。二二日、克美は京都から帰り「流大に行くことを（学園大の）学長に話したとのこと」。二七日、克美は京都に居たが、敦子のところへ「流大の定村さんから、決定したと電話があった」。この後の学園大での日々には、デリケートな気分があったが、『現代アメリカ経済論』という共著を出す計画を進め、また亀岡の商工会議所関係でも、手応えのある仕事をしていた。

一〇月六日、敦子は城陽の母の家へ行き、増築が始まっているのを見た。七日、一人で二尊院（以前敦子が行ったとき拝観できなかった嵯峨野の寺）へ行く。森嘉で油揚げを買った

一〇月一六日「洋は情報処理資格試験に武蔵工業大学

へ行った」。

一〇月三一日、月曜、二人、九時一三分の「あさひ」に乗って、長岡で乗り換え金沢へ。途中雪の浅間山、立山などを見た。金沢のホリデイ・インに入る。午後、「美術館のそばの本多宝物館に行った。紅葉している樹があり、きれいだった。それから香林坊へ行った」。

一一月一日、バスの名金線で五箇山へ。途中の紅葉を楽しむ。坂本へ寄ってから墓参、昼食をご馳走になって、その後清平へ送ってもらい、少し話をして、高岡行きのバスに乗る。高岡から雷鳥で京都へ向かった。

一一月三日、二人で「午前中から大徳寺へ行った」。メモには黄梅院、芳春院、大仙院、聚光院とある。「おじやを食べてからタクシーで光悦寺へ行った。紅葉がきれいだった。バスで北大路ターミナルへ行き、嵐山へ行ったら大変な人で、バスがなかなか動かなかった。豆腐屋も行列で、夕方やっと帰った」。四日二人で「午後、高台寺へ行った。大変な人だったが、景色の良いところだった」（秋の公開、一日から一〇日まで）。

一一月一六日、敦子は城陽へ行き、多羅間が受けてきた勲章を見せてもらった。一七日、二人「バスで大覚寺へ行き、入り口の紅葉を見、歩いて嵯峨野の常寂光寺（二尊院の南）へ行った。今朝のテレビの影響で、大変な人だった。竹藪を抜けて山陰線の上に出てから、大河内山荘、亀山公園を通って川の縁に出た（渡月橋の少し上流）。きれいだった」。一八日、敦子は一人で広隆寺と周辺を歩いた。

一一月一九日「清平の美智子さんから、清憲さんの歴史を送ってきた」。これは五箇山の出世頭と見るような話。

一一月二三日、午後三人で美登利寿司。結婚三五年記念日。

一二月六日、二人で京都へ向かう。七日、敦子は城陽へ。八日「一〇時の山陰線で、馬堀（亀岡の手前）まで行ってきた。保津峡はきれいに見え、亀岡盆地はすごい霧だった」。「四条へ出て信託へ行った。錦（市場）へ行って一時頃帰った。夕食の刺身はおいしかった」。九日「八時四〇分に、信用金庫の横の道を真っ直ぐに行ったら了徳寺に着いた。まだ早かったので、一切れだけ食べて、あとはタッパーに入れて帰った」。了徳寺は仁和寺の西の方にあり、この日には有名な大根炊きがあるので、敦子一人で出かけて行った。

一九八九年

年が明けて、三月末には、克美の京都での勤務は終わることがわかっていた。

一月七日「六時前からテレビを見ていた。六時三三分天皇が亡くなられた。一日テレビを見ていた。午後、年号が平成となった」。克美はこの後の京都での日々、一人で居るとき、特定の飲み屋には行かなかったが、四条河原町あたりの盛り場を歩くことが多くなった。

一月一八日、敦子は、妙心寺の小豆粥を食べに出掛けた。東村院、春日局ゆかりの麟祥院、桂春院へ行った。一九日、「大丸と錦へ行き、お刺身を買って城陽へ行き、お昼は多羅間と四人で食べた」。二〇日、午後敦子一人雨の中三条へ行き、タクシーで知恩院へ。「大方丈、小方丈の襖絵は暗くて良く見えなかった。庭は良かった」。あと駅へ行き「襟善で帯を注文してから待合室に居た」。克美とひかり一〇号で帰った。

一月三一日、日記帳欄外に、住商嘱託終わりとある。定年から三年経過したので、会社としての処遇は終わったが、調査部との付き合いは続いていた。克美はこの日午後から京都へ。翌日入試。

二月二日の昼、敦子は京都へ。駅を下りて、襟善で帯を受け取り、アパートへ行った。三日午後、克美と節分見物に出掛けた。「河原町丸太町で降りて北へ人が行く後を付いて行ったら清荒神（きよしこうじん）があった。お札を買って飴湯を飲む」。この後廬山寺へ行き、赤鬼、青鬼の餅撒きを見た。四日午後敦子一人で「円町で降りて、だるま寺へ行った。だるまだらけだった。石の多い庭で、牛のかたちの石は一寸面白かった」。駅へ行き襟善で着物を買い、克美と「待ち合わせて池田さんへ行った。少し話をして、三条寺町の三嶋亭で牛肉を買い、すき焼きにして食べた」。

二月五日、城陽へ行き「タクシーで菊もと（六地蔵の店）に行った（母の米寿記念）。尚美ちゃんがカーネーションの花束を持って来た。終わってから尚恒一家と駅へ行った。アバンティーで一休みして、いつもの新ひかりで帰った（克美も参加している）」。

二月一杯で京都のアパートから引き上げることになった。一六日、敦子は昔の知り合いの大西と会うため、茨木市駅へ行く。待ち合わせて食事し、あと一人で「大池荘（住商の社宅）の方へ行ってみた。行く途中の道路が大分賑やかになっていたのに、びっくりした」。一七日「荷物を少し作ってから、法金剛院へ行った。静かなお庭で、お堂の仏さんも良かった。それからバスで法然院と銀閣寺へ行った。雨が強くて困った」。

二月二七日、二人、京都へ行き、アパート退去の手続きと荷造り。二八日「七時に起きて布団を始末していたら、もう岸本（東京の運送屋）が来た」。克美はこれに同乗。敦子は畳、壁紙などの更新のための精算などをし、城陽で一泊して帰京。

三月、克美は必要に応じて京都へ行き、駅前のホテルで泊まるなどして大学へ行った一方、東京でいくつかの会合の年度末の会合、報告書の作成などに追われた。

三月一五日「お母さんと三人で奈良へ。薬師寺、唐招提寺へ行き、あと、タクシーで法隆寺、中宮寺へ。タクシーで筒井から近鉄で帰った。夕食は、多羅間と五人ですきやきなどを食べた」。翌日帰京。東京の自宅は屋根の工事中で、この日帰ってみると、工事が終わって、ベランダが完成していた。

三月一八日、土曜日、克美は午後、開銀の研究会に行ったが、七時半から新宿のアスターで、敦子と洋の二人分の誕生祝を早めに行った。

三月二五日は大学の卒業式。「お父さんはひーひー言って帰って、一日大変忙しかったとのこと」。亀岡の商工会議所から、表彰状を貰った。京都学園大学の一部からは恨まれたが、組織としての大学は、正規職員としての克美に、期末手当と退職金とを、きちんと支払ってくれた。

三月二六日「洋はパソコンを買いに出掛けたが、故障で又取り替えて来た」。二八日「洋は誕生日なので、八時に帰って、一緒に夕食をした」。二九日「午後、小野田屋（豆腐屋）の向かいのスーパー開店なので行ってみた」。これは、「つかさ」という小さいスーパーだが、梅丘にはその後長い間、これより大きなスーパーは無かった。

第二節　流通経済大学へ、外房和田に別荘

流通経済大学への転職

前の年に決めていた通り、八九年の四月から克美は流通経済大学へと転職した。場所は茨城県龍ケ崎市。東京からの交通は、常磐線の佐貫駅からスクールバスが出ていた。関東鉄道の龍ケ崎駅から歩くこともできたが、かなり距離があった。克美の身分は、特任教授。名刺には「教授」と書くことが許された。教授会に出る必要はなく、他の校務も免除され、講義だけでよいとされた。報酬は減るが、京都では家賃を払い、新幹線で往復していたので、そのコストがなくなるから、実質的な違いはさほど

ないかもしれなかった。

八九年四月四日「お父さんは七時に出掛けた」。入学式の日、克美は初めて大学の教授陣に会った。六日「お父さんは午後流経大のガイダンスで熱海へ行った」。これは一年生を熱海の大野屋に集めて、ゼミごとに親睦を図る例年の催し。七日「お父さんは大雄山に行ってから帰った。蒲鉾、こんにゃくのおみやげは美味しかった」。

大学での克美の担当科目は、講義二科目と一、二、三年それぞれのゼミ。この年は、合計五時限を、月、火、金の三日に分けており、主要科目の国際マーケティング論が、火曜一時限になっていたので、月曜の晩、大学の施設に泊まることにした
五月三日「一一時半に家を出て、あさまに乗って、小諸へ行った」。別荘は寒かった。四日「晴れて来たが、アルプスは見えなかった。浅間はよく見えた」。

五月一五日、敦子は京都城陽へ行き、一泊して母を連れて帰ってきた。一六日に東京駅からのタクシーで、井の頭通りを通過、「大山町を見物した」。

五月二一日、竹内晴美の結婚式。母は孫の結婚式のために上京していた。「一〇時のタクシーで学士会館へ行った。とてもきれいなお嫁さんだった。小さいけれど、愛嬌のあるお婿さんだった」。晴美の姓は愛甲に変わった。二九日、母を送って京都へ行き、翌日帰宅した。

六月九日、三輪田の二期同期会に、お茶の水アスターへ行った。「五〇名集まった」。一〇日、日記帳欄外に、「NHKパッチワークたのみ」とある。テキストを買い、パッチワークを習い始めたとみられる。

七月一三日、敦子、京都城陽へ母を迎えに行き、七月一九日、母、克美と共に小諸へ。克美は夏休みに入ったが、住商の会議のため、ほぼ毎週のように上京し、自宅で一泊または二泊して戻った。八月六日の日曜には、敦子が上京。小諸駅へ行く途中「御牧ヶ原を走ったら、少しアルプスが見えた」。この頃は洋が東京に居たが、洋も一回小諸に来た。月末に敦子が小諸に不在の間、佐恵子が別荘に居て母の世話をした。

支出面を見ると、九月七日から、毎日のように、みどりの村（別荘の隣）の温泉に行くようになった。温泉が開業されたとみられる。唯、その後の年には温泉に行った記録が無く、さらに当方の事情で別荘に行けなかった年が続いたので、本格的に毎日温泉に行くようになったのは、随分後の事になる。その間に温泉施設の本格的な建設が行なわれたのかもしれない。この年には九月一三

日に宅急便を出し、小諸の別荘から引き揚げて、東京へ戻った。

帰京後、敦子はクリニックへ行って糖の検査を受けた。克美は、新学期の授業開始。二二日には千鶴が「赤ちゃんを連れて来た」。二五日、母を送って、敦子京都へ。一泊し、母の関係の銀行などの用事をすませ、ミシンで仕事をした後、午後から帰京の途につく。

一〇月一三日、「午前中、鳴海（製陶）のショールームへ行った」。パン皿五枚を買っている。

その後近くの一色で、洋と克美の服を買い、一七日、「午後三時に新宿でお父さんと待ち合わせて、『千利休』（映画）を見に行った」。克美は火曜の午後、大学から早く帰ることもできた。

一〇月二一日、克美の父の二三回忌の法事。「午後二時に託法寺へ行った。謙ちゃんが来た。四時から平沢さんも来て、（相川夫妻と嶌田三人と）八人でパーティー（新宿アスター）。北京ダックのときはシェフが来てやった。なかなか良かった。七時過ぎに帰った」。

一〇月三〇日、昼頃のひかりで、敦子一人京都、城陽へ。翌日郵便局と住友信託へ。母の預貯金や、保有している国債が、多額の利子を生んでおり、敦子が受け取りに行った。「大丸へ行って、紫色のシルクウールの着物を買い、おかずを買って帰った。夜九時半頃お父さんが来た」。一一月一日は京都学園大学の創立記念日で、克美は招待されていた。

一一月一四日「協和銀行の金沢さんが、敦子名義の年金の予約を取りに来た」。一五日、地主のところへ地代を持って行ったあと、「国民年金課へ聞きに行った」。翌年から年金を受け取るようになるが、これは専業主婦の年金。

一二月二日、あじろ電気に、テレビの衛星放送（ＢＳ）を見えるようにしてもらった。

敦子還暦、克美の主著の刊行、母の眼を手術

一九九〇年は、敦子の還暦の年であり、また克美の主著となった『商社商権論』が、この年に東洋経済新報社から刊行された。これは、克美が学位を得ることを目標に書き、流通経済大学が出版助成をしてくれて、九〇年に陽の目をみた。

敦子の主な関心事として、この年からパッチワークを熱心にやるようになり、洋のための縁談の手がかりを求めて、写真の準備を始めた。他方、出来事として大きかっ

たのは、母が眼の手術のため上京し、半年近く一緒に過ごしたことだった。

二月末まで特記事項はなく、三月一日、二人で京都へ、何かの用件で行った。はじめに相国寺の承天閣美術館を見てから、城陽の母の家に行った。三日には二人で河井寛次郎記念館へ行く。敦子はその家の造りが、がっしりしていることに感心したようだ。

三月二一日、克美と横浜へ行き、買い物のあとシーバスで山下公園へ。夕方関内駅で洋と待ち合わせ、中華街、白楽天で敦子の還暦祝い。

四月一六日、克美と一緒に、虎ノ門で佐恵子に内祝い（還暦祝いの返しと思われる）を渡してから、大丸へ行ってキルト展を見る。キルト展への関心は強く、この後もしばしば出掛けている。

四月二七日、二人で京都へ。二八日、宇治の平等院へ行って来る。二九日、祖母はるの三三回忌。竹内の親戚一同集まり、午後一時から法事、二時から宴会。夕方帰京。

五月の連休、三日から五日まで、洋と三人で小諸へ。

五月三一日、敦子一人で京都へ行き、翌日母を連れて来た。母は眼の具合が悪く、虎ノ門病院での手術を強く望んでいた。六月四日、ハイヤーを頼んで虎ノ門病院へ行き、検査を受けたが、手術は一ヵ月待ちと言われ、さらに待たされた。

七月二八日から八月一杯、小諸別荘に滞在。その間に、敦子、克美それぞれ必要に応じて東京へ戻って用事をした。

九月六日に、明日一〇時までに入院してくれとの連絡があり、七日、敦子が母を連れてタクシーで九時半に入院、一〇日の月曜に手術が行われた。手術の病名ははっきりしないが、大がかりであった。退院日の九月一八日に、克美と共に病院へ行き、佐恵子も来て退院した。二六日に、地下鉄で虎ノ門病院へ母を連れて行き、検眼したら、視力は〇・五になっていた。母はその後も東京に居た。

敦子と母は一〇月七日に、修善寺の叔父（母の弟）の別荘に行って、二泊し歓待されて帰った。一〇月二二日に母を虎ノ門病院に連れて行き、京都府立病院への紹介状を貰って、高田眼鏡で眼鏡を注文、二九日に受け取り、一一月八日、敦子は母を京都へ送って行った。母は半年近く京都を離れていた。一一月一二日、天皇の即位の礼。

一一月二三日、三人で新幹線米原回り金沢経由、五箇山へ。金沢の町がきれいになっていた。タクシーで福光経由、大島の墓地へ行ってから、坂本を訪ねたが、法事の準備をしていたので、少し話をして清平へ。

一泊して、タクシーで金沢へ行き、克美の母方の先祖（山崎家）の墓がある野田山へ行く。前におよその場所を聞いてはいたが、全体が広すぎてよくわからない。「清水さんという石屋に案内してもらって行った。前田家のお墓の前を通ってしばらく下がった所にあった。二四〇坪あるとのこと」。克美の母方の祖父の大きな墓石のそばに、寄進者として母と伯母の名を刻んだごく小さな石碑があった。

その後、親戚の丘村家を訪ねた。克美が昔、金沢の連隊へ入隊するときに、泊めてもらった家とは別のところだが、歓迎された。その後「兼六園の紅葉を見て、五時二一分の加越で帰った」。

九一年、洋は富山富士通に転勤、敦子パッチワークに精出す

一二月に入ると洋の富山への転勤が近づいた。敦子は洋と共に引っ越し荷物の準備を始めた。一二月八日、洋は恭子から餞別をもらった。一五日に荷物を出し、一六日に洋は富山へ行った。ただ、年内は、東京へ来る日もあり、その後年末休暇に家に戻ったので、本格的な別居は、九一年に入ってからだった。

一月一六日、敦子は鴻上医院へ行った。この後ほぼ半月に一回、鴻上医院へ行くようになり、二〇年以上続いた。一月二七日の日曜には相川、平沢両夫妻と恒例の新年のパーティー。食べ物としては、富永から買ったものの割合が増えている。

二月三日「一日パッチワーク」とある。この頃から、パッチワークに使う時間が増え、次第に大きなものを作るようになっていった。

三月三日に坂本たまが死去。四日「お父さんは高岡へ。ビジネスホテルで泊まった」。五日「たまさんの葬式。一〇時前に五箇山へ。とても良い天気だったとのこと」。

三月一〇日、克美中国へ。一八日まで。北京と天津で、話をし、日本企業の工場を見た。その間敦子は京都へ。一一日に城陽の母のところへ行き、一二日間用足しをして、一四日には「京都冬の旅」の行事として公開中の建仁寺へ行き、茶席の本坊、塔頭の両足院も見物した。

克美は三月二〇日に卒業式、あと大学は休みになり、三一日から、タイとマレーシアへ現地調査団の一員として出掛けた。

四月六日、克美がマレーシアに居る時、敦子は洋が居る富山を訪ねた。午後富山に着き、「チェックインしてから、お城を見に行った。六時半頃洋が現れて、一緒にレストランへ行った」。七日、「朝食後、洋のアパートへ行った。割合きれいなアパートだった」。一緒に買い物、食事などして、敦子は午後帰京。克美もその日に帰った。

・外房での別荘地探し

四月一六日「夕方から出て、御宿で泊まった」。大分前から、冬の寒い時に行ける別荘地を探していたが、伊豆方面は地価が高いので、外房で土地を探すことにして、この日、二人で出掛けた。翌日千倉へ行き、「役場で話を聞いて、間宮不動産で話をし、案内してもらった」。間宮不動産が見せた物件は三つあった。その一つの和田の土地は、宅地として造成されて居らず、直ぐに家が建てられる状態ではなかったが、当時はまだ土地そのものの価値が高く見られていたので、克美は海が見える土地を手に入れることを重視した。「和田浦一一二坪に決めて、白浜へ行った」。四月二〇日には、間宮不動産に五百万円送金している。ここで敦子は和田浦と書いているが、これは駅名で、土地の住所は和田町。以下、主に和田と書く。

五月二日、三人で小諸へ。別荘に着いたら大変寒く、あわててストーブを出したが、「良く晴れて、山々がよく見えた」。三日、竹花組の関係者と増築の打ち合わせをした。「よいのになりそう」。トイレを外の方に動かし、縁側の板の間を広げることなどを予定。

六月二六日、千倉へ行き、司法書士の事務所で登記の手続きをし、代金（一七百万円余）を支払い、土地を見に行った。「すごく竹が生えており、縦長い土地だった」。

六月二九日「夕方相川夫妻も来て、鈴木さん（地主）の契約のことについて話をした」。これは梅丘の土地の件で、九月一〇日に、四人で地主のところへ行き、更新料九一七万円弱を克美が支払ったという記録がある。当方の借地権は確保された。

七月八日、二人、午後の列車で小諸へ。「買い物をして五時前に着いたら、まだ工事の人が四人ほど居て、とてもきれいになっていた」（増築が出来た）。その頃新しい開発業者が別荘地の中に家を建てて売り出していたが、わが家のすぐ近くには新しい建物はなかった。

七月一五日、敦子は京都へ母を迎えに行き、一七日同伴して帰京。二〇日、母と三人で小諸へ。この後は、例年のような生活になるが、この年は、母を、八月初旬まで、毎日のように、望月の日赤病院へ連れて行った。

八月二四日、佐恵子が小諸に来てくれたので、母を頼み、二人で一時帰京。九月五日に小諸から皆引き揚げて、東京に帰った。九月一四日、佐恵子と千鶴が、千鶴の男の子二人を連れてやってきた。「長男の方はお便所で転んで大泣きをした。次男は太って本当に可愛い」。

一〇月三日、敦子は母を送って京都へ。翌日帰る。

一〇月五日、敦子は東北沢の貞光整形外科へ。「やはり四十肩でリハビリに通うように」と言われた。六十を過ぎての四十肩ではあるが、敦子は翌年になっても、機会を見ながら貞光へ通った。

一〇月二六日、千倉へ行く。間宮、大工（大喜工務店）及び土木関係の人らと現地へ。土地についての問題を聞き、敷地には大きな段差があるので、まず整地をしてから家のことを決めることにした。ちなみに、和田浦駅は、東京から、鴨川回りでも、館山回りでも、鉄道運賃は全く同じ距離にあり、今度の敷地は、駅から歩いて六～七分の近距離にある。

一一月二六日、「夜、貿易奨励会から、『商社商権論』が受賞との電話があった」。一二月一六日に授賞式があった（賞金一〇万円）。なおこの本は翌年、日経の経済図書の賞の候補になったが、賞の対象にはならなかった。

和田の土地に水道を引くのに遠い場所から管を引き、管が通る道の舗装まで求められた。一二月一〇日、水道手付け金として、一一七万円余を送金し、その後間宮から、あと四〇万かかると電話があった。

二八日、洋は、ます寿司をもって富山から帰り、皆で大掃除や正月の料理の準備を何時ものように行って新年を迎えた。なお、この年の敦子の日記には、資金面での調達の方策（預貯金や投信の解約、国債売却など）、及び千葉の家が出来たときもって行くもののリストなどが、メモ書きされている。

九二年、和田の別荘が出来、克美学位を得る

九二年の一月二日「初ワープロ、博士論文用の目次」。克美が学位を得るための手続きに入っていた。主著の「商社商権論」を大阪市大に提出して、学位を求めた。学位は克美のような教職歴の短い者が大学院で教えるのには必要とされていた。

一月二七日、二人は、千倉へ行き、午後、間宮の車で、和田へ行った。水道工事の代金を支払い（一五〇万円）、敷地の海側の隣家の及川と、地元の有力者たちの家に行って挨拶し、大工と打ち合わせをした。その後間宮

が花園（地名）の知り合いのファームへ案内し、ストックとカーネーションを贈呈された。二月五日に家の設計図が届いた。二月一六日に、また和田へ行った。

二月一七日、克美はゼミの学生（現地人）と台湾に向かって出発、二五日の夜遅く帰って来た。このときの克美の調査結果は、九三年三月卒業のゼミ生たちとの協同作業のかたちで、九四年の一〇月に一つの本になった（『東アジアと台湾の経済』学文社）。

克美が台湾に行っている間、敦子は京都と富山へ行った。二月一九日、京都へ。翌日JRで城陽から「東福寺駅へ行き、歩いて三十三間堂の隣の養源院へ行った。伏見城の一室をもって来たとのことで、落城の時の切腹のあとが、血天井になっていた」。二二日、富山へ行き「六時過ぎに洋が来たので和食を食べた」。二三日、日曜「一一時に洋が来たので、西武で洋のカーディガンを買い、駅へ行って、一時三分の飛騨号まで送ってもらう」。

三月四日、克美はロシア訪問団の団長を頼まれ、一九日、成田からモスクワへ飛ぶ。克美はロシアで歓待されたが、庶民の生活面での極端な貧しさなどを見た上で、サンクト・ペテルブルク、フィンランド経由で帰国した。二九日、克美帰国。「お人形やフィンランドの生地等いろいろおみやげがあった」。

四月三日、和田の敷地の境界の工事代金、八九万円を間宮宛に振り込み、四日、二人で館山へ行って、ビジネスホテルで泊まる。五日、雨風が強い中、大喜（伊丹）に迎えられ、現場へ行く。その後雨の中、地鎮祭を行う。「北風が強くて、お飾りが飛びそうだった」。翌日、二人で新宿へ行き、興銀のワリコーを換金し、大喜工務店に送金した（六百万円）。

四月二九日「間宮から電話で、残り二一坪買わないかと言ってきた」。これは、敷地の中に、上の隣家の所有部分がはみ出している分を買い取らないかという提案。その通りにした。土地の単価は下げてもらった。地価は下落していた。

五月一日、洋と三人で和田へ行き、作業状況を見る。敷地に段差があり、その上をまたぐように家を建て、一部を地下倉庫にする構造。翌日「柱が立ちだして、昼までに二階の方まで出来た。四時頃からご幣が上がって上棟式が始まった。間宮の乾杯で始まり、大工さんの三本締めで終わった。鯵といなだの氷詰めを貰って、館山からのさざなみで帰った」。

五月四日「夕方ワープロで洋の釣書を作り変えた」。敦子は洋の結婚のため動いていた。

五月八日、大喜工務店へ六百万円振り込み。このとき洋から四百万円借りている。

五月三〇日、敦子一人で京都へ。母の家に泊まり、翌日多羅間へお祝いを持っていってから、皆で「彩」へ行った。母翠江の卒寿、多羅間の喜寿、多羅間夫妻の金婚式を祝った。多羅間一家のほか、竹内夫妻、愛甲晴美、直美が参加した。夕方のひかりで帰京。

六月四日から五日、小諸。寒かったが別荘地内を歩いてみた。「一〇軒ほど建ちはじめていた」。

六月二〇日、和田で打ち合わせ。「塗装の人、家具の人、内装の人と打ち合わせをした」。

七月一〇日、二人で京都へ。その後はほぼ別行動で、敦子は、翌日午後母を伴って東京へ。

七月二三日「タクシーで新宿へ行き、新宿発のあさまで小諸へ行った」。この後例年のように、ほぼずっと母を含めて三人での別荘生活。時々洋が来たほか、克美は二回ほど、敦子は一回東京へ行ってきた。

八月二三日に、林文恵に小諸の別荘に来てもらい、母を託して、二人で東京へ帰り、二四日に和田へ行って、家の引き渡しを受けた。ここで、この家の概要を書いておく。

住所は、南房総市（当時は安房郡）和田町仁我浦三六の二。

家の作りの基本は和風、玄関を外から見ると、全くの和風に見え、瓦屋根の二階建て。ただし、一階の居間は板張りで、真ん中に深い掘り炬燵を設け、足を下ろして座るようにした。居間と並んで東側に八畳の和室。ここを居間よりも一段高くした。意識して和室に上がるかたちをとって、つまずくのを防いだ。和室の南側を少し張り出して、上に出窓をつけ、下を物入れにした。二階は、客間の和室（六畳）と、広い板張りの書斎。その壁面に、天井まで届く作り付けの書棚を設けた。この部屋の東側はベランダになっていて、海を見渡すことができた。

この家の間取りについては、敦子が考えた案がいくつか残っており、強い執着を持っていたことがわかる。ちなみに、南側にキッチンがある。梅丘の家ではキッチンが北側にあるが、ここでは明るく広いキッチンが作られ、食器を収納する棚はすべて壁面に作り付けられた。

二三日に「鍵を開けて入ると、とてもよいのになっていた。二階はとくに良い」。この日克美は、新しい家を無人のまま現地に残して帰ることに、一種の恐怖心をもって、火災保険の契約を急いだ。敦子は新しい家が出来たことに満足し、「一晩でも泊まれれば、もう言うことはない」とまで言っていた。

八月二五日、小諸の別荘へ戻り、文恵と交代。三〇日に東京の自宅に帰った。三一日は、千葉へ持って行くものの荷造り。九月一日に岸本（運送屋）が来て、荷物を積み込む。

九月二日、克美、母と共に鴨川からタクシーで和田の家に行った。必要なものを買い揃えるなどしつつ滞在。ちなみに当時、家を出て、畑の中から、駅の前の道に出ると、駅の先に魚屋のほか、野菜や酒類を売る小さい店があった。一方、千葉銀行の支店、布団や金物を扱う大きな店などは、踏切を越えた先の国道沿いにあり、やや遠かった。ただ、そこまで歩くことも、最初の内はさほど大変とは思わなかった。

九月四日に佐恵子が訪ねてきた。九月五日に、新築祝いと大工たちの慰労のために、庭でバーベキューの会を行なった。敦子の日記に、費用が記されていないので、大喜工務店が準備したようだ。佐恵子は翌日帰り、克美は九月七日に京都へ向かった。金閣寺のそばの立命館、国際関係学部で、総合商社論の夏期集中講義をするため。

敦子と母は、和田の家にずっと滞在していて、九月一五日に帰京した。つまり、二人は出来たばかりの家に約半月居たことになる。九月二二日、敦子は母を送って京都へ。九月二五日、洋へ四百万円返済。

写真 7-1　新築の和田で母と娘

一〇月七日、和田へ。九日には祭りの神輿が出ていた。一〇日、駅のそばに、集落ごとの祭りの山車が集っていた。「いろいろな紙のお飾りをしていた」。素朴だが派手な色合いで、漁師の文化を示すと思われた。太鼓の音、集った人で、駅前が賑わっていた。

一〇月一二日「ワープロ（系列の本の清書）をした」。克美の新しい本づくりが始まった。

一〇月二五日、清憲の二五回忌の法事と会食。相川、平澤夫妻が来た。

一〇月三〇日、夕方から和田へ行き、一一月二日、隣の駅まで行って、家具屋で机と椅子を頼んだ。一一月四日、大喜の車で千倉へ行き、登記を頼んで、白浜から館山へと案内され、那古船方の魚の市場に寄って昼飯用の魚を買って帰った。

一一月五日「相川夫妻が昼前に和田の家に来た。お父さんと仁衛門島へ行った」。

一一月二四日に、大阪市大から、一二月二一日に学位（博士）を授与するとの電話。その前内々に、商学か、経営学かどちらでも、と言われ、流大の学長と相談して商学の方にした。

一二月二日、小湊鐵道に乗り、養老渓谷へ。その後タクシーで天津小湊へ向かう。途中山の中を走って滝を見、日蓮ゆかりの清澄寺にも寄った。

一二月一九日、敦子一人、昼に京都へ。母の家に泊まる。翌日朝「愛甲泰造さんが迎えに来て万博記念公園へ行った（尚美の結婚式）。「レースの素敵なウェディングドレスで可愛かった。お色直しはベルばらのようなバラの花だらけのベストと黒のベルベットのスカートで、これまた素敵だった」。克美は二一日、大阪市大で学位授与式に出席。

九三年から九四年前半

九三年の正月は、梅丘の自宅で平穏に迎えた。ただ前年の末から、洋の見合いの話が始まり、一月一六日に、相手と二人だけで、最初の見合いをした。仲人役は、克美が、住商から東洋学園大学への転職を斡旋した田中夫人。この後、田中夫人とは、かなり長い付き合いとなった（克美と田中の付き合いはそれ以上に長く続いた）。このときの話は不成立。

和田の別荘へは、一月後半以降、大体月に二回くらいのペースで行った。寒い季節にも出掛けられ、初めからの狙い通りのことができた。二月に和田へ行ったとき、敦子は三輪田のクラスメートの平尾たちを招待し、一八日に泊めて翌日仁衛門島へ行った。その後相川が来た。二四日に帰るまで、一〇日間の滞在となり、途中でカーネーションを栽培するハウスに行った。この後しばらく、ここのカーネーションを贈り物に使うようになった。

三月一五日に和田へ行ったとき、翌日、大喜が土建業の大和建材を連れて来た。庭と周辺の整備をしたいと思っていたので、頼むことにした。

三月二〇日は、克美の大学の卒業式。「私の誕生日なので、どこかへ行こうかと思ったが、お鍋にして、やめた」。

四月二日、都立家政駅から、田中夫人の家まで会いに行った。「やさしい感じの人」。

四月六日、和田へ行き、八日、ニューヨーク時代の敦子の知り合い、伊藤、広島の二人を迎えた。一泊させたあと、九日、敦子と二人はバスで白浜、歩いて野島崎、又バスで館山、那古観音へ参り、館山へ戻る。客は帰った。翌日克美と帰京。敦子が二月と四月、立て続けに親しい友人を招いたことは、この新しい家への敦子の思い入れの強さを示している。

四月にはこのあと、途中と月末からの連休に和田へ行った。大和建材が、家の南側に庭をつくり、東側の畑にする場所に新しい土を入れ、道路側の低い場所を駐車場にして、その回りを高い崖で囲むという工事をしていた。

五月一二日、敦子は歯医者で、「犬歯の神経を取った。ブリッジになるので、二二万円かかるとのこと」。この後敦子は歯医者に通い、年末に入れ歯が出来た。なお、この年、敦子は髪を染めに行っている。

六月には二回、七月には一回和田へ行った。南側の半端な地面の買い付けが終わり、境界にコンクリートの土留めをすることになり、間宮に頼んだ。結局、大和建材への支払いは一六二万円、土地の買い取りに三四〇万円、間宮に約一三〇万円を支払った。

七月二二日、二人で京都へ行き、翌日母を連れて三人で、名古屋から松本へ行って、タクシーで小諸の別荘へ。「西友はつぶれていた。家の中はとてもしめっぽかった」。この後途中で三日間佐恵子に来て貰って、二人で東京に帰ったが、それ以外は例年通り、克美は数回、そして敦子も一度それぞれ東京と別荘を往復。

九月三〇日、五箇山で墓参してから小諸へ回るという新機軸の旅。上越新幹線で、長岡へ行き、高岡から城端は列車、あとタクシーで雨の中、大島の墓に参り、「嶌田さんへ寄った。おばあさんは元気だった」。「清平のコーヒールームはなかなか良いのになっていた」。一〇月一日「朝、コーヒーやミルクを飲んでから、タクシーで平村郷土館等へ行き、白山が見えた」。この後直江津、長野経由、電車を乗り継ぎ、小諸の別荘へ。「どんぐりが沢山落ち

写真 7-2　和田の別荘東北側より

ていた。寒かった」。翌日「山がよく見えた」。

一〇月には二回、和田へ行き、敦子は一一月五日名古屋での女専の被服科一回生のクラス会。「功刀先生は九五歳で大変お元気で、よく昔の人のことを覚えていらしてびっくりした」。一一月一〇日、広島と待ち合わせ、二人で箱根に日帰り旅行。人混みの中、強羅公園、宮ノ下などへ行った。

一一月二〇日、和田からの帰り、「小田急の三省堂へ寄ったら、お父さんの『系列資本主義』が、ビジネスのところに積んであった」。

一二月、三回目の和田行きは、越年を予定。二九日、二人で行き、三〇日に洋も来た。

九四年の元旦、和田の別荘で、早起きをして海から上がる初日の出を見た。三日に帰京。

二月一一日、文恵結婚式。横浜ランドマークタワーへ。「B1の美容室で着付けをしてもらった。文ちゃんはとても可愛いお嫁さんだった。堀さんはコロンビアに勤めている」。

この年の前半、和田へは大体月二回のペースで行った。二月一七日には、旧友の福中と水本夫妻を招いた。当日夜は、刺身中心の宴会。翌日太海の辺りへ行き、海岸を歩き、笹寿司で昼食。客はその日に、克美と二人は一九日に帰京。

三月二〇日、克美は大学の卒業式。敦子の誕生祝いのことは書いてないが、ケーキ代九二〇円と記録されている。

三月二三日「NHKから電話」。これは克美の著書『系列資本主義』に絡んで、取材を申し込んで来たもので、対応したが、番組は作られなかった。

敦子は四月七日、金子の葬儀に行き、福中夫妻と会った。福中は友人代表として弔辞を述べた。福中夫人と渋谷まで一緒に帰った（克美は勤めの都合で前日の通夜に行った）。

敦子は、三輪田のクラス会へ行き、またパッチワークの仕事を盛んに行って、壁掛けの大きな作品を作った。

この年は七月半ばになっても、母を迎えに行かず、二四日に二人で小諸へ行き、二六日には克美の旧友の福中と辻が訪ねてきた。辻は蓼科に別荘をもち、ジープを運転して福中を連れて来た。皆で一緒に望月の町へ行き、昼食にうなぎを食べた。

小諸の別荘には、その後洋も来て、およそ七月末までさほどの変化はなかったが、八月に入って、状況が一変する。その後のことは節を改めて述べる。

第三節　姉の死、母との同居と別れ、洋の結婚と結末

九四年の後半、母との同居が決まる

九四年の夏に母を小諸の別荘に連れて来なかったのは、母の具合がよくないと言われていたからのようだ。八月三日の敦子の日記に「お母さんに電話した。意外に元気そうだった」とある。敦子と克美は、その日は東京に居て、翌日小諸へ行った。そして八月六日「夜お母さんに電話したら、お姉さんが亡くなったと聞いて、びっくりした。それから方々へ電話した」。八月八日に敦子は一人で松本までタクシーを使い、名古屋経由で京都へ行った。この日が通夜。翌日葬儀。その様子は日記には全く書かれていない。母と二人で、あるいは兄や佐恵子等とも、いかに悲しんだか、想像に難くない。

八月一〇日、敦子は再び松本経由で小諸へ戻って来た。一六日には、二人で東京へ帰り、克美は一人でそのまま引き続き和田へ行った。新しく入った土のところで畑を作ろうとした。一九日に二人で小諸へ行き、二六日に帰京。

八月二九日、佐恵子から電話で、洋の相手について打診があり、川久保からの紹介ということで、候補者の写真などが送られてきた。

九月八日、克美が例年通り、立命館での集中講義に出掛けるのに合わせて、敦子も京都城陽の母の家へ行った。九日、克美と兄尚恒が城陽に来て、多羅間へ姉の供養のお参りに行き、母翠江を東京で引き受ける話をし、「一二日に東京へ来ることになった」。翌日敦子は帰京。母は、その後電話で、東京へ行くのはいやだと言ったりしたが、二一日に東京へ来た。

母を迎えるために、東京の自宅和室の南側に張り出して、一〇帖ほどの一部屋とキッチン、トイレを備えた増築をすることになり、近所の建設会社（双葉建設）に頼んだ。床にコルクを貼り、床暖房を施し、キッチンはガスでなく、ＩＨヒーターを使うようにした。工事は年末までかかり、工事代金は母が負担したようだ。

洋の縁談は、相手から気に入られ、洋も納得して、一〇月三〇日に、事実上のプロポーズ。その後、二月頃に挙式というように話が進んだ。この相手には、敦子も、洋にはお似合いと思った面もあり、結婚したのだが、結局うまく行かなかった。その理由は、差し控える。九七年に離婚したが、それまで、当方と付き合いがあった。

九四年、洋の婚約と並行して、母のための家の増築が進んだ。地主に承諾料三〇万円を支払い、庭の梅の木などを切り倒して整地し、さらに下水を道路へ導くための工事も必要だった。又、この増築工事と並行して、母屋の浴室の改造も行なうことにした（風呂改良費四七万円）。一一月二五日に、増築部分の建前を行なった。一二月二〇日に完成し、二三日に、新しい部屋に箪笥を運ぶなどして、移動を終えた。

母と同居するようになったので、二人で和田へ行くことができなくなり、たまに克美が一人で行ったが、一〇月の末には、母を流山の佐恵子に預かってもらって、一一月二日まで、二晩、二人、和田で過ごした。

母は、時に体の不調を訴え、敦子が医師の鴻上に相談し、往診を受けたが、九四年の年末は、おおむね平穏に、例年通り、克美らが垣根を刈り、掃除をするなどして新年を迎える準備をした。

九五年、衰弱する母への対応

九五年の正月、まずは幸せな幕開けだった。元日、母はおせちを全部食べた。二日には洋の婚約者が訪ねて来た。敦子は昼の料理を牛肉の冷やしシャブ、おやつの菓子はチョコレート・ケーキとし、夕食のおせちは「松花堂に入れた。食後は福梅を出した」。

一月一二日には、佐恵子に泊まりに来てもらい、二人で和田へ行った。一五日は、「お母さんの誕生日で、甘えびを食べた」。一七日に阪神大震災があり、敦子は「高岡さんの両親の家が心配」と日記に書いた。大阪のマンションの七階に住んで居た兄の家では「瀬戸物は全部壊れ、本棚もテレビもひっくり返ったとのこと」。

一月二〇日、母に「昨夜、夜中にどんどん叩いて起こされた」。二二日夜「お風呂でお母さんが腰を抜かした。三人でベッドまで運んだ」。二五日、母は「昼に冷やしラーメンを食べて美味しかったと言っていたのに、三時頃ひどい下痢で、それから食べなくなって、夕食はお茶だけ飲んだ」。この頃鴻上医師は、母には、なるべく食べるように、という指示を行っていた。まだ老人食という特別の考え方はしていなかっただろう。その後母は食べたり、食べなかったりしながら過ごしていたが、二月七日の夕方、尻餅をつき、右足が動かなくなった。ベッドに引き揚げるのが大変だったが、翌朝行ってみたら、床に落ちていた。これを引き揚げ、痛み止めの貼り薬と坐薬を医者からもらった。その後又夜中にベッドから落ちていた。その日の午後佐恵子が来て話をしたら、気分が落ち着いたのか、母は、夕方「気違いになった」と言った。

二月一九日には、訪ねて来た恭子と「お母さんは、まともに話をしていた」。その後、区の福祉担当者と相談し、私費のヘルパーに、週二日来てもらい、又入浴サービスを利用できるようになった。ヘルパーは二月二一日から、火曜と木曜に来るようになった。入浴サービスは三月三日から始まり、一〇日から二〇日の間隔で来た。パンプキン号と称し、道具をすべて揃えて来た。

克美は、大学勤務の定年が近づいていたが、この年はまだ特任教授で、大学院での授業や松戸市の市民講座での講義もしながら、合間を見て日帰りで和田へも行った。

この春には洋の結婚式があったが、そこでトラブルがあった。その後小康状態の中で二人は府中に住み、小諸、和田両方に来たことがある。

克美と敦子はかなりバラバラの生活になった。敦子は母の介護のために多くの時間を使い、少しの買い物か、美容院へ行くときくらいしか家を空けることができなかった。介護の疲れがあったのか、一〇月五日には「心臓がドキドキして」不安になり、鴻上医師に来てもらった」。この日克美は前日から和田に行って不在だった。血圧も高いので、午後「鴻上さんへ行って、心電図と心臓の動きを診てもらい、採血して帰った」。このあと、薬のせいで脈拍が減り、そのことが心配になって薬を止めた。

母の状態は、一進一退を繰り返し、ある時期には点滴を受け、他方、ある時には刺身とご飯を食べたが、食欲のない日が多かった。認知症の症状もあり、夜中に「ご飯を炊いて」と敦子に命じたりした。

克美は、夏には一人で何回か小諸の別荘へ行き、数日居て帰った。秋になると、和田の畑で、試みに植えていたさつまいもを収穫した。

一一月下旬、克美は欧州へ調査旅行に出発。公正取引協議会のプロジェクトの一環として、法律関係を調べる若い研究者と二人で、現地の公取関係者の助けも受けながら、ベルリン、ブリュッセル、パリなどへ行った。

一二月一九日「午後安藤さんが来た」。安藤は以前茶の湯を教えに大山町によく来た親戚。母は「初めはよくわからなかったらしいが、だんだんわかって、昔の話をしていた」。

年末、克美が庭で焚き火をして焼き芋をつくり、掃除はヘルパーに頼むなど、平穏に過ごした。

九六年、敦子パッチワークをし、秋に母を見送る

一月一日「穏やかな元旦、一日お母さんの便の始末をしていた」。五日、母がヘルパーに対し「会を脱会するから、帰ってくれ」と言ったとか。世田谷区からお金をもらっているからと言ってなだめた」。母は、ヘルパーに払うコストを気にしていたが、敦子としては、自分だけでは到底対応できないので、当時まだ介護保険が無い中、自費でヘルパー（家政婦）に来てもらっていた。世田谷区からの補助が少しあったので、それを引き合いに母を説得した。

この頃敦子は、パッチワークに精を出し、いろいろな作品を作っていた。一月一七日「ソファーのパッチが出来上がった」。二月一二日「かぎ型のパッチが出来上がったので、壁に掛けた。丸い鍋つかみは、つなげて棒にかけたら面白いのになった」。どれも大作で、鍋つかみは、縁取りした手のひらほどの大きさの丸い布の台の上に、二〇個ほどの菱形の小切れで模様を作っている。これを四列、二八個つなげて、階段の登り口の壁に掛け、そのまま生涯にわたって眺めていた（裏表紙参照）。この頃以降無数の大小の布切れを用意して、それらをバランスよく配置し、縫合わせて、クッションをつくったり、箱の上に張ったりするようになった。

克美は、この年の三月で特任教授の定年となり、退職金四百万円弱を貰って、四月以降は客員教授となった。給与は三割ほど減ったが、仕事はあまり変わらなかった。

五月から六月にかけて、克美は休みの日に、和田の畑にさつまいもを植え、様子を見に行った。敦子は、母の介護中心の生活だが、五月一七日には「渋谷へ行った。リバティー・パッチワークを見てきた。生地三種を買った」。母の調子は不安定ながら、元気な日もあった。佐恵子や兄の尚恒が、時々見舞いに来た。洋夫妻も折りにふれ来ていた。

この時期、克美の知人や、高岡の母など、訃報が多かったが、六月一三日には多羅間の兄が亡くなったとの知らせが入った。その死亡記事が新聞にも載り、敦子の日記のうしろに貼ってある。京大

写真7-3　敦子が布を貼った箱いろいろ

名誉教授、触媒化学。心不全のため死去、と。こちらの二人は行けないので、佐恵子に行ってもらうことにした。佐恵子は一四日京都に着き、一七日に当方に来てくれたときの話では「多羅間はこの冬大分弱っていたとのこと。その日、夜一一時まで拓ちゃんの家に居て、一三日の朝病院に行くことになっていたので、迎えに行ったら、長椅子のところに何時ものように座って居て、亡くなっていたとのことだった」。

母については七月一五日「午後入浴時、床ずれがひどいので、訪問看護を頼んでは、と言われた」。頼んだ結果、一七日、「昼頃看護婦さんが来て、二時近くまで居た。マットレスを申し込み、ベッドを借りるのは、福祉事務所の担当と聞いた。夕方マットレスをもってきた」。一九日「六時過ぎ、土居先生（皮膚科の女医）が来て、床ずれの黒い部分を少し挟みで切って、白いチューブの薬を沢山塗って、ガーゼを貼ってもらった」。

克美はこの日ベトナムへ向かったので、その日夕方から、洋たちに来てもらい、夜、母の体位を変えてもらった。克美は、偶然の縁で、ベトナムへ団体旅行で行き、二六日に帰った。「絹のブラウスや袋など安いので驚いた」と敦子の日記。敦子は、克美の海外旅行のときに、生地類を買ってくるよう頼んでいた。当時のベトナムはまだ復興初期であった。

克美は、ベトナムから帰ったあと、和田へ行き、小諸へ行った。小諸へ行ったのは三回だけ、滞在日数は少なかった。

母は七月二七日から、レンタルのベッドを利用。家政婦のほか、介護専門のヘルパー（今井）が時々来て、傷の手当や便の始末を手伝った。食欲の無い時には、点滴を受け、床ずれの手当も頻繁にしてもらった。

九月一九日、母が発熱。鴻上医師に電話し、対応してもらって、小康状態となる。

九月二二日、克美は水戸の市民講座へ講義に出掛け、台風の大雨に会ったが、翌日晴れたので筑波山に行ってから、帰京した。ところがこの台風で和田の家の屋根の瓦が飛んでいると知らされた。千葉の電車の復旧を待ち、二六日に克美は和田へ行き、屋根の修繕を頼んだ。

九月三〇日、克美は大学で泊まる日。佐恵子が来ていて、敦子と二人「母のそばに居たら、何かといろいろ食べたがった」。

一〇月五日、洋が相手とともにヨーロッパ旅行に行くはずの日に、相手の状態が悪くなり、曲折はあったが、洋はひきつづき府中のアパートで過した後、梅丘に帰って来た。こうして洋がピンチのときに、敦子は母、翠江を見送ることになった。

一〇月一七日、母「午後、床ずれの治療の後、急に冷たい手で引っ張るようにして、死ぬと言ったりしていたが、熱が九度になり、息づかいが苦しそうになった。鴻上さんに電話して（克美に）下剤を取りに行ってもらったが、まだ心配と鎌内さん（ヘルパー）が言い、先生に来てもらって、と言って帰った。その後、だんだん苦しそうなので電話した。先生がいらっしゃる前に呼吸が止まってしまった。五時五五分だった。お兄さん、佐恵子、外茂さん（叔父）に電話した。金子葬儀社はすぐ来た。一時頃お兄さんが来た」。この葬儀は、竹内家のことなので、蔦田の家の門に、竹内家と書いた提灯が掲げられた。それを見て、翌日から、近所の人たちが、弔問に来てくれた。

一〇月一八日「朝から方々に電話して忙しかった。ヘルパーさんに、煮しめを作ってもらった。今朝天王寺がOKしてくれて本当によかった。過去帳にいろいろ出ているらしく、法名のことも言っていた。六時からお経が始まった。夜は美登利寿司を頼んでビールを飲んだ」。天王寺は、翠江が通っていた東京での菩提寺である。

一〇月一九日、葬儀の日。敦子の日記の記述は少ないが、家で納棺するとき、敦子は短かく「ヒィーッ」と泣いた。克美が敦子の泣き声を聞いたのは、生涯でこのときだけである。葬式は午後二時から梅丘の家で行い、その後大山町の近くの幡ヶ谷の火葬場へ皆で行った。帰ってから宴会で「八時頃まで賑やかだった」。

翠江の納骨などは兄尚恒の仕事になったが、兄は相続権を主張せず、母の面倒をみてきた敦子に多くの取り分を与えるというので、遺産の分配は敦子（克美が助けて）の仕事になった。もともと取引のある住友信託の担当者の助言を得つつ、書類の準備などをした。「多羅間の孫までの謄本と印鑑証明が要るとのこと」。

一〇月三〇日、二人で和田へ。「久しぶりに電車に乗った。海がとてもきれいだった」。「及川さんにおいもをあげたら、里芋をくれた」。翌日「午前中、お米を買いに行った。大喜さんで、瓦屋の払いをした。帰りに飛びと鯵の刺身を買って、海岸を通って帰った」。このとき、台風による塩害で、松などが茶色になっているのを眼にした。

この後、葬儀の後始末や母の荷物の整理など、佐恵子も手伝って行い、兄も来た。

一一月一六日、克美が東京駅まで送り、敦子は母の納骨のために福井県の勝山へ行った。一七日、寺へ行き、一一時からお経、一二時過ぎから納骨。一部供養塔に入れた他、全部墓に入った。「それから、亀平にて宴会、蟹の甲羅酒がおいしかった」。

この後二人は年内に二回（年末は別にして）和田へ行ったが、敦子の大きな仕事としては、城陽の母の家の後始末などがあった。一二月一日、佐恵子と待ち合わせて京都へ行く。新都ホテルに荷物を置いて、城陽へ行った。「一時間ほど荷物の整理をして、京都に戻り、ホテルに七時頃お兄さんが、八時に拓也、茂雄ちゃんが来て、実印を押してもらった」。相続関係の書類を、敦子が主に準備していた。二日に再び城陽へ行き、母の家の管理を頼んでいた人に、家の売却前に、欲しい物があったら進呈すると話した上で、残った着物、台所用具などの整理をした。三日、知恩院の山門を見物し、買い物などして昼前のひかりで帰京。

一一月下旬頃から、洋の問題の話が進み、離婚の方向が決まってから、克美がベトナム旅行で知り合った中村弁護士に事情を説明し、離婚の交渉や手続きを依頼した。洋は、会社に勤めながら、府中と梅丘を往復し、相手のことも考えつつ過した。

一二月三〇日皆で和田へ行った。大晦日に「及川さんからお餅と果物を貰った。ごまめは電子レンジでやったら、うまくいった。なますをつくった」。

九七年の元旦は和田で親子三人、和田の家は農作業の拠点になる

九七年の元旦、「六時四〇分頃坂の上へ行った。雲の中からの日の出を見た。朝食後、昼過ぎ和田浦発で、千倉からビューに乗って帰った」。

一月三一日、寒さの中、克美と敦子は和田へ行き、じゃがいもを植えた。和田の家は農作業の拠点になってきた。三月から五月にかけて、さつまいもの畑を作り、苗を植えた。

二月二六日、洋は離婚届に押印、弁護士に渡した。一方、梅丘の家では、母が居た部屋を模様替え、克美が使うようになった。

三月二〇日、克美は大学の卒業式に出掛けた。二年前地下鉄サリン事件の日にも克美は事件発生とほぼ同じ時刻に千代田線に乗っていた。帰ってから洋も加わり、皆で豪徳寺駅近くの、イタリア料理、ラ・コロンバに行って、

敦子の誕生日を祝った。

敦子は母の遺産処理、克美は秋に鼻の手術

四月一八日に敦子は三輪田の友人との「レオクラブ」に出席、二三日の日記には、「夕方へールポーク彗星がとてもよく見えた」とある。敦子はこの頃から星座や流星を見ることに強い関心をもつようになっていた。

六月一日に、佐恵子と待ち合わせて京都へ行き。多羅間公雄の一周忌の法事と、翠江の家を売却する仕事をした。契約金額は三、二〇〇万円だったようだ。その後も七月に再び京都で、銀行などへ行き、翠江の遺産が確定したらしく、この後、多羅間拓也、茂雄宛に追加の送金をしたという。九月九日「岡田、林、茂雄、尚恒に送金をした」。翠江の相続関係の仕事がまだ残っており、拓也には電信書留で送金したようだ。

七月から八月には、和田と小諸の別荘で過ごす日が多くなった。八月一七日「小海線で岩村田へ行き、バスで望月へ行った。新幹線を見た」。長野新幹線の駅が何処に来るかは、このとき大きな関心事だったので、様子を見に行った。

九月一〇日、前日「平澤のお母さん」が亡くなり、克美が通夜に行った。敦子は翌日、相川夫妻と葬儀に行った。この辺りから克美の顔の右側の中の炎症が意識されていた。

九月一六日、克美は大学で試験をして帰り、翌日「口の中に膿のようなものが下がって来るので、歯医者へ行ったが、鼻からだろうと言われ耳鼻科へ行った。そこで、薬を飲んでみてだめなら病院へ行けとのこと」。東邦大大橋病院を紹介してくれたので、翌日克美は初めて受診。少し診ただけで、すぐ入院と決まり、敦子に電話した。敦子は、隣の眞子の助けでタクシーを拾ってもらえた。「大雨になった。六人部屋の三〇三号室だった」。

九月一九日、克美は検査を受け、その後外泊してから病院へ戻り、九月二五日の木曜日に手術された。顔面の下にメスを入れ、粘膜をこそぎ取るらしい。部分麻酔だから、様子がよくわかり、眼がつぶれるのではないかという恐怖に襲われた。「三時に赤い顔をして出てきた。少し痛みがあるらしいので、座薬を入れてもらったら少し楽になり、ジュースやお茶を飲んだ。夕食前起きて、お便所に行って、流動食の夕食を食べた」。その後時々敦子と洋が病院を見舞い、一〇月二日に退院した。

この後、年内敦子と克美の二人が一緒に動いたのは、

主に和田へ行くときだった。一〇月一〇日には、芋掘りをした。それを四つの箱に分けて送ったとある。佐恵子と尚恒へ一つずつ、自宅へ二個とみられるが、自宅には大きな箱で送ったはずで、それをかなり方々に分けた。その後年末まで、ほぼ月に二回のペースで和田に行った。館山の駅前の中村屋でパンなどを買って行くことを、この頃覚えた。この時期には、洋が家に居たので、土日の休みは皆が東京で過ごすようにして、二人が和田に行くのは、木、金曜が多かった。

洋は一一月二日に、克美と、パソコンを買いに行った（二三万円余）。五日、これが届いた。「洋が帰ってから、パソコンをやってもらった。とてもきれいなディスプレー」。

敦子は一〇月一七日「お母さんの命日なので、おまんじゅうを上げた」。居間の片隅の高い台の上に母の写真を置いて、時々手を合わせていた。二五日、朝から一人で福井へ向かった。勝山で泊まり、翌日菩提寺で法事。

一一月五日「一一時前に家を出て、レオクラブへ行った。全員揃って賑やかだった」。二三日「結婚記念日なので味道楽へ行ったが一杯だったので、市へ行って、肉団子の鍋やお刺身を食べてきた」。味道楽は梅丘の駅へ行く途中の店で、隣に市という店があった。

一二月一四日、洋は、会社からアメリカへ出張。一八日「夕方洋から電話あり、英語で大分苦労しているらしい」。二二日の夜遅く帰ってきた。

その日の昼には、相川、平澤の人たちと忘年会をした、と。克美はこの日の夕食に、帝国ホテルで正式のディナー。大学の忘年会。新設の観光学科の教員に、もと帝国ホテルのメンバーが就任していた縁で実現した。

写真 7-4　和田浦駅

この頃二人は年賀状の宛名書きに忙しかった。年賀はがきを三五〇枚買って、文面の方は文房具店に印刷を頼んでいた。

一二月二六日、二人は和田へ行き「思いのほか良い天気で、焚き火をして、焼き芋をした」。翌日帰京。その後正月の準備をして、梅丘の家で越年した。

九八年、克美の大学勤務最後、洋は検査入院

一月、克美は鼻の手術後のケアのため、病院で検査を受け、洋は会社の仕事で夜半過ぎに帰る日が多いなど、のんびりとはできなかった。この年は雪の降る日が多く、家の門から表の広い道までの狭い道の雪かきを克美が行なった。

一月一七日「『企業間システム』の本出来上がり」と。この本は、克美の主著に次ぐかなりの大著で、カバーには、敦子の羽織の生地を写して使い、記念碑的な気持を込めていた。ついでに言うと、この時の本は、出版費用の一部を負担し、金銭的には持ち出しになった。

一月三〇日「京都池田さんから電話で、憲治さんが亡くなって、明日葬式とのこと」。三一日「お父さんは京都へ行った」。「一二時過ぎに帰った。池田さんは、少し心臓の具合が悪いと、歩いて病院へ行ってそのまま亡くなったとのこと」。池田家は突然大黒柱を失い、二人の息子は、父親の仕事を継がなかった。

同じ時に、今度は洋に、心臓への懸念が浮上した。洋は二回目のアメリカ行きが迫っていたが、会社の川崎の病院で、狭心症の疑いがあると言われ、検査された後の二月五日の夕方洋から電話があり、これから慈恵医大病院へ行くとのこと。「お父さんが入院の用意をして出掛けた。突発性狭心症の検査と治療をするとのことで、八時過ぎお父さんは帰った」。

その後洋は病院のベッドで過ごし、克美、敦子それぞれ、また二人一緒に、見舞いに行き、洋は二月一四日にカテーテル検査を受けた。「急いで病院へ行ったが、一一時頃やっと（洋が病室に）帰って来た。冠動脈の狭いところは無かったらしい」。二人は昼食のため外出して、愛宕山に登り、放送博物館を見てきた。洋は二月一八日に退院することができたが、アメリカ行きをキャンセルし、二三日の月曜から会社へ出勤し始めた。

二月二二日に、金沢の丘村欣也から系図を書いた手紙が来た。克美の曾祖父嶌田順平の父親が丘村隆介であることは、知られているが、この手紙は克美に家系への関心を喚起した。

和田で本格的にさつまいもを作り、獅子座流星群を見る

二月二六日二人で和田へ行く。家の北側の低い土地を整地し、シートをかぶせて、草が生えるのを防ぐ作業をした。土方仕事を敦子もやった。和田での主な仕事は、さつまいもを育てることなので、四月には、克美がその

畑づくりを始めた。四月九日の敦子の日記には「房総は桜が満開だった」と。ほかの花々や菜の花も咲いて春爛漫だったはず。四月二七日「米山でおいもの苗を買ってきた」。踏切の手前にある店に、さつまいもの苗を頼んでおいた。

この年の春、洋は入院した後であったが、帰宅時刻が深夜になることが多く、時には、二時とか三時になった。四月一六日「洋は一二時前に帰って、（プロジェクトが）終わったので、明日病院へ行ってから休むと言っていた」。一八日、ずいぶん遅れているが「夕方洋の誕生祝いでパッパガッロへ行った。大変な人だった。スパゲッティとひらめがおいしかった」。

克美は、三月で客員教授の定年、四月から非常勤講師となり、毎週木曜に行って一泊した。曜日は変わったが、担当する科目数はほぼ変わらなかった。収入はここで又一段低くなり、それも一年で終わることがわかっていた。克美は、ほかの大学に職が無いか、特に近所の国士舘大学はどうかと、探りを入れてもらったが、高齢者を受け入れる余地はなくなっていた。

五月二日「午前中、岡本の静嘉堂文庫美術館に曜変天目茶碗を見に行った（国宝展）」。この頃敦子の日記に「お父さんにサミットへ買い物に行ってもらった」と書かれているが、この時期サミットは環七の縁に若林店を開店していた（この店は短期間で閉店し、あとに電器店のコジマが入った）。

六月二〇日、敦子の叔父、竹内外茂死去の知らせを受け、二四日に克美が通夜に行き、翌日敦子が葬儀に出席した。「都営一二号線で練馬へ行って、東京都会館で一〇時から葬式が始まった。叔父さんは、お母さんととてもよく似た死に顔だった」。

七月一一日「お父さんは夕方から出版記念会で出かけた」。『日本貿易会五〇年史』の記念会だった。克美は主査で、協力者として当時名古屋市大の講師だった田中彰を推薦して加えて、かなりハードな仕事をして仕上げた。

この時期、サッカーのワールドカップの試合が中継され、敦子はかなり良く見ていた。七月一三日「朝四時からW杯サッカーを見ていた。フランスが〇―三で勝った。ブラジルのロマーリオは元気がなかった。フランスのジダンは二つのヘディングで二点入れた」。

長野新幹線開通、佐久平が別荘への最寄り駅

七月二七日、この年から利用できるようになった長野

新幹線で小諸の別荘に向かった。「一〇時五一分の臨時に飛び乗って、自由席は空いていた。何しろ速いのでただただびっくり。佐久平に降りたら良い天気で、一二時二〇分のバスで望月に行き、町バスで農協前に行ったとき丁度五〇分だった。ファミリーレストランでご飯を食べて、ウォルマート（元西友）で買い物をして別荘に着いた」。二二日に帰京。

八月七日、新幹線で軽井沢下車。「とても良い天気で浅間山がよく見えた。プリンスホテルの方の店を見て、しなの鉄道で小諸へ行って、味噌屋、つるやへ行って望月へ行った」。ずっと滞在し、一三日に洋が来て、一六日に帰る。一九日に、タクシーに来てもらって、少し離れた場所にある多津衛民芸館で、陶器の皿と、この地域特産のじゃがいもを買った。

九月一日和田へ。「すごい草だったが、かぼちゃが大小八個あった」。この頃は、さつまいも以外の作物をいろいろ試しに植えていた。

九月一〇日、五箇山へ。上越新幹線の湯沢から「はくたか」に乗り換え、高岡から城端線。城端からタクシーで直接大島の墓地へ行った。「お墓の回りにコンクリの段々が出来ていて、以前に比べると大変きれいになっていた。嶌田さん（本家）へ行き、坂本さんは居なくて、役場へ行って村史を買って、清平へ行った。暑い日だった。夜はおばあさんと少し話をした」。翌日、バスで城端へ行った。高山にあるような曳山を会館で見物、お寺（城端別院）に行って、歩いて城端の駅へ行こうと思ったら、大変わかりにくかった」。

九月二四日、和田へ。「良い天気だったが、先日の台風の塩害で庭のコスモスが軸だけになっていた。芋掘りをした」。翌日、午後芋の宅急便を自宅のほか尚恒、高岡や恭子のところへも出し、佐恵子へは、次に行ったとき（一〇月一四日）ユーパックで送った。

一〇月一八日、佐恵子と待ち合わせて、ひかりに乗り、福井から勝山へ行った。「台風が夜中に日本海を通ったらしい。二時に眼がさめた。朝起きたら街路樹が斜めになっていた。一一時からお経。一二時から亀半で御膳。お刺身がおいしかった。お母さんの方言集を配った」。方言集というのは、敦子が翠江の生前、聞いて書き留めたこの地方の方言。

一一月六日、三輪田の同級生二人を招いて、家でミニクラス会。

一一月一七日、和田へ。獅子座流星群の流れ星を見る

竹内すみ江の方言

いらっしにー……いらっしゃいね
へしない……おそい
ひまどる……おそい
けなるやー……うらやましい
うざくらっしゃ……わずらはしい
こわいご飯……かたいご飯
こすかん……きらい
かさだか……おおげさ
とちくらがり……暗いうち
こきたない……とてもきたない
はがいしい……はがゆい
めんどい……不美人
ちょっこり……少し
どいなか……田舎
なんともかとも……とても
かたいもんじゃ……おりこう
いちゃけな……可愛い
きずい……きつい
やくちゃもない……困った
おぞい……なさけない
こーしゃな……かしこい
むかしこっこねん……昔々
しまさる……しなさる
いこまいかいね……いきましょう
めんたま……めだま
めぶちはれとる……めがはれてる
なごなるまっし……ねなさい
ながいことないぞに…もうだめ
じゃーま……奥さん
にゃーにゃ……姉さん
そやとこと……そうなのよ
そやさけ……そうだから
ほーけ、ほー……そうかそうか
そんながけ……そうなんですか
くたい……下さい
くどい……塩辛い
りくつな……合理的な
かわらし……可愛い　好ましい
あんやと……有り難う
だいばら……大変
だらな……ばかな
こそばい……くすぐったい
けかちむいとる……しらんかおしている
ございみす……ございます
こうべ……頭
きときと……新しい
〜するこっちゃ……しなさい
あんま……長男
まけんしょ……まけずきらい
おんまほんかご……長い顔
ばーま……ばあさん
じーま……じいさん
おつるま……つるさん
ほねやぞに……骨がおれるよ
くちすぎできん……食べて行けない
もったっしゃー
じょんなぁー
めとにしまさんな……ばかにしないで
だこひこ……たがいちがい

ため、二階東側の書斎へ。「二時半から見始めて、最初に大きいのが三本見えた。お父さんはベランダから南側に大きいのが二本見えたとのこと」。敦子は室内から見ていて「大きいのは最初だけだったが、結局四〇本ほど見られた。それから九時までぐっすり寝た。午後四時のビューに乗り、帰りに神田で降りて、安兵衛でおでんを食べて帰ったら九時過ぎだった」。安兵衛は、克美が旧友の崎田とよく行った店。崎田はすでに亡くなっている。一一月二三日には、夜のテレビで獅子座流星群の番組を見たと敦子の日記にある。結婚記念日のことは、何も書いていない。

一二月は例年同様の形で越年した。この年の敦子の日記の後ろに、克美編著の『現代アジアの産業発展と国際分業』という本の広告（ミネルヴァ書房）の切り抜きが貼ってある。これは小林英夫らとの共著で、克美はこの後、小林に頼まれて、早稲田の大学院の修士論文の副査として、かなりの数の論文の審査をする仕事を数年行った。

第四節　克美無職、二〇〇〇年を迎え、佐久（小諸）別荘の隣に温泉

九九年、克美無職となる一方、家族で家の底地権を買う
九九年の元日は東京の家で過ごし、二日に新宿発の特急で、二人、館山経由和田へ行った。刺身を食べる。駅の近くの魚伴が店を開いていた。克美は少し畑仕事をした。
一月二二日「お父さんは試験で大学へ。今日で最後のようだ」。三月まで非常勤講師の身分が保たれたが、仕事はここで終った。なお夏に立命館の集中講義に行くことは続いたので、そのときも講師の辞令は出たが、常識的には、この四月から無職になった。
一、二月に、後、三回和田へ行って、じゃがいもを植え、菜の花を採ったりした。
三月一八日、克美は弘前大学の黄孝春の案内で東北を見学する旅行に出かけた。この時最大の目的は、当時克美が研究を始めていたブロイラーの処理場を見学することで、黄が困難を乗り越えて手はずが整った。黄の運転する車で、田中彰も一緒に、目的を達しただけでなく、弘前の城や夜の弘前の町での津軽三味線、山内丸山の遺跡見学など有意義に楽しく過ごし、二泊して青森空港から羽田へ帰った。敦子の日記には「青森からは早かったとのこと、津軽塗りのお箸のお土産」。

四月二〇日、相川の個展へ。「お父さんと小田急へ行った。富士山の絵が三枚あった。お父さんは、水本さん、福中さんと会うので、私は伊勢丹へ行って帰った」。この時敦子の買い物の中に、星座表が記されている。水本と福中は、克美と相川の個展で会うようになった。水本は以前相川の絵を買い、福中は自分で絵を描いていた。

五月八日、克美の父と母の法事。父清憲の三三回忌、母喜美子の二三回忌。「九時過ぎに家を出てお寺（託法寺）へ行った。山下の駅で相川さんと一緒になった。寺の待合室が立派に建て変わっていた。一〇時からお経、長男

の人が出てきた。（新宿の）サザンハイアットのレストランで食事をした」。平澤夫妻も居たはず。

・梅丘の土地の底地権を買う

五月一〇日、家の土地の底地権を購入。約二年前の九七年六月六日の敦子の日記に「MMIの高木さんが、鈴木さんのことで来た。四千万くらい払えば、ということらしい」。高木というのが地主側の代理人で、地主が亡くなったので相続税対策として底地権を売りたいという。当方は、住友信託に相談したが、多分克美がローンを受けられないことから、敦子と洋が半分ずつ買うことになった（洋は幾分かのローンを受けた）。その後土地の測量などを経て、九九年の三月末に、エバエステートという会社で契約、内金八百万円を支払った。五月一〇日には、三人で住友信託（新宿）へ行き、「司法書士に登記料、手数料を支払った」。追加の土地代金は約三千三百万円。結局はじめの話の通りになった。これにより、それまで毎月五四、七五〇円支払っていた地代は必要がなくなり、固定資産税を負担することになった。法律的には、克美が敦子と洋共有の土地を借りて家を持ち、その家で皆が住むわけだが、克美の借地権に価値があるのかどうかは、微妙。

和田との往復の中の出来事

四月後半から、五月、六月の間、何時もの年と同じように和田へ行って、さつまいもを植え、梅丘では梅干しや梅酒を作った。七月一日、和田へ行ったら、米山という便利な店が休みで、その後さつまいもの苗をここでは買えなくなった。和田は過疎化に向かっていた。

この年、さつまいもは沢山採れて、親戚や近所の知り合いに配ったが、一〇月二一日、和田の「別荘へ着いたら泥棒が家の中に居てびっくりした。一一〇番電話して、巡査が来た時犯人が田んぼのところに居てつかまった。それから大変だった。お父さんは千倉警察まで行った」。この泥棒とは近所の若い男で、自分の家から抜け出し、当方の家に、縁側の方から入って、中でお湯を沸かしてラーメンを食べていたらしい。われわれが来たのですぐ逃げ出したが、中途半端に近所に居たので、すぐに捕まったのだった。おとなしい男で、集落の人たちは皆この男のことを知っていた。

一〇月二九日、前日千倉警察から電話があったので、出かけて行った。被害届けに押印。翌日、母親が来て、示談の紙に印を押して話を聞いた。高校中退以後まともな生活をしていなかったらしい。ここで和田について少しだけ、その後のことに触れる。

次の年には、大工の大喜工務店に頼んでさつまいもの苗を調達してもらった。さつまいもの苗を植えて、長く放置すると枯れやすいので、水分の蒸発を防ぐために、ペットボトルの首の方をかぶせることを考えて、敦子にもその作業をやってもらった。これは、一度にはできないので、何年もかかって数を増やした。この年の秋さつまいもの収穫には何回か行ったが、敦子は夜、星を見ることを楽しみにしていた。

二〇〇一年、苗の入手先が千葉九重の川上種苗店になった。予め電話して、さつまいもの苗を予約。克美は一人で畑をつくり、四月二八日、敦子は「一〇時半のさざなみで洋と出掛けた。九重で降りて、川上苗店でさつまいもの苗を買って、タクシーで和田浦へ行った」。克美はこの日午前中から畑作り。二九日「一日苗植えをした」。苗を二百本植えた。

この年恭子が和田に来た。五月一〇日「一〇時三〇分に乗るつもりで行ったが、恭子さんと待ち合わせがくるって、一一時で和田浦へ行った」。恭子は蛙の声を聞きたいと言っていたが、下の田んぼから、うるさいほど聞こえた。克美はさつまいも畑の管理。恭子に草取りなどをしてもらう。翌日の昼食に、和田浦駅の海岸寄り、国道沿いにある都亭へ行き、鯨のたれ（味付きの加工品）、鯨の刺身などを食べた。次に小諸別荘の変化。

小諸別荘は新幹線で佐久の圏内へ、隣に温泉

二〇〇〇年六月に、小諸の別荘に行ったら、「小諸南ハイエスト」という看板がかかっていて、開発が進む様子が見られたが、新幹線から行くわれわれにとっては、佐久のイメージが強くなった。その前年、九九年七月二七日には、佐久平から、望月へバスで行き、昼食と買い物をしてから、タクシーで別荘へ。近くに、立派な新しい別荘の建物が出来ていた。三一日「浅間やアルプス全部がよく見えた」。このときは、帰りに望月までタクシー、後はバスを利用している。

八月九日「一〇時二〇分のあさまに飛び乗って、一人だけ座れた。ジャスコでいろいろ感心した」。佐久平駅の近くにジャスコの大きな店ができたので、何日分かの食料を買った。建物全体は、後にイオンモールと名付けられて、多様な店が入ってきた。最初の頃のように、佐久平から別荘に行くのに、バスを使うことはなくなった。「小諸観光タクシーを呼んで、別荘へ行った」。この会社

は佐久小諸観光タクシーと名前を変えたが、その後ずっと利用し続けた。最初、佐久平から別荘へ行くのに、経路をいろいろ試して、やがて一つの経路に決まった。佐久平と別荘の間のタクシー代は、四千円程度で落ち着いてきた。八月一六日から二〇日まで、また別荘へ行った。

　翌年は、克美のがんの検査などで、在京の日が多く、佐久の別荘へ行く回数が減ったが、八月二八日に行ったとき「夕方温泉に行った」。到着した日から、さらにその後毎日温泉に行ったことが、支出記録からわかる。歩いて五、六分の隣の望月温泉には、男女別に、大きな浴場と半露天の湯があって快適な場所になったので、タオルなどをもって行くことが日課になり、自宅の風呂は不要になった。一〇月一九日に別荘へ行ったとき、「黄色や紅葉がきれいだった。夜は木の葉の間から星が見られた」。

九九年その他のこと

　七月九日「六角のピースを集めたパッチが出来上がった」。これは、かなりの大作で、廊下から和室への入り口の壁一杯に、ずっと架けてある。

　一〇月一七日「お母さんの命日なのであんパンを買ってきた」。

　一二月二七日「夜九時の電話で平澤のおじいちゃん（兼夫）が亡くなったとのこと」。二九日に克美が通夜に行き、三〇日に敦子が眞子と葬式に行った。「駅で立食いうどんを食べて、第一斎場へ行った。早かったので親類席の隅に座れた。一時から二時にお経、二時に出棺を見送って帰った。兼夫さんはあまりやつれていなかった」。

写真 7-5　佐久平ジャスコ　敦子がタクシーを待っている

二〇〇〇年は平穏に始まり、後半克美のがん発見

　一月一日「暖かい元旦。二〇〇〇年問題もクリアーしたようで、静かなお正月だった。午後はサッカー、夜はウイーンフィルと、何時もの新年となった」。

　二月一三日、平澤の父の四十九日。「四人で平井へ行った（当方と相川夫妻）。歩いて正養寺へ行った」。納骨と宴会が終わって、東大島までバスで行き、都営地下鉄で帰ってきた」。

三月一四日「午前お父さんと横浜そごうへ行った（児島虎次郎展）。なかなか良い展覧会だった。スカイタワーの餃子屋（紅雲餃子房）でお昼を食べて、渋谷で買い物をして帰った」。

三月一八日、敦子の誕生日の前「相撲が終わってから、三茶のキャロットタワーへ行った。夜景がきれいだった」。レストランの名はスカイキャロット。この時は当然三人。

四月七日、克美と近所の花見。「北沢緑道にお花見に行った。満開だった。サンドイッチを買って行って、ベンチで食べた。代沢小学校のところから、バスで十字路へ行って、又バスで若林へ行って、サミットへ寄って帰った」。この後の和田行きは省略（前に少し書いた）。

四月一四日、三輪田のクラス会のため、田園調布へ行く。和食の店で食べたあと、クラスメートの家へも行った。「エンジのたわしを上げた」。このとき、アクリルの毛糸のたわし（食器洗い用）を作っていた。このたわしはその後生涯に亘って作っていた。

四月二一日「小田急へ相川さんの個展を見に行って、忍野富士を買った」。この時の絵は四号。相川支援の意味もあり、敦子は積極的に買った。

五月九日「お父さんとバスで根津美術館へ行き、燕子花（かきつばた）図の屏風を見た」

五月一一日「午前中、京王へリバティーのブラウスを買いに行った。帰りに佳仙に寄ったら（特売は）まだと言っていたが、夕方届けてくれた」。

五月一五日「午前、銀座三越のパッチワークを見に行った。斉藤謡子の本を買ってサインをしてもらった。一時前に帰った」。パッチワークのテキストは、その後NHKのものなどを数多く揃えた。このときも、リバティーのブラウスを買った。

五月一七日、敦子、北川眼科へ行く。「眼底、眼の検査いろいろやって、白内障の薬をもらってきた」。北川眼科は梅丘駅に近い眼科医で、この後敦子はよく行くようになった。

・克美にがんの疑い、検査、確定へ

六月一九日「夕方、帝国クリニックからの電話で、先週の血液検査の数値が良くない、と」。二〇日「お父さんはクリニックへ行った。前立腺がんの疑いがあるので、来週聖路加病院へ行くことになった」。この時の血液検査は、偶然、試しにやろうということだった。ところがPSA検査の数値が四〇とかの高さなので、聖路加の福井という有力な専門医を紹介してくれた。

六月二六日、聖路加で初診の日、福井医師が触診して、生検のための入院を求めた。七月七日に聖路加へ行って予約、一二日に入院した。一泊して翌日退院。敦子が迎えに来て「ホテルのような病院だった」。七月二六日「お父さんは聖路加へ行った。昼頃電話でやっぱりガンが出来ていたとのこと」。

この後克美は、八月と九月それぞれ二回聖路加へ行った。そして血液検査と注射をされた。薬も処方されて、近くの薬局で待たされた。九月二〇日「お父さんの血液検査は良くなったとのこと」。薬は効いたが、ガンはあるので、この後長い戦いが必要だった。

この歳の夏にも、何時ものように和田に一回、佐久（小諸）の別荘には数回に分けてかなり長期間滞在した。隣の温泉（望月温泉）は　快適な憩いの場になった。

九月七日、敦子は雨の中「東急本店へキルトTOKYO二〇〇〇フェスティバルを見に行った」。翌日和田へ行ったが、畑の土が雨で濡れていたので芋掘りはやめて、翌日帰京。

九月一〇日、サミット陸橋（若林）の閉店セール、一三日にはサミット松陰神社前店へ克美が買物に行った。少し遠いが、克美はこの頃歩くことを健康法にしていた。「米、焼酎、ジュース、牛乳を届けてもらった」。サミットの配達は、システムがしっかりして、使いやすいので、この後ずっと利用するようになった。

九月二四日「高橋尚子が女子マラソンで金」。この日より前の日記には毎日のようにオリンピックでの日本勢の成績が記されている。

・五箇山で民謡鑑賞、白山林道経由勝山、さらに一条谷へ

九月二八日、五箇山へ。事前に恭子と打ち合わせていたので、三人で行った。二八日には上越新幹線から湯沢経由、高岡、城端へ。あとタクシーで、清平に寄ってから大島の墓まで行った。嶌田本家に寄り、坂本は不在。「清平に帰って夕食のとき、こきりこ踊りをする人が二人来て、踊ってもらった。なかなか音が良く、生はいい」。清平館に頼んで、来てもらったのは麦屋保存会の人で、麦屋節の唄と踊りがあったが、敦子にはこきりこの方が印象深かったのだろう。

九月二九日「九時半にタクシーに来て貰って勝山に向かって出発」。恭子は別行動。「途中で、流刑小屋を見、菅沼、白川郷を通ってスーパー林道に入った。天気が良いので遠くが良く見えた。白川郷が小さく見え、水洗トイレのあるところが一千二百メートルだった。峠を越え

てから白山がよく見えた。滝を二つ眺められた。林道が終わってからは手取川横の道を下った。勝山に着くのに三時間半かかった。平泉寺のそばでお蕎麦を食べてお寺（顕海寺）へ行った。お墓にお参りした。お父さんは発掘しているところや白山神社へ行った。その後大野の扇屋へ送ってもらった。夕食の前にお坊さんが来た」。竹内は有力な檀家なので、聞きつけた住職が挨拶に来た。この人は別に仕事をもっていた。この日のタクシー代は三万五千円だった。平泉寺はかつて壮大な寺院（神仏混交）だったが、戦国時代に焼け落ち、その廃墟の発掘が行われていた。

九月三〇日「朝市の前を通って大野駅へ行った。さびれた駅。一〇時の電車で一乗谷へ行った。田んぼの中の駅で、雨も降りだし、朝倉資料館を見てタクシーで遺跡へ行った頃は雨がひどく、屋敷跡へは行けず、滝を見て、福井駅へ行った。加越号とひかりを利用して帰京。

一〇月以降、例年通り、和田へ行って芋を掘り、それをあちこちに分けてあげる等のことをし、克美は聖路加へ月に一、二回行った。

佐久の別荘へは、一〇月一九日が最後。二〇日「洗濯、水抜きをし、雨戸に針金をしてもらって、一二時半タクシーでジャスコへ行って、買物をして一四時半のあさまで帰った」。雨戸に針金というのは、木製の雨戸を外から開けられないために、中に釘を打ち、針金でつないで泥棒対策としたことを言う。

一一月一七日に和田へ行ったときには、獅子座の流星を見たいと、敦子は考えていたが、初めのうちは曇り、夜中は逆に月が出て明るすぎて「星はきれいでなかった」。

一一月二一日「メソポタミヤ文明展を見に行った」。これは世田谷美術館であろう。

一二月一二日「一二、一二、一二の日の切符を集めた。洋とお父さんに頼んで六枚たまった」。

一二月一四日、和田へ。「佐恵子へおいもと大根。星がなかなか見られなかったが、一一時頃から雲がすっきり取れて、とても美しい星空になり、三個流星が見られた」（双子座）。

一二月一九日「お父さんは丸山ワクチンを買いに出かけた」。帝国クリニックで丸山ワクチンを勧められ、説明を受けて購入、クリニックで特訓を受けて、自分で注射するようになった。これはその後一五年くらい続いた。

地下鉄の根津から日本医大へ行くことが多かった。

一二月二二日「お父さんと渋谷へ行った。マークシティーのつばめグリルで昼食を食べて、ＮＨＫスタジオパークへ行った。何時も見ているスタジオパークが狭いので驚いた」。このとき、どーもくんの人形を買った。

年末の掃除と、正月用の料理の準備は順調に終わり、大晦日「夜は紅白を全部見て、二一世紀になってから、お風呂に入った」。

・二〇〇一年、克美放射線治療

正月、やや遅く一月五日に和田へ。六日「お父さんは直接投資の仕事で、畑へ出なかった」。前に出した『海外直接投資入門』の改訂版として『概説海外直接投資』を出すことにしていた。克美は、海を見渡せる和田の家の二階の書斎で仕事をして、新鮮な喜びを味わった。

二月一二日（振り替え休日）「曇って寒い日だったが、洋と東急のプラネタリュームを見に行った。スバルの位置がわかった。東急地下で買物をして、昼までに帰った」。

三月一五日、和田へ。「夜星空がきれいで、九時頃、北斗七星のところで流星を見た。夜北風が強くなった」。流星を見られたことは、敦子には予想外の成果で大満足だった。

一六日「四時のわかしおで帰ったが、東京駅でお父さんと迷子になってしまい、放送を三回しても見つからないので、相川さんに何度も電話したら、お父さんが帰って居るとのことで、八時過ぎにやっと東京駅を出て、九時半に梅丘でお父さんと待ち合わせて、美登利寿司を食べて帰った」。後年、克美の記憶は逆転して、敦子が先に帰っていたと思い込んでいた。頭の中で自分を正当化したいという思考が働いて、逆のストーリーを作っていたようだ。

三月二〇日「今日も暖かい休日。夕方橙々（だいだい）へ行った。オールふぐ料理は美味しかった」。敦子の誕生祝いを、梅丘北口の店で行なった。

三月二三日「午前中お父さんと出光美術館へ板谷波山展を見に行った」

三一日、寒く、雪が降った。「洋の誕生祝いで美登利寿司を取った」。

四月一日「午前、洗濯をしてから、洋とサミットへ行った。桜がきれいだった。国士舘の歩道が出来ていた」。サミットはエープリルフールセールというのをやっていた。

四月五日「朝の内寒かったが、南風が吹いてきた。お父さんとブリジストン美術館へ行った（ルノワール展）。大変な人々でなかなか入れなかった。それでも見たい絵を見たので満足した。あと食事をして、東京駅からタクシーで千鳥ヶ淵の方を通ってもらった。大勢の人が居た。四谷からJRで帰った」。タクシーの中から花見をした。

四月九日、和田へ。一〇日「肥料や農協の物が届いた」。この日、農協から鶏糞や牛糞などを届けて貰った。克美はさつまいもの畑作りをしたほか、かぼちゃやと葱の種を蒔いた。

四月二三日「午前中、東京ガスが来て、ガスオーブンとビルトイン（レンジ）を取り替えて行った（一七万三千円）。

五月八日「午前中お父さんと相川さんの個展へ行った」（銀座一丁目の画廊）。「ディンケルスビュールの絵を買った」（相川の訪独で生まれた小さめの絵）。メルサで食事をして、銀座四丁目でお父さんと別れて、三越で買物をして帰った（ブラウスを買う）」。

五月一五日「名古屋へ行った。神谷で日本料理」。これは女専のクラス会。「二時半ころまで居て、名古屋駅の一五階でアイスクリームを食べて別れた。

六月二日、三輪田のクラス会。敦子はお茶の水のアスターへ行った。

六月一三日「お父さんは、黄、田中さんと会うため、一一時頃出掛けた」。黄が手配して、渋谷の銀杏荘に、三人が集り、商社についての共著執筆のための研究会を始めた。

六月二二日「和田浦へ行く。思ったより天気がよく、じゃがいも掘り。夜は思いがけず、火星が見られた」（火星最接近の日）。七月五日、和田へ。「蒸し暑い日だったが、夕方から涼しい風が吹いた。一二時少し前に部分月食が見られた」。克美は早く寝ていた。

七月一七日「恭子さんから貰ったレースの端布で作るブラウス、今日仕上げた」。

七月一九日「一〇時二八分のあさまで佐久平へ行った」。二〇日「朝からよい天気。久し振りにラジオ体操をした。昼頃洋が来た。夕方みどりの村の温泉へ行った」。連休なので、別荘地にかなり人が来ていた。二一日「午後洋とえちごやへ行った」。この時電話で予め鯉の洗いを頼み、敦子と洋がタクシーで行ってきた。温泉へは毎日行った。二二日帰京。その後も何回か別荘へ行った。

八月六日、克美は聖路加で診察を受け、前立腺はすっかり萎縮していると言われたが、その後も各種の検査を受けた（結果は、がんの転移はないとの診断）。

八月一二日「一一時のわかしおで、三人出掛けた（和田へ）。夜はペルセウス流星群が見られた」。和田浦駅周辺には海水浴に来た人たちがかなり大勢居た。

八月一六日から四回、最後は九月七日から九日まで小諸(佐久)別荘へ行った。

八月三〇日「午後、つかさとテンハーフへ行った。紺のブラウスと茶のパンツを頼んで来た」。

九月三日「お父さんは聖路加。その後斉藤仁さんに会ったとのこと」。斉藤は一高時代の旧友で、農業経済学の大家。この時紹介された清水みゆき(日大生物資源学部)と、連絡がとれ、九月一三日に会いに行った(当時その場所は三軒茶屋の近くにあった)。

九月一一日「夜寝ようとしていたら、ニューヨークの貿易センタービルに飛行機が突っ込んで二棟とも崩れ落ちるテレビを見て、一時前に寝た」。

九月二〇日「お父さんは、クリニック、日本医大、午後聖路加で放射線の準備に行った。お父さんは、帰って、尿道に管を突っ込まれて痛いと言っていた」。この日の検査は、放射線を当てる方向を決めるためのもので、克美は九月二五日から平日は毎日聖路加へ通った。この治療は一一月一四日まで続いた。

九月二二日和田へ。夕方までいも堀り。翌日、いもを新聞紙にくるんで箱に詰め、荷物六個を宅配便で出す。

一〇月九日、春頃から話していたへーベルの塗装が始まることになった。何回かの段階を踏んで、仕事が終わったのは一〇月下旬だった。

一〇月一三日「お父さんは七時半に家を出て名古屋へ。夜、お父さんから電話」。この時、克美は名古屋市大へ土日を使って講義をしに行き、歓待された。久し振りに訪れた名古屋の発展ぶりに驚かされた。

一〇月三〇日、敦子三輪田のミニクラス会へ。「一〇時半に家を出て、帝国ホテルへ行った。オムレツやクロワッサン、チョコレートケーキが美味しかった」。

一一月一七日「お父さん、朝食抜きで名古屋へ行った」。克美はこの日、名古屋でミネルヴァ書房の梶谷を迎えて、共著の本の打ち合わせをしたほか、翌日にかけて名古屋市大で前回の続きの講義(演習)をした。一一月一八日「昨夜三時頃起きていたが流星は見られなかった。夜お父さんが帰った。ちくわ、守口漬、八丁味噌を買ってきてもらった。夜二時に目覚ましをかけて、洋の部屋で見ていたら、薄い雲がかかっていたが、沢山の流星が見られた。四時少し前に寝た(獅子座流星群)」。一九日「昨夜の獅子座の映像をたくさん見た」。

一二月三日「午後美世ちゃんからシクラメンが来

た」。この歳暮は、その後敦子の許にほぼ終生届けられた。

一二月一四日「夜八時から一時間と、一〇時から一一時頃までに五、六個の流星が見られた（双子座流星群）」。

克美は一二月の後半に、清水みゆきがアレンジしてくれた共同研究者との会合で自分の考えを述べるなど、新しい仕事が生まれていた。

年末は、庭と部屋の掃除など、例年通りだったが、垣根のかなめの木が、すっかり勢いを無くしていた。その対策としてその後独断で薬をかけたのは、結局間違いだった。

一二月三〇日「正月の料理は全部出来た」。大晦日はおだやかな日、やや余裕をもって過ごした。

第八章　高齢期を生き、努め、楽しむ

この章の一〇余年の間の基本的な流れを三つにまとめると、第一に、高齢の段階に入っていった時期だが、体調を維持して、生き抜くことができた。第二に、家事をすることは勿論、法事や墓参をし、また長男洋の再婚ができ、別居したが、孫を得てからは、着る物を作るなどした。第三に、孫を得たことは、大きな楽しみだったが、その他として、ピアノの稽古を始めた。旅行には、新しい家族たちとも同行した。別荘では、自然に親しみ、山を見、星を見ることが目標になった。テレビで見るスポーツとしては、フィギュアスケートと大相撲が楽しみだった。

第一節　洋再婚し、別居。敦子ピアノの稽古を始める

二〇〇二年、洋、見合いから結婚へと進む

二〇〇二年の正月は、何時ものように何事もなく始まった。

一月一三日に隣の眞子から見合いの話しが持ち込まれ、二月三日、洋は眞子と京王プラザへ行って、見合いをしたが、この話はここで終わった。二月に入って石川夫人から話があり、一一日に洋は品川のホテルで、結婚候補紹介の元締めの鮫島という人などと会った上、一六日に本人と会ったが、これもダメ。三月から次の話が動きだし、やがて再婚に至ったのだが、その話に入る前に、洋関連以外のことを書く。

克美は引き続き、病院、クリニック、図書館などへ行きながら、会合に出るなどしていたが、この時期に、原稿の文章の入力を、ワープロからパソコンのワード利用へと変えるために、苦労していた。また、敦子の日記には、信託銀行の人が来て、通帳などの島田の「島」を戸籍名の「嶌」に変える手続きをしたとある。

二月一六日、克美は大阪へ行って、高岡の娘の結婚式に出席。敦子も招待されていたが、体調悪く欠席した。盛大な披露宴だった。ここで池田家の人と話して、娘が農水省に勤めていることを知る。克美は三月五日に、本人（池田和代）を農水省に訪ねた。

二月二六日「朝、清平から電話があり清憲さんの写真等がほしいと言ってきた」。「夜、眞子さんがアルバムなどを持って来た」。これは、富山テレビが清憲の紙組合で

の功績などを取り上げたいというので、資料が要るとの話。克美は、写真と残されていた資料類のコピーなどを送ったが、番組は出来なかった。

一月には一五、一六日、さらに月末から一泊、二月は二一日に、三月にも二回和田へ行った。克美は畑仕事。敦子は星に関心がある。三月一二日「夜、星が見えた」。二八日には敦子が一人で町の方へ。「青い海が美しかった」。

三月二三日「パンの笛へ夕食に行った」。この日は土曜日。敦子と洋の誕生祝いを、二人分一緒に、梅丘北口のこの店でやった。

四月と五月は、和田でのさつまいも畑作りが一番の仕事。良い苗を買うのに苦労しながら、二〇〇本ほど植えた。五月二二日「夕方金星がきれいだったが、すぐに曇ってしまった」。六月に行ったときには、「流星まで見えた」。

一方で、洋の見合い相手との交際が、急速に進展した。石川夫人の紹介で、洋は五月四日に品川で会ったあと、五月六日の振替休日にはまた会い、「夜一一時に帰って、今度の日曜に会うとのこと。大分気に入っているらしい」。六月二日に洋の相手（高梨加世）が来るというので、五月末日に克美は庭の花壇にゼラニュームを植えて、格好を整えたりした。

六月二日「一二時過ぎに加世さんが来た。とても若々しく、感じの良い人だった。お父さんは大喜びだった。お茶を飲んでから二人は相川さんの絵を見に行った。九時半前に帰った」。加世はこの時スヴェンソンというウイッグの会社に勤めていた。六月九日に洋は、保土ケ谷の加世の実家で母親たちの歓待を受けた。大変なご馳走だったという。

洋は、六月一六日のデートの後疲れて帰り、自身の心臓手術のこと等を心配していたらしいが、その後加世からメールが来て、安心したらしい。六月三〇日、加世が来た。この日には、新居をどこにするかという話が始まっていた。

七月六日、洋は横浜の不動産屋へ行き、七月八日に契約した東戸塚の新居は、まだ入居中の人がいる中古マンションだった。

七月二五日に克美と二人で信州の別荘へゆき、一旦帰って八月一日にまた行った。二日、洋等が来ると予告されていた。二日「夕方洋たちが来た。パンタロン姿もすてきだった。軽井沢のパンをもらった」。三日、昼食に望月の町の料理旅館あけぼのやへ行き、うなぎを食べた。夕食の時は主に加世と克美の間で話がはずんだ。四日、洋たちは午前温泉に行ってから帰京。克美たちは六日、温泉に行って帰京。

帰った後の東京は暑くて閉口。八月一一日和田へ。敦子はペルセウス流星を見るのが目的。この日の夜一〇個ほど見られた、と。一二日夜は「午前一時から一時半の間に二個見られただけで、雲が出たので、そこで寝てしまった」。克美は畑を見て、さつまいもの探り掘りなどをした。一三日帰京。

八月一五日、信州へ。この時は五泊。二六日に、又信州へ行き、ゴミの始末をし、二九日にはこれが今年最後と思いつつ、温泉に行った。三〇日に帰京。小泉首相が北朝鮮を訪問したという号外が出ていた。

洋は加世の勧めでジムに通うなどしつつ交際を続け、八月二五日には二人でホテルの予約(結婚披露宴のため)に行き、九月一日には洋が迎えに行って、二人で四時頃家に来た。加世の「白と黒の縞の服は割合好く似合った。靴は黒の平べったいもの」。

九月八日、品川駅で加世と待ち合わせ、洋と三人で高輪プリンスホテルへ。衣装の店へ行き、試着。「洋の服はベルベットでコートのように長いが、着てみるとなかなか良かった。加世さんのドレスは本当に素敵で、モデルのようだった。三時過ぎに宴会場を見学した。なかなか落ち着いた感じだった」。

九月一〇日「午後ハイビジョンが届いた。大きくてとてもきれい」。テレビはここでデジタル画面になり、利用法が広がった。

九月二四日から和田へ行き、さつま芋の畑の三分の一ほどを掘る。翌日四箱に分けて荷造り。三個は贈呈用。九月二六日「お父さんは聖路加へ八時に出かけた」。この日は放射線治療部へ行った。克美は、丁度一年経った、と日記に書いた。

九月二七日「新宿へ行った。小田急、三越へ行って伊勢丹でお父さんのショルダーとクリニークの乳液を買って、アスターで食事をしてから、渋谷行きのバスで帰った」。

九月二九日「洋はホテルの打ち合わせのため出掛け、午後お父さんと洋たちが石川さんと会って話をした。夕食はロゴスキーで食べたとのこと。ピロシキのお土産」。

一〇月四日、法事のため福井へ。克美も同行。米原経由、福井駅ステーションホテルで荷物を下ろし、市内見物。「お堀のあるお城の石垣はとても立派だったが、天守閣は無く、県庁と警察になっていた。その後柴田神社を探して行った。八時半頃佐恵子が来て一一時頃までおしゃべりをした」。翌日、バスで勝山へ行く。その後タクシーで寺へ行き、兄の尚恒に会って、共に寺の住職の読経を聞いた。墓に参ったあと、料理屋で宴会。住職がよくしゃべった。福井駅で塗り箸と羽二重餅を買って帰京。

一〇月七日、洋のマンション引き渡し完了。

一〇月一四日、体育の日。洋は引っ越しの準備。「加世さんはマンションに早くから行って、届く物の受け取り」。前日電器店での買物もしていた。加世の持ち物で、マンションで使わない大きい物は梅丘で預かることになった。

一〇月一七日、三輪田の同期会。「お茶の水アスターへ行った。(座席のそばへ)太田さんが来たので、一高一九年会のことを言った。ご馳走は少しずつお皿に盛ってあって食べやすかった」。アスター経営者の太田は、克美と旧制高校同期で、ある程度面識がある。

この日「加世さんの椅子は七時過ぎに来た。ベランダの縁に人が立って、吊り上げてから、洋の部屋の窓を外して入れた」。一九日午前「掃除をしてピアノを待った。一二時過ぎに電話があって、間もなく届いた。ピカピカに磨いてあった」。

一〇月一八日、敦子「着物を出して、帯と合わせてみた。影紋が着いていた」。洋はホテルの打ち合わせに行ったあと、加世と帰ってきた。加世は泊って、翌日二人揃って出勤した。

一〇月二六日、洋の引っ越し。九時前に岸本が来て荷物を運び出した。

一〇月二八日「相川、平沢両夫妻が洋のお祝いをもってきて下さった。昼は美登利寿司を取ってパーティー。午後二時過ぎに解散」。克美も同席し、昼から酒を飲んだ。

一一月一日、洋が来て結婚届の用紙を取りに行くなど用事を済ませて泊る。夕食に簡単な送別をしたが、敦子は目舞いがすると言って元気がない。

一一月二日「私達は日の丸ハイヤーでプリンスホテルに向かった。一〇時半前に着いた。控え室は一階取ってきで、皆が集り出した頃加世さんのお母さんと弟が来た。しばらくして、親子六人で写真を撮った。お母さんも紫の着物で、申し合わせたようだった。石川さん夫妻、鮫島、郡司さんは並んで席に着いた。石川さんの挨拶は長かった。スヴェンソン社長は場慣れしていて面白かった。日本料理も洋食もそれぞれよかった。二時半頃終わってタクシーで帰った。佐恵子は黒のパンタロンで、すてきだった」。

この後、洋たちは、奈良へ新婚旅行に行った。その後石川への謝礼をどうするかなど、多少混乱したが、われわれが二五日、石川夫妻に、ロゴスキーで会って、謝礼を渡し、結末がついた。

この秋、克美は前立腺がんの治療のため、聖路加で注射を受け、日本医大で丸山ワクチンを購入した。日本医大の医者は、五年くらい続けるように、と言った。

洋の結婚披露が終わった後、一一月四日に和田へ行く。さつまいもは不作で残り一箱のみ。「魚伴が休みでスーパーの豚肉を食べた。夜は星がよくみられた」。翌日帰京。一八日、再び和田へ。「夜の獅子座は雲が増えて見られなかった」。翌日早く帰京。

一一月二二日、結婚記念日。「夕方相撲が終わってから、梅丘北口の方へ行った。日本料理の店は無く、うえむらへ行って夕食をした。帰ってお茶漬けを食べた」。

一二月には二回和田へ、それぞれ一泊。一度は星がよく見えた。星に関しては、梅丘の自宅で双子座の流星を見ようとした。一二月一三日には二階から見て、一つも見られなかったが、一四日、平屋の東側に座椅子と布団を出して準備。「一〇時頃から雲が晴れて、大きいゆっくりしたのが見られた。一一時半までに太いのが三本、まわりに細かいのが五、六本見られたので大満足。お父さんの部屋で準備した甲斐があった」。

一二月九日にピアノの調律師が来たあと、二一日洋と加世が別別に来た。翌日「午前中加世さんがピアノを弾いてくれた」。

この年から、洋に助けられつつ、パソコンで年賀状を印刷するようになったが、文面のみ。年末の福引きで、敦子は相変わらずよく当りくじを引いた。敦子は例年通り、黒豆その他のおせちをつくり、年末三〇日に洋が受け取りに来た。掃除も出来て平穏に越年。

この頃の収入を敦子の日記帳から見ると、主なものは年金だが、ほかに毎月の『貿易と関税』への原稿料三万円、後は年に二回、ある程度の金額の株式配当があった。又この年には学文社から『概説海外直接投資』の印税を一五万円余受け取っている。現役引退後に教科書から印税を受けるのは難しいのだが、この本は割に広く利用されていた。

二〇〇三年、敦子ピアノを習いはじめ、五月、洋夫妻和田に来る

二〇〇三年の元旦、敦子は克美と二人だけの正月と

なった。二人だけというのは、久しぶり。ただ、一月三日には、洋夫妻が来て泊った。四日「朝お雑煮、昼パンを焼いた」。しばらく前から、ホームベーカリーのパン焼き器を使うようになった。

一月八日「一〇時半頃ピアノの先生のところへ行った。お母さんが話し好きで一時間くらい居て帰った。来週水曜午後五時から行くことにした」。パーマ屋の近くの日本画家（島添）の家に、娘（姓は遠藤）がピアノを教えに来ていることを知り、習うことにした。敦子に新しい目標が生まれた。

一月九日から和田へ行き、大根を収穫、一泊して来たあと、一五日に敦子のピアノレッスン開始。二月に和田へ行ったのは六、七日と二一、二二日。

二月一〇日に洋たちが梅丘に来て泊る。一一日「午前中加世さんにショパンのワルツ集を弾いてもらった」。一二日「バイエルを買ってきてもらった」。

二月一三日、小田急百貨店で相川の個展を開催中、敦子はその中の絵（奥入瀬の秋）を買い、売約の赤札を付けた。一五日には、洋たちが個展を訪れた。

三月一日、克美との共著者の黄、田中が本（総合商社）の出版祝いをしたいと、梅丘に来てくれた。はじめは三人が喫茶店で話をし、雨の中、夕食には敦子も加わった。「美登利寿司でふぐ料理を食べた。割合美味しかった。喜寿のお祝い（ネクタイ）をもらった」。

三月二日「お父さんのパンツ作り。六枚出来た」。キャラコの布で作った。

三月二一日「昼に洋から電話があって、新宿、大志満の前で待ち合わせ、加賀料理を食べた。個室だったのでゆっくりできた」。皆一緒に帰り、翌日「洋は山王病院へ行った。午前加世さんにピアノを弾いてもらった。夕方美登利のふぐ料理を食べて梅丘駅で別れた」。

三月二七日、五箇山の親戚筋の山崎欣一が入院していると知る。翌日、克美が葛西の東京臨海病院へ見舞いに行った。喉頭がんだった。彼は三井住商建材に勤めていた。

四月八日、「山崎欽一さんが亡くなったと言ってきた」。四月一〇日「午前お父さんと山崎欽一さんの葬式に行った」。

四月一五日「池田さんから竹の子をもらった」。翌日「加世さんに電話し、午後竹の子をもって行くことになった」。克美が加世の勤め先へ届けた（加世はまだ勤めていた）。「午後ピアノに行って、荒城の月の伴奏をつけてもらった」。

四月一七日「午前中銀座のＣＯＡＣＨへバッグを買いに行った」。

四月二二日、女専のクラス会。「八時二〇分ののぞみで名古屋へ。富士山がとてもきれいだった。金山全日空ホテルの雲海で日本料理。約二〇人集った。水野さんとピアノの話しをした。三時頃終わって、名古屋駅に高島屋があった。きざみ守口漬を買ってきた」。

四月二五日「眼科で、左目が白内障の手術をする時期に来ていると言われた」。

五月二日「和田浦へ行き、三日午後洋たちが来た」。四日「昼、鯨料理を食べに行ってから、鴨川シーワールドへ。車がとても混んでいた。いるかのショーは面白かった」。行きはタクシーに乗ったが、帰りは敦子が歩くというので、かなりの道のりを駅まで歩いた。五日、克美は、それまでに植えた畑のさつまいもの苗に水をやって帰った。

五月一六日「午前中お父さんと六本木ヒルズへ行った。雨が降っていた」。

五月一八日、館山経由和田へ行き、追加のさつまいも苗を植えた。二九日にも行った。

五月二三日「洋から電話で、明日金沢で野田山（加賀藩の墓地、山崎家の墓がある）へ行きたいというので、お父さんが帰ってから、ファックスと電話をした」。二四日「午後洋から電話で、野田山に来てお墓を探しているとのこと。その後見つかったと言ってきた」。

六月三日「午後北川さん（眼科）へ行って、国立医療センターの予約をした」。

六月八日、ピアノ発表会。「昼前少し練習をして、午後駒込へ。家は二階・中三階のしゃれたつくりだった。三時から始まって、一一番目が私の番。ドレミは間違えなかったが、ローレライの最初を間違え、はじめからやり直してうまくいった。島添さんから、がんばったね、と言われた。五時半頃最後のバイオリン二曲を聴いて、六時頃駅へ行った。渋谷のプラザのところで、お父さんと洋たちと待ち合わせて、イタリアレストランで食事をして、一〇時頃帰った」。克美は、敦子が来る前に、喫茶店で洋たちから五箇山へ行った話を聞いた。

敦子白内障の手術を受ける

六月一一日、「タクシーで国立病院東京医療センターへ行った。眼科の検査をして、野田先生に診てもらい、七月に入院することになった」。この日はずっと克美が同行。

六月には、この後洋たちが来て、一緒に梅を漬け、また和田へも行った。

六月二八日「コインが届いた」。この頃敦子は切手のほか、コインの収集も始めていた。

七月一日「三軒茶屋からバスで病院へ行った。目の検査とアレルギーの検査をした」。この日は敦子一人で行き、七月八日にも同様、眼底検査などを受けて、入院日一六日と決まった。加世からは、見舞いの電話を受けた。

七月一六日「一〇時過ぎに病院へ行った。3B棟で四人部屋だった。目薬をしてもらったとき、目まいがしたので、薬を飲み始めた」。この日はタクシーで克美が同行した。

七月一七日。左目の手術の日。午後、手術が始まり「強い光線で真っ直ぐに見えたのが、水が流れるような模様が見えて、そのうちにエメラルドグリーンの矩形のものが、はっきりしたり、ゆがんだりしていた。しばらくして赤いふちも見えた。五分くらいで終わった」。克美は、昼食をとり病室へ帰ったら、敦子が戻っていて、順調と医者から聞かされて、帰宅、夜洋たちに電話した。

七月一八日「八時二〇分から検査。眼帯を取ったらとても明るくてよく見えた。視力検査で大分よく見えた。昼前に家に帰った（外泊）。夜加世さんに電話した」。一日五回、目薬を注すよう言われ、克美が手伝った。一九日に洋たちが来て泊り、二一日にタクシーで病院に戻った。二二日、診察があり、外泊してよいと言われて家に帰った。二三日「ドライ洗髪をしてもらった」。克美がした。二四日「シャワーに入ってから、四時頃病院へ行った」。

七月二五日、右目手術。「野田先生が準備に回って、桜井先生が手術をしたらしい。今度も終わってから目まいがしたが、この前よりましだった」。克美は二八日退院と聞いた上で帰宅。二六日「朝、眼帯が取れて、黄色が一番先に目に入った。両方で見ると遠くが眼鏡なしでよく見えた。お父さんは和田浦へ行った」。克美は日帰りで畑のモグラ対策（電池式発声器の仕掛け）をした。二七日、午後克美と洋たちが病院へ行った。二八日「梅雨が明けたような天気。一〇時までに退院なので忙しかった。退院後、午後パーマ屋へ行き、シャンプーをしてもらった」。

佐久へは断続的に行き、一一月箱根で豪遊

七月三一日、佐久へ。この後、敦子は白内障手術後の病院での診断があるので、飛び飛びに東京に帰りながら断続的に佐久の別荘に行った。洋たちが来ていた八月

一二日、敦子がペルセウス流星群を見るために、佐久で見晴らしの良さそうなクアハウスを予約していた。昼から「四人、タクシーで岩村田で鯉丼を食べ、町の和泉屋（菓子の店や味噌屋）に寄り、岩村田駅で洋たちと別れてから、小海線に乗り、旧中込学校へ行った。最古の木造学校で、しっかり出来ているのに感心した。タクシーでクアハウスへ行った。温泉は良かったが、星はだめだった」。曇り空で何も見えなかった。この夏佐久から引き揚げたのは九月五日だった。

八月には和田へも行き、敦子の眼については、顔を洗っても良いと言われた。

九月七日、この日、克美が頼み、梅丘図書館から借り出した『興亜院と戦時中国調査』という本の中に、島田清憲の名前があった。父は当時興亜院（上海）の幹部だった。

九月一七日、「夕方、築地富士通クラブ」。富士通クラブとは、会社施設での食事会で、洋たちもやってきて一緒に食べた。

一〇月一〇日、和田へ行き、いも掘り、翌日洋たちが来て、翌日千倉まで食事に行った。「釣り場があって、波が間近に見えた。『網元』で七時半まで居た」。「網元」は伊勢海老の料理等を一通り食べさせた。

一〇月一八日、清憲の三七年忌の法事。「九時過ぎにタクシーを呼んで、託法寺に行った。一〇時からお経。謙ちゃん、郁子ちゃんも来た。帰りに相川のお寺（浄土宗、栖岸院）へ、石仏の絵を見に行った。一一時に旭寿司に行った。」。洋たちや相川、平澤夫妻と子供が集まり、総勢一〇人、敦子が蟹サラダと土瓶蒸しを加えたコースを頼み、好評だった。

一〇月二七日「（克美と）小田急へ寄ってから、高島屋へ行き、赤坂更科でおそばを食べて、六階のコート売り場へ行き、レリアンのカシミヤの茶色のコートを買った」。

一一月二日、箱根へ。克美と二人小田原へ行き洋たちに会う。「藪そばでおそばを食べて、小田原城に行った。菊展をやっていた。それから登山電車車で宮の下へ行った。武蔵野別館の車で宿に向かった。富士屋ホテルより大分先を左へ曲がって電車の線路をくぐったら、宿に着いた。純日本風の立派な内装で、お風呂もゆったりしたものだった。夕食にはいろいろ珍しいものが並んで、美味しく、目も楽しかった。伊勢海老やあわびのバター蒸しは、アルコールで火をつけた七輪の上に乗っていた」。この宿は加世が予約したもので、親たちの結婚五〇年、自分たちの結婚一周年を祝う意味があった。夕食は夜中遅くまで続いた。

一一月三日、朝風呂に入り、豪華な朝食をすませて、一〇時から、二時間の観光タクシーを利用した。雨が降ってきた。「箱根神社に向かった。途中黄色の色がきれいだった。関所は修理中なので寄らず、旧国道を通って湯本に向かった。途中箱根細工の店に寄って、説明を聞き、ちり箱を買って、車でまた湯本に向かった。大名行列があるので、湯本の駅の方は混んでいた。鈴廣かまぼこ会館で蒲鉾を買い、向かいの千代倭楼でお昼を食べて、風祭の駅から小田急に乗って帰った。洋たちは小田原で下りた」。

一一月五日「へーベルの屋根直しの人が来た」。この工事は正味三日、一七日に終わった。一七日、敦子は「夜中、一時半ごろ起きて星を見たが、流星はみられなかった」。

一一月二二日「夕方、洋たちが来て、七時前に美登利寿司が配達してくれた」。結婚記念日。二三日「午前お父さんは、つかさとコジマへ行った。午前中、加世さんにピアノを弾いてもらった」。コジマではプリンターのインクを買い、年賀状の印刷をした。

一一月二五日「午後歯医者。左犬歯を抜いて入れ歯になった」。

一一月二八日「お父さんは、午後出掛けた。夕方は金森さんの会へ行った」。克美は近所の原田と一緒に帰ってきた。

一二月一日、天候不順で列車が遅れ、夜遅く和田浦に着き、家へ行くのが大変だった。

二日に帰り、三日「午前相川さんへ菜の花と水仙を持っていった」。この時期に和田ではすでに花菜が成長し、水仙が花を付けていた。

一二月九日「午後ピアノの調律をしてもらった」。この調律は相川で手配していた。

一二月一四日「和田浦で菜の花が大分傷んでいた。夜は流星(双子座)が一〇個ほど見えた」。

一二月二六日に洋たちが来て、年末の料理や掃除を手伝って一泊、平穏に越年した。

二〇〇四年、克美鼻の手術、敦子補聴器購入

二〇〇四年一月三日「午後、湘南新宿ラインに乗って、四五分で東戸塚に着いた。二人のお出迎えを受け、長いエスカレーターで西武の方へ行った。新しい街。お父さんのシャツを買って、洋のマンションに行った。こぢん

まりしたお部屋で、チョコレートケーキと紅茶をいただいた。それぞれ外国の器で、ぜいたくな時間だった。六時に横浜聘珍樓の七階でお父さんの誕生パーティー。いろいろな素材を使った料理で、中華のしつこさが無く、美味しかった。桜木町から東急で帰った」。一月には二回和田へ行った。

一月三一日、この日克美は、名古屋市大の有力教授たち等と会合、飲食の後ホテルへ帰り、翌日、近鉄の高田本山へ行き、専修寺で、案内を頼んで、詳しい話を聞いた。これは、本願寺系以外の親鸞の捉え方も知りたいと考えたからである。

二月七日、和田へ。「午後三時の電車で洋たちが来た。JR主催の和田花ハイキングの日でにぎやか」。八日「午前タクシーを呼んで、花園へ行った。浜千鳥の碑を見て、海岸へ行った。良い天気で、海は青かった。その後ハウスの中を通って登り、洋たちは見晴台の方へ行った。花摘みのところで、カーネーションを買って、歩いてうな陣へ行った。うなぎのお昼を食べて、家に帰った。その後帰京」。

二月一二日、平澤から簡保の観劇会に招待され、相川夫妻と四人で歌舞伎座、昼の部に行き、平澤夫妻と合流。「前から二番目で良く見えた。吉右衛門と玉三郎が見られて良かった。帰りにお寿司屋で一寸飲んで帰った」。

三月一九日、新宿のサミット倶楽部で、洋たちと会食。皆一緒に家に帰って泊まった。

三月二七日「和田浦は菜の花畑がきれいだった」。二八日「朝から日光が出て、海の青さがきれいだった」。克美はこの海の青と菜の花畑の黄色を目に入れつつ、畑仕事をした。

四月三日、富士通倶楽部で昼食会。「花長に寄って花券を買ってから、銀座までメトロで行き、それから歩いた。一時からお料理。鯛のお刺身、海鮮サラダは美味しかった」。花券は加世の誕生日祝い。洋たちとは「二時四〇分頃別れて、バスで新橋へ行き、汐留タワーの二四階に行って休んだ(ホテルのカフェでアイスクリーム)。晴海の住商が良く見えた。大江戸線で新宿へ来て帰った」。

四月七日、三月から予告されていた鼻の手術のため、午後克美入院。敦子が、ピアノに行く日。克美は一人でリュックを背負って東邦大大橋病院へ行った。東棟三〇五号室。その日は点滴等準備。八日、午前に手術。大きな鼻茸がとれた。敦子は「一一時に家を出て病院へ行った。思ったより早く終わっていた。まだ麻酔が効いて、痛みはないが、まだ何も口にすることはできないとのこと。手術の説明を先生から聞いた。全部ではないが、大部分は取ったとのこと。お昼に二四六の方へ行って、ハンバーグを食べて来た」。敦子はこの後も病院に行き、一四日、退院。この日夜克美は静かに眠り、敦子は手術前のようないびきを聞かなくなったと、翌朝告げた。克美の鼻については、その後アレルギー対策の診療が続いた。

四月二〇日、敦子は三輪田のクラス会へ行き、二五、六日には和田へ行った。二七日山本家具店に頼んであった居間のカーペットが届き、全体の半分くらいの広さに敷き詰めた。

五月四日、加世が予約してあった伊豆の河津へ。電車の途中、横浜から四人になって、「河津に着いたが、風が強く雨が降っていたので、今井浜東急へ行って、お昼を食べてから、佳遊亭へ行った。目の前に海が見えて明るい部屋だった。お風呂はあまり大きくなかったが、良い温泉だった。夕食は伊勢海老が美味しかった。金目の唐揚げもおいしかった。風が強い夜だった」。五日「一一時にタクシーを呼んで、天城トンネルを見に行った。雨がやまないので、車の中から見物して、帰りに踊り子ゆかりの福田家を見て駅へ行った。その前にわさび田も見た。帰りの特急を大船で下りて、東戸塚の洋のマンションに着いた。洋の作ったカレーを食べて、七時半にさよならして、渋谷からバスで帰った。風が冷たかった」。

五月、例年通り、和田でさつまいもの苗を植えた。その後も時々行った。

五月二七日「午前、あじろがCD、DVDプレヤーを取り付けに来た」。

六月五日、発表会。「私より前の子供たちは力強く弾いていた。別れの曲の後半で間違えたが、何とかごまかして終わった。今度は歌の人、トロンボーンの人、先生のピアノが聞けてよかった。五時半過ぎに終わって、新宿から電話して、お父さんと飲み屋さんへ行って帰った。久し振りのチョコレートケーキはおいしかった」。梅丘北口の「遊」で飲んだ。帰りにカワムラでケーキを買った。

六月七日「午前あじろとフジ医療器の濱田さんが来て、補聴器の試験をした。良く聞こえ、一五日に持ってくるとのこと」。デンマーク製で一個約三〇万円。契約した。

六月一一日「お父さんと一〇時頃出掛けた。築地でだしを買ってから、住友商事のオリエンタルゴールドの売り出しに行った。細いリングを買った。江戸銀へ行ってお昼を食べてから、東京中央郵便局へ行って、記念切手を買って帰った」。

六月一三日「お父さんはお昼に福中・水本さんと会う。相川さんの個展へ行った」。一四日「午前、相川さんの個展へ行って小さなばらの絵を買った」。

七月二日、三日、梅干しを干した。梅干し二キロ、梅シロップ一キロ作った。

七月一〇日、北陸旅行へ。順平会という克美の親戚の一族の会に、客員のかたちで参加した。上越新幹線の越後湯沢から、ほくほく線という新しい経路で金沢に行き、乗り換えて加賀温泉（片山津）へ行く。「タクシーで古賀の井に着いた。六時から宴会」。総勢二〇人近かった。「部屋から柴山潟が見えた。良いお風呂たった。団体客用の旅館のようだった」。「宴会はカラオケの上手な司郎さん。最後に女性全部が五箇山の踊りを踊った」。一一日「山崎克実さんの車で、吉崎御坊へ行った。蓮如上人ゆかりの寺。それから北陸ハイウェーで福光経由五箇山へ行って、清平に寄ってからお墓へ行った。少し小雨が降った。その後西赤尾へ行って、赤尾館で克実さんの車から下りた」。赤尾の行徳寺の博物館を拝観。案内してくれたおばあさんから、この寺と嶌田本家のつながりを聞いた。「赤尾館のお風呂は、望月のようなつるつるした温泉だった」。一二日「一一時のバスで高岡まで行った。（昼食後）タクシーで瑞龍寺へ行った。とても落ち着いた良い寺だった」。

七月後半から八月、何時ものように、和田と佐久の別荘へ行った。

九月一日、夏休みが終わってピアノの授業開始、二日に佐久へ行き、この年最後の始末をして、四日に帰京した。

第二節　唯一人の孫、裕介を得、東戸塚へ会いに行く

加世の妊娠を知るが、変わらぬ日常を送る

九月一二日「夜、洋に電話したら、加世さんに妊娠の『け』があるらしいので、連休の予定はないとのこと」。この後しばらくは、敦子と克美の生活に変化は起こらなかった。

九月後半と一〇月、例年のように和田へ。さつまいもが良くできており、かなりあちこちに送った。一一月には二回、一二月には一回和田へ行った。一一月一三日、和田で「夜の双子座は良く見えた」。

九月二六日「午後、ソフィアホール（ピアノの先生の家）へ、高橋美知子のフルートを聞きに行った。先生との合奏のハンガリア幻想曲は良かった」。一〇月一六日、ソフィアホールでピアノコンサート。「先生のコンサートは、知っている曲が多かったので、楽しかった」。

一二月一日「午前中ワープロをやった。午後ピアノ。バイエルが終わったので、チェルニー一〇〇を買ってくるように言われた」。

年末には、この頃の恒例で、山崎克実から、きんとんや羊羹などを沢山送ってくれたので、相川に分け、正月用の煮物を作った。年末に雪が降ったので、外周りの掃除はあまりできず、室内の片付けを少しやるくらいで越年した。

二〇〇五年五月、裕介誕生

二〇〇五年の初めの頃は、例年同様、特記事項は少ないが、敦子は加世のチェックのズボンやキッチンコートを作って送っている。

二月一三日「佐恵子から電話で、竹内のお兄さんの具合が悪く入院しているとのこと」。

三月二〇日の敦子の誕生日には、和田に行っており、洋からお祝いの電話が来た。敦子は七五歳になった。

四月八日「加世さんから手紙が来た。エコーの写真に赤ちゃんの目がみえた」。

四月一八日「午前伊勢丹へ行った。レリアンでズボンを買い、東和でガーゼ生地を買った」。

四月二二日「豪徳寺の駅が完成していた。元の改札のところは道路になって、ガードの下が改札になっていた」。

四月末から五月、例年のように二人で和田へ行き、さつまいもの苗を植えた。

五月二〇日「今日、加世さんが病院へ行く日」。

五月二三日「夜、洋から電話で今日の陣痛促進は駄目だったとのこと。明日帝王切開の予定」。

五月二四日、裕介誕生日。「洋から電話で、今日午後来てもらっても、わからないから、と。木曜（翌々日）に行くことにした。三時過ぎ電話があり、生まれたとのこと。今日は行かないことにした」。克美が電話で二、四六五グラムと小さいが、母子とも無事と聞いた。

五月二六日「午後、バスで渋谷へ行き、東急で、みなとみらい駅へ行った。下りたらすぐだった。新しい病院（警友病院）。三時に六階へ行った。加世さんは歩いていた。三時三〇分に新生児室のカーテンがとれて、赤ちゃんが居た。向こう側なので目から上までしか見えなかったが、時々目を開けたり、手を動かしたりしていた。黒い毛がぴんと立っていた。四時過ぎに一三階でお茶を飲んで帰った」。名前は裕介にするとのこと。

五月二九日、二人でまた裕介のところへ。「午後カワムラでプリンと焼き菓子を買って、病院へ行った。洋が来ていた。三時三〇分前から見られた。大分ふっくらして、目をあけたり、手を動かしたり、口を三角にしていた。加世さんも大分元気そうになって、お乳をあげているとのこと。四時過ぎに帰った」。

六月一一日「午後二時半から発表会。一番弟子の人が司会をした。八番目に弾いた。前の人がエリーゼを弾いたので、その音が耳に残っていて、出だしを迷ったが、何とか無事に弾けた。トランペット、トロンボーン、クラリネットと多彩な発表会だった。小田急に寄って帰った。お父さんは九時頃帰った」。克美は学会の会合に行き、夕食は別々になった。

六月一九日、前の日に敦子だけ来てくれと言われ、「午後私だけハムやジャムを持って洋のマンションへ行った。裕ちゃんは少しふっくらして、一生懸命おっぱいを吸っていた。初めて抱いてみたが、頭が重いのでびっくりした」。

この後二人は例年のように、和田や佐久の別荘に行った。敦子の日記には、加世からのメールなどにより、裕介の成長ぶりが記録されている。

一〇月二八日、五箇山へ。城端からタクシーで大島の墓に行く。花が供えられていた。清平に寄って、当方からの土産を渡して、そのまま、新尾の道善寺へ。五箇山への本願寺の布教を記す文書のことを聞きたいと思ったのだが、相手にされず、失望。克美は、数年前から親鸞関係の著書を自費出版することにして、ほぼ原稿の終わりに近くなっていた。ともあれこの後、赤尾館に荷物を下ろし、行徳寺へ行って、土産を渡して、前に知り合った当主の母親らしい人としばらく話し込んだ。「六時半から夕食。岩魚の卵と瓜の酢の物はおいしかった」。翌日は、雨の中、タクシーで金沢へ。「お父さんは一一時二九分の雷鳥で大阪へ。私は一一時二七分のはくたかで湯沢へ」。「夜電話があった」。克美は大阪市大での証券経済学会に出席。

一一月一〇日、敦子一人で東戸塚へ。「裕ちゃんはお昼寝から起きたところでご機嫌だった。ずいぶん大きくなって、本当に足が丈夫で、少しの間つかまり立ちができる」。

一一月一八日「三時半から五時頃まで星を見ていたが、二個くらいしか見られなかった（獅子座流星）」。お父さんは白友会に出かけた」。白友会は、嘗て経済白書を一緒に書いた者の会。次第に出席者が減っていった。

一一月一九日、和田へ。別荘の家のメンテナンス工事中。周りの「足場はまだついていたが、ペンキはきれいに塗れていた。玄関の柱（外にある化粧柱）も新しくなった」。この時の工事代金は一二四万円。

一一月二一日「お父さんの親鸞の本の原稿が出来た。夕方原稿を持ってライフリサーチプレスへ」。自費出版先のライフリサーチプレスは、家から歩いて行ける場所にあったが、道に迷ったりした。本のタイトルは『親鸞教の歴史ドラマ』。

一一月二三日、結婚記念日の食事を、敦子の希望で蟹料理を食べようとして、店を電話帳で探す。「夕方下北へ。薄汚い店だったが、蟹は美味しかった。その前にユニクロへ行った」。

敦子は、裕介のよだれかけを二枚作り、サミット衣料館で買ったミッフィーの縫いぐるみ二個その他を一緒に二六日にゆうパックで送った。二七日に、裕介が、ミッフィーの縫いぐるみ二個を抱いた写真のメールが届いた。この日はまた「佐恵子から電話でお兄さんが勝山に法名を頼んだとのこと。先週お参りに行ったら、紅葉がとてもきれいだったとのこと」。

一一月二九日「サムタイム（古物商）が来た。洋のミステリー、ティファニーの大皿、グリーンの花瓶、アメリカのレコード一〇枚と地図一箱」。全部を四、八〇〇円で買って行った。

一二月二日「旧一高の銀杏を見たいので、昼に出掛けた。終わりに近かったが、きれいだった。同窓会館で、昼ご飯をフランス料理」。駒場までバスで行った。

一二月九日から和田へ行き一泊。そのほかには特記事項もなく、平穏に越年した。

敦子ピアノを続け、裕介の成長を楽しむ（二〇〇六年）

一月二日「洋のところへ行った。裕ちゃんの機嫌が良く、可愛かった。お父さんが抱いて写真を撮った」。三日「裕ちゃんの帽子を作りはじめた」。一一日「メールが来て、帽子をかぶっていた」。

一月二五日「午後ピアノ。『G線上のアリア』にすることにした」。一月に二回和田へ行った。

二月六日「裕ちゃんのベストが出来た」。九日「昼前メールが来た。ベストを着て、たっちしたのが可愛いおすわりがしっかりできていた」。

三月四日「午後お父さんと東戸塚へ行った。マンションの前まで迎えに来ていた。太ってまるまるのアンヨで、一人立ちができた。苺をおさじで上手に食べていた」。

三月六日から、克美の親鸞の本を各方面に送った。敦子は収集していた切手の中から、適宜使うものを選んだ。克美はあり合わせの封筒を選び、宛名書きし、送料の切手を貼って、郵便局へ。数十冊送り、反響があった。一五日に親類の山元達夫が訪ねて来て、一泊し、親鸞をめぐる話などした。彼は読書家で、広い見識をもつ。順平一族なので、隣の眞子とも会って話した。

三月二五日「洋のところへ行った。裕介が良く動き、いろいろな声を出すので、本当に可愛かった」。この日敦子は足を痛めていたので、着物、モンペに草履を履いて行った。裕介は克美の腕の中で動いた。この後、敦子は足の指の検査と腰の痛みの治療のため、梅丘の近藤医院に通った。

四月九日には、克美が一人で和田へ行ったが、二二日には、また二人で行くことができた。三〇日からも和田へ行って、畑づくり。敦子は魚屋へ往復。

五月四日「洋のところへ行った。裕ちゃんがヨチヨチ歩いて、とても可愛かった。編み物の上着は丁度良かった。赤飯と人参葉の和え物とお刺身をご馳走になった」。

五月と六月には、例年通り、和田でのさつまいもを植え付け、管理を行った。

六月一一日は敦子の発表会。「二時から発表会が始まった。何とかごまかして終わった。誰かのお母さんが、お上手になりましたね、とお世辞を言われた。全体に人が少なかった。後半は、歌が多く、先生は伴奏で大忙しだった。終わりのドビッシーはとても良かった。駒込駅で電話して、豪徳寺のデニーズで夕食を食べて帰った」。この日は梅雨寒。克美はこの頃下手な短歌を詠んでおり、この日敦子を迎えに行ったことを歌に作った。歌は、裕介の関係のものもあり、洋のところに送った。

六月二四日「朝から晴れていた。一一時に家を出て、千里（梅丘にあった和菓子の店）でくず桜と饅頭、美登利寿司で穴子寿司と海苔巻きを買って、洋のところへ行った。裕ちゃんはしっかり歩けるようになり、ちっともじっとしていなかった。とてもとても可愛い。お父さんと遊んで大満足だった。小田急に寄って、ブラウスとうなぎを買って帰った」。

七月初めに和田へ行き、中頃には、梅酢をとり、梅干を干した。二〇日の日記には、テレビで見たフランスの町並みは「どこもとてもきれい」と書かれている。

七月二四日「午後サミット倶楽部へ行った。タクシーで大山町のそばを通ったら、水道道路が広くなっていた。六時半に着いたらお父さんたちは来ていた。懐石風のご馳走だった」。この日は、克美が黄、田中と渋谷銀杏荘で話をしたあと会食。克美の傘寿の祝いのネクタイをもらった。

七月三〇日、信州佐久の別荘に行き、いわば別荘開き。八月は断続的ながら、往復の日を含めて二〇日を別荘で過ごした。

九月の三、四日は和田へ。さつまいもを掘って荷物を出す。五日「夕方メールが来た。裕ちゃんの顔がずいぶん変わった」。

九月九日「午後、裕介を見に行った。池田さんにもらった小さいジンベイはとても可愛かった。背が伸びて、すたこらすたこら良く歩いていた」。この時は帰りに新宿の「ほり川」という和食の店に行く。

九月一三日「四時過ぎあじろが来た。電話機が変わった。いろいろ音声が出て、うるさいとお父さんが言った。加世さんから生地が届いた」。これは砂場着を作ってほしいとの依頼。

九月二三、四日は和田。一〇月一日、お茶の水で三田クラス会。

一〇月八日「午前、用意して、午後二時前の湘南新宿ラインで東戸塚に行った。裕くんは三〇センチくらいの台に上って、立って万歳をしていた。足腰がしっかりしてきた。池田さんに上げる写真を二枚もらって来た。大村（梅丘の中華屋）で食事をして帰った」。

一〇月一三日に、和田へ。さつまいも、里芋などが良く採れた。一泊。「夜、星が見えた」。

一〇月二四日、前から予約して、国立劇場の昼の部の歌舞伎を観に行った。「新宿からタクシーで行った。良い劇場だったが、椅子の前が狭かった。元禄忠臣蔵は大変良かった。吉右衛門は声が

写真 8-1　和田での収穫（居間に並べる）

よく通って良かった」。

一〇月三〇日、五箇山へ。「城端からタクシーで、清平へ寄ってお墓参りをして、称名寺へ行った。タクシーを帰して、親鸞さんの木の像を見せてもらった。なかなか良いお顔をしていた。寺の奥さんに乗せてもらって五箇山荘へ行き、お父さんは一風呂入って、六時から宴会。称名寺さん、蔦田さん、清平夫妻と大いに飲んでにぎやかだった。一〇時にお風呂へ行って寝た。良い温泉だったが、少し熱かった」。三一日「日光が出て暖かくなり、山の紅葉はきれいだった」。土産を買うなどしてから、「タクシーで善徳寺（城端別院）資料館まで行った。いろいろ見物をして、街の角の浪漫亭でお昼を食べ、城端駅から福光へ行って、棟方志功記念館へ行った。高岡から、はくたかで湯沢へ、MAXで東京へ帰った」。

一一月の四、五日は和田へ行き、九日に、平澤の招待で、簡保関係者相手のトーク・ショーがあるパーク・ロイヤルホテルへ。相川夫妻と一緒に、バスと半蔵門線を使って水天宮駅まで行く。落語やNHKの葛西アナウンサーの話などを聞く。

一一月一二日「初めて裕介が梅丘へ来た。はじめは珍しそうに眺め回していたが、だんだんなれてきて、大根を食べ、お寿司の卵焼きや、実の無い茶碗蒸しを食べていた。洋の部屋へ行くのに階段をどんどん登って行くのにはびっくりした。この間作ったズボンはとても可愛い。帰りにお父さんが駅まで送って行ったら、私と別別なのを不思議がっていた」。

一一月一三日、小田原へ行った。途中、電車から「大山も富士山もとても良く見えた」。駅前銀座通りはシャッター街、大分離れたところの「だるま」という古い店が、食事の客で賑わっていた。海岸は砂浜がろくに無く、全くの期待外れだった。

一一月二四日和田へ行き、翌日帰りに「三省堂で、高橋の日記帳を買ってきた」。敦子の使っている博文館の横線日記が無かった。その後の毎年の日記帳が、高橋のものに変わった。

この日帰ったら「晴美ちゃんから電話で、来週水曜に武蔵村山病院にお兄さんが入院するとのこと」。

一二月一〇、一一日に和田へ行き、一二日には、裕介の幼児教室の集まりに誘われた。克美と二人で東戸塚の家へ行ってから「タクシーで二俣川の相鉄ビルの五階の音楽ホールへ行った。幼児教室各年代のお遊戯があり、裕ちゃんは喜んで舞台に上がって歩き廻っていた。その他はバイオリン、チェロ、フルートとピアノのコンサート。終わって、相鉄で横浜に行って高島屋の上階の懐石料理（花籠膳）をご馳走になった。洋は皆が終わった頃来た」。

二〇〇七年、例年通りの平穏な正月を迎え一月三日、克美の誕生日を意識して、寿司や刺身を買ってきた。八、九日は和田。一六日に敦子は胃カメラの検査を受け胃炎と言われたが、特に問題なし、と。その翌日思いがけない知らせが入る。

〇七年一月兄尚恒死去

一月一七日「昼食のとき晴美ちゃんから電話で、お兄さんが危ないというので、佐恵子に電話した。上原で待ち合わせて行った。立川からタクシーでダイヤモンドシティーのそばの武蔵村山病院へ行ったら、今亡くなって車で帰ったとのことで、ジャスコで一服して熊川の家に向かった（雨の中）。下りたところから、千ちゃんに電話して、（竹内側から）迎えに来てもらうよう頼んでもらって、やっと行けた。亡くなって間もないので、お母さんとよく似た顔だった。二一日に通夜、二二日に告別式。帰りは拝島駅まで送ってもらった」。駅の近くで酒を飲み食事。翌日八王子のホテルを予約。

一月二一日、電車を乗り継いで京王八王子へ行き、ホテルニューグランドに入る。佐恵子も来た。「コスモス斎場で四時から納棺が丁寧に行なわれた。父母によく似た死に顔だった。六時から通夜。天台宗のお坊さんで、声が良かった。七時頃終わった。洋、千鶴、文ちゃん、とこちゃん、美世ちゃん、茂雄夫妻が来た。九時頃まで宴会で、ホテルに帰った」。二二日「タクシーで斎場へ行った。一二時頃に八王子焼き場に行って、一時半頃お骨を拾った。二時過ぎに宴会場に着いて四時半頃まで居た。京王八王子までマイクロバスで送ってもらって、明大前まで来て、タクシーで帰った」。骨揚げの後の宴会は、親戚だけの集まりで、克美はこの日初めて知り合った竹内の娘の家族らに、偉そうに話をした。親鸞の本を書いて気分が高揚していた。後で葬儀の模様などを歌に詠んで送ったが、敦子もそれを勧めた。

慌ただしい日々の中、一月一八日には、風呂のガス給湯器の工事が行われ、自動的な給湯ができるようになった。

一月二三日「米国年金のお知らせが来た」。これはジェトロ時代にアメリカで、掛け金を払っていたから。以前に手続きをしていた。為替レート次第で手取額は変化したが、当時毎月二人分（敦子は克美の半額）で、二万円弱。生涯続いた。

裕介、梅丘と和田に来る

二月四、五日は和田。一一日に裕介が梅丘に来た。「一一時過ぎに来た。すたこらすたこら歩いていた。トマトジュースの缶で遊んだ。ピアノをたたいていた」。一二日、駅の北へ梅祭りを見に行く。「大変な人だった。下まで行って見たが、咲き終わったのもあった」。

三月二一日、和田からの帰りに敦子の誕生日の食事をしようとしたが、結局梅丘「長寿庵で天ぷらを食べて帰った」。二三日「お花の束と赤帽便が来た」。加世からの誕生祝い。翌日裕介と洋らが来た。「珍しいケーキをいただいた」。敦子は喜寿になったが、特別の意識はなかった。

三月三〇日、サントリーホールへ行き、新日本フィルの演奏会を聞く。「レクィエムは合唱が少しそろっていなかったが良かった」。

四月五日「新宿小田急で加世さんのブラウスを買って、バスで渋谷へ行き、マーノマッジョでピザを食べて、渋谷市場でいちごとぶりを買って帰った」。この頃から毎年いちごジャムを大量に作るようになり、安いいちごを積極的に買っていた。四月に二回和田へ行った。

四月二七日「池田賢三さんから法名を書いた丁寧な手紙をもらったので、お父さんは夜電話した」。克美の法名は剋願、敦子は慈光。前回五箇山に行ったとき頼んでおいたもの。

四月二八日「お父さんは福中さんの展覧会へ行った」。この日福中が出展している絵の展覧会に行った。この会は福中のかつての職場、住宅公団関係の同好会。「だん展」と名付け、目黒の公民館で開催。この日、福中本人のほか夫人とも会った。

五月三日、和田へ。四日裕介たちが来た。「はじめは珍しそうな顔をしていたが、そのうちに和室をくるくる回り始めて、家中を歩き回っていた。夕方階段を覚えて、上がったり、下りたりしてなかなか寝なかった」。翌日「朝おにぎりを作って、一一時半の電車で洋たちは帰った」。五月一〇日、町田の小田急百貨店で「相川さんの個展を見てきた」。

五月一三日「三時頃裕ちゃんが来た。足が大きくなり、何かしゃべろうとするのがとても可愛い。五時前に美登利寿司のパーティーへ行った。加世さんの弟さんの結婚相手との会」。

五月二四日、裕介の誕生日。敦子は「午前メールを送った」。克美は夜、歌等をFAXした。二五日「加世さんからメール。裕ちゃんもだんだん寝付きが良くなったとのこと」。

六月四日「ジンベイ縫いはじめる」。裕介のもの。八日に出来て、送った。

六月一〇日、敦子のピアノ発表会。「二時に発表会が始まった。一〇番目で、何とか弾けた。音がいいので良かった。最後のチェロも知っている曲なのでよかった。五時過ぎに終わって、お父さんは駒込の駅で待っていた。それから巣鴨に行って、とげ抜き地蔵にお参りした。塩大福とズボンやブラウスを売る店が多かった。天ぷらと書いてある地下の店で夕食を食べて帰ったら九時前だった」。

六月一六日「五時に家を出て、代々木八幡へ行き、六時からコンサート。バイオリン、チェロ、ピアノの演奏。ピアノの人が一番沢山弾いた。サンサーンスの白鳥とラベルのトリオがとても良かった」。これはへーベリアンのイベント。場所は白寿ホールという。

六月一七日「午後、紫蘇をもんで漬けた。裕ちゃんが食べるので昨年より沢山漬けた。梅干の方が少し濁ってきた」。紫蘇は四束。塩をまぶして、アクを絞り出すのは克美の仕事。

六月二二日、敦子の親友の平尾好子の夫が死去。敦子は悔やみ状の中で、好子が三輪田の良妻賢母の教えに従って夫につくしたと書いて慰めた。

七月七日「夜、洋のところへ電話したら、明日から北海道へ行くとのこと。裕ちゃんがバァーバァと言っていた」。

七月一二日「夕方、オーチャード（東急ホール）へ行った。N響の演奏はモーツアルトのフィガロ序曲とピアノ協奏曲。休憩後はベートーベンの田園だった。田園は良かった。終わってから月の雫で豆腐料理を食べてタクシーで帰った」。

七月一六日、裕介も加わり横浜見物。「海の日で、帆船の帆を張っていた。六八階のランドマークタワーで見物した。良く見えた。裕ちゃんはひたすらチョコチョコ歩き回っていた。ホテルの中華料理を食べて、プラモデルの店では、ミニ電車の動くのが面白くて、もっと、もっと、と言っていた」。「昼前新潟で大地震。一日ニュースでやっていた」。

七月一八日「朝、喜一君のところに、女の子が生まれたと電話があった」。二〇日「相川さんの赤ちゃんの写真を見せてもらった」。

佐久周辺を訪ねる

八月三日、佐久へ。暑さの中、敦子は元気がない。タクシーで東京駅へ行き、佐久平で下りて、中棚温泉に行くことにする。島村楽器でカシオのキーボード（電子ピアノ）の配送を頼んだ後、「小海線で小諸へ行き、中棚温泉へ行った。とても静かな良い温泉。（お風呂が）高いところにあるのが玉に傷。夜は文化財の建物の中で夕食。夜は涼しかった」。その後、敦子はキーボードを弾き、温泉に行く等して過ごし、望月の町へも一回行って買物。八日に帰京の途中、タクシーで岩村田の龍雲寺へ行った。風林火山ゆかりの寺。それから、岩村田地元の和泉屋という味噌と菓子の二つの店へ行き、その後愛用するようになった。

八月一〇日、再び佐久へ行き、八月一二日の深夜（一三日の午前二時）、真っ暗闇の中、段ボールをもって隣の小高い草地に行って、それを敷き、二人で寝転がって、満天の星空を見、流れ星が飛ぶのを待った。二人が共に「飛んだ！」と言ったのが三回ほどあった。

八月二五日に佐久へ行き、三〇日に帰る。二五日には、小海線で中込へ行き、タクシーで、信玄の烽火台があったという虚空蔵山へ行ってもらったが、難渋。引き続き臼田の神社と龍岡城五稜郭を見て、そのまま別荘まで行く。途中で虚空蔵山の様子が外側から見えた。

九月の一、二日と一五、六日に和田へ行き、二三日には裕介が梅丘に来た。「良く動いて、口先でチョボチョボしゃべるのが面白い。自分のやってほしいことがはっきり言えるようになった。よく動くので、足などは締まってきた。ピアノも両手でしっかり叩く」。

一〇月七日「新宿さざなみで行った。おいもの畑が荒らされて居たので驚いた。警察に電話し、近所の人に聞いてみたが、猪だろうということだ。下の段のいもは大丈夫だったので掘った」。警察官が来て調べたが、人が掘って盗んだ形跡はないので、猪だろう、と。この時を境に、さつまいもの栽培は、猪対策を考えてやる必要が生まれ、次第に先細りになった。

五箇山で百歳の池田俊に会う。コンサートに親しむ

一〇月二九日、五箇山へ。城端からタクシーで大島の墓地へ行き、墓参りしてから称名寺へ。「一時間くらい話

してタクシーで五箇山荘へ。六時半から宴会。去年よりずっと料理は美味しかった。九時頃まで宴会」。この日、称名寺で、法名をもらい、謝礼を渡す。二人で五〇万円、これを住職は過分と捉え、その後土地の名産を送ってくれた上、東本願寺への院号の申請をしてくれた。

一〇月三〇日、五箇山荘から、一〇時にタクシーで清平へ。「池田俊さんとしばらく話した。写真も撮った。一〇〇歳になるので、耳が遠かったが、昔のことはよく詳しく覚えていて、横須賀や習志野に居たときの話を聞いた。美っちゃんは習志野生まれとのこと」。百歳の祝い金を渡し、喜ばれた。池田俊は克美の父の従兄弟、清平の美智子の父親で、若い頃騎兵の士官。「タクシーで城端の町へ行き、織館へ行った」。

一一月三日「一時にタクシーを呼んで、オペラシティーコンサートホールへ行った。新世界は大変良かった。新バスで小田急へ行き、さわらび庵で食事をして帰った」。

写真 8-2　ローストビーフの店の庭

一一月二四日「東戸塚で待ち合せた。裕ちゃんの第一声〝かまくら〟。大船で下りて、タクシーで、ローストビーフの鎌倉山へ行った。個室なのでゆっくりして、美味しい前菜とローストビーフだった。とても柔らかく分量も丁度良かった。デザートも二種食べられた。タクシーで駅（鎌倉）に向かったが、交通渋滞で人がぞろぞろで大変だった」。

一一月二九日、経堂のドコモショップへ行き、ケータイを「らくらくフォン」にとりかえた。翌日、和田へ行き、一泊。

一二月一七日、克美と新宿へ。「伊勢丹へ行った。すっかりきれいになっていた。船橋で天ぷらを食べ、クリニークへ行って、乳液、ナイトクリーム、口紅を買って、子供服のところでサスペンダーを買い、おもちゃ売り場でJR東日本の電車を買った。中村屋へ行って、コーヒー、パフェを食べた。どこへ行っても混んでいた」。「洋からパソコンの書類が来た」。一八日「洋のところへクリスマスプレゼントとジャム等を送った」。

一二月二一日、和田へ。翌日帰りに、東京駅「京葉線を下りて、国際フォーラムはすぐだった。一寸コーヒー店へ行って、三時過ぎ、合唱とオーケストラ。クリスマスコンンサート。ローエングリーン結婚行進曲の合唱など、良かった。休憩にトイレに行ったら帰りは迷った。後半は、ハレルヤコーラスと第九は良かった。カンタータはやらなかった（演奏したのはレニングラード国立オペラ劇場管弦楽団）。終わったら雨になった。千代田線に行く途中のビル（新東京ビル）で、鶏料理を食べて帰った」。

一二月二五日「昼前、光工事の人が来た」。二七日「午前洗濯をしていたら、パソコンをつなげる人が来た」。これにより、克美の新しいパソコンが、ＫＤＤＩの光通信とつながった。

一二月二八日「池田商店から、きんとんとうどん一箱送ってきた。相川さんにうどん五束と栗きんとんをあげた」。池田商店は、順平会メンバーの池田司郎が経営する会社。

年末、何時ものように、敦子は黒豆を煮るなど、正月の準備をした。

第三節　二〇〇八、九年、上高地、谷川岳へ。洋の家族は目白へ転居

平穏な日常、和田への往復例年通り

二〇〇八年一月一日「午後、喜一君一家が門のところまで赤ちゃんを見せに来た。目がぱっちりと、可愛い女の子」。

一月一五日「午後お父さんと、島添さんの展覧会へ行った。とても優しい絵ばかりだった」。島添はピアのノ先生（遠藤）の父親の日本画家。

二月一〇日、和田へ。翌日帰りに、梅丘の豚カツ屋、田村で食事。ここでも酒を飲めて、敦子は海老フライを食べられることから、夕食にも時々行くようになった。和田へは例年通り行ったが、この年にはさつまいも畑の半分を猪に食べられていた。

二月二八日「有楽町のオリエンタル・ダイヤへ行った。指輪を注文して、地下鉄で帰った。

三月二〇日、敦子誕生日。「夕方予約をして三輪亭（近所のイタリア料理）へ夕食を食べに行った」。加世から「お花アレンジメント」が届けられた。

三月二九日「午前中からお父さんと指輪を取りに有楽町へ行った。良いのになっていた。帰りの中央線から桜を見た。飯田橋と市ヶ谷の間が良く咲いていた。梅丘からバスで代沢の方へ行った。遊歩道はせせらぎを作ってあって、桜は満開だった」。

四月四日、田園調布で三輪田のミニクラス会。その機

会に加世と会うことも約束していた。前日に、敦子はカナザワヤで自分と加世のブラウスを買った。ブラウスを渡して、花束の写真を撮ってもらった」。友人の家でご馳走になった。

洋夫妻と裕介を自宅に迎え、共に旅行も

一月二日「朝からポトフを作る。裕ちゃん一一時過ぎに来た。ババ、ジジと何度も言った。ずいぶんチョボチョボしゃべる。田園調布の幼児教室へ週二回行っており、パソコンに、東横線の駅名を入力していた」。

三月一三日「裕ちゃんのズボンを縫い始めた」。

三月一六日、洋たちと横浜で待ち合せて、港の見える丘公園へ。ベイブリッジなどが見えた。

五月二日、裕介ら来る。裕介はご飯と鮭の粕漬けなどを喜んで食べた。

五月三一日、旅行。「熱海から迎えのバスで山の中腹の旅館(大観荘)へ。古風なつくりで、しばらく待っていたら洋達が来た。見晴らしは良かったが、かすんでいた。夕食の時、裕ちゃんは牛肉をちゃんと食べた。はしゃいで、なかなか寝なかった」。

六月一日「気持の良い天気。初島と大島が見えた。朝食後、一〇時頃鯉に餌やりをしてから、タクシーで戸田幸四郎絵本美術館に行った。こじんまりした可愛い美術館で、下のお庭で裕ちゃんは大喜びで遊んだ」。

ピアノ発表会を終わり、夏は佐久へ、裕介も来た

五月に、克美は住商在職中の自分史『商社の一隅』を、岩波信山社から自費出版した。表紙のイラストを、相川に頼んだ。贈った先の一人、福中からは、長い手紙と三千円が送られて来た。

六月八日、敦子のピアノ発表会。「早昼を食べて出掛けた。二時から始まって五番目で、何とか無事終った。休みの後は上手な人ばかりで、指の動きが良く見えた。終わって後、新宿から電話して、梅丘の駅で待ち合せ、かんので天ぷらを食べて帰った。海老の天ぷらが美味しかった」。

六月二〇日、新しく開通したメトロ副都心線を使って、伊勢丹へ行った。

七月一九日から二二日、この年最初の佐久別荘。

七月二六日、田中彰たちが克美の本の出版祝いに敦子もよんでくれた。野村ビル祢保希(ねぼけ)に行き、箱弁当のような料理。小田急でブラウスを買って帰った」。

写真 8-3　佐久（小諸）別荘

七月二八日、佐久へ。この日も、東京駅へ千代田線丸の内回りを利用した。八月三日の早朝に別荘を出て、帰京した。この間、敦子の日記帳はほとんど空白だが、朝の六時半にラジオ体操をして、元気だった。

八月八日から一〇日間、佐久に滞在。八日にジャスコで船井電機の安い小型の地デジテレビを買って行った。接続を地元の信州電機に頼んだが、うまく見られるチャンネル数は少ない。一五日に洋たちが来た。裕介は電子ピアノをうまく弾いた。隣の温泉の「みどりの村」の字を読むことができた。一八日帰京。宵待草で夕食。宵待草というのは、梅丘南口の裏道にあった小さな居酒屋。その後も数回行った。

八月二九日、この年最後の佐久別荘行き。九月一日、引き揚げの準備をして、ジャスコで買物をして、帰京。この頃、ジャスコのあるイオンモールで、いろいろな店に行き、衣服や生地等を買うことが、敦子の楽しみになっていた。

八月二五日「梅丘産婦人科へ行った。子宮が下がっているとのことで、輪を入れられた」。二六日「リングを小さいのに変えてもらった。すこし楽になった」。

九月八日「朝、産科へ行った。がん検診は良かったが、ペッサリーは三ヵ月経ったら取り替える」。

初めて上高地へ、年内に五箇山、新穂高から上高地再訪

一〇月三日、この日敦子は体調に不安を抱え、電車を下りてから、上高地行きのバスに乗ることをためらったが、「何とか気持悪くならないで、バスを降りて河童橋まで歩いた。梓川がきれいで、穂高の山々が大きく迫っていた。西糸屋山荘に泊って、窓から明神が見えて、新しい部屋だった。お風呂からも見えた。」宿泊の予約なしに行ったが、バスを下りたところで、「部屋から穂高がみえる宿」という売り込みに乗った。

一〇月四日「朝早く黒いシルエットのはっきりした上に星が見えた。五時過ぎに日光が山頂を照らし始めた。

朝食後コーヒーを飲み、九時過ぎに山荘を出た。大勢の人が山へどんどん登って行った。河童橋を渡って少し小梨平キャンプ場まで行った。山が迫っており、とてもきれいだった。戻って望遠鏡で眺めたら、上の方へ人が歩いているのが見えた。バスで下って、新島々から電車に乗り、あずさで帰った」。克美は朝、梓川を見ながらコーヒーを飲んだときの爽快感を忘れなかった。敦子は、次は槍ヶ岳を見たいという思いを強めた。そこで克美は、歩かずにそれを実現する方法を模索することになった。

一〇月五日「相川さんが、上高地の写真を見せに来て下さった。大正池の方の写真が多かった」。

一〇月二六日、五箇山から高山へ。「高岡からタクシー、井波周りで五箇山のお墓へ行ってから、お寺へ行った。住職は割合元気そうだった。タクシーで清平へ。孫が三人居て、皆小学生。雨が降り出した。五箇山タクシーを頼み、トンネルばかりのハイウエーで高山へ。ホテルはきれいなもので、お風呂は温泉だった。夕食は向かいの飲み屋へ行った。外は寒い」。ホテル名はスパホテル・アルピナ高山。新しいホテル。飲み屋で飛騨牛を自慢して出された。この日の高山へのタクシー代は二万六千円ほどだったが、乗り心地から言っても、白川郷から高山へは、バスを利用する方がよかったようだ。

一〇月二七日、新穂高から上高地へ。「新穂高行きのバスで終点へ行ったら、晴れて笠ヶ岳が良く見えた。ロープウェーに乗って白樺平へ行く途中、笠ヶ岳の全体がきれいだった。ところが、雨が降り出し、次に乗り換えた途中から何も見えなくなり、雲の中に入った。頂上駅では氷点下。早々に次の便で下り、バスで『山のホテル』へ行った。空き室がないと言われたが、何とか洋室の部屋に入れた。お風呂は露天風呂が有名らしいが、とても寒そうなのでやめにした（食事は盛り沢山だった）。夜お父さんがお風呂へ行ったら、中国人の団体が居たとのこと」。

一〇月二八日「朝起きたら雲がかかっていた（このホテルから槍ヶ岳が見えると言われていたので、前日から注意して見ていたが、だめだった）。朝食後、ロビーでコーヒーを飲んで、九時一五分のバスで

写真 8-4　新穂高

平湯へ。上高地行きのバスに乗って安房トンネルを通って上高地へ。帝国ホテルで温泉ホテルへの行き方を聞いて川向こうへ行った。寒く雨降りだった。（温泉ホテルに行き）相川さんの絵（ホテル正面に大きく掲げてある）を見て、（昼食をとり、タクシーは使えないルールなので）、仕方なくバスターミナルまで歩いて、増発のバスに乗って新島々へ行った。途中の紅葉はきれいだった。天気が良くなって、松本駅では雪のアルプスがみえてとてもきれいだった。あずさで帰った」。松本の駅舎の広いガラス越しに、北アルプスを一望することができたので、この後も度々そこからアルプスを眺めるようになった。

裕介、三歳の祝い、目白の幼稚園に合格

一〇月七日「午後、加世さんから電話。裕ちゃんは一〇月末と一一月初めに幼稚園の試験があるとのこと」。日本女子大系の豊明幼稚園に裕介は合格した。

一〇月二〇日「相川さんへ行って上高地の絵を買ってきた」。穂高を望む絵で、その後ずっと居間に架けて見ている。

一二月五日、裕介の三歳の祝いを前に逗子で泊まる。昼食後タクシーで蘆花記念公園へ。「江ノ島が見えた。天気が良ければ富士山が見えるとのこと。宿（KKRの経営、松汀園という）は古風な家で、昭和そのもの。雨は夕方から降りだし、嵐のようになった。夜中急に晴れて星が見えた」。夕食はふぐや海老のコースで、敦子は満足した。

一二月六日、九時半にタクシーを呼んで、鶴岡八幡宮へ。「横から入って、本殿前で洋たちと会う。「銀杏がきれいだった。一〇時半頃から本殿に入って祈祷（裕介の三歳を祝う）が始まった。裕ちゃんは少しも、じっとしていなかった。一一時頃終わって、階段の下で写真家の女の人（プロを頼んでいた）と会って、銀杏のそばや紅葉のきれいなところで写真を撮ってもらった。それから大佛次郎記念の家の茶亭でコーヒーとお菓子をいただいて、一時半までに鎌倉山のローストビーフへ行った。ずいぶん柔らかい牛肉だった。裕ちゃんはお庭を走り回っていた」。この後洋の家族は目白に引っ越すことになる。以下少しさかのぼる。

秋に箱根を楽しんだが、年末以降親戚の不幸続く

一一月一三日、箱根へ。小田急の「新松田のところで、とてもきれいな富士山を見た。湯本から、バスで元箱根に出た。湖のところで薄い富士を見てから、旧街道のバ

スでホテルはつはなまで乗って、ホテルに入ったら、きれいな和室。温泉は女湯にケーブルで下たりした。レストランで夕食。和食で大変凝っていた。外は満月で、相模湾の上に見えた。朝早く外を見たら、昨日の反対側の山の上にお月さんが見えた。一四日「朝日が出て紅葉がきれいだった。和朝食の後コーヒーを飲んで、バスで湯本へ。仙石原までバスで行って、ハイランドホテルに荷物を預けてから、ガラスの森美術館へ行った。ガラスがキラキラと、きれいだった。夜一〇時の生放送の準備をしていた。建物の中では、バッハ等ガラスの楽器の演奏をやっていた。ホテルへ帰って昼食後、タクシーで仙石原のすすき（薄）を見て、乙女峠を越えたところで、富士山がとてもきれいだった。御殿場から特急あしがらに乗って新宿に戻り、日記帳を買って帰った。夜、NHKの放送で、ガラスの森から中継をしていた」。

一一月一九日「午後ピアノ。月光をやりはじめた」。

一一月二〇日「相川おじちゃんの肝臓の数値が良くなく、明日もう一度医者に行くとのこと。食欲が無くやせてきたとのこと」。

一一月二四日「岡田さん（姪の美世の主人）が丹沢で事故死したと。びっくりした。二六日通夜」。二六日「午後ピアノに行ってから（克美と）岡田さんの通夜に行った。会場に入り切れないほど人が居た。岡田さんは五人の人と丹沢に登っていたが、四番目に居たら、三〇メートル落ちて、即死状態だったとのこと。美世ちゃんは気を強くもっているようだった。息子三人はそれぞれ家庭をもっている。百歳のお母さんにはまだよくわからないとのこと」。

一一月二七日「朝、相川さんから電話で、東京医大へ入院するとのこと。いろいろ検査の必要のため」。一二月一日「相川さんが三日に入院とのこと」。

一二月三日「夜、お父さんが相川さんへ行ったら、丁度眞子さんが帰ったところで、膵臓がんと肝がんになっているとのこと」。

一二月二一日「お父さんは眞子さんと相川さんを見舞いに行った。夕食はおばちゃんと（豚肉の）おろししゃぶを食べた」。二八日「相川さんは明日井上病院（代々木八幡）に移るとのこと」。

一二月二七日「相川さんが一時帰宅してきた」。克美にはさほど悪くは見えないと思えた。この後、年越し。相川家とは新年の挨拶を何時ものように行った。

二月二日「午後お父さんは相川さんの見舞いに行った。

少し話が出来たとのこと」。

三月四日「夜眞子さんから、もう大分危ないと言って来た」。五日「午後お父さんは病院へ行ってきた。もうほとんどわからないらしい」。

三月一〇日、相川昭二が亡くなった。数ヵ月前上高地の話をしていたことが嘘のようだ。

三月一二日「昨夜相川さんは家に戻ったとのこと。一〇時のお経のときに行った」。平沢夫妻も来て、葬儀の打ち合わせに立ち会った。一五日「午後お父さんは納棺に行った。五時前にタクシーを呼んでお寺へ行った。七時から宴会。夏ちゃんが可愛かった」。通夜行事は念入りで、平沢夫妻、眞子の友人や近所の人も来ていた。

三月一六日、相川葬儀の日。「お寺の住職さんは烏帽子を被って、あと二人お坊さんが居た。裕ちゃんは珍しそうに眺めまわして、お焼香は小さい手の指でお香をつまんでいた。お棺を見送って（洋たち）三人は帰った。代々幡火葬場はずいぶんきれいになって、早く焼かれた。お坊さんが二人付いてきた。二時半頃お寺に帰って初七日の法要をして、別室でお弁当が出た。夏ちゃんが、ご飯と人参、里芋、パンとよく食べていた。金沢の中島さん一家が来ていた。花村さん（眞子の友人）は久し振りだった」。

洋一家目白へ引っ越す

二〇〇九年のはじめに戻ると、正月は何時もどおり。二日「裕ちゃんたちが来た」。三日「裕ちゃんがケーキ、ケーキと言うので、お父さんが丸い洋梨のケーキを買ってきた。大喜び」。

一月一一日「夜、洋から電話で目白の家に決めたとのこと」。

一月と二月に、何時ものように和田へ行った。

三月七日、洋たちが引っ越しする日。「一日良い天気でよかった。裕ちゃんはパパと夕方七時頃に来た。加世さんは八時四〇分頃来た。一二時頃まで起きていて疲れた」。八日「九時頃、引っ越し屋が梅丘宛ての荷物を運び入れて行った（トラック二台来た）。加世さんだけ先に目白に行って、洋は一一時過ぎ、裕ちゃんと目白に帰った」。

春は近所の花見、夏は和田、佐久への往復

三月から五月にかけて、ほぼいつも通り和田へ行き、じゃがいもを収穫して、さつまいもの苗を植えた。

三月二二日「加世さんからフラワーアレンジメントの

お祝いを送って来た。裕ちゃんの書いたお祝い状が入っていた」。

四月四日「午前中、お父さんと目黒川の花見に行った。中目黒の一つ前でバスを降りて目黒川に行った。たくさんの人がぞろぞろ歩いていた。花が大きい木にいっぱいだった。コーヒー屋とつけ麺屋へ行って、東急ストアで買い物をして、タクシーで帰ったら二時だった。

四月九日「午前、（克美と）豪徳寺へ行った。さくらが散って地面は真っ白だったが、上の方は満開だった。帰りに豪徳寺商店街へ行って、ブラウスを買った。加世さんのブラウスも頼んできた」。

四月一二日「裕ちゃんの入園式の服を着たメールが来た」。

四月一九日「十一時に家を出てタクシーでお寺（栖岸院）へ行った。一二時少し前からお経。三〇分から納骨だった。一時前から宴会。夏ちゃんは子供用のお膳をよく食べ、少しずつ何かしゃべり出した」。

六月一一日、克美は、例年通り、だん展に行き、福中に会った。一四日には朝から明治大学での産業学会に行き、帰って家で、敦子からの連絡を待った。敦子は発表会。「昼前に下痢をしたので、やめようかと思ったが、少し収まったので出かけた。果たして途中何度もつっかえて失敗だった。はじめと終わりだけはちゃんと弾けた。終わってサンドイッチとワインをいただいて帰った。梅丘の駅で待ち合わせて、蕎麦屋で天ぷらやお蕎麦を食べていたら大雨になった」。小雨の中、元気を取り戻して帰った。

六月二六日、佐久へ。二八日に、しなの鉄道の田中から上田へ行き、暑くて歩けないので、「お城までタクシーで登る。東西の櫓の門がきれいに建て替えられたのを見て、少し休んで、タクシーを呼んで駅へ行った」。古い町並みを見たいと言い、旧藩主邸跡の上田高校などのところを通ってもらったが、ドライバーは、古いものは無くなった、と。

七月一一日、和田へ行ったあと、七月一七日、佐久へ行ったが、一九日早めに

写真 8-5　野辺山駅

小海線経由帰京。「小海まで行った（電車は小海止まりだった）。駅前でお昼を食べて野辺山に向かった。川上村のレタスを沢山見た。野辺山で降りようとしたら、大勢が乗り込んできてびっくりした。野辺山の駅前でソフトクリームを食べて、臨時列車で小淵沢へ行き、お弁当を買って、あずさで新宿に帰った。東京は暑い」。小海線から八ヶ岳を見たいと思っていたが、期待外れだった。

七月二五日佐久へ行き、二七日「洋から電話で、東戸塚のマンションが売れたので、権利書を取りに梅丘へ来るとのこと」。七月二八日家に帰ったら、七時半ごろ洋が来た。ワインを飲んで一〇時前に帰った。裕ちゃんがいろいろわかるようになったとのこと。オセロを打って帰った」。二九日「お昼に加世さんからメールで、裕ちゃん、オセロが強いとのこと」。

八月には和田と佐久へ行き、佐久に洋たちも来た。二九日に台風接近のニュースにより、引き揚げの支度を急いで、帰京。

九月五日「晴れて暑くなったが、午前中二科展を見に行った。拓ちゃんのは、黒い風向計のような木彫りだった（甥の多羅間拓也から招待券が来ていた）」。都立新美術館へは、はじめて行った。

九月に二回和田へ。「さつまいもは大丈夫だった」。地元の人から、我が家の中屋根に大きな蜂の巣があるので危ないと言われ、業者に頼んで除去した。二万一千円かかった。

一〇月一〇日、豊明幼稚園運動会。「雨が降りそうな日になった。幼稚園の運動会は初めてで、裕ちゃんのクラスはまだ弱弱しいが、一生懸命体操をしていた。ママと一緒のバナナゲームでも、ちゃんと走ったが、一拍遅れ気味。終わり頃雨が降り出して早めに終わった。目白までバスで行き、ドトールでサンドと飲み物の昼食。お父さんは一高の寮歌祭に行った。私は両国行きのバスで東京見物をして帰った。お父さんは五時ごろ酔っぱらって帰ってきた」。

写真 8-6　和田別荘

一〇月一二日、カナザワヤでブラウス、翌日、新宿でカーディガン、敦子買い物。

一〇月二一日「夜、オリオンと双子座は良く見えたが、流星らしいのが一個見えただけ。四時頃」。二二日、和田へ行ってさつまいも収穫。

谷川岳、箱根の紅葉などを見る

一〇月二九日、谷川岳へ。「朝九時半に出て、とき号に乗って水上へ行った。高崎乗り換えで、一時間鈍行に乗った。案内所で紹介され、駅前でお茶を飲んでから、宝ホテルへ行った。大分古いホテルで、中はきれいに新しくなっていた。お客が居ないので、お風呂は一人。湯加減は良かったが、何もつかまるところがなく、困った。食堂から谷川岳がよく見えた。夕食は少しずつで良かった」。三〇日「良い天気になって、山々は紅葉していた。バスでロープウェーの乗り場まで行った。湯檜曽温泉のはずれの公園から谷川岳

写真 8-7　谷川岳

が良く見えた。ロープウェーで天神平駅に着いたら、谷川岳の上の方が、すぐ間近に見えた。お父さんだけリフトに乗って天神峠まで行った。後ろの朝日岳はとても美しい山だった。ロープウェーを下りて、バスで上毛高原駅まで行った。」上毛高原駅の構内などに新しい食事場所はなく、少し離れた蕎麦屋に行ったが、古くからの店のようだった。

一一月三日、箱根KKR宮の下へ。「小田原への途中、新松田できれいな富士が見えた。小田原でお蕎麦を食べ、箱根湯本まで小田急。湯本でやっと登山鉄道に乗れて、最後部から見ていたら、とても面白かった。三回スイッチバックがあった。宮の下で降りて、迎えに来てもらった。武蔵野別館より先の高い山を登って行った。割合景色の良いところ。温泉は丁度良い温度で、手すりがあり、良かった。六時から夕食で美味しかった」。四日「一〇時に送ってもらって、宮の下から登山電車で強羅へ。ケーブルカーを公園上で降りて、強羅公園へ行った。その後早雲山までケーブルに乗って、景色を眺めた。少し曇っていた。強羅へ降りたが蕎麦屋がなくて、ベンチでホットサンドを食べてから、小田原へ行った。天気が良くなり海がきれいに見えた。五時過ぎに帰った」。

一一月一五日、沼津KKRはまゆうへ。この旅行は富士山を見ることが目的の一つ。「一〇時二〇分のあさぎりで沼津へ。車中からの富士山がとてもきれいだった。裾野の辺は全部下まで見られた。沼津でお昼を食べて、バスではまゆう前まで乗った。立派な建物でびっくりした。バ荷物を置いて、バスで二駅乗って、御用邸公園へ行った。大変風が強く、息が出来ない程だった。若山牧水記念館へも行った。宿のお風呂、夕食は大体良かった」。夕方駿河湾に入る夕陽を見た。一六日「一〇時ごろのバスで長岡へ。電車で修善寺へ行き、河津行きのバスに乗った。伊豆山中の紅葉を見ながら走って行った。天城高原の辺はきれいだった。河津から伊豆急で熱海へ。途中の海の景色が良かった。海の方を向く新車も通っていたが、それには乗れなかった」。

一一月二一日、和田へ行き、翌日午前帰りに鴨川の「ジャスコに行った。四階のコーヒー屋で軽食を食べて、衣料品を買った」。この駅前ジャスコはすっかりさびれていた。「新宿で日記帳とプリンターを買って来た。タクシーで帰った」。ボジョレヌーボーの白を買ってきて、ささやかながら結婚記念日を祝った。

この後、隣の眞子に肺がんの疑いがあると言われ、一二月二日「午前お父さんは、眞子さんと病院へ行った。途中電話があり、がんかどうか分からないとのこと」。東京医大の医師は、手術は勧めないが、その結果の責任は取りたくないとの立場。結局、そのままとなる。

年末は主に掃除。例年のように、池田、山崎双方から、きんとんや羊羹が届き、洋のところに分ける。三一日「夕方加世さんからメール。裕ちゃんのスキーデビューが写っていた」。

第四節　敦子八〇歳、近県を旅行

一月末に勝浦泊、三月克美の本出版

二〇一〇年一月一日「朝食後洋に電話した。裕ちゃんがしっかり、オメデトウゴザイマスと言っていた。夜、ポストに裕ちゃんからの年賀状が入っていた。大きいのでびっくりした」。これは大判の画用紙を使っていた。翌日FAXで返事。

一月三日「一一時のわかしおで和田浦へ行った。熊野神社に初詣をした。石のこわれそうな段だった。花菜、大根、新じゃがを採った。夜、四分儀座流星を見ようと、おこたに入って、二階に居た。小さいので二個と四時頃大きな尾を引いた流星を見た。月が明るすぎて、良い条

件ではなかった」。翌日帰京。

一月七日「午後苺ジャムとマーマレードを作った。三個ずつできた」。マーマレードは隣からもらった夏みかんで作る。加熱消毒した小さい瓶に分けて冷蔵庫で保存。

一月二九日、和田から勝浦へ。「わかしおで和田浦へ行ったあと、三時半の電車に乗って勝浦へ行った。駅まで迎えに来てもらって（三日月へ）、何となく派手なホテル。しかし、七階の部屋からの眺めは素晴らしかった。夕陽がとてもきれいだった」。三〇日「天気が良くなり海の色がきれい。チェックアウトしてから、歩いて朝市を見に行った。わかめとデコポンを買った。ホテルに戻って荷物を受け取り、タクシーで岬の公園の方に行った」。帰りに新宿で敦子は楽譜を買い、克美は写真の印刷用紙を買った。

二月にも和田へ行き、三月七日、相川一周忌の法要。三月一〇日、克美の新しい本『企業間関係の構造』を贈呈先に発送し始めた。送料の切手を封筒に貼るため、敦子は自分が集めた切手の中から、三四〇円のセットを沢山作った。一三、四日（土、日）には和田へ行く。菜の花の黄色と海、蛙や鶯の声など、この土地ならではの組み合わせが絶好の春。

三月一八日「伊勢丹に行って、クリニークの化粧品、ハンドバッグ、片手鍋を買って、ビックカメラへ行ってから（小田急百貨店で敦子のコートも買い）、レストラン街のさがみで和食を食べて、タクシーで帰った。

三月二五日、克美は、福中に誘われて、阿佐ヶ谷駅近くで、旧十中の同期生数人で集まる会（グリーンクラブ）に出席。以後、幹事の榊原の案内を受けて、ほぼ毎月行った。

四月に高遠の桜と甲府の桃を見、五月に白馬へ

四月八日、高遠へ。「八時のスーパーあずさに乗った。天気が良いので、甲府盆地へ出たら、南アルプスと八ヶ岳が雪をかぶって、とてもきれいだった。岡谷から飯田線に乗ったら、木曽駒が見えた（伊那市で下りた。さびれた感じ）。タクシーで高遠さくらホテルに着いて、お昼を食べて、タクシーで城址の桜を見に行った。色が桃色でとてもきれいだった。南アルプスの仙丈岳が見えた。お風呂はあまり熱くなく、つるつるしたお湯だった。五時半から夕飯で、お城の桜を見ながらの食事だった。夜は、ライトアップした桜が窓から見えた」。このホテルを克美が予約したのは三月二三日で、四月八日に桜が咲いてい

るか不安があったが、南側は良く咲いていて、ホテルの側からは、沼を隔てて桜一色の丘が見られた。

四月九日「朝一〇時頃、タクシーで茅野まで行った。以外に早く着いた。今日は薄曇りで山は良く見えない。鈍行で石和温泉駅へ行って、お昼を食べてから、タクシーで桃畑の中を走った（観光タクシーを一万円で頼んだ）。とてもきれいで、菜の花の向こうに桃があり、高いところの釈迦堂からは広い広い桃色ばかりだった。あちこちで桃祭りをやっていた。四時一五分のあずさまで時間があったので、ジャスコに入って買物をして、駅に戻った。特急甲斐路は割合良く止まった（あずさを待たずに乗ったようだ）」。

四月一八日には和田へ行き一泊、二五日、町田の小田急百貨店へ。「九階の天ぷらを食べて、屋上へ上がったが、山々は見えなかった」。敦子は富士を見たかったらしい。この日克美はネット上で、ライブカメラの山々の画像を見せた。

五月の連休に和田へ行ったあと、五月八日「八時のスーパーあずさで白馬へ向かった。良い天気で南アルプスが良く見えた。松本で大糸線に乗り換え、安曇野を走った。雪の山々がとてもきれいに見えた。白馬で下りたら、目の前に白馬の山々が迫ってきて驚いた。タクシーに乗って、松川の大橋のところは川も山もとてもすばらしかった。それから反対側の青鬼（あおに）へ行った」。青鬼は山村の伝統集落と棚田、そこから見える白馬の山の風景で知られる。田植えの前だったが、しばらく居て景色を堪能。「ホテル白馬は目の前に白馬三山が見えて、お風呂に入っても、食堂でも、目の前に見えた。夜はバイキング。だんだん日が暮れて、山のシルエットがとてもきれいだった」。この日は、白馬の山の雪の残り具合が、ちょうど馬の形を浮かび上がらせて晴れるという絶好の状態だった。

五月九日「朝三時半頃起きて、白馬の色がだんだん変わって行くのがきれいだった。その後大町まで電車に乗り、山岳博物館の鷹狩展望台まで登って、ワイドな山の景色を見た」。タクシーにアルプスの良く見えるところへ行きたいと言ったら、そのまま南へ向かう。「桜の残る山道を走って、池田町のレストランで食事をしてから、駅へ行き、大糸線に飛び乗って松本に向かった」。池田町の美術館の場所から北アルプスを一望して満足。松本からスーパーあずさで新宿へ。この日は諏訪の御柱祭りを見た人たちが乗ってきて混んだ。

この後、五月には、何時ものように和田へ行ったほか、二八日、箱根宮ノ下の行きつけのＫＫＲにも行った。部屋が「四階だったので階段が大変だった」。

六月一三日「昨夜は良く眠れなくて、体がだるいので、発表会は止めにした。お父さんに電話をかけてもらった」。敦子はピアノを人前で弾くのを止めたが、稽古を辞めたわけではなかった。その後一七日和田へ行った。

夏は主に佐久の別荘、蓼科などへも行く

七月六日「鴻上さんへ行った。この前の血液検査の結果、糖尿病の薬が変った」。

七月一七日、和田へ。暑さの中、草取り。翌日は朝食前までやって、あとは室内で過ごす。「新宿わかしおで帰った」。海水浴客で混みあった。

七月二〇日「昼に洋から電話で、夏休みを早目にとって、石垣島と西表島へ行ったとのこと」。

七月二二日、佐久の別荘へ。二五日、新幹線で長野へ行ってから「篠ノ井線に乗って松本に向かった。松本で観光案内所に行ってホテル翔峰を紹介された」。美ヶ原温泉の大きなホテルで、部屋に、外が見える小さな風呂が付いていていた。大浴場も良かった。翌日、予定はしていなかったが、敦子は蓼科に行くという。「高尾行きに乗って、茅野で下りた。お昼を食べて、タクシーで蓼科高原に向かった。蓼科湖は小さいがきれい。ロープウェイのところまで行ったが、雲がかかっていた。帰りに御射鹿池では、東山魁夷の絵の所とのこと。緑がとてもきれいだった」。

七月二八日「朝、原田さんが亡くなったと奥さんから電話があったので、お父さんがお悔やみに行った」。

七月二九日、佐久へ。月末まで居て、八月一日に小淵沢を目指す。「曇っていて、八ヶ岳は全然見えなかった。タクシーでスパティオ小淵沢へ行った。和室なので一寸困った。夕食は森樹というレストラン、普通の和食で良かった」。此処の大浴場は、外部の人も入れるので、混み合っていた。

八月二日「曇って何も見えなかった。一〇時過ぎのバスで大泉の方へ行って、泉郷で下りて、又バスで駅に戻った（別荘地の中を走ったので、様子がわかった）。それからタクシーでサントリーの白州工場へ行って見学した」。この日は、見えるはずの山の景色が全く見えず、工場敷地内での飲食禁止に引っかかる（レストランへ行く時間が無かった）など、予想外のこともあったが、見学は有益だっ

た。四時過ぎ発のあずさで帰京。

八月には、佐久での洋たちとの競合を避けて、一五日に別荘を空けて外泊するため、戸倉上山田へ行くことにした。一四日、洋たちとにぎやかに夕食し、一五日、当方二人はタクシーで田中へ。昼頃戸倉に着く。駅前はさびれてゴーストタウン。昼食場所は古びた喫茶兼軽食の店。そこから歩いてホテル清風園へ。千曲川で鮎を釣る人が見えた。風呂は男女別で、夜と朝で変わる。夕食はご馳走で満足。翌日の朝食は大部屋でバイキング。客は多かった。来た時と反対のコースで別荘に帰り、洋たちはその日の昼に、われわれは一七日に帰京。その後も二回佐久へ行き九月四日、戸締り、水抜きなどしてから、佐久平のイオンモールで昼食、買物をして帰京。

八月二六日「午前、山崎ふじさんが亡くなったので、克美、眞子、恭子の三人分の香典を送った」。

秋は行事の季節、他に日光経由塩原など旅行

九月一二日「洋たち三人が来て、うなぎの昼食。食後は着物や帯を出していろいろやってみて、結局黒留袖一式を持って行くことになった(裕介の七五三行事用)」。

九月二六日、五箇山への墓参の後氷見へ。「朝タクシーを呼んで、東京駅から、とき号、湯沢ではくたかに乗って城端へ。タクシーで清平館へ行った。お昼、ピラフとコーヒーを食べて、お墓の話をし、一年一万円送ってお花料とすることにした。平タクシーでお墓へ行ってからお寺へ行って、三〇分居て、城端まで行った」。

「高岡から氷見へ行き、タクシーで魚恵へ行った。小さな宿だった。お座りしかできないのには困った。夕食は新しいお魚で良かったが、分量が多くて困った。お風呂は熱くて入れなかった」。魚恵は料理で有名な民宿。予約の時から、料理の分量を少なく、と頼んでいたのだが、品数も、各皿の量も多く、食べきれなかった。二七日、タクシーで海岸を見物してから、列車で北陸を東へ行き、直江津で下りる。乗り換えて「信越線で長野へ行った。妙高山、黒姫山が見えたが、頂上は曇っていた。長野で、東山魁夷美術館へ行った。白い馬の風景はいろいろあってとても良かった。夕方あさまで帰った」。この夏、長野の美術館で、東山魁夷の記念展「白い馬の見える風景」を九月二八日までやっていた。

一〇月一六日、毎年桃を送ってくれていた園田征次が亡くなり、克美は通夜式へ。無宗教、戒名なし。大分の平松元知事が親戚とわかった。

一〇月一七日、塩原へ。「新宿から日光行きの特急に乗った。途中栗橋で東武の線に入るので一寸止まった。新今市で乗り換え、鬼怒川温泉から野岩鉄道の会津田島行きの鈍行で塩原温泉口まで行った。駅前は誰も居ない駅で、バスで塩原温泉のターミナルまで行った。中心部では車が多かった。レストランでお昼を食べて、タクシーで松屋へ行った。落ち着いた良い宿だった。川がすぐ下を流れていて、景色が良かった。お風呂はあまり大きくなかった。丁度よい温度だった。夕食は部屋で食べた」。昼のレストランの名は洋燈（ランプ）、混み合った。あと「塩原もの語館」に入り、祥雲寺へも行ったが早く宿に着いたので、目の前の川の対岸の野天風呂の様子を見、テレビを点けるなどして過ごした。

一〇月一八日「一〇時一〇分にタクシーを呼んで、紅葉ラインに向かった。途中の道はまだ黄色だった。（ハンターマウンテンの）ロープウェーに乗ったら、一〇°Cで寒かったが、観頂の山が見えた。それから鬼怒川まで下って行ったら、黄色の色が多くなった。鬼怒川の駅前は整備されて、けっこう人が居た。一五時五分の新宿行きの特急で帰った」。日光と鬼怒川の間、例年ならもっと紅葉が進んでいるのだが、と、タクシー運転手が言い訳のようなことを言っていた。

九月から一〇月、何時ものように和田へ行ったが、一〇月二五日には「館山から東京行きのバスで帰った。車の座席が高かったので、よく見えた。途中高速に入ってから、曇って良く見えなかった」。東京駅に着いて、一番街という飲み屋街の中で、焼き鳥などで飲食。その後も和田へは行った。

一一月四日、裕介五歳の祝い。「一一時半頃出掛けた。根津で下りてコーヒー屋でサンドイッチを食べてから、タクシーで湯島天神へ行った。割合暖かくて、兜の模様の羽織袴で、裕ちゃんはすっかり大人びて見えた。ママも留袖が良く似合った。一二時からお祓いを受けて、タクシーで帝国ホテルへ行った。四時から写真を撮って、五時から、なだ万で懐石料理をいただいた。八時前に地下鉄で帰った」。帝国ホテルのロビーで、母と子の和服姿は人々の

写真 8-8　湯島天神

目を惹いた。

一一月二〇日「午前相川さんからりんごと柿をもらった。赤ちゃんは紫穂ちゃんという名前とのこと」。隣の次女。

一一月二一日「夕方から梅丘駅そばのTANAKAへ洋食を食べに行った。お父さんは変わったカツレツ、私は金目のフランス風だった」。これが結婚記念日の食事。

一一月二九日「一一時前に家を出て、新百合丘から特急に乗って、宮の下KKRへ行った。途中から紅葉がきれいで、KKRの庭もきれいだった。夕方長湯をしたら、気分が悪くなった。夕食は少なめで丁度良かった」。三〇日「朝から良い天気で陽が射すと一段ときれいだった。湯本からピーポーに乗って、町田へ行った。お昼お蕎麦屋に入って、私のカシミヤのセーターと黒い靴を買って帰った」。

一二月に入り、洋から、裕介のズボンを作り、ゆかりを欲しいとの電話があり、それぞれ対応。一二月一八日、洋たちが来た。裕介が将棋をし、加世がピアノを弾いたほか、洋たちが持参した牛肉で、すき焼きをした。布団袋を佐川急便が取りに来たが、それが来宅の目的の一つだったようだ。

一二月二九日から黒豆を煮始めるなど、正月の準備をして、無事に越年した。

二〇一一年はじめ垣根植え替え、三月に東北大地震、四月河口湖へ

一月六日、和田へ。寒い日だった。畑のものを少し採って、翌日帰京。この日に始まり、一年を通じて、例年通り和田へ行き、収穫もした。裕介たちも一度来た。以下この年の和田行きは省略する。

一月一七日「夜、釜寅を取った。鳥・海老釜」。この後、時々夕食に釜飯を配達してもらうようになった。

二月六日「午前一〇時に植木屋さんの野根さんが来て垣根のことを話して頼んだ。一五日ころから始めるとのこと。午後相川さんかから夏みかんをもらったので、マーマレードを作った」。

二月一七日「朝から植木屋さんが来た。垣根を切り始めた」。垣根の仕事は、古い木を取り除き、杭を打ち、青竹を組んで、どうだんつつじを植え、西側には金木犀を植えるもので、ほぼ二月一杯続いた。

三月六日、相川三回忌。「一〇時に相川さんの車でお寺に行った。平沢さんと埼玉のお父さん夫妻（娘の母方の祖

父母）が来ていた。お寿司とお煮しめが出た」。相川の小さい娘たちは元気だった。

三月一一日「午後二時半頃地震があった。とてもこわかった。東北太平洋沿岸マグニチュード八・八。テレビで津波を映していた。怖い映像ばかりだった」。その後、原発事故関係、避難状況なども日記に見られる。

三月一九日「お昼に、池田・高岡さんから、お米や昆布、お海苔、お菓子などのお見舞いが届いた。相川さんに一袋あげた」。この頃、スーパーでの品不足が伝えられたりした。

四月二一日、河口湖へ。前日、宿を予約。「曇りだったが、京王の側のバスセンターから、河口湖行きのバスに乗った。三鷹を過ぎる頃から天気も明るくなった。富士吉田で少し止まって、河口湖駅に着いたが、富士山は見えなかった。レトロバスに乗って河口湖の周りをぐるぐる回って、終点で休んでいたら、右半分の富士山が見えた。レトロバスで、うぶやの前で下りた。和風の宿だった。窓からは湖が見え、富士山もうっすら見えた。お風呂はジェットの湯がぬるかった。正面に富士山が見えた。夕食はガラス張の部屋で、富士山が見えるようになっていた。とても凝ったお料理だった」。この日、桜は満開で、うぶやの前に大きな桜の木があった。二二日「朝五時、富士山が見えなかったが、太陽が出て、頂上の方を照らしはじめたら、だんだん見えてきた。正面に立派な富士山が見えて、大満足だった」。前夜と同じ場所で朝食。一〇時半に河口湖駅まで送ってもらい、タクシーで山中湖方向へ。途中マウント富士ホテルの下で、「裾野の広い全景が見えた。河口湖からとは違う方向で、とても立派な富士山だった」。旭ケ丘でタクシーを下りる。「山中湖は割合小さな湖だった」。バスで御殿場へ行き、松田で小田急に乗り換えて、梅丘駅前ビル地下の飲み屋、梅園で「お酒を飲んで帰った」。

五月一五日「伊東経由で稲取まで行った。三時にKKRのマイクロバスに迎えに来てもらって、宿に着いた。目の前は海」。風呂と食事は、普通。一六日「朝起きたときから曇っていて、海はきれいではなかった」。伊豆急で伊豆高原駅へ行き、バスで大室山、そこからまたバスで伊東に行く。伊東で昼食後、小田原で駅弁を買って帰る。

五月二八日「お父さんと経堂コルティ（新しくできたショッピングモール）へ行った。お昼は大戸屋で食べて小田急に乗って帰った」。

六月身延と川治温泉へ

六月一四日「八時のあずさで甲府へ。九時半頃に着き、バスで美術館へ行く。ミレーの絵を見た。随分暗い感じだった。正面の向かいの店でお昼を食べて、今度文学館へ行った。富士山のきれいな写真があった。それからタクシーでKKR（ニュー芙蓉）へ行った。四階で良く見えるはずが、山がぼんやりして何も見えなかった。お風呂は同じ階で良いお風呂だった。夕食も少なめでよかった。夜は暑かったが良く寝られた」。この日は大変暑く、文学館に敦子はあまり興味がなかったはずだが、克美には山梨県関係の文学年表その他有益だった。

六月一五日、身延へ。「朝、山が見えるかと思ったが、何も見えなかった。一〇時にタクシーで甲府駅へ行って、特急富士川に乗って身延へ行った。有名なところなので、門前町がずーっと続いた道をバスで登って行き、バスを降りて、あとはタクシー。本堂や五重塔が大きくて立派だった。信者の多い宗派だけあって、びっくりした。タクシーで駅に戻って、いち川でお昼は湯葉の汁かけご飯を食べ、特急で富士まで行って、東海道線で三島に行き、小田原で小田急に乗り換えて帰った」。

六月二七日「鬼怒川から田島行きに乗って、川治湯元へ行った。柏屋のバスが迎えに来た。和風旅館を改装したもので、きれいに整備されていた。お風呂は、ぬる湯と普通と露天風呂があって、なかなか良い温泉だった」。この宿は、克美が調べて二〇日に予約していた。夕食の料理も、派手さはないが、食べやすく、満足した。二八日「鬼怒川公園へ行って、川の上流を見て、タクシーで鬼怒川に行った。栃木まで特急に乗り、一二時過ぎに着いて、お昼を山本有三記念館のそばで食べた。記念館を見てからタクシーで大平山へ行った。道を登れないので、下で、紫陽花が沢山咲いているのを見た。タクシーで駅へ行ったが、一時間座るところがなく、困った。特急（新宿行き）に乗って帰った」。栃木では蔵の街の中を通った。大平山は、山の上からの景色が良いらしいが、車は入れなかった。栃木駅では、高校生くらいの若者が、地面に車座になって気勢を上げていた。

写真 8-9　稲取 KKR で

七月六日「あじろがテレビを持ってきた。とてもきれいに映る」。

佐久へ行く季節、シルバーカーを買う

七月一六日「七時過ぎに出て、東京駅八時三六分のあさまで佐久平へ行った。浅間は見えた」。佐久平ジャスコで敦子用の手押し車（シルバーカー）を探したが、無いので近くのカインズへ行って買った（たまたま知り合いのタクシー運転手に会って、教えてもらった）。隣の、ベイシア食品館で買物をし、マックで昼食後、タクシーを呼んで別荘へ。温泉に行くとき、敦子はシルバーカーを押して行った。一八日、昼前のあさまで帰京。「連休なので人がすごい。新宿の京の茶屋でお昼を食べて帰った」。昼食後小田急百貨店で、シルバーカーを見て、買った上、それを使いながら帰った。

この後も例年通り佐久へ行き、洋たちも来た。温泉を楽しんだが、直ぐ近くの温泉に行くのに少し坂道があるので、敦子は歩くのに苦労した。八月二五日には、佐久からの帰りに小田急百貨店へ行って杖を買った。

秋には雨の日光と箱根からの富士を見る

九月五日「佐恵子から梨が来たので、洋のところへ送った」。佐恵子からの梨は、じゃがいもと交換のように、毎年送られてきた。

九月九日「拓ちゃんから招待券が来ていた二科展を見に行った。黒いオブジェはステキだった」。

九月一四日「ピアノの時、先生のロングドレスのウエストを広げるよう頼まれて、相川さんへ持って行った。何とかなりそうとのこと」。

一〇月二三日「新宿発の鬼怒川行き特急に乗り、下今市で乗り換えて、日光に着いた。タクシーでいろは坂を登りはじめて、しばらくして詰まりはじめた。歩いている人が多い。抜かれてタクシー一時間半、明智平からトンネルに抜けたところで走れるようになり、湖畔に出た。男体山の麓に宿があった（ホテル花庵）」。ホテルに着いた時は少し陽が射し、男体山が半分見え、宿から見える紅葉は黄色が多かったが、美しかった。翌日の観光を同じタクシーに頼んだ。二四日「朝から雲の中で、少し寒くなった。一〇時までにタクシーが来て、走り出したら割合よく景色が見えた。近くの湖畔の紅葉がきれいだった。戦場ヶ原は曇っていた。湯元に着いたら小雨だった。紅

葉は終っていた。山王峠に向かって走った。落葉松の黄色がきれいだった。湯滝は豪快な滝でびっくりした。戦場ヶ原の碑のあるところでトイレに行って、開拓地のところは落葉松がとてもきれいだった。中禅寺湖の周りを通って、半月峠へ登ったが、何も見えなかった。日光市街へ着いたら、一時半だった」。名物湯葉料理の店は売り切れで、小料理屋へ行く。そこで湯葉料理と酒。カメラをタクシーに忘れていたのを、届けてもらった。タクシー代三時間二万円。駅でコーヒーを飲んで過ごし、四時半過ぎの日光号で新宿に。

一一月一日「天気が良いので、OXでパンを買って、新松田に向かった。富士山が見えたので、中華を食べて、タクシーで丹沢湖に向かったが、紅葉にはまだ早かった。山の間から富士山が見えた。三時半頃の急行で帰った」。

一一月四日「洋からのメールで、裕ちゃんが玉川学園に合格したとのこと」。一一日「洋からのメールで、慶応は落ちたとのこと」。

一一月一四日「午前お父さんと築地へ行った。杉本で研ぎを頼み、山本豆店で黒豆、久住でだし、紀文でさつま揚げを買って、江戸銀でお寿司を食べて、佃茂へ行って、帰った」。

一一月二三日「お昼はイタリア料理のパール・ブラットへ行った」。前日が結婚記念日だが、二四日には箱根に行く予定なので、この日に簡単な外食をすることで済ませた。

一一月二四日「湯本駅構内のカフェで昼食のパンを食べて、宮の下へ行った。丸いお風呂は、滑らなくてよかった」。宮の下の宿は何時も行くKKRの施設で、瓢箪型の風呂と、四角の風呂が男女で分かれて昼夜交代する。この日の夕方は、瓢箪風呂が女性用だった。

一一月二五日「良い天気。強羅から早雲山まではとても混んだ。ロープウェーは座れて、富士山が良く見えた。頂上で乗り換えた時に寒かった。少し小ぶりのロープウェーで桃源台。そこから海賊船に乗って、箱根町へ行く。シャトルバスで山のホテルへ。お昼のサンドやケーキをラウンジで食べた。素敵なところだった」

一一月二七日「午前、砧公園へ行った。公園は広かったが、紅葉は終わりだった。帰りのタクシーが、なかなかつかまらなかった」。

一一月三〇日「昼に洋に電話したら、玉川学園で一軒家を買ったとのこと」。

一二月四日「良い天気なので、駒込へ行った。六義園のそばの東洋文庫へ行った。お昼を食べて、六義園へ行った。大勢の人々が居た」。東洋文庫は貴重な本の収蔵庫だが、広い庭を持ち、アジアの珍しい食事をさせていた。六義園は紅葉の名所で、丁度盛りの時期。

一二月一〇日「一一時過ぎ、月食が見られた。まん丸い球体に見えた」。

一二月二六日「午前、洋にあげるおいもとゆかりに（裕介への）手紙を入れて送った」。

その後の年末の仕事は例年通り。年賀状の宛先を整理して、人名簿が二冊あったのを一冊にまとめた。

第五節　洋の家族は玉川学園前へ。敦子の旅行は最後の二年

裕介、幼稚園を卒業

二〇一二年一月一日、新年の挨拶に隣の相川へ行き、「紫穂ちゃんがとても可愛かった」。

一月三日「八幡さんへ行った。裕ちゃんのランドセルのお守りを買った」。

一月八日「午後裕ちゃんたちが来た。いろいろなことを知っていて、驚いた」。加世は二階の片付けをし、敦子が譲ることにした着物を、かなり持って帰った。

一月二八日、和田へ行き、大根を採ってから、千倉経由白浜へ行き、リゾートイン白浜という海岸沿いの宿に泊まった。夕食に里見八犬膳というのが出た。翌朝、部屋の前で鷹の餌付けをするのを見た。

二月二〇日「お父さんと経堂へ行った。大戸屋でお昼を食べて、OXへ行った」。買物は、まずOXの衣料品売り場へ、その後フリースペースで克美はコーヒー、敦子はアイスクリームを買って休憩、次にOXの食品売り場に行く。このパターンは、その後も続いた。

二月二六日「和田浦へ行ったあと。鴨川のかんぽの宿に行った。七階のお風呂から海が見えた。夕食のふぐの唐揚げは美味しかった」。かんぽの宿は、老人向きで、風呂には、ぬるい湯も設けられていたので、気に入り、この後いくつかの「かんぽの宿」に行った。

三月四日、洋たちが来た。「裕ちゃんはブルーのコートを着ていた」。この日は洋たちが餃子をつくり、肉を焼き、裕介が手伝うなど、かなり主客入れ替わりの状況になった。

三月一六日「目白駅で洋たちに会い、タクシーでフォーシーズンホテル（椿山荘の隣）へ行った。和食の店で定食を食べた。少しずつ美味しいものが出てきたが、お父さ

んは物足りなく、裕ちゃんは天ぷら、洋はステーキだった」。裕介は卒園の証書をもち、敦子、洋、加世の誕生日が近いので、まとめた祝いの会だった。「加世さんは紫の着物がよく似合った」。

洋の家族は目白から玉川学園前へ

三月二五日、洋たち引っ越しの日「夕方、加世さんと裕ちゃんだけが先に来た。洋は荷物の積み込みがなかなか出来なくて、来たのは一〇時近かった」。二六日「加世さんは目白へ荷物の積み込みに行った。洋は片付け、裕ちゃんは将棋、お父さんはお使い」。引っ越しの車が来て、一部積み替え、玉川学園に向かった。夕食に、加世が遅れて来た。洋たちはこの日遅くまで起きていて泊る。二七日、洋だけ九時に新居に向かい、午後裕ちゃんは帰った」。

伊豆高原、箱根、山中湖、安曇野、諏訪を旅行

四月一五日「伊豆高原へ行った（かんぽの宿）。洋室で良かった。お風呂は鴨川と同じつくりで、料理は普通だった。ベッドで良く眠れた」。ここは桜の名所だが全部終っていた。一六日「朝起きても曇っていて、海が見えない。駅からバスで大室山のリフトのところへ行って、タクシーで桜の里に行った。いろいろな桜があってとてもきれいだった。とくに枝垂れ桜は花びらが八重で良かった」。

四月二一日、午後、洋と加世が来て、「五時頃加世さんが迎えに行った」。裕介は経堂の将棋道場に行っており、夜、泊まった。二二日「裕ちゃんは千駄ヶ谷の将棋会館へ行った」。

四月三〇日、箱根へ。かんぽの宿。「ロビーで少し富士山が見えた」。五月一日「箱根園へ行った。遊園地のようなところで車を下りて、桜の大きいの（大島桜）を見て、バスに乗ったら、雨が降り出した」。

五月五日、館山から、タクシーで川上種苗の館山の店へ寄り、和田へ行った。この後二日間、さつまいもと生姜の植え付け。五月七日「鴨川行きで帰った」。和田浦駅の改札口から直ぐに乗れる鴨川行きを選んだ。「東京駅のそばの鶏料理を食べ、タクシーで帰った」。

五月二五日、山中湖へ。「一〇時五〇分のあさぎりで御殿場へ。曇りで何も見えない。旭ヶ丘で、ホテルのバスに迎えに来てもらった。湖から山の中に入った静かなホテル（ラフォーレ山中湖）。しかし富士山は見えない。広いお風呂はぬるくて良かった。夕食は、凝った和風洋食

といった感じで、やわらかい牛肉だった」。二六日「朝起きたら富士山が見えた。エレベーターホールに行ったら、とてもきれいに大きく見えた（この時克美が撮った写真を、敦子はずっと自宅の居間に置いて見ていた）。朝食後、湖のそばまで行ったが、雲に見え隠れする富士山しか見られなかった。」。

六月一〇日、和田へ行ったが、上の段の畑は、猪に荒らされていた。敦子は魚伴に行ってきた。一一日「新東京ビルの来乃家で晩ご飯を食べて、タクシーで帰った。九時過ぎ」。

六月二三日「八時のあずさで松本に向かった。松本駅から正面に乗鞍が見えた。大糸線に乗って、穂高で降りた。ホームに居るだけで、北アルプスが見えはじめた。タクシーでまわってもらう。わさび田大王、きれいな河（テレビのおひさまの現地）、河のほとりの早春賦の碑のそばから、アルプスが常念岳から白馬まで一列に見えた。少し雪の残った景色はとてもきれいだった。穂高の駅から、戻って松本、上諏訪まで乗った」。迎えのバスでかんぽの宿へ。部屋から夕焼けの湖が見えた。

六月二四日「タクシーに乗って諏訪大社めぐり（三時間一万五千円での観光）。下社は御柱が立っていて、大きいのに驚いた。次に春宮から湖岸を走ってガラス会館へ行った。とっくり等を買った。その前に高島城へ行った。それから少し離れた大社（上社、前宮か？）へ登って行った。八ヶ岳が見えた。茅野の駅で降りた。お蕎麦を食べて、埴輪公園を通って駅に戻り、二時一九分のあずさで帰った」。諏訪大社について、ドライバーから多くの説明を聞いたが、複雑、神話的で、飲み込めなかった。ただ、この大社の歴史の古さと、日本各地の系列の神社の中核であることは良くわかった。この日は、片倉館へも行った。かつて、多くの女工が働いていた歴史を感じた（克美は若い頃、製糸業の調査をしたことがある）。

六月二五日「午後、紫蘇を洗って塩まぶしをしてもらった」。紫蘇は五束、梅は五キロ買って漬けていた。

六月三〇日、和田へ行き翌日帰京。田村亭で食事をして帰る。

写真 8-10　安曇野早春賦の碑

御牧ヶ原明神館を経験

七月二八日、例年通り佐久へ。「タクシーで東京駅へ行った。パン屋で朝食。イオンで買物をした。ホネケーキを頼んだ（モールの店で資生堂製品を扱っていた）」。温泉へはほぼ毎日行ったが、行かない日もあった。温泉は、直ぐ隣ではあるが、坂道を上下しつつ手押し車を押して行くのが、敦子には負担になっていた。八月二日に一旦帰京。東京に居たのは二日だけで、また佐久へ。敦子は、佐久の別荘でも、キーボードでピアノの稽古をしていた。九日「夕焼けに山並みが見えた」。これは、三日続いた。下の林の樹の間から、輝く太陽と紅色の空、その中に僅かに北アルプスのシルエットが見えた。一〇日に帰京。

八月一二日「夜はペルセウス流星を二個見た。空は時々雲が広がった」。この時は、自宅二階東側のベランダに、ボンボンベッドを出して、星を見るようにした。

八月一五日、佐久へ。イオンのモールめぐりの後、食品売り場で買物をし、店が客に使わせる段ボールの空箱に、買ったものを詰め込み、克美がタクシーに電話して、迎えに来てもらった。これが何時ものやり方。一八日「午前、えちごやへ行った。ポテトを頼んで、裕ちゃんには、りんごジュースを送った」。

八月二〇日、以前タクシー運転手に勧められていた明神館へ行く。御牧ヶ原北部の明神池という農業用の池のそばに宿があった。部屋は浅間に向かっていたが、山の頂上の部分だけが見えて、手前は田園風景。別荘と違ってかなり暑く、冷房が必要。風呂は露天の方が広々とした前景を見下ろして快適。地元の人たちが多かった。食事に満足して良く眠った。

二一日、敦子がアルプスの見えるところに行きたいと言い、タクシーで湯の丸（日本海・太平洋の分水嶺とか）、池の平を経て高峰へ。美ヶ原は見えたが、アルプスは雲の中。敦子は、浅間山の中腹の高いところからアルプスを見たいと思ったのだろうが、叶わなかった。この後二日、別荘で過ごした。天気が良く、毎日夕陽が美しかった。二四日帰京。

八月三〇日、暑い東京を避け、一先ず小諸のグランドキャスルというホテルに泊ることにした。ホテルは古いものをリニューアルし、バイキング、飲み放題で、格安を看板にしている。ビールが苦くないと、敦子は喜んだ。翌朝浅間山の方向から太陽が上がるのを見る。つるやへ行って三日分の買物。タクシーで別荘へ。中三日滞在し、九月三日に引き揚げるための始末をして帰京。

九月八日「和田浦へ。二ヵ月行かなかったので、草ぼうぼう。おいも、何とか出来ていた。何しろ暑いので、畑作業は大変。戸の建て付けが悪く、動かない戸が多かった（板の間と和室の間仕切りのふすまに問題）。夜は星が見えた。寝る時、東側の雨戸を開けて寝たら涼しかった。月光が入ってきた」。九日帰る。

九月一九日、来客予定があり「朝から掃除。ピアノを済ませてから準備。五時頃山崎（克実）さんが来た。お寿司が来てから眞子さんが来て、九時頃までお酒を飲んだ」。この時、山崎の現地、栃木へ行く約束をした。

九月二一日「湯河原へ。二時半、迎えのバスでホテルへ着いた（ホテル四季彩）。何となく古くさいが、料金が安いので、まあまあ。温泉は丁度良い湯加減だった。和室と洋室が分かれた間取りだった。

写真 8-11　栃木県専修寺

二二日「一〇時頃ホテルにタクシーを呼んで、万葉公園に行った。石のゴロゴロの階段ばかりで困った」。

一〇月一二日、千葉で下り、君津で泊って別荘に行った。「そごうのレリアンのLサイズのところで、上着を買って、外へ出てタクシーでお城のかたちをした資料館へ行ったが、歩くのが大変そうなので、そのまま駅へ行き（タクシー運転手は、千葉には観光するところはない、と言った）、君津では、古くさいが安いホテル。食事は、外の、いわし亭へ行って、お魚料理を食べた」。「館山にはお祭り（里見祭り）の山車が沢山居た」。敦子は和田の家の風呂は入りにくいというので、シャワーだけになった。

一〇月二六日、世田谷代田の佳仙では緑茶のほか、茶碗や急須を買い、豪徳寺では山下の方で富永の肉加工品、隣でほうじ茶を買い、トップで食料、カナザワヤではえんじのコートを買うなど、敦子の買物デーだった。

専修寺から那須烏山へ、その後修善寺

一一月一日「九時にタクシーを呼んで、眞子さんと三人で東京駅に行った。東京駅はきれいになっていた。宇都宮から山崎さんの車で専修寺に向かった（この寺は親鸞ゆかりの寺で、克美が是非行きたいと頼んだ）。古いお寺だっ

た（予想以上にさびれていた）。それから益子の陶器市に行って、小皿を買った（陶器市は盛大。山崎克実は饅頭の餡を売って、顔が利いていた）。その後烏山のお店で奥さんに会って、お菓子をいただいて、烏山城カントリークラブホテルに行った。きれいなホテルだった。夕食は別棟の古民家レストランで、池田司郎さんと五人で宴会。九時近くまで居た。下の温泉に入って寝た」。

一一月二日「九時に車に来てもらって、慈願寺へ行った（大きな寺。富山県からの移住者受け入れの話を聞きたいと思って行ったが、寺側に記録はなく、空振り）。それから山車会館で見物して、那須岳に向かった。初めは晴れていたが、だんだん雲が出て、とうとう雪が降ってきた。ロープウェーのところでは、うっすら積もっていた。少し下って、おうどんを食べて、途中紅葉の中を走って降りてきた。那須高原駅で降ろしてもらって、三時半の電車で帰った」。この日は、最初に池田司郎が経営する餡の製造会社に行き、話を聞いてから、工場見学をした。予想していたよりも大きな工場だった。その製品が翌日沢山送られてきた。

写真 8-12　天城山トンネル

一一月一四日「午後、ピアノのとき、からすうりの短冊の絵を買った。家まで持って来てくださった」。ピアノの先生の父親が、自分の絵を持って訪ねて来た。

一一月一五日、修善寺へ。

小田原から踊り子号。「天気が良いので海がきれいだった。熱海で引き離して修善寺に着いた。不二家でケーキを食べて、タクシーでホテルへ（かんぽの宿修善寺）。富士山がよく見えた。お風呂は中くらいでよいお風呂だった。夕食は丁度よいものだった」。一六日「朝、お風呂へ行ったら富士山が見えた。朝食はバイキングで、和食等を食べた。一〇時にタクシーが来て、修善寺を見て（温泉場を一巡、京都嵐山に似た風景）、次に長細い滝を見て、天城山を上がって行き、天城峠のトンネルに行って、通り抜けて、ずーっと戻って、湯ヶ島温泉、修善寺に近づいたら富士山が見えてきた（湯ヶ島を見たいと、行ってみたら予想を超えた寂れ方だった）。帰りの踊り子号の中からも富士がよく見えた。小田原ラスカ二階のレストラン(富士屋経営)で、ビーフシチューを食べて、わさび漬けを買って帰った」。

裕介七歳の祝い、二人は結婚六十年目、奥湯河原の紅葉を見る

一一月二三日「帝国ホテルへ行った。一二時過ぎに、洋たちはレストランから出てきて、一緒に写真を撮りに行った。裕ちゃんは背が高くなっていた。二時に別れて二階のBARへ行って、お酒とホットサンドイッチを食べて、タクシーで帰った」。この日の写真は、裕介七歳の七五三記念。敦子と克美は数え年で結婚六十年目。帝国ホテルのBARで克美は久し振りにマティーニを飲んで満足した。

一一月二九日、奥湯河原の紅葉を見るために、予約していたので、敦子を促して出掛けた。「湯河原駅からタクシーで大野屋へ行った。日本式の宿屋で、少し古かったが、お風呂が良かった(男湯と女湯を交代で使う)。夕食はご馳走を持って来てくれたので、楽だった。金目のしゃぶしゃぶが美味しかった」。仲居が客室まで食事を運び、後片付けをする労力は大変。チップを渡した。目の前の旅館一軒(翠明館)つぶれていた。三〇日「一〇時にタクシーを呼んで、奥湯河原へ行った。紅葉がきれいだった。お茶屋の前でタクシーを下りて、お茶屋でお茶をいただいた。庭が歩き難く、困った」。その後コミュニティー・バスで真鶴へ行った」。高台が開発されて家が増えていた。

一二月八日「タクシーを呼んで、帝国ホテルに行った。一時過ぎに、洋たちと会い、なだ万で、とても凝った日本料理を食べた(裕介の七五三祝い)。洋たちとタクシーで梅丘まで来て別れた。暗くなっていた」。

一二月九日「午前お父さんと経堂へ行った。ヤマハに行って楽譜二冊買って、それから大戸屋に行って昼食。下に降りて、衣料品のところへ行って、OXで買物をして帰った」。

一二月一三日「お父さんと期日前投票に行った(衆議院総選挙)。夜一〇時から一二時半まで、双子

写真 8-13　奥湯河原

座を見ていたが、一つしか見られなかった」。

一二月一五日「館山からタクシーでODOYAへ行って、和田浦へ行った。畑の大根葉を夕食に食べた。雨で、夜も暖かく、助かった」。結局魚伴には行かず、一六日何時ものように、新宿わかしおで帰った。「梅丘では、うなぎやへ行った。二階は畳で足が痛くて困った」。

一二月二八日「午後お父さんとOXへ行った」。梅ヶ丘駅前で例年通りの買物をして、その後正月の準備。大晦日には紅白の中途で、裏番組の第九を視聴。

伊豆高原で幸福感、二回目の白馬

二〇一三年一月二日「お昼過ぎに皆が来た。お寿司を買ってきてもらった。裕ちゃんは背が伸びてCDプレヤーを軽々と使えるようになった」。裕介は、パソコンに向かってずっと将棋をやっていた。三日「朝、パンを焼いて朝食。一〇時過ぎに帰った」。

一月一三日、竹内尚恒の法事。「京王準特急で八王子へ二時に着いた。早すぎたので、ストアーでぶらぶらして、タクシーであきる野市小川の燈々庵に着いた。竹林の中にある別荘式のレストラン。竹を食器に使ったご馳走だった。最後にDVDで尚恒一家の写真が写った」。尚恒夫人は車椅子で参加、その子供の家族の他、佐恵子の家族と洋たちも参加した。

一月一七日「お父さんは クリニックと日本医大。午後に三省堂の人と会った」。克美は、経済調査マンとしての自分史を自費出版にすることにして、三省堂創英社を選び、予約して、この日訪ねた。藤岡という人と長い時間話をして決めた。

一月一九日「午後四時頃洋が来た。コンピューターをやってもらった。五時過ぎに帰った。箪笥を買ったとのこと。預かっていた着物の帯を持って帰った。私の単コートと灰色のコートを持って行った」。パソコンでの、写真関連の操作を克美に教えて行った。

二月二日「午後加世さんと洋が来た。着物を二枚あげた。五時過ぎ荷物を出して帰った」。

二月三日「八時に家を出て、新宿さざなみで館山へ行った。山田電機で掃除機を買って、昼を食べて、駅へ行き、鴨川に行った。かんぽの宿に行った」。掃除機を買った場所は館山のイオンタウン、広い敷地に多くの店があった。かんぽの宿から四日「タクシーで駅まで行って、コンビニでお弁当を買って、タクシーで和田浦へ行った。意外に早く着いた。菜の花や大根はあまり良く育っていなかった。帰りに東京駅からフォーラムの一階のレストラン（半分外に出るかたち、フランス系）で大きなオムレツや牛の煮込みを食べた。タクシーで帰った」。

二月一六日「朝、洋から電話で石川さんが亡くなったとのこと」。克美は夫人に電話し、年末頃から肺がんが悪化していたことを知る。

二月一八日「お父さんは午前和田門会へ行った」。これは旧文一のごく少数者の会。「三時に帰って、四時過ぎに、石川さんの通夜に出掛けた」。克美だけ、宮前平のさくら会堂へ行った。洋、加世と会ったほか、かつて住商で石川の僚友だったロシア関係のOBにも会った。

三月八日「お父さんは、昼食後福中さんの会へ行った。チョコボールをもらった」。例年の「だん展」へ行き、福中夫妻と会う。子供の家族も居た。フランスのチョコレートを奥さんからもらった。

三月九日、和田へ。駅を下りてから、魚伴で注文して家へ行った。「風のつよい日。お父さんは菜の花や大根を採った」。一〇日、内房線が遅れており、タクシーで鴨川へ行き、帰る。

三月一六日「午後二人で洋たちが来た。いちごに泉屋のクッキーと紅茶。雨コートをあげた」。この日は土曜日。裕介は将棋道場に居たとみられる。

三月二一日「小田原の新幹線へ行くフロアーの箱根ベーカリーでお昼を食べて、踊り子で伊豆高原へ。二時半の送迎バスでホテル（かんぽの宿）へ行った。暖かいのを通り越して暑かった。お風呂へ行って五時半からバイキング。かにとえびを沢山食べた。初めから座っていて、最後まで居た」。食事は、かにと天ぷらが売りで、敦子は大満足。前日の誕生日に少し家で祝ったが、この日が本命。克美は酒を三合飲み、夜の一一時にも風呂に行ったが、敦子は熟睡していた。二人で合計一七〇歳の好日だった。二二日「お風呂の前の桜は満開だった。九時半のバスで駅へ。駅からタクシーで桜並木を通って（そこはまだ咲いていない）、駅の下の方はとてもきれいだった。それから城ヶ島海岸の吊り橋を見て、富戸駅まで行った（敦

写真 8-14　伊豆高原

子が階段を使わないですむ駅へ行ってくれと言うので、この駅に行き、一時間ほど時間待ち。克美は駅の大きな桜の木の枝に咲く花の写真を撮った)。帰りの小田急ロマンスカーから、うっすら富士山がみえた」。

三月三一日「一一時二七分の電車で、玉川学園駅に下りたら、タクシーで待っていてくれた。霜月亭まで曲がりくねった道を通って着いた。シックな日本的レストランで、和風洋食だった(この日は、敦子、洋、加世三人の誕生祝い)。牛ヒレの煮込みは柔らかく、美味しかった。食事が終わって、タクシーで洋の家へ行った。すごい坂の途中にあり、景色は良かった。家の前が玉川学園の敷地で、山桜が咲いていてきれいだった。家の中は板の間が広く、隅っこに裕ちゃんの机が置いてあった。四時過ぎに、歩いて駅へ行こうと、坂を登りはじめたら、とてもきつい。少し平らなところは学園内で、ゆったりした坂なので助かったが、大分疲れた。五時過ぎに帰った。裕ちゃんから、誕生日のカードをもらった」。

四月四日「新宿から南小谷行きで大町まで行った。山岳博物館までタクシーで行った。雪の山がとてもきれいにみえた」。一二時にタクシーに迎えに来てもらって、仁科三湖の縁を通って白馬へ行く。列車の中からは、神秘的な美しさが見えた湖だったが、そばに行ったら平凡な風景。八方のホテル五龍館に着く。白馬ハイランドホテルは休んでいた。五龍館はスキーの選手がよく泊るところらしい。オリンピックのジャンプ台が良く見えた。風呂も食事も普通の良さ。

四月五日「九時過ぎにタクシーで、大橋で写真を撮って、駅まで行った」。電車の便が少ないので直ぐに帰ることにした。前夜、山に雪が降って、白馬の山々は白く輝いていた。「一〇時八分の電車で松本まで行って、タクシーでお城へ行った。桜がきれいだった」。ベンチに座って、城と桜を眺め、写真を撮った。この日、敦子は疲れて、梅丘の駅から歩いて帰るのが大儀らしかった。

四月一〇日「午前お父さんと伊勢丹へ行った。上原で乗り換え、明治神宮前乗り換えで、メトロの新しいのに乗って、伊勢丹に着いた。全然歩かないで行けた。クリニークで買物をして、レストラン階の天一でお昼を食べて、タクシーで帰った」。

四月二二日、タクシーで東京駅のフォーラムのところまで行って、和田へ。一泊して、克美は畑作り。二三日、「フォーラムのダイニングで食事をして帰った」。フォーラムのダイニングの酒類はビールしかないので、克美は、予め車中でチューハイを飲んだ。

木曽と黒四ダム

五月八日。六日に予約して木曽へ。「タクシーで新宿南口まで行って、八時のあずさに乗った。途中雪山がきれいだった。塩尻で（駅の陸橋からアルプスを見て）特急しなのに乗って、中津川へ行って、お昼を一寸食べて、バスで馬篭宿まで行った。坂が急なので、タクシーを呼んで、藤村記念館まで行ってもらって、見学した。足下の悪い庭だが、恵那山を見に行った。妻籠宿の入り口で、コーヒーを飲んで、お父さんは一寸見に行った。それからタクシーで木曽駒の見える公園へ行った（敦子が山を見たいと言った）。次にホテルの奥の花桃街道の公園へ行ってから、ホテル（木曽路）まで行った。いやに仰々しいホテルだった。温泉は檜と石をくりぬいた湯船。お湯はぬるかった。ホテルに着く前、木地師の街でお盆を買った」。

五月九日「ホテルの車で南木曽駅へ行った。一時間待って、鈍行で木曽福島へ行った。途中の景色は良かった。駅から代官屋敷までタクシーで行って見学した。それから奈良井宿の入り口でタクシーを下りて、街道の中のお蕎麦とお焼きを食べた。美味しかった。それからゆっくり歩いて、〝おひさま〟のロケ地を見、お椀を二個買ってさらに行くと、すごい崖のお墓があった。奈良井駅に着いたら、二時間待ちとのことで、駅の人がコミュニティー・バスを教えてくれた。時間はかかったが、一〇〇円で塩尻に着いた」。あずさで新宿へ、梅丘田村亭で食事をして帰った。

五月一一日「お父さんはカメラが壊れたので、修理をしに三井ビルへ行った。修理は来週出来るが、ビックカメラで新しいのを買ってきた」。木曽の旅行の最後の頃にカメラが動かず、写真が撮れなかった。新しいカシオのカメラは、前のキャノンのより、幾らか精密な画像が撮れた。

五月一八日「午後、洋が来た。着物と刺繍した帯を持って行った。山本一雄さんが亡くなったとのこと」。山本の死は、友人の電話で伝えられ、克美は遺族に悔やみ状を書いた。

五月二三日「水道屋がウォシュレットに取り替えて行った」。

五月二五日、館山で中村屋へ寄ってから、川上、ODOYAへ行き、和田浦へ。新じゃがを採り、翌日午前中さつまいもの苗を植えた。

六月一日「午前お父さんと山下の方へ行った。太陽が出て暑かった。カナザワヤでブラウスを買った。午後三時五〇分頃洋が来た」。洋は裕介の将棋道場に付き添って来て、帰りの時間までを梅丘で過ごしていた。裕介は将棋が強くなっていた。

六月五日、佐久別荘へ。六日「一日静かだった。午後温泉へ行った。何とか休み、休み帰って来た」。七日「ジャスコで買物をして、一四時一四分のあさまで東京へ帰った。駅ナカで買物をした。東京は暑い。佐恵子からリバティーの布のバッグを送ってきた」。

六月九日、克美は午前中田中彰と会った後、東京駅で松村と会うのに手間取ったが、無事に会って、新しい「キッテ」ビルの店で、長時間話した。

六月二三日、和田へ行き、翌日帰りに「東京駅へ行った。新しい郵便局のタワー（キッテ）へ行って、鶏の水炊きを食べて帰った。塩気の強いお鍋だった」。

七月六日から天気が良くなり、梅干しを干しはじめた。八日に紫蘇を買ってきて、灰汁を出し、梅酢に漬けた。これが敦子の作った最後の梅干しになったが、以前からのものが大きな瓶に幾つもあり、この後ずっと自家製の梅干しを食べ続けた。

七月一一日「朝、タクシーを呼んで、あさまで佐久平へ行った」。イオン（ジャスコ）で、段ボール箱三個分、一万円超の食料などを買って別荘へ。テレビが見えにくいが、業者の話では、アンテナのせいでもあるらしい。一三日「午前、タクシーで布施温泉へ行った。お昼を食べて、入浴して、タクシーでえちごやへ行ってきた」。すぐ隣に温泉（みどりの村、望月温泉）があるのだが、坂道を歩いて行くのが大変。近すぎてタクシーは使えない。そこでやや離れた場所の布施温泉に行けば昼食可能と確認してから出掛けた。別荘のある丘から下りて、百沢から少し上がったところにある。みどりの村では、一般客への食事の提供はしていないが、布施温泉では、昼食を挟んで二人でゆっくり過ごした。この後二日別荘にこもる。敦子は寝るとき、畳の上の布団からの寝起きはつらいと言うので、ボンボンベッドにマットレスを乗せた上に布団を敷いて、簡易ベッドにして寝かせた。一六日に帰京。

七月一九日「タクシーで東京駅へ行って、あさまで佐久平へ行った。ジャスコで買物をして別荘へ」。翌日電機屋が来て、テレビのアンテナを付け替え、ブースターをつけたら、全部のチャンネルが見えるようになった。この日は夕陽が美しく、木々の間から、日本アルプスのかたちだと敦子が言うシルエットが見えた。二一日、テレビで、参院選の結果、自民大勝のニュースを見る。二二日、克美だけ一人で隣の温泉に行った。改装して内部がやや高級感のある作りになり、入湯料を値上げしていた（ただし、前に買っていた回数券はそのまま使えた）。二三日、タクシーで佐久平へ行き、イオンでベッドなどを見て帰京。良いベッドは無かったが、有れば敦子が別荘で使うことを本気で考えていた。

七月二八日、再び佐久へ。敦子は元気で、イオンモールで、居間の掛け時計を買い、地下で食材等を買って、昼に別荘に着いた。三〇日、一一時半にタクシーを呼び、ゴミ処分場に寄った後、布施温泉に行った。昼食と入浴、ほぼ満足。帰りに望月のえちごやへ行って、鯉の洗いを買って来た。三一日、換気扇を取り替えたいと話したことから、竹花組の人が来た。ベランダの補修その他が話題になったが、そのままになった。

八月一日、使わないでいる風呂場に水道を出すようにしたいと、敦子が言い、水道屋に話して、翌日、風呂場に水道栓を付けてもらった。その際使っていない風呂桶と、溜まったゴミの処分もしてくれるというので、古い炊飯器やトースターなども一緒に出した。二万円かかったが、風呂場で行水が使えるようになった。ただし、風呂場に瞬間湯沸かし器を付けることはできず、キッチンから湯を運んで行水するため、望月の金物店から、プラスチックのたらいと、大きなバケツを持って来てもらった。三日は、残りものを食べて、行水する。四日帰京。

八月一一日、和田へ行った。それから二日、敦子は夜、流星を見たいと、二階の外に数回行ったようだが、曇っていて見られなかった、と。一三日「帰りの電車に、お盆で海水浴の人が、一杯乗って来た。フォーラムで夕食を食べて帰った」。

八月一六日「新幹線で上田まで行って、明神館に電話し、田中まで迎えに来てもらった。今回は、もやっていて浅間は全然見えなかった。夕方ものすごい雷雨だった。夜は気持ちよく寝られた」。一七日「朝には全然見通せなかった。じゃがいも四箱頼んだ。田中まで送ってもらって、小諸へ行った。つるやで買物をして、タクシーで別荘に着いた。やはり涼しい」。

別荘に帰って、夜寝るとき、敦子の寝床を、もとのように普通に布団を敷いて、柱に紐を掛け、それにつかまって立ち上がるようにした。一九日、克美だけ隣の温泉に行き、敦子は行水。二〇日、望月の金物店の女性が、頼んでおいた生ゴミのポストを届けに来た。大きい物で、一万五千円。古い方は草むらの中に埋まって、一杯になっていた。二一日「イオンの二階で昼食をして、ジャスコで夕食のものを買って帰った」。しばらく前からイオン（ジャスコ）の食品売り場の外側に、岩村田の和泉屋の菓子の店が出来たので、いろいろ買って食べただけでなく、贈り物にも利用した。この日その菓子の店にも立ち寄った。

八月二六日「午前お父さんにOXへ行ってもらった。佐恵子から梨が届いた。昼に洋に電話して、梨とポテトを送った」。

八月二九日、佐久へ。「竹花に電話したら、夕方換気扇をつけに来た」。この後二日、家にこもる。二人とも行水する。九月一日「昼前タクシーで布施温泉に行った。お昼にコロッケを食べて、二時頃タクシーでえちごやへ行って、お刺身を買って帰った。」九月三日、別荘にあったシルバーカーを持って帰った。もう一度佐久に行くことにしていた。

九月九日「佐久平は気持の良い天気。モスバーガーを食べて、えんじのアンサンブルを買って、別荘へ行った」。一一日「昼前布施温泉へ行こうと思ったら、休みで、（浅科村の）穂の香の湯へ行った。布施温泉よりにぎやかで、露天風呂は大きくて良かった。」。一二日、荷物を宅急便で出して引き揚げた。

九月一四日「午前二科展へ行った（行きはタクシー）。拓ちゃんの彫刻は、やっぱり黒塗りの舟のようなものの上に、やわらかな形のものが乗っていた」。

九月一六日、敦子が黒部ダムを見たいというので、克美が調べた上、翌日くろよんロイヤルホテルを予約した。

九月一九日「松本駅二階の北アルプスを見るところで、かすかに槍が見えた。大糸線で松川に下りてみたが、何もないので大町に行った。カメラの電池が切れたので、『写ルンです（レンズ付きフィルム）』を買った。バスがホテルの前で止まってくれた（日向山高原駅）。お風呂はこじんまりして、きれいなお風呂。夕食は吉兆の和食で中々良かった」。この日は、宿泊客が多かった。

九月二〇日「朝食バイキングで早めに終わって、タクシーで扇沢へ行った。タクシーを下りたら、バリアフリーの案内の人がいて、ロッカーに荷物を入れて、専用のエレベーターで三階に行って、トロリーバスに乗せてもらって、一五分で黒部ダム駅に着いた。又案内の人に連れられて、スロープのトンネルを通ってダムに出た。天気がよいので立山の方の山がとてもよく見えた。皆はすごい階段を登って行ったが、こっちは普通の路で行って、水を放水しているのを見た。湾曲した堰堤のところへ行ったが、すごい風で寒かった。一二時前のバスへ案内してもらった。大町駅前で豚肉料理を食べて、あずさで帰った」。梅丘では長寿庵が休みで、田村へ行き、敦子は海老フライを食べた。

九月二九日、和田へ。一〇月にも行った。さつまいもの収穫と大根などの種蒔き。

一〇月九日「夕方、お父さんが洋に電話したら、来てくれた。一緒にコジマへ行った」。克美の本の原稿を、USBメモリーに入れた。

一〇月一〇日「朝食抜きで鴻上さんへ行った。胃カメラは細くなって呑みやすかった。ピロリ菌がいっぱい。足の薬をもらった」。克美は午後、三省堂へ行き、藤岡に会って、メモリーの原稿を渡した。

一〇月二二日「産婦人科に予約していたので、九時過ぎに出掛けた。お父さんは昼前に出掛けた」。敦子が帰る前に、克美は家を出て、文一会に行った。級友は四人、未亡人が八人という会だった。二人はそれぞれ別行動で動くことかできた。

一一月七日「恭子さんのところから、米寿のお祝いを贈って来た」。八日「相川さんへ、七五三のお祝いをもっていってもらった」。

一一月一〇日、一七日と、各日曜の昼に洋が来た。この年には結婚記念日についての記述はない。一二月一日、洋が来たので、話を聞く。

一二月七日、洋を連れて三人で和田へ行った。翌日、帰りに新宿小田急の三省堂で敦子の日記帳を買うなどして、パスタ屋で食事、タクシーで帰宅した。

一二月一一日「お父さんと代田へ行った。佳仙で買物をした。」。代田の駅は、複線化のための工事中だった。

年末はほぼ例年通り。一二月二七日「相川さんから米寿のお祝いをもらった」。二九日「昼、洋が来た。午後居間の掃除をしてもらった。夕方帰った」。敦子が黒豆を煮て、相川がごまめを作り、交換するという例年のしきたりを実行、山崎克実からのきんとん、羊羹なども届いた。大晦日には二人で駅の方に行って、少し買物をしたほか、克美は玄関から門までの通路に水を流して洗うなどの掃除もした。二人とも、元気に越年した。

第九章　要介護から、やがて病床へ。克美は肺炎から生き延びる

第一節　転機となった二〇一四年
和田からの帰りに敦子が負傷

一月一日「おだやかな元日」。おせちなどの膳の写真を撮った。この頃、毎日、夕食のおかずの写真を撮るようになっていたが、正月なので、朝の食卓をカメラに収めた。二日、相川一家が年賀に来た。小さな姉妹にお揃いのプレゼント。

一月三日、敦子の日記の欄外に「克美八八歳祝」とある。「お昼に洋と待ち合せ。裕ちゃんも来た。随分背が伸びていた。裕介は、将棋初段の免状と一緒の写真の年賀状を持って来て、パソコンで将棋をしていた」。

一月三一日、例のように和田へ行き、翌日の帰り敦子は和田浦の駅まで、いつものようにこげ茶色の小さいリュックを背負ってすたすた歩いていた。ところが新宿わかしおで帰って、「新宿駅の小田急トイレに入ったら、バリアフリーでないので、つかまるところが無くて、尻餅をつき、立ち上がれなくなって、〝タスケテー〟と言い、ドアを開けて入ってもらって、何とか立って、車椅子に乗って事務室へ行き、何とか区間準急に乗って梅丘へ行った」。克美は、女子トイレを開けに行くわけにもゆかずに待ち、尻を打った敦子を電車に乗せて帰った。敦子は、克美に支えられつつ、我慢して付いて来た。「長寿庵は売り切れで、『かどい』で唐揚げ定食を食べて、タクシーを呼んで帰った」。かどいは、駅の近くに新しく開かれた店で、この時初めて行った。

二月二日になっても、敦子の症状は良くならなかったが、貼り薬でしのぎ、六日に、タクシーで鴻上医院に行った。痛み止めの注射をしてもらい、この後週二回、注射に来てくれることになった。六日「夕方頃楽になった」。

その後、敦子の状態を見て、克美は対策を考えた。一つは家に手すりを付けること、もう一つは、しっかりした整形の医者に診てもらうこと、である。

二月二二日「午後ネットスーパーが来た」。前日、サミット・ネットスーパーに電話して、支払い関係のことなどを聞き、注文を出していた。

三月三日ごろから、克美の自分史の本が出来て来て、各方面への発送を始めた。

三月六日克美は梅丘の「あんしんすこやかセンター」

に、介護保険の申請書を提出した。

三月二〇日「午後保健センターの人が来た。佐恵子から手提げを送ってきた」。保健センターの女性は、話し合いの後、便所と風呂場を見て行った。敦子の誕生日に当り、夕食は釜寅の釜飯を頼んだ。

三月二三日「お父さんは和田浦へ行った」。日曜日、克美は一人で朝早く家を出て、新宿さざなみで行った。朝、昼とも弁当。菜の花の盛り。じゃがいもを植えた。

敦子デイケアを経験、自宅に手すりを付ける

四月一日「お昼をたべてから、タクシーでさねみつさんへ行った。レントゲンで、腰、膝を診てもらったが、骨は大丈夫だということ。後は、せっせと歩くこと。終わって、小田急で豪徳寺へ行って、コーヒーを飲んで、トップで買物をして帰った。足が痛かった」。東北沢のさねみつは、昔の貞光と同じところにあったが、全く別の人。陽気な医者で、「薬はハッパだけ」と。この医者のことは、克美の阿佐ヶ谷の会のメンバーの加藤から聞いた。

四月二一日、克美は、梅丘あんしんすこやかセンターに行き、要支援2から、支援をしてもらえることを聞いた。

四月二三日、午後三時前に、デイケアとしてリハビリを行う「ゆずりは」から、迎えの車が来たので、二人で行き、説明を受けた。試しの動作もしてみた上で、敦子は五月から、毎週、月、金のコースに行くことにした。

四月二五日「九時過ぎに、ケアマネの人と共に、すこやかセンターの人が来た。契約」。この日は、ケアマネの人と共に、「やさしい手」の住居改造担当が来て、手すりを付ける場所などを検討して行った。

四月二八日「(克美は)帝国クリニックへ行った」。岩本医師から、自身の介護保険申請を勧められ、帰りに、梅丘あんしんすこやかセンターで申請した。

五月二日「午前、ゆずりはとの契約で、男の人と松さん(ケアマネ)、手すり見積もりの人が来た。洋は、立会人で来た。一時五〇分に、ゆずりはの迎えの車が来た。何人か乗っていた。二時から五時まで体操をして、足が疲れた」。克美は洋と二人で家に居た。敦子は、撮ってもらった写真を持って帰ってきた。

五月には、経堂まで買い物と食事に行き、デイケアへも定期的に行った。他方克美への介護保険適用、要支援関係の調査もあった。

五月二〇日「午前天ぷら屋へ行った」。天ぷらかんのへ、

天丼を食べに行き、歓迎されたのだが、敦子は歩くのがかなりきついようだった。

五月二四日「お父さんは六時起きで、あずさに乗って信州へ行った」。中央線から、白樺湖経由で別荘へ行くコースをこの日初めて実行した。バスとタクシーを使って行き、景色を楽しみ、別荘に着いて、夏に行く準備をしたが、かなり疲れた。

五月三一日タクシーで経堂へ往復したが、夕方克美の熱が上がった。洋が様子を聞いてきた。克美の介護保険判定は、要支援1だった。

六月に入り、克美は解熱剤を飲みながら、体調をみていた。買物は、ネットスーパーに頼むものが増えた。二日に、敦子はゆずりはへ行った。

六月四日「午前鴻上さんへ。午後渋谷へ行った。CT検査」。敦子の足の具合が急に悪くなった原因調査に、渋谷までタクシーで行った。敦子に異常は無かったが、克美は、血液検査の結果、栄養不足と言われ、熱が下がらないので、抗生剤を使うことになった。

六月五日「午後、(やさしい手の)黒宮さんが来るので洋も来た」。黒宮との間で、書類作成。洋は、立ち会ったほか、買物にも行ってくれた。

克美肺炎とわかって入院、敦子も同室へ

六月七日、土曜日。「午前お父さんは鴻上さんに、点滴をしに行った」。この後、敦子の日記は約一ヵ月空白。その間、克美の日記から抜粋する。この日、克美は鴻上医院で、入院のことも考えておくように言われ、隣の眞子に協力してもらって、敦子を家に置いて入院することはできないかなどと考えていた。そして昼、梅丘の美登利寿司で友人の松村と会い、酒を飲んで夕方前、雨の中を帰った。そのあと、猛烈に脈拍が速くなって耐えられず、洋に電話したら、救急車を呼べと言われ、自分で寝間着に着替え、保険証と財布をつかんで、救急車を呼んだ。救急車は直ぐ来た。隣に知らせたら、甥の相川喜一が同乗してくれた。入院先は世田谷中央病院で良いかと聞かれ、全く知らなかったが、良いと答えた。

救急車から、横になったまま、病院の一室に運ばれ、聴診器を当てられて、即座に「右肺炎、入院」と。入院すると同居の妻の生活が不安と告げたら、直ちに二人の入院が決まった。これを決めた中沢医師とは、長い付き合いになるのだが、敦子に糖尿病があるという理由で入院できたことは、二人にとって良かった。敦子はいきなり入院と言われて驚いたらしいが大分時間が経ってから、

相川の車でやってきた。

六月八日、二人一部屋の病院生活が始まった。かなり広い部屋の、両端に、違う方向でベッドが置かれ、真ん中に空間があって、冷蔵庫があり、ペットボトルの水を入れておいた。克美は、微熱と食欲不振が続いた。敦子は、糖尿食を食べつつ、整形外科で診察を受け、車を押して歩く練習をした。敦子の方にだけ、ベッドの横にテレビをつけた。洋がいろいろな連絡や用足しと、近所のコインランドリーでの洗濯をやってくれた。小規模の病院なので、売店などの施設はなかったが、近くにコンビニがあった。この病院の場所は、世田谷駅の近くで、駅のところから梅丘の方へ、立派な直線道路が出来かかっていたので、往来はかなり容易になっていたが、そうなったのはごく近年のことで、克美たちは、この病院の辺りのことを全く知らなかった。

入院から二〇日間、克美の容態は好転せず、親戚などが見舞いに来た。肺炎の原因（タイプ）がわからなかった。六月二七日、外来に下りて、呼吸器専門の星医師の診察を受けた。その結果、病名は好酸球性肺炎。薬は抗生剤ではなくステロイド（プレドニン）に変わった。解熱剤は止めた。その後しばらくして、胸の雑音は無くなったと言われた。敦子は元気で、遠い方の洗面所にはお湯が出ると言って出かけ、リハビリは呼びに来る前に自分でさっさと行くこともあった。

七月八日、敦子が目まいがすると言ったら、まず認知症のテストをされて、その後ＭＲＩの検査を受けた。この後克美の体調はさらに改善し、一二日から克美もリハビリ開始。敦子と一緒にリハビリの部屋に行った。七月二五日、退院という言葉を聞いて、洋の都合を考え、八月二日の土曜が良いのでは、と敦子と話し合った。その後の話し合いで、退院後に、介護保険の該当度変更を申請し、ヘルパーはこの病院とつながりのある透光介護センターから来てもらうことになった。

退院後、ヘルパーに助けられつつ普通の生活へ

八月一日、一一時に、退院後のヘルパーの利用を打ち合わせるため、三人、関係者が来た。八月二日、看護婦が「無罪放免」と言った。中沢医師も大丈夫と言った。一〇時に、ケアマネの長田が来て、ヘルパーの計画を見せてくれた。洋が退院手続きをし、タクシーを拾ってきて、乗って帰る。自宅へ着いた後、タクシーを待たせて、克美と洋はＯＸへ行き、買物をして、同じタクシーで戻っ

た。敦子はOXで買った肉団子の味が随分濃いと言った。

八月三日、敦子は台所に立って、茄子を焼き、豚肉の生姜焼きを作り、白菜を漬けるなど、仕事を始めた。入院中に福中がくれた大判の本の中に、「奥様へ」という手紙が入っていた。

・介護受けつつ病院通い

八月四日、透光介護センターの木下が来て、サービス内容の説明をした。取りあえず克美の要支援対応として、買物をしてもらうことになる。

八月六日「九時前に洋が来た。一〇時に区役所の人が判定調査に来た。一〇時半にヘルパーさんが来た（島村）」。敦子の日記が復活。この日の夕方、加世から克美宛に手紙が来た。洋に電話して、一応安堵したが、対応に腐心する。

八月八日「八時半に島村さんが来て、タクシーで病院へ行った。散々待たされて一時頃帰った」。この後克美は毎週、敦子は隔週病院に通った。病院内の付き添いは介護保険の対象にならず自費負担なので、克美が元気になったときに取りやめにし、二人が一緒に診察室に入るようにしたが、最初の内は二人別別の診察だった。

八月一九日には、ヘルパーに付き添われて、タクシーで産婦人科へ行った。

八月二二日「夕方、佐恵子から電話。おいもと梨は止めにした」。毎年、御牧ヶ原の白いもを送り、松戸の梨をもらっていたのを、止めた。

八月二三日「午前お父さんは、パーマ屋へ行った」。克美はこの時から、敦子行きつけの伸美容室で髪を切ってもらうようになった。

八月三一日、昼間、洋が来て、刺身を食べチューハイを飲んで話し合った。

九月一日、ヘルパーの島村に付き添われて、敦子は久しぶりに坂の上の道からコンビニまで歩いて行くことができた。

九月四日、北沢保健センターに問い合せたら、克美は要支援2、敦子は要介護1と答えてくれた。これにより、それまで暫定的にヘルパーに来てもらっていたものが、正式に介護保険の対象となった。

九月七日、敬老の日を前にして、民生委員が、克美の米寿の祝い、五千円を届けに来た。

九月の半ばには、二人で吉田歯科に行き、敦子は悪くなった奥歯を抜き、克美は手入れをしてもらう。数回行った。そのついでに、敦子は駅前の耳鼻科で聴力の検査をして、処方箋をもらい、補聴器の店の紹介も得た。

他方克美は、世田谷中央病院の近くにある柳沢眼科で、白内障対策の目薬を処方してもらうようになった。九月二〇日に、ケアマネの長田が来て、敦子と介護保険に基づくサービスの契約。克美の方は、あんしんすこやかセンターからの委託になる、と。

敦子新しい補聴器を利用

九月二六日「九時半にタクシーを呼んで成城（補聴器のリオネットの店）へ行った。一〇時には少し時間があった。小さなビルの一階にお店があった。いろいろ調べて、両耳三二万円のを注文して、来週土曜に行くことにした。お昼近くになって、石井で買物をして、タクシーで帰った」。

一〇月四日「九時半過ぎ、タクシーで成城へ行った。（補聴器を付けると、音が）ひどくやかましい。コルティでお昼を食べて、石井で買物をして帰った」。敦子は、補聴器を付けたあと、成城の街の騒音には閉口したらしい。家に帰ってテレビの音量を絞った。

一一月七日「午前、成城学園北口へ行った。補聴器の調整をしてもらった。黒いカーディガンを買って、石井で買物をして帰った。一時半だった」。補聴器の店の向いに、婦人服の店があった。夕食には、石井で買ったローストビーフその他が並び、食卓はその後もずっと、おおむねにぎやかだった。

一一月二二日「洋がお父さんと待ち合わせ、サミットへ行ってから来た」。梅丘に新しくサミットが開店した。昼食の時、結婚六一年の乾杯をした。一一月三〇日「午前、サミットへ行った。配達を頼んだ」。この日、敦子も片道歩いて行った。この後も、敦子は年内に四回ほど、歩いて梅丘サミットまで行くことができた。

一二月一九日午後、二人で歩いて豪徳寺の商店街へ行き、敦子はカナザワヤでセーターを買った。この店に行くのが主な目的だった。そこでタクシーを呼んでもらって帰った。

一二月二九日「黒豆を仕上げた。数の子と酢蓮根を作った。橋内さん（ヘルパー）が、腫れた足を揉んでくれた」。ほぼ例年通りに越年した。

第二節　平穏な最晩年、三年間

二〇一五年前半、敦子の足が弱り、訪問看護のリハビリへ

二〇一五年の敦子の日記は、ほとんど毎日、一、二行

しか書かれていない。その多くは、来てくれたヘルパーの名前である。買物などの記録も、以前ほど完璧ではない。日記帳巻末の、毎月の金銭出納記録は、前年の入院以来、あまり記入されていない。他方克美は、ほぼ毎日敦子と一緒に居て、詳細な日記を書いている。それを見ると、例えば二人でどういうテレビを見ていたかなどということも、かなりわかる。ともあれ以下主なことを拾って書く。

一月三日「お昼前に洋と裕ちゃんが来た」。昼食の時、克美の誕生日を祝った。

一月一七日「久住に電話していた昆布とだしを送ってきた」。築地に行けなくなったので、ネットのホームページで番号を調べ、電話で注文して、着払いで送ってもらった。

二月一〇日の夕食には、敦子が、メバルの煮付けを作ったが、はらわたを出すのに苦労した、と。

二月一三日「午前サミットへ行った。駅構内のカフェへ行って、スパゲティーを食べ、ヒラタへ行った」。ヒラタは洋品店。下着とブラウスを買った。そのほか梅まつりの陶器市をやっていたので、茶碗を買った。この日は昼食をとって休んだので、往復二人で歩いた。

二月一七日、欄外に、「コイン到着」とある。敦子はコインの収集を続け、造幣局からの案内を見て、適宜注文していた。

三月二〇日「九時に橘内さんが来てくれて、世田谷通りに行く道が出来て、早く行けた。私は採血、レントゲン、CT検査をしてもらった」。克美は午後、梅丘駅前のドラッグストアで血圧計を買った。夕食には、克美が買って来た美登利寿司を食べ、敦子八五歳の誕生日を、二人だけで祝った。洋から電話があった。この後、毎日朝、二人の血圧を測って記録することが、克美の仕事になった。

四月に入り、敦子は、排尿対策として飲んでいる利尿剤の副作用とみられる目まい、ふらつきに悩まされる日があった。不整脈を訴えて、心電計で検査されたが、異常はなかった。いちごジャムは、沢山作った。

四月の末に、敦子が、ニセの洋からの電話にひっかかり、だまされそうになったが、翌日洋からの電話で嘘がわかった。詐欺グループから、次の電話があったが、その後一一〇番に電話し、北沢警察から警官二人が来たので、経緯を話した。

五月三日「洋が和田浦へ行ってくれた」。電話でやりとりしつつ、状況を確認した。

五月三一日「植木屋さんが来た。洗濯。夕方、スリーエフへ行った。足が痛かった」。スリーエフは国士舘の下のコンビニ。敦子の足の衰えが見えた。

六月二三日「午前一一時に長田さんが来た」。介護計画の話の中で、敦子にリハビリを取り入れるか、八月以降に考える、と。

七月一七日、病院へ行く。「おしっこをしたときに、粗相してパンツを汚した。橘内さんに紙パンツを持って来てもらった。大雨が降るので、眼科には行かないことにして、タクシーで帰った」。

七月二二日「一時から、長田さん、多賀谷さん、島村さん、やさしい手の人が来た」。この四人と介護計画を話しあい、看護センター（克歩、こっほ、多賀谷が所長）から、敦子のために、看護師が来ることになった。

八月六日「介護センター支払い。一一時に看護師さんが来た。ベルト体操、ベッドの上でのリハビリ」。この日は多賀谷が来てリハビリを開始した。八月二〇日「一一時に佐々木さんが来てリハビリをやった」。この日の担当の看護師は佐々木になった。

九月二六日、久し振りに経堂へ行き、コルティに入り、前と同様に一階のオープンスペースへも行った。敦子は車を押して歩いたが、買物をするうちに、足の指が痛いと言い、歩き難くなった。買物を少しで止めて、タクシーで帰った。敦子は夏の間、ほとんど外出していなかった。

九月二七日「相撲は照の富士が決定戦で負けた。ヤクルトがマジックを付けた。スーパームーンはきれいに見えた」。敦子が日記にスポーツのことを書いたのは久し振り。この日は十五夜、テレビでも月を見せた。

克美の遺言信託の話が始まり、克美と洋は五箇山、金沢へ行く

一〇月二一日「住友信託の益子さんと古田さんが来て、五時までいろいろ説明を聞いた。夕食は、かさねやを頼んだ」。信託の古田が相続税関係の話、熱弁を振るっていた。かさねやは弁当を宅配。敦子は海老フライを頼んだ。

一〇月三〇日「午前パーマ屋へ行った。午後タクシーで駅まで行った。五箇山へのお土産を買った」。

一一月一日「良い天気。お父さんは八時三〇分に家を出て、洋と待ち合せて東京駅へ行った。東京駅から電話で、待合室で、一〇時三二分の北陸新幹線を待っているとのこと」。東京駅で平澤夫妻と合流、金沢からタクシーで清平へ行き、墓参の後、称名寺へ。法事の趣旨につい

てなど、五箇山の風習を知らずに行ったので、相手を困らせた面があるらしかった。賢三氏が亡くなり、後を継いだ息子の住職は、読経のスピードが速い。親鸞木像など、改めて見せてもらった後、タクシーで五箇山荘へ。夜、住職、嶌田徹二、清平夫妻を招いて宴会。恭子が昔のことをいろいろ話した。

一一月二日「朝から電話がかかって来ていた。昨日は天気が良いと言っていたが、今日はあまり良くないらしい。夕方電話があり、洋と沢山お土産を持って帰った」。克美と洋は、清平館でコーヒーを飲ませてもらい、平澤夫妻と別れ、タクシーで金沢へ。観光タクシーに乗って、先ず浄土真宗ゆかりの専光寺に行く。事務所に寄った。その後、克美が生まれた場所、旧町名で下主馬町一四番地を目指す。場所はわかって、行ってみたが克美の記憶に合わない。そのうち、タクシーが溝にはまって動けなくなり、対策を講じている間、念のためもう一度辺りを歩いてみたら、それらしいところを見つけたので、写真を撮った。タクシーを乗り換えて、駅に戻り、昼食後、土産を買い、午後二時過ぎの列車で帰京。金沢は観光客で賑わっていた。敦子は前日の夕食に、隣からおでんをもらった由。敦子を一人で夜、家に置いたことは心配だった。五箇山の土産を隣に分けた。

一一月二二日、洋が来て、昼食に宮川のうなぎの出前を頼み、サミットの刺身その他もあって、結婚記念日の意味も込めて乾杯した。

一一月二三日「洗濯をしてもらってから、成城のリオネットの修理を頼みに行った。来週出来るとのこと。カーディガンとブラウスを買った」。

一一月二七日「洗濯をしてもらって、干しに行ったら、富士山がきれいに見えた」。敦子は、階段の手すりに紐を付けるなどして、上がって行けた。この日は、北風が強く、良く晴れて、ベランダから、富士山の雪の山肌のひだまで見えた。

一二月三日、タクシーが来てくれないので、小雨が降る中、敦子は車を押して産婦人科へ歩いて行った。予約時刻までに行くという義務感が強かった。いつも通り克美が付き添う。

一二月四日「午後信託の人が二人来た。夜、便が沢山出た」。信託の二人は、克美の財産状況を把握して、遺言書を作成した。克美は心理的に動揺した。敦子は、この日も二階へ上がって行き、外も歩くなどした結果、便秘状態から脱したとみられる。その後、看護師と散歩し、サミットへも片道歩いて行く日があり、元気だった。

一二月二〇日「お父さんは洋と和田浦へ行った。私は一日駅伝を見ていた。お父さんは七時過ぎに帰った」。和田の家の庭の整理などを大喜工務店と相談した。大喜は大工をやめると言っていた。克美は一日の出来事を、敦子に興奮気味に話した。

年末の仕事は、ほぼ例年通りにこなし、大晦日には第九を聞いたあと、紅白は見ないで、早く寝た。しばらく前に佐恵子からの電話で、竹内の孫が乃木坂48から紅白に出るとか、聞いていたが、この日は別段意識していなかった。

二〇一六年、近所を二人で行動

一月一日「暖かく穏やかな正月。午前相川一家が挨拶に来た。午後年賀はがきを出しに一寸行った」。年賀状は五〇枚ほど来たが、当方で出していない相手に一〇枚ほど返事を書き、二人で下の方の郵便ポストまで歩いて行った。夕食には敦子が牛肉を焼いた。

一月三日「裕介ちゃんが昼前に来た。大きくなっていた。午後お父さんと（洋と）三人で松蔭神社へ行った」。家に来る前、三人はサミットで落ち合って買い物、昼には皆で克美の卒寿を祝った。

一月二九日「午前（克美は）住友信託で遺言信託をやりに行った。わりに早く帰った」。克美は電車で新宿へ行き、信託の人たちと公証人役場へ行って手続きをした。謄本を受け取り、小田急で買い物をして帰った。

三月二〇日「一〇時五〇分、お父さんは洋と待ち合せに出掛けた。きれいな花束をもらった」。裕介が花束を持って来て、四人で敦子八六歳の誕生日を祝った。

三月二七日、敦子は花束の礼状を加世宛のハガキに書いていた。克美と下の方のポストまで行った。敦子の日記には「花見をしてきた」とある。山崎小学校などの桜が咲いていた。

四月八日、病院へ行く。敦子に尿漏れなどあり、診察の結果膀胱炎の薬を処方された。またヘモグロビンA1Cの値が高いので、血糖値を下げる薬が変わった。

五月三日「洋と和田浦へ行くので、お父さんが出掛けた」。この日は洋とうまく待ち合わせができずに、散々だったが、大喜との打ち合わせで、家の傾きを直す工事をすることにした。

五月二九日「一〇時過ぎにサミットで待ち合せて、洋と裕ちゃんが来た」。大人には美登利の寿司を買い、裕介は駅前マックでセットと単品三個を買った。

六月一〇日、朝早く起きて、水しか飲まずに病院へ行ったが、病院側の事情で、敦子は採尿せずに長く待たされ、空腹も加わって、よたよた状態で診察を受けた。帰宅後も敦子には不安があったが、次第に落ち着いた。

六月一三日「朝、大喜さんから電話で、工事が終ったとのこと」。

この後八月初めまで、特に変わらぬ日常。七月八日と八月五日に病院に行った。八月八日「午前、洋が来て、一〇時から、長田さん、多賀谷さん、島村さんとやさしい手の人が来た。これからの事を決めた。やさしい手の人に手すりを付けてもらうことにした（居間から台所への入り口に縦の棒をつけた）」。

敦子夏休み入院

八月九日、敦子は膀胱炎のようなので、病院に電話し、タクシーで夜中の三時頃病院に行った。結局、一日帰り、一〇日、一〇時頃にタクシーで病院に行って、中沢医師の診察を受け、入院することになった。敦子ははじめ予想していなかったが、納得したらしい。

八月一〇日「病院で、心電図、ＣＴ、レントゲンを撮ってもらった。検査結果は良いと言われた。四階の個室。夜は良く眠れた」。克美は、タクシーで家との間を往復して、必要なものを届けた。八月一一日「朝食が遅いのでおなかが空いた」。この後、退院まで、敦子の日記はほとんど空白。洋もこの日（休日）、先ず梅丘に来て、克美と二人で病院に行った。一二日、「病院で二人で居ると、気分が落ち着くから不思議」と克美は日記に書いている。年齢を重ねて、お互いに強く依存し合うようになったと実感していた。この日敦子のところに、ケータイを置いてきて、連絡しあった。敦子が病院へ持ってきてほしいというものが、家の中のどこにあるかを、的確に言うので感心した。一五日に、退院してもよい、と言われ、克美が介護の関係者などに伝えた。一六日に洋と打ち合わせ、一七日に退院。

敦子は自宅中心の生活、家の外壁塗装工事

帰宅してから、敦子は夕食用に茄子を焼き、翌日、朝食用にキャベツを刻むなど、台所に立って仕事をした。ただし、外出はせず、毎日のように克美がサミットに行った。

九月八日「九時にタクシーで産婦人科へ行った。待た

された。昼にスパゲッティを食べて、OXへ行った。靴が痛くなったので、ズックを買ってきてもらった」。足の痛みを訴える敦子をバス停の椅子に座らせ、克美が一人で駅前の松原靴店から黒い靴をもってきて、試しに穿かせたら、うまく敦子の足に合った。

九月九日、克美は久し振りに帝国クリニックへ行き、二科展で拓也の「風の起点」という彫刻を見て、新宿で買い物などをして帰った。

テレビは北朝鮮の核実験のことをしきりに報じたが、敦子は「北朝鮮が核を持っては、なぜいけないの」と問う。これは克美の日記にだけ書いてあり「そこが問題」と書いたが、若い頃アメリカとの戦争に動員され、原爆を落とされたという記憶をもつ敦子には、北朝鮮がアメリカの核を恐れる気持がわかると言いたかったのだろう。ともあれ、八六歳の妻と九〇歳の夫が、こういう会話をしていたのである。

一〇月一九日「午後は矢野さんにアロエを少しなめてもらった。散歩は平地を一〇歩ずつ背伸ばして歩くのをやった」。アロエは毎日、少しずつ、すりおろして飲んでいたのを、看護師の矢野が味見したいと言ったようだ

この後克美は、白友会、阿佐ヶ谷などに行く。敦子の歩行訓練も続く。一一月に入っても、ほぼ同じような日々。朝はほとんど毎日敦子の方が早く起きた。自家製のパンを焼き、料理もかなり敦子が自分でやり、克美が手伝った。五日に洋が来た。サミットで克美と待ち合せたが、敦子は行かなかった。洋は、裕介の運動会の写真を持参、強そうに見えた。

一一月一八日「八時に病院へ行った。MRIをした。ラーメンを食べてサミットで買い物」。敦子が目まいがすると言ったので検査。ビーフシチューの店が満席で断られ、世田谷通りの中華定食屋に入る。敦子もサミットまで歩いて行き、売り場の中でもよく歩いた。カートを押して歩くのは楽だという。

一一月二三日「加藤さんにサミットへ行ってもらった。結婚記念日で、うなぎの出前」。敦子がうなぎにすると言った。

一一月二五日「外側の工事。コンクリを塗り直し、足場の寸法を見に来た。お父さんは阿佐ヶ谷へ行った」。ヘーベルの外装、塗り直しを勧められて、この日から工事開始。コンクリというのは、基礎の一部少しだけ補修。二九日「朝から足場を付けに来た」。

一二月一日「産婦人科に行った。すぐ診てもらって、

帰りのタクシーに困った」。

一二月一三日「工事はコンプレッサーの音がやかましい」。外壁の吹きつけ工事が始まった。この日、恭子の首の手術について、克美が電話で聞いた。一九日「恭子さんが背中の手術をした」。首を安定させるため、支え棒を入れるらしく、この後、心配な状態が続いた。

一二月二二日「足場の工事が来た。午前で終わった。お父さんは国士舘（図書館で本を借り換えた）。午後加藤さんにお風呂に入れてもらった。今日はカレー。夜は新世界を聞いた。午後裏の屋根を付けて行った」。裏の屋根というのは、台所の外の雨よけ用の、ビニールの波板の屋根。張り替えた。

一二月二四日「午前マーマレード作り」。隣からもらった夏蜜柑の外側を刻み、中身を袋から出して、砂糖を入れて煮込み、出来たら消毒した小瓶に入れる。敦子がリードした。

一二月二六日「平澤さんから電話で恭子さんの具合思わしくない」。恭子は一時期、意識を失っていたという。皆で心配したが、二七日には回復したとの電話を受けた。

年末、敦子は、ほぼ何時ものように、料理をし、黒豆を煮て、流しをきれいにしたが、日記には何も書かれていない。忙しいので、書く余裕が無かったとみられる。

二〇一七年、敦子の便通不安始まる

一月一日「良い天気、元旦。一日テレビ漬け。昼前、相川さんへ一寸行った。お年玉をあげた。お茶をあげた」。

一月三日「洗濯をしてもらった。一〇時四五分サミットへ。洋と裕ちゃんが来た」。サミットへ行ったのは克美だけ。前年同様、美登利寿司とマックへも行く。昼食にワインとお屠蘇で乾杯。敦子は、克美宛に（宛先は書いていないが）カードにサインペンで「おたんじょうびおめでとうございます。これからもよろしくおねがいします。平成二九年一月三日」と書いていた。洋が三脚を持ってきていて、四人の写真を撮った。

一月七日「お父さんは洋と和田浦へ行った。一日一人。夜は桜亭（定食の宅配）を頼んだ」。克美は洋と和田の家の修繕の出来具合を見に行った。うまく直って居ることを確認するとともに、地下倉庫に置いてあった肥料などがすべて処分されていることもわかる。結局これが家を売却する下準備になった。

一月二二日「洗濯をした。わりに暖かい。相撲の稀勢の里が優勝した。横綱になるらしい」。この前後の日記帳に、新聞の相撲の写真が切り貼りされている。

二月一七日、敦子は久し振りにタクシーでサミットへ行った。タクシーの初乗り運賃が下がった。洋から電話があり、この日が新横浜勤務の最後で、翌週から蒲田に行くとのこと。その後敦子の下痢が止まらず、市販薬で対応したが不成功。病院へ行くことにした。

二月二〇日「下痢がとまらないので、病院へ行った。中沢先生に診てもらって、薬をもらって帰った。」。病院へは、入院覚悟で行ったのだが、下痢が悪性では無いらしいのと、病院の個室満室ということで、薬を処方してもらって帰った。

三月一八日、洋は敦子の誕生日祝いにバウムクーヘンをもってきた。昼食は盛り沢山。克美は敦子が食べ過ぎないか心配した。裕介への学費贈与契約書に署名、押印した。

三月二〇日「午後工藤さん。私の誕生日なので釜寅を取った」。敦子は元気なく、洗髪せず、鶏釜飯の味が違うと言う。この頃から、味覚に変化が生まれていたのかもしれない。

三月二一日「一一時に長田さんが来た」。ケアマネの長田と、克美が白内障の手術で入院する場合、敦子を一晩泊めてくれる施設の相談をした。

四月二日「ポストまで行った」。克美と、下の道の満開の桜を見ながら、世田谷中学校の柵の外の郵便ポストのところまで歩いた。山崎小学校の桜はまだ五分咲きくらいだった。

四月七日「病院へ。行きは八時までにタクシーに乗れた」。何時も通りの診察、処方のほか、柳沢眼科へも行き、克美は白内障手術のための三宿病院への紹介状を受け取った。

四月一〇日「(克美が)白内障の病院へ行った。夕方紫穂ちゃんがランドセルを見せに来た」。四月二〇日、克美の入院が決まる。

四月一一日「午後から雨降り、チューリップがきれい」。庭に植えたチューリップの本数が増えて、色彩も多様になった。

克美の白内障手術、敦子一晩外泊

四月一四日、克美の手術の日に敦子が中央病院のそばの通称西館で泊まるよう、契約に行った。

四月二〇日「午前、お父さんは洋に来てもらって三宿病院」。克美は午後、手術を受けて一泊。敦子は洋に付き添われて西館に行った。二一日午前、克美は一人で退院し、眼帯をしたまま、タクシーで敦子が居る西館へ行く。敦子が頻尿を訴え、抗生剤を処方され、タクシーで帰宅した。敦子の体調は、自宅で一晩眠って改善した。二二日に洋が買い物をして、来てくれた。克美は三種類の目薬を注しつつ、眼鏡なしで暮らしていた。

四月二四日「お父さんは、昼前、三宿病院へ行った」。二五日「午前、タクシーで、お父さん柳沢へ行った。昼前に帰った。」。三宿病院での診察は終了、眼鏡を新しくするのは遅らせて、暫定的に右目のレンズを変えるための処方を書いてもらって、眼鏡屋へ行った。

この後、克美が阿佐ヶ谷へ行く日に、ヘルパーの森沢に来てもらい、克美が不在の間、森沢が敦子のケアをし、克美は早めに帰るというパターンができた。

五月三日「午前、加藤さんにサミットへ行ってもらった。神戸の牛弁当はおいしかった」。この弁当は、洋の手術のとき、神戸で食べていたものだという。

五月二八日「洋と裕ちゃんが来た。肩幅が大きくなってびっくりした」。何時ものように、克美とサミットで待ち合せた。裕介に誕生日祝いの図書カードを渡した。

五月三〇日「九時にタクシーで洋と和田浦へ行った」。行ったのは洋と克美だけ。天気が良く、克美は列車から沿線の風景を堪能。眼がよく見えたからかもしれない。鴨川からタクシーに乗る。和田の家の庭は荒れていた。克美はこの家に置いてある中で、読みたい本をリュックに入れた。帰りに和田浦駅から電車に乗ったが、駅は無人になり、駅に居た作業員風の人が「和田は良いところじゃないよ、何も無いもの」と言っていた。

敦子いっそう便通不安、足腰弱くなる、頻尿から入院

六月三日「洗濯屋へ行った。久し振り」。もと米屋の長岡屋がクリーニングの受け渡しをしているのを、ずっと利用していた。この日久し振りに敦子に会ったおかみは「歩けるようになったの？」と聞いた。七日「午後矢野さん。洗濯屋へ行った」。看護師の矢野に付き添われて、出来たものを受け取りに行った。

六月二七日に、敦子は数日便秘の後、大量便。敦子がトイレに行き着く前に、おむつの中に軟便が出た。寝る前にも不安を訴え、克美が普通に寝るように勧めた。

七月一八日、和田の家の売却手続きを進めることになった。相手は、県が紹介した不動産屋の仲介で見つかる。

七月一九日、敦子は、朝起きてすぐ、克美に「入院かも」と言った。夜中に頻繁にトイレに行ったという。八時過ぎに世田谷中央病院へ。直ぐに入院が決まった。敦子は足許が定まらず、点滴の針を刺されて、心電図の部屋から出て、カートで歩こうとして、「こわいよー」と言いながら、横倒しになった。皆が驚いて、車椅子に乗せた。レントゲン検査を終えて、三二三号室に入る。敦子はぐったりしていた。克美は、午後一旦帰宅し、入院用のものをもって戻り、手続きなどを済ませた。敦子の状態は次第に改善した。

七月二〇日、向いの後藤九（あつみ）が亡くなり、一〇時に家を出るのを見送るなど、克美が用件を済ませて、昼頃に病院に行ったら、敦子は元気に昼食を食べていた。午後、身体のリハビリと、認知症対策のケアが始まった。

七月二一日「夜、家に帰るつもりで、廊下を帰るみたいに歩いて、看護室の前まで行って、髪の長い看護婦さんに、ベッドへ戻してもらった」。入院中の敦子に、日記帳を渡したら、このように書いた。この出来事は二〇日の夜のこと。その後認知症対策として、塗り絵をぬり、歌を歌うなどさせられたが、敦子は、うまくできなかった。

その後、克美は毎日行き、洋はときどき、そしてヘルパーや看護師の人達もバラバラに見舞いに来た。七月二二日「洋が来た。裕介が林間学校に行ったとのこと。お昼に下剤を飲んだ」。二八日に、ただ「退院」と書いてある。前から準備し、二八日、洋に来てもらって退院した。夕食は一緒に、長寿庵の出前を取る。敦子は海老天を食べた。ただ、寝る時に敦子に不安定さがあり、克美は心配しながら眠った。

七月二九日、朝起きて、克美がトイレに同行したが、敦子は、おむつと紙パンツの外まで小水を漏らしていた。居間に連れてきて、朝食の後、椅子から立ち上がろうとして倒れ、床に座り込んで、克美の力でも起こすことができず、隣の眞子に来てもらって、二人でやっと立ち上がらせた。一一時にケアマネの長田が来て、敦子の様子を見て驚き、介護の計画を変える、当面一日二回ヘルパーが来るようにする、と。

その後、敦子が立ち上がれずに、早朝、介護センターの木下に来てもらって立たせたこともあり、動きの悪い敦子に、ベッドの上で紙おむつを着けさせるときのやり方を克美が習うなど、悪戦苦闘したが、状況は次第に改善した。

この後、敦子の毎日の習慣はずっと変わらなかった。居間で過ごす間に、テレビを見るだけでなく、手を動かして、アクリルのたわしを作り、あるいは適当な紙を折って、卓上でのゴミ入れの小箱を作ることも、続けていた。他方克美は、食事の世話をしたが、後は自分の部屋で、ネットからの情報を見、本を読むほか、時々庭仕事をするなど、敦子とは離れている時間もあった。

八月一九日、和田の土地、家屋を売却した。洋が和田へ行って、小切手を受け取り、夕方届けてくれた。敦子は洋が帰って来るまで一日中心配していた。この日は午後、居間のエアコンの具合が悪くなり、暑さをしのぐのに苦労したが、八月二三日「午後あじろの人が来て、エアコンが直った」。エアコンを直したのは、メーカー関係の担当者。

八月二五日「午前の看護は、矢野さんと俣田さんが来た。お昼はガスト」。この前から、看護師に勧められて、敦子が病院へ行かないですむように、訪問診療を受ける手続きをし、三〇日、高島・山田クリニックの山田医師が来てくれた。敦子は乳房の回りに、痛いところがあると訴えたが、しこりはないと判定。採血などして、目薬についても対応してくれる、と。

九月五日、敦子に米寿祝いの世田谷区買物券が書留郵便で届いた。まだ米寿にはなっていないが、直近の敬老の日から一年間に米寿になる者が対象なのか、と思う。

九月八日、敦子に要介護3という判定の通知が来た。これにより、一一日、ケアマネと相談、敦子への火曜と土曜のヘルパーのサービスを一時間に伸ばすことにした（それまでは、朝、短時間来て主に下（しも）の世話だけして帰った）。

九月一四日、克美が新聞の夕刊を読んだのを忘れ、来ていないと勘違いして再配達させ、後で詫びた。これを見て居た敦子が、夜「お父さんが呆けてきたらしいのが心配で眠れない」と言った。この頃敦子はかなり元気だった。一五日に、克美が、資源ゴミに出す段ボール箱を壊すと、敦子は布地を裂いて紐を沢山作った。

九月二〇日「裏の秋海棠がきれい」。克美が庭仕事の

写真 9-1　敦子が晩年につくったアクリルたわしとゴミ入れ

ついでに、家の裏側で花を沢山付けた秋海棠を取ってきて、食卓に飾った。

九月二一日「午前、おむつのことで、福祉へ行ってもらった」。克美は梅丘のあんしんすこやかセンターで、おむつ支給の申し込みをした。

一〇月一日、親戚に当たる南砺市の湯浅慎治が夕方やってきた。初対面だが、話が盛り上がる。

一〇月八日夜一一時半頃に、敦子は尿が出ない、何とかしてくれと訴えた。山田医師に頼み込んで来てもらい、尿道に管を入れて押し、少しは出たが、「あまり溜まっていない、明日、様子を知らせてほしい」と言われた。山田医師からは水分を十分に取るように言われたが、夜の寝付きの時に不安が募った。気にせずにおむつの中に出せば良い、と克美が言って、夜中におむつの交換をしつつ、しのいでいた。同時に排便の問題もあった。便秘がちで、座薬を使ったりした。二三日に、看護師の多賀谷が来て、腸の具合や、下腹部の形などを見た上で、敦子は、子宮脱がひどく、腸も尿道もうまく中身を出しにくいかたちだろう、と言った。

一一月三日「午前、便が出た。今日は矢野さんだった。豊田さんのところまで散歩した。便が出たので喜んでくれた」。この後は、一ヵ月ほど、敦子の体調は安定し、他の看護師やヘルパーとも、同様に少しずつ歩いた。八日「私はパーマをかけに行った」。一八日「午後小島さんから電話があった」。小島は京都の近くに住む旧友で、この頃短歌の作者として注目されていた。敦子は補聴器を外して電話で話した。

一一月二二日「午後、矢野さんと先生」。敦子は、山田医師に泌尿器科受診を相談したが、必要ない、体型を変えるなどして尿を出すように、と言われ、調子がよいので、採血もしないことにされた。結婚記念日なので、夕食に美登利寿司の出前を頼み、握り寿司と穴子寿司を分けて食べた。洋から電話があった。

一二月二日「洋が明日来る」。三日「午前洋が来た」。この二日間の日記はこれだけ。心待ちにしていたことがわかる。

一二月一〇日「美世ちゃんから電話」。例年通りシクラメンをもらったので、克美がカワムラに行って、棒の形のクッキーを送ったことに対し、向こうから電話があった。敦子は電話で少し話した。一四日「お父さん阿佐ヶ谷、おばちゃんに来てもらった。おばちゃんが帰ったら、便が出だした」。克美が帰宅した後だが、敦子としては、眞子に排便の問題を見せたくないという気持があったのかもしれない。

一二月二〇日「午後山田さんが来た」。排便時に間に合わずに便器の外に便が出ることがかなりあったが、二五日に来た多賀谷は「老人にはよくあること」という。自由に食べ、下剤も飲んでいたから、やむをえないと見られていたのだろう。この頃、敦子は寝るとき、腹の上に、幾重にも重ねた布の中にホッカイロを入れて載せ、枕元には水を置いた。寝かし付けた後、手首の上をチョンチョンと叩くと、神経が静まるといわれたので、克美がそれを施して眠りを誘った。

一二月二八日「午前歯医者に行った。午後加藤さんが来た。お風呂に入った」。敦子の歯の具合が悪いというので、タクシーで久しぶりに敦子を外に連れ出して、吉田歯科に行った。痛いところが直って、入れ歯で噛めるようになった。帰りは敦子をタクシーに乗せたまま、克美が○Xで門松や弁当その他買って帰った。その後、敦子の日記は、欄外に年末二日とも、片仮名で、ベン、とある。確かに排便は毎日大変だったが、敦子はわりに元気で、三〇日には、米を研いだ。三一日の昼には、茹でた蕎麦に具を入れて煮たら「久しぶりに柔らかくて美味しい」と喜んだ。夕食は、白菜の鍋に、豆腐、鱈、鶏肉などを入れ、二人で大きな鍋一杯を空にした。テレビで見た第九、敦子は「時間、短く感じた」と言った。解説では七二分だった。その夜二人とも寝難く、浅い眠りのあと、二人は午前二時頃居間に戻り、敦子は空腹と言って伊達巻きを少し食べ、克美は焼酎を少し飲んで、改めて眠りについた。

写真 9-2　2018 年元旦

第三節　敦子腹痛から入院、自宅に戻り寝たきりになる

二〇一八年、年初の明暗から入院前日まで

一月一日「穏やかなお正月、門松のところで写真」。二人は寝不足ながら、サミットのおせちで、朝から少し酒を飲むなど普通のような正月。正月には、ほぼ毎年敦子の写真を撮っており、玄関前で服装を整えて撮ることが

多かったが、これまで敦子の日記には書いていない。この年、敦子は、着飾っていなかったが、日記に書いた。克美は、密かに、これが最後かもしれないという、不吉な感覚に襲われた。二日、克美は、敦子が時折投げやりな振る舞いをするのを見て、随分変ってしまったと、老化の進行を嘆き、悲しんだ。しかし、敦子がさほど急に変ったわけではなかった。

一月三日「お父さん誕生日。お父さんにサミットへ行ってもらった。午後佐々木さんが来た。豊田さんのところまで行った。かかとの痛いところに薬を付けてもらった」。佐々木はこの日二人をソファに座らせて、写真を撮ってくれた。写った姿を見て、敦子は、前がはだけて、おなかが出ている、と気にした。

一月六日「便が出て青いおむつを汚した。お父さんが便器の中で洗った。明け方の便騒動を工藤さんに話して、お尻を拭いてもらった。後始末が大変だった。そのことを良く覚えていなくて、変な気持になった」。

一月一一日「九時、産科へ行った。午後加藤さんが来、お風呂」。

一月一五、六日、敦子の排便トラブルが続いた。克美が始末をすると、敦子は「有り難う」と、必ず言った。便のことを除けば敦子は元気だった。ヘルパーは、敦子の調子は良いと評価した。

一月一六日「便器をもってきた」。しばらく前から、克美が、「やさしい手」に、室内用のポータブルトイレを頼んでいた。「安寿家具用トイレ」が運ばれ、これを敦子のベッドの横に置いた。

一月一七日「午前、加藤さんサミットへ行ってもらった。午後矢野さんが来た。三時ごろ先生がいらした」。診察結果、問題なし。採血もせず、摂生してほしい、と告げて行った。

この後は、ほぼヘルパーと看護師の来訪記事だけ。

二月五日「午前佐々木さんが来た。外へも行った。午後は工藤さん」。介護料として、一四、九二一円支払ったことが同じページに書いてある。これで敦子の日記への記載

写真 9-3　2018 年 1 月 3 日

は終った。それまで生涯書き続けてきた日記帳に、もう書けなくなるとは、思ってもいなかっただろう。

敦子の日記が終わった後のこと

二月五日の夕食には、牛肉を食べた。フライパンに、薄切りの肉を敦子が並べて、克美が焼いた。翌日の夕食は、桜亭の定食。敦子は海老フライを食べた。その後の二日、敦子は元気に見えたが日記は空白のまま。

二月七日、ヘルパーの加藤にサミットでの買い物を頼んだ。二人でチラシを見て品目を選んだ。午後看護師の矢野が来て、敦子を外に連れ出した。おやつを食べたが、敦子は空腹を訴えた。夕食には、サミットの白身フライ(調理前)を、チラシの指示通りに多めの油で克美が焼き、敦子は喜んで食べ、ご飯を何時もより多く食べた。洋からの電話に克美は、お母さんは元気だから問題無い、と言った。ところが九時頃から敦子は急に便意を訴え、吐き気もあるので、ビオフェルミンなどを飲ませたが、収まらなかった。克美は山田医師に電話し、様子を見て良かろうと言われ、看護師の多賀谷に電話した。敦子は「おなかが痛い」と言い続けて眠れなかった。

敦子東京医療センターへ入院

二月八日、敦子はベッド脇の簡易トイレに下りるのにも難渋し、痛みに耐えきれずに、体力、気力を失った。朝九時半に看護師の多賀谷が来て、腹に聴診器を当てて、変調を認め、山田医師に電話した。山田医師は午後来て、鎮痛剤を注射、薬もくれて、様子を見るようにと言った。しかし敦子の痛みは取れず、薬を吐いた。ヘルパーの加藤が検温、七度三分ある、と。敦子の苦しそうな様子が続いたので、克美が山田医師に、救急・入院を頼んだ。消化器専門医が居るところ、として国立東京が良かろうと、都合をたしかめた上で、救急車の手配もしてくれた。四時過ぎ頃に救急車が来た。

救急車のメンバーは、一通りの診察をした上で、敦子を担架に乗せて運び、克美も同乗して病院へ。到着後、敦子は診察室に入り、克美は外。途中で一度、それまでの経過を聞かれたが、かなり長時間待たされ、造影剤を使う検査への同意を求められたりした。その間に洋も来た。その後、当日の担当医から、便が肝臓の下辺りに溜まっていて、炎症反応も強いので、解決策、診断を進めるとの説明を受け、入院が決定。特別個室に入ることになった。一泊五万円の部屋であることは、予め了承していた（後に三万八千円の部屋に移る）。そういう部屋しか空いていないから、まずそこへ、という順番らしかった。敦子の身体拘束の同意書に署名した後、洋と一緒に退去したが、克美はまだ敦子がさほどの重病だとは思っていなかった。

二月九日、洋が朝、梅丘に来て、二人で病院へ行った。敦子は、点滴されて、口に入れるのは水だけで、便が出るのを待つ状態。午前、主治医の女性医師が説明に来た。敦子の腸の状態は非常に悪く、元気な若者ならば患部を手術で取り除くが、年齢等考えると難しいだろう。どうするか考えるが、非常事態もありうる、と。克美は驚いて、悲しみが募った。敦子は、少し元気になり「お父さん好きなことできなくて可哀相」などと言った。

この後四月二四日に退院帰宅するまで、克美は毎日見舞いに行き、様々な出来事、また敦子と克美の対話もあった。それらを克美は記録しているが、ここでは、あらすじだけにする。

まず、敦子の体調、意識状態は、日々、大きく変化した。全く何もわからなくなる日もあり、機嫌の悪い日などに、敦子は、克美に、「助けてよ」などと言い、克美は困った。一つには、病院で行なう検査が、体力に大きな負担を与えたことにもよる。病名は、はじめ、腸管気腫という珍しいものであることが知らされた。そして、さらに、三月七日には、膵臓がんが見つかったと言われたが、抗がん剤は使えない、と。敦子はどこまで聞いていたかわからないが「治療法はないんですか」と、はっきりした声で言った。本人に、がんの告知をしたわけではないが、わかった可能性が高い。

入院の期間は長かったから、親戚や、看護師、ヘルパーなど世話してくれていた人たちが見舞いに来てくれたが、おおむね敦子の意識が弱く、話ができないことに驚いて帰った。それは、昼間、検査やリハビリで疲れて眠ることが多かったことにもよる。夕方頃に元気なって、克美に「早く帰る方がいいよ」と言う反面で「明日何時に来る？」と聞いたりした。

三月の末ごろから、転院の話が始まった。もともと、この病院は、診断後、長期療養の必要な患者は転院させる方針で、敦子はすでにかなり長期の入院になっていた。ただし、克美は転院でなく、自宅に帰して面倒を見る方針を堅持。四月四日に、病院の相談員の井上、ケアマネの長田らと洋も加わって会議をした。自宅療養はかなり困難だから、試しにやってみて、その後で転院になるという見立てで、話をされたが、克美は自宅へ行くことだけを考えていた。ただし、それには、克美がやるべき仕事（血糖値測定とインシュリンの注射など）があるので、その特訓が始まった。

敦子の病状は、腸の状態の点では、落ち着き、口から少し食べられるようになった。ただ、今度は、肝臓にぶつぶつがある、普通の肝臓ガンの所見とは違うが、可能性はある、と告げられた。それでも炎症反応は収まった、と、退院の予定は変えられなかった。

自宅に戻って闘病生活

克美は敦子のガン対策として、放射線治療をしてくれる病院はないか、ということを、検討し、山田医師にも相談した。しかし、東京医療センター以上の設備を持つところは他にない、と言われた。東京医療センターでは、放射線科が独立しておらず、各診療科が放射線治療の可否を判断しており、敦子は、その対象とは見られなかった。そこで克美は、自身が利用していた丸山ワクチンを、山田医師に打ってもらうべく、頼んで書類を作り、郵送してもらうことにした。敦子の腹痛などに対しての緩和ケアも頼んだ。

退院の準備として、敦子のベッドを居間の真ん中に据えることとし、「やさしい手」に頼んでレンタルの電動ベッドを手配した。また、ヘルパーの人たちを頼むのに、介護保険対象のサービスでは足りないので、自費負担で行ってもらえるものを探した。洗濯物が増えることを予想し、新しい洗濯機を買った。敦子が食べられる「とろみ食品」を利用することにして、購入の手続きをした。

四月二四日、午後、敦子はストレッチャーに載せられて帰宅した。四時頃から、今後のケアについて、ケアマネの長田、看護師三人、透光介護センターの島村、やさしい手の古沢、入浴サービスの担当者などが集って、相談した。来た人たちは、以前の敦子を知っていたが、寝たきりになった敦子のケアは、全く違うものになった。この日から一週間、退院直後の様々なニーズをカバーするため、病院の紹介で、朝の一〇時から、夕方まで、小園という人が来た。この人は万能選手だったが、臨時の契約なので、終わった後は別のかたちで介護保険対象サービス以外の時間を埋める必要があった。透光には余力がないとのことで、ソラシードという事業所を紹介してもらった。退院時病院から紹介された事業所は、夜勤の条件が厳しく（個室を設けよ、など）利用できないと考えたので、昼間だけ保険外のサービスを利用することにした。

敦子は、この時、帰宅したという意識を、はっきりと持つことができなかったようだ。それは、いきなり、居間にある、全く未知の電動ベッドに下ろされたからだろう。もし寝室の、もとからの自分のベッドに行ったのなら、意識が繋がったかもしれない。ただ、足許の位置に見慣れたテレビがあり、その上に敦子かが選んで買った相川昭二の上高地の絵があるのだから、そこは自分の家の居間だとわかるだろうと、克美は思っていた。

帰って来た直後、敦子に「ここはどこ?」と聞いたら答えられず、克美が「梅丘でしょ」と言ったら、敦子は「梅丘じゃないよ」と言った。その強い否定に克美は驚いたが、考えてみれば、この自宅を「梅丘」と呼んだことはあまりない。そして、長年の敦子の日記の前半の頃に、数え切れないほどしばしば出てくる「梅ヶ丘」は、以前の克美の実家を指している。この頃敦子の意識は、時にはごく若い頃にまでさかのぼった。驚いたのは「お祖母さんから借りた借金を返していない」と聞かされたとき(これについては前に書いた)。また「私に半分ちょうだい」というので、「何を」と聞いたら「利子」と答えた。克美は愚かにも「今は、ゼロ金利で利子はほとんど付かないよ」と理屈を言った。おそらく敦子の意識は、城陽に居た母の財産の管理をして、多額の国債の利子を受け取りに行って渡していた時に戻っていたのだろう。ただ、生涯ほとんど自分でカネを稼ぐ経験をしなかったことの負い目の意識があったのかもしれない。克美が若い頃に明確な形で「これはお母さんの分だよ」と言って与える形をとらなかったことは、配慮に欠けていたのか、という反省はある(敦子は、実質的には、最初から家の財産管理を行い、自分名義の預金などもつくり、後には母の遺産を相続して、病気になった時点では、克美よりも多額の金融資産をもっていた)。

寝たきりになった敦子のおむつ交換のためには、朝の七時に始まり、何回もヘルパーが来るようになり、看護師も毎日来た。これは要介護度が5と認定されて可能になった。こ

写真 9-4　2018 年夏頃　車椅子

うして来る人たちは、以前から世話になって、良く知っている人たちだったが、敦子の記憶の中から名前が消えていったとみえて、克美に名前を書いてくれというので、大きな字で、八名ほどの名前を書いて、クリアファイルに入れて渡したら、毎日眺めて、思い出していたが、次第に名前への意識は減って、相手をただ「ヘルパーさん」と言っていた。

病状そのものは、帰宅してから、見違える程良くなったと、皆が言った。テレビを見て、飛騨高山が映されたら「二回行った」と言った。ヘルパーに助けられて、車椅子に乗り、食卓の方に来て、食卓の上から食べ物（おかゆなど流動食）を自分の手で、スプーンですくって口に入れることも、何とかできることもあった。しかし、これは、続かずに、身体が弱っていった。食べた物を、後になって吐くことも多いので、何がいけないのか、と考えつつ、医師から与えられたラコールや、市販のカロリーメイトを主な食べ物にするようになった。

一方で克美は、敦子の横で寝泊まりしつつ、毎日、朝の血糖値測定とインシュリン注射に始まり、血糖値を見ながらの食事や薬の管理、ヘルパーなどへの応対もしていたが、次第に体力を消耗し体調を崩した。そこで取りあえず一時的に二人一緒に世田谷中央病院に入って、一服することを計画、看護師に相談し、認めてもらった。敦子一人を入院させて、後は病院に任せるという気持は全く無かった。一〇月二七日の午後、救急車を呼んで二人が家を出る前、敦子は看護師の佐々木に「何時死んでもいいが、今はまだ」と言ったという。

短期の入院から自宅での最後まで

二人は、三一七号室（二人部屋）に入り、克美は自身の体調の回復を図りつつ、敦子の病状の進行具合と、それへの対応を見守った。三階の病室は特に忙しいようで、克美が予想していたことではあるが、敦子へのケアは、時刻通りの食事とおむつ交換があるほかはあまり期待できなかった。敦子ははじめ、病院の食事を食べて、元気そうに見えたが、次第に食べた物を吐いて、食べられなくなった。結局、すべての栄養を点滴に依存するようになった。その段階で克美は退院を求め、そのための処置として、点滴用の差し入れ口を設ける手術が行われた。胸に穴を開けるのは危険なので（肺が一つしか機能していないから）右の内股に口を作った。一一月一四日に手術し、成功。「良い位置に入った」と担当の吉野医師（外科）が言った。一九日に退院することにした。

入院している間、洋は度々来て用を足し、加世も見舞いに来た。敦子はあまり良くわからなかったようだが、弱いながら何とか反応していた。一一月一三日、克美に対し「もうダメか」と言ったので「うちに帰ろう」と言ったら、嬉しそうだった、と克美は日記に書いている。これは、克美の心の支えになったはずだ。帰宅するに当たっては、二四時間見ていてくれるヘルパーが要ると考えて、ケアマネの長田に頼み、新しく「らいふ」という事業所と契約することになった。そこのスタッフが昼夜交代で、昼は主に家事を担当し、夜は寝ずの番をするのだが、病人への対応でも、練達の人が多かった。そしてこの人たちと並行して、昼間、介護保険のヘルパーがおむつの交換をし、看護師が点滴の差し入れ口の消毒や、背中の褥瘡の手当などをした。

一一月一九日に、予定通り退院した後は、基本的に敦子は点滴だけで命を保った。大きな点滴用の輸液を、点滴の管につなぐのは克美の仕事。その後点滴の落ち方を見て、所定の時間内に身体に入って行くように調節して行く。はじめは一日分が二袋に分かれていたが、後には一日一袋の大きな袋になった。二二日、敦子は「おなか空いた」という。口から食べることは許されていないが、良い兆候と、克美は喜んだ。この日は結婚記念日。六五年経った。

一一月二三日テレビを見ていて「うちに帰りたい」と。克美が「ここはうちだよ」と言ったが、わかったか不明。二四日、洋が来て、克美と夕方二時間くらい、酒を飲んで食事。敦子は、眼をさまして、テレビを見ていた。

一二月五日、山田医師に「先生に会えてよかった。このままでいいですか」。

一二月八日、洋に「裕ちゃんは？」

一二月九日、敦子の尿の色が濃くなっている、と、ヘルパー。

一二月一二日に山田医師診察。敦子は問いかけに「まあまあ」、痛いところは？「ない」、かゆいのは？「そこら中かゆい」と答えた。

一二月一三日、入浴サービス受ける日なので、予め看護師の岡田が、点滴口保護のテープを貼った。午後二時頃車が来た。克美は敦子の疲労をおそれ、時間を短くするように頼んだ。入浴時間は正味一三分くらい。敦子は「よかった」と言った。他方、看護師の多賀谷が克美に「状況は良くない」と。克美は「覚悟している」と答えたが、さほどの実感はなかった。

一二月一四日、ケアしに来た多賀谷に、敦子は「久し振りね」と。洋が夕食時に来たら「ご苦労さん」。洋は「酒盛りに来たのだから苦労じゃない」と返していた。夏頃、敦子がかなり元気なとき、克美と洋が酒を飲んで食事しているのを、ベッドから見て、敦子が「酒盛りしているの?」と言っていたのを思い出していた。一九日には、敦子の黄疸が進んでいたが、医師が来て診察したとき、調子は「まあまあ」と言った。洋が夕方やってきて、昼間に来ていたホームヘルパーの杉山が作っておいた野菜炒めを沢山食べて行った。

一二月二〇日には、夕方、敦子を見ていた金城が「化粧品は何を?」と聞いたら「資生堂」と答えていた。この後敦子の状態は一進一退、克美が二七日朝早く居間に

写真 9-5　葬儀場

来たときに、金城が「お父さん」としきりに言っていたと告げた。この日入浴させるというので、克美は極力時間を短くしてくれと頼み、敦子の身体を湯に漬けたのは五分間になった。

一二月二九日、敦子のおむつに出血がみられたが、一応収まった。三〇日、洋と家族が来た。敦子はわかったらしかった。ところが、夕方さらに出血し、口から薬などを吐いた。山田医師は輸液に利尿剤を注入して行ったが、敦子の顔色は悪くなった。

一二月三一日、克美は葬儀社二つに電話して話を聞き、良さそうだと思う方を選ぶことにした。午後、多賀谷が来て「呼吸が弱く酸素も低い」と告げた。夕方克美が入浴して戻ったとき、敦子は「お父さんどこ?」と言う。「ここに居るよ」と近づいたら「有り難う」と。これが実質的に交わした最後の会話になった。

この後敦子は、ほとんど眠ったような状態だった。顔色もさらに悪くなった。正月の二日には、昼から洋が来て、克美と夕食を共にしたあと、帰る前二人で話しに行ったら、敦子はじっと見ていて、やがて眼を閉じた。三日、輸液を届けてくれた山田医師に様子を尋ねられると敦子は「大丈夫」と答えた。この日克美は誕生日だっ

たが、体調を崩し、夕食は酒なしで、お粥を食べて落ち込んでいた。他方この日まで敦子がよくがんばってくれたという感慨は深かった。四日、克美は一日敦子と話していないと気付き、夜九時前に話しかけてみたが、声が低いせいか反応が見られなかった（ヘルパーの声には反応した）。

一月五日、克美が朝、敦子の所に行ったとき、夜の番をしていた比嘉から、明け方「お父さん」と呼んでいたと聞く。しかしその後は声を出さず、反応が弱い。昼間来た看護師の矢野から、呼吸が乱れたら知らせるように、と言われた。午後になって、敦子の咳がひどくなり、ヘルパーらの心配が募った。山田医師に電話したら、咳は止めない方が良い、と言われた。結局、夕方看護師の矢野が来て、痰の吸引をした。少量の痰がとれた。敦子は少しヒューヒューと音を立てて眠り始めた。その後は、何時ものようにいびきをかいて眠っていた。呼吸は規則的に行われていた。克美は、敦子の手を力一杯握ったが、握り返して来ないので、心配になったものの、意識が飛ぶほど深く眠れば、あり得ることかと思った。洋に、電話で、今日はもつのではないか、と告げ、夜勤のヘルパーに、何かあったら知らせてくれと頼んで、一〇時頃寝室に行って眠った。

一月六日、午前二時前に、起きて様子を見に行った克美は、敦子が呼吸していないと気付く。額に手を当てたらまだ暖かかったが、既に永眠した、と知る。居眠りをしていたヘルパーを起こした。「一二時におむつを替えたときには、まだ息があった」とのこと。

その後は慌ただしく、克美は各方面に電話し、諸々の事が始まり、悲しむ時間は与えられなかった。葬儀は家族葬としつつ、近い親戚には知らせた。克美は体力を消耗していたが、喪主としての勤めを果たした。九日の通夜の宴には、世話になった看護師やヘルパーの人たちを招いて、送ってもらった。

一〇日の葬儀の日、出席者は少なかったが、葬儀社のサービスで、フルートの生演奏があった。このことが、今回日記を読んで、新婚の頃と呼応している

写真 9-6　葬儀後

ように思えたことは、前に書いた。棺を閉じる前に、「最後に何か」と促されて、克美は「さよなら」と言い、額に手を当てて「冷たい」と言った。敦子に対して、病気の間「ずっと一緒だよ」と言っていたのに、我ながらどういうことか、と後で考えたが、このときは、この世とあの世との別れ、敦子は浄土へ行く、行ってくれ、行くはずだ、という思いが強かった。親鸞に親しんだ克美の死生観が表に出たのだろう。火葬場に行って、焼かれて出てきた故人の骨を拾い、全部を骨壺に入れるとき、担当者は「この方の頭の骨はしっかりしていて、脳は衰えていなかったと思います」と言った。

敦子の骨壺は、和順院釈尼慈光と表記され、南砺市大島の嶌田家の墓に入っている。

写真 9-7　福中からの花を供える

著者プロフィール

島田（嶌田）克美　博士（商学・大阪市立大学）
1926年生まれ
東京大学法学部卒業
人事院，公正取引委員会，経済企画庁，ジェトロ，住友商事を経て
京都学園大学教授，流通経済大学特任教授を歴任
主要著書：『国際経済と日本』（学文社），『商社商権論』（東洋経済新報社），
『企業間システム』（日本経済評論社）

よみがえれ、いとしの日々　亡き妻の日記より
嶌田敦子（しまだのぶこ、旧姓竹内）の生涯

二〇二一年三月一日　第一版第一刷発行

著　者　島田　克美
●検印省略

発行所　株式会社　学文社
郵便番号　一五三‐〇〇六四
東京都目黒区下目黒三‐六‐一
電話　03（三七一五）一五〇一（代）
https://www.gakubunsha.com
振替　〇〇一三〇‐九‐九八八四

発行者　田中　千津子

乱丁・落丁の場合は本社でお取替えします。
定価は表紙に表示。
印刷所　新灯印刷

ISBN978-4-7620-3072-7